소년농성

SHONEN ROJO by Riu Kushiki

Copyright © 2023 by Riu Kushiki
All rights reserved.
First published in Japan in 2023 by SHUEISHA Inc., Tokyo.
This Korean edition published by arrangement with Shueisha Inc., Tokyo
in care of Tuttle-Mori Agency, Inc., Tokyo,
through JM CONTENTS AGENCY CO., Seoul

이 책은 JMCA를 통해 일본의 SHUEISHA Inc.와 독점 계약하여 한국어판 출판권이
블루홀식스에 있습니다.
저작권법에 의해 한국 내에서 보호를 받는 저작물이므로 무단 전재와 복제를 금합니다.

contents

프롤로그 — 7

제1장 발단 — 13

제2장 점거 — 81

제3장 박빙 — 163

제4장 의심 — 235

제5장 화근 — 295

제6장 소년 — 363

에필로그 — 464

옮긴이의 말 — 487

일러두기
본문의 각주는 전부 독자의 이해를 돕기 위한 옮긴이 주입니다.

프롤로그

기억 속 '리리코 짱'은 언제까지나 열한 살이다.

리리코와 함께한 추억은 대개 야기라 일가의 서고와 한 세트다. 죽 늘어선 책등. 낡은 종이에서 풍기는 곰팡내. 간유리 천창에서 비스듬히 비쳐드는 빛의 띠. 그 띠 속에서 춤추듯 허공을 떠도는 자잘한 먼지.

리리코는 늘 그런 서고의 벽에 기대앉아 책을 읽었다.

하지만 야기라 일가의 외아들인 쓰카사에게 서고는 자리만 차지해서 짜증 나는 곳에 지나지 않았다.

"이런 거 말고, 난 게임 전용 방을 가지고 싶어."

"쓰카사, 그럼 나랑 바꿔줘."

쓰카사가 투덜거릴 때마다 리리코는 그렇게 받아쳤다.

"내가 쓰카사네 집 아이가 될 테니까, 쓰카사는 우리 집 아이가 되는 거지. 우리 집은 하루 종일 게임을 하든 텔레비전을 보든 엄마가 아무 말도 안 해."

"오, 그거 좋다. 바꾸자."

쓰카사는 장단을 맞춰주면서도 속으로는 '그건 싫은데' 하고 생각했다.

쓰카사 집에는 아버지밖에 없다. '리리코 짱' 집에는 어머니밖에 없다. 어머니가 있는 것도, 온종일 텔레비전을 볼 수 있는 것도 확실히 부러웠다. 하지만 역시 '리리코 짱'과 집을 바꾸고 싶지는 않았다.

'그게, '리리코 짱' 집은.'

그런 쓰카사의 속마음을 알아차렸는지 리리코는 흥, 하고 코웃음치더니 다시 책을 펼쳤다.

가느다란 팔에 파란 멍이 많다. 불에 덴 자국과 칼에 베인 듯한 오래된 흉터도 있다.

그날 특히 두드러진 건 왼쪽 눈을 둥글게 감싼 멍이었다. 낫고 있는지 멍은 보랏빛으로 변했고, 멍 주변은 오싹한 검노랑 색깔로 얼룩덜룩 물들었다.

'하지만 상처뿐만이 아니야.'

정말로 집을 바꾼다면 리리코는 분명 다시는 나와 놀아주지 않는다.

리리코가 원하는 건 자신이 아니라 이 서고라고 쓰카사는 믿었다. 서고를 차지하면 리리코가 쓰카사와 이쿠야에게 맞취줄 이유는 사라진다. 축구와 물놀이를 하지 않는 것은 물론 쓰카사와 이쿠야가 게임하는 모습도 더는 구경하지 않으리라.

이 서고에는 아버지의 장서뿐만 아니라 돌아가신 어머니가 즐겨 읽던 책도 보관해 놓았다. 『크라바트』 『반지의 제왕』 『빨간 머리 앤』 『제인 에어』 『끝없는 이야기』 『하늘을 나는 교실』 『아이들만의 도시』 『나니아 연대기』……. 전부 리리코가 좋아하는 책이다.

"그럼 내 여동생이 되는 건 어때?"

쓰카사는 서고로 다가가 최대한 무심하게 들리도록 말했다.

"서로 바꾸기보다는 그게 낫지. 네가 우리 식당을 물려받아."

"어, 내가 물려받아도 돼?"

리리코가 눈을 반짝였다.

"물론이지. 하지만 평생 남의 밥을 만들면서 살아야 해."

"괜찮아, 그런 건 아무렇지도 않아. 그나저나 그게 왜 싫은지 모르겠네."

리리코가 정색한 얼굴로 대꾸했다.

"아아, 아니다, 아니야. 알았다. 너랑 이쿠야랑 결혼하면 되겠네."

그런 리리코를 보고 쓰카사는 무릎을 쳤다.

"걔네 누나도 책을 좋아하거든. 그리고 이쿠야 아빠는 장사를 안 해. 이쿠야랑 결혼하면 식당을 하지 않고도 책을 읽을 수 있는 거야."

연신 말을 쏟아냈다. 그 이유를 쓰카사 스스로도 알고 있었다.

'이쿠야는 '리리코 짱'을 좋아해.'

그러니까 협력해야 한다. 그것이 남자의 우정이다. 남자끼리의 의리는 평생 간다고 요전에 본 만화에도 나왔다.

"쓰카사는 분명 평생 결혼 못 할 거야."

시시하다는 듯 리리코가 천창을 올려다보았다.

"뭐?"

"여자 마음을 전혀 모르잖아. 그래서는 평생 무리일걸."

"대체 뭔 소린지."

쓰카사는 고개를 내저었다. 하지만 말과는 다르게 왠지 가슴이 철렁했다. 더 이상 이 이야기를 계속하면 위험할 것 같았다.

"……그 책 참 좋아하네."

화제를 바꾸고자 리리코가 무릎에 펼친 책을 가리켰다.

마쓰타니 미요코의 『말하는 나무 의자와 두 사람의 이이다』다. 이것도 돌아가신 어머니의 애독서였다.

쓰카사도 조금 읽어봤다. 하지만 무서워서 금방 책을 덮었다. 의자 괴물이 여자애를 찾아 돌아다니는 이야기다.

어쩐지 어두운 분위기가 풍겨서 으스스했다.
"그거 너한테 줄게. 가져가."
"무슨 소리야? 안 돼, 쓰카사 책도 아니잖아."
리리코가 이맛살을 찌푸렸다.
"멋대로 그렇게 선심을 쓰면 안 돼."
"그래? 그럼 무기한으로 빌려줄게."
"괜찮아?"
"응. 언제 돌려줘도 상관없어."
아빠에게는 내가 말해둘게. 그런 말을 덧붙였다.
그 순간 리리코가 어떤 표정을 지었는지 쓰카사는 기억하지 못한다.
분명 웃었으리라. 눈이 가늘어질 만큼 코를 찡긋하며 기쁘게 웃었을 것이다. 하지만 서른한 살이 된 지금도 그 얼굴이 도무지 떠오르지 않는다.
아는 것이라고는 그 책이 서고로 돌아오지 않았다는 사실뿐이다.
책과 함께 '리리코 짱'은 사라져 버렸다.
어느 날 어머니와 함께 없어졌다.
두 사람이 살았던 집은 텅 비었고, 한 달쯤 지나자 당연하다는 듯 다른 사람이 살기 시작했다. 그 후로 쓰카사는 리리코를 만나지 못했다.
쓰카사와 이쿠야는 리리코를 잃어버렸다. 아마도 영원히.

햇볕을 쫴서 책등 색깔이 옅어진 『말하는 나무 의자와 두 사람의 이이다』와 함께.

제1장 발단

1

여름방학이 끝났지만 매미 소리는 여전히 시끄러웠다.
에어컨 온도를 20도로 설정해도 주방은 덥다. 불을 켠 가스레인지 앞에 서 있기만 해도 목덜미와 등에 땀이 송골송골 맺힌다.
야기라 쓰카사는 가게전화의 무선 수화기에서 울려 퍼지는 목소리를 한쪽 귀로 들었다.
─그래서 내가 그랬지. 마음은 청춘이라도 몸은 그렇지 않으니까 얼른 면허 반납하라고······.
스피커폰 모드로 바꾼 무선 수화기에서 들리는 건 아버지 목소리였다.
아버지는 '야기라 식당'의 예전 경영자다. 쉰다섯 살 생일을 맞은 것을 계기로 가게를 아들에게 물려주고 시골로 이사 갔다.

아내와 사별한 홀아비 세 명(아버지 외에는 은퇴한 중고 서점 주인과 은퇴한 카페 사장)이 의기투합해 지금은 고령자들밖에 없는 과소화 마을에 살고 있다. 오래된 민가에서 지내며 작은 텃밭을 가꾸고, 비 오는 날에는 좋아하는 책을 읽는 단순하면서도 우아한 생활을 하는 것이다.

―촌구석 노인네들은 정말 말을 안 들어. 사고를 내고도 천연덕스럽게 군다니까. 그러다 크게 다치면 어쩌느냐고 귀가 따갑도록 주의를 주는데도 말이야.

"말은 그렇지만, 차 없이는 그 마을에 못 살잖아요."

쓰카사는 매실 절임을 넣은 정어리 조림의 불을 조절하며 아버지에게 반론했다.

"버스가 하루에 두 대밖에 안 다닌다고 했던가? 그럼 면허를 포기하지 못하는 게 당연하죠. 아버지도 너무 참견하지 말아요. 결국은 타지인인데 괜히 미움받으면 살기 힘들잖아요."

―어허, 서로 허물없이 지내는 사이니까 쓴소리도 하는 거지.

아버지는 가볍게 받아넘기고 말을 이었다.

―만약 따돌림당하더라도 이쪽은 남자 셋이 똘똘 뭉쳐 지내니까 최소한의 생활 수준은 유지할 수 있어. 노 프로블럼이야.

"어휴, 그것참 다행이네요."

―이 녀석아, 새겨들어. 마지막에 남는 건 역시 우정이야. ……저기, 쓰카사.

아버지의 목소리 톤이 달라졌다.

―그런 의미에서 너도 슬슬 이쿠야와 화해를.

"에이씨, 몇 번을 말해요? 난 녀석과 싸운 적 없다니까!"

쓰카사는 아버지의 말을 딱 잘랐다.

"쓸데없는 잡담만 할 거면 이만 끊을게요. 장사 준비하느라 바쁘다고요. 할 말 더 있으면 메일로 보내든지요."

일방적으로 쏘아붙이고 전화를 끊었다.

쓰카사는 무선 수화기를 충전기에 세우고 한숨을 푹 내쉬었다.

'그래, 싸우지는 않았지.'

소꿉친구인 미요시 이쿠야가 가게에 발길을 끊었다. 단지 그뿐이다.

이유는 안다. 관할서 경찰관인 이쿠야는 작년 봄에 형사과에서 내근직으로 이동했다. 당연히 밖에서 밥을 먹을 기회가 줄어들리라. 동시에 어째선지 연락도 끊겼지만 바빠서 그럴 뿐이라고 쓰카사는 자기 자신을 타일렀다.

그런데 아버지는 무신경하게도.

"이쿠야는 여전히 얼굴을 안 비치냐?"

"싸우면 못 써. 네가 양보하는 게 어떻겠니?"

매번 그렇게 속 뒤집는 소리를 툭툭 던졌다.

양보고 뭐고, 뭘 양보해야 할지 짚이는 구석이 없는걸.

쓰카사는 혼잣말을 한 후 가스레인지를 껐다. 정어리 조림 냄비에서 국물을 한 스푼 떠서 맛을 보았다.

'음, 맛있다.'

'자, 다음은 돼지고기 된장국을 만들 차례다.'

일단 우엉이다. 풍미가 날아가니까 껍질을 별로 벗기고 싶지는 않지만 9월은 우엉의 제철이 아니다. 두꺼운 껍질을 필러로 살짝 벗기고 얇게 잘라서 5분쯤 물에 담가둔다.

그사이에 다른 재료를 준비한다. 이 계절에는 배추가 비싸서 대신 양배추를 사용한다. 양배추는 한입 크기로, 무와 당근은 은행잎 모양으로 썬다.

대파도 비싸서 엄두가 나지 않으므로 양파를 사용하기로 했다. 하지만 너무 많이 넣으면 달아진다. 양을 봐가며 반달 모양으로 썬다.

'야기라 식당'의 대표 메뉴는 뭐니 뭐니 해도 이 돼지고기 된장국이다.

쓰카사는 1년 365일 내내 반드시 돼지고기 된장국을 만든다.

다른 대표 메뉴는 햄버그, 간장 양념 닭튀김, 돼지고기 생강구이, 고등어 된장조림, 감자샐러드, 야키소바, 계란말이 정도일까. 그 외에는 손님의 요청에 맞춰 저렴한 제철 식재료를 사용해 준비한다.

드륵, 하고 출입구 미닫이문이 살짝 열렸다.

아직 영업시간이 아니다. 미닫이문에는 '준비 중'이라는 팻말도 걸어두었다. 그런데도 누군가 문을 살짝 열고 얼굴을 반쯤 들이밀었다.

쓰카사는 눈을 가늘게 뜨고 시선을 주었다.

열 살쯤 되어 보이는 여자애였다. 처음 보는 얼굴이었다.

상고머리라고 해도 될 만큼 짧게 자른 머리. 빛바랜 분홍색 원피스. 비쩍 마른 몸이 옷과 따로 놀았다. 아무리 봐도 물려받은 옷이다.

쓰카사는 돼지고기 된장국에 넣을 재료를 재빨리 볶으면서 물었다.

"이름은?"

"……고코나."

"어떤 한자를 쓰는지 아니?"

"마음이라는 한자에, 음, 나는……, 이런 한자예요."

손가락으로 허공에 유채꽃의 채를 썼다. 쓰카사는 고개를 끄덕였다.

"좋아, 고코나. 에어컨 바람이 아까우니까 들어와서 문을 꼭 닫으렴. 우리 가게에 대해서는 누구한테 들었니?"

"어, '지센'의 지배인 아저씨……. 그리고 와카노 언니요."

그렇군, 하고 쓰카사는 납득했다. 온천여관 '지센'을 총괄하는 지배인의 쭈글쭈글한 얼굴과 와카노의 고양이 같은 눈이 머릿속에 떠올랐다.

"와카노는 우리 가게 단골이지. 친해?"

"그냥저냥요."

"그럼 이미 들었겠지만 우리 가게는 어린애 한정으로 모든 메뉴가 백 엔이야. 백 엔이 없으면 다른 방법으로 계산해도 되지. 접시를 깨지 않고 설거지하는 아이에게는 돈가스 덮밥. 가게 앞을 청소하는 아이에게는 오야코 덮밥. 손님이 먹은 그릇을 치우고 테이블을 닦는 아이에게는 계란 덮밥을 제공해. 자, 고코나는 뭘 할 수 있지?"

"청소요."

고코나는 재깍 대답하고 나서 머뭇머뭇 말을 덧붙였다.

"아……, 하지만 계란이 좋은데. 계란 덮밥요."

"그렇구나. 청소를 할 거지만 계란 덮밥이라."

쓰카사는 가다랑어포를 우린 육수에 돼지고기 된장국 재료를 순서대로 넣었다.

"혹시 닭고기는 싫어하니? 닭튀김이나 치킨 너겟 같은 건 못 먹어?"

"……아니요, 좋아해요."

"그렇구나. 그럼 처음이니까 서비스로 닭고기도 넣어주마. 닭고기를 넣은 계란 덮밥이야. 대신에 넌 가게 앞을 청소하는 거고. 알겠지?"

"네. 알았어요."

고코나가 고개를 끄덕였다. 굳었던 뺨이 드디어 살짝 풀어졌다.

'야기라 식당'에서는 이런 대화가 드물지 않다. 가게에 처음 오는 아이 중 약 40퍼센트는 '오야코[1] 덮밥'이라는 단어를 모른다. 왜냐하면 오야코 덮밥을 만들어주는 부모가 없고, 책을 읽지 않아서 어휘력이 빈약한 데다 학교에도 가지 않는 탓이다.

하지만 아이는 자존심이 강한 존재다. "오야코 덮밥이 뭐예요?" 하고 무지를 인정하고 "테이블 닦기밖에 못 해요" 하고 스스로를 비하할 바에야.

"청소할 수 있어요! 하지만 계란 덮밥이 좋아요."

그렇게 강한 척한다. 어린애는 그런 법이다.

"좋아, 고코나. 청소는 나중에 하고 일단 먹자."

쓰카사는 카운터석을 엄지손가락으로 가리켰다.

"10분만 기다릴 수 있겠어? 조금만 더 있으면 돼지고기 된장국이 완성돼. 계란 덮밥은 그 다음이야."

"네."

고코나가 의자를 뒤로 빼서 올라앉았다.

쓰카사는 국자로 떠낸 된장을 육수에 천천히 풀었다. 구수한 된장 냄새가 가게에 퍼져나갔다.

---

[1] 부모와 아이라는 뜻. 덮밥의 재료인 닭고기와 계란을 가리킨다.

고코나가 침을 꿀꺽 삼켰다.

쓰카사는 오야코 덮밥을 먹는 고코나를 곁눈질하며 주방을 나서서 미닫이문을 열었다. 문에 걸어두었던 '준비 중' 팻말을 뒤집어서 '영업 중'으로 바꾸었다.
5분도 지나지 않아 두 번째 손님이 들어왔다.
"어이, 쓰카사. 카레 줘. 카레라이스 곱빼기로."
"안됐네요. 오늘은 카레 없어요."
"쳇. 언제 와도 이 모양이라니까."
인상을 찌푸리며 그렇게 말한 사람은 길 건너 모퉁이에 자리한 '가나자와 내과의원'의 원장이다. 이미 환갑이 넘었고, 벗어진 머리는 닦은 것처럼 반짝반짝 빛난다.
"시키는 대로 나오는 가게가 좋으면 패밀리레스토랑에 가시든가."
"정말 형편없는 가게야."
가나자와 원장은 쓴웃음을 짓더니 "그럼 뭐가 있는데?" 하고 물었다.
"'우오타쓰'에 실한 정어리가 있길래 매실 절임과 함께 조렸어요. 그리고 삼치 된장조림. 꽁치 소금구이, 아니면 꽁치회. 연어는 튀김이 나으려나. 고기는 신선한 돼지 간이 들어와서 부추 간 볶음을 만들었죠. 부추를 빼고 숙주만 넣는 것도 가능해요."

"그럼 마지막 그걸로."

원장이 무릎을 쳤다.

"오후에도 왕진을 나가야 해. 입에서 부추 냄새가 풍기면 큰일이지."

"어차피 마스크 쓸 거잖아요."

쓰카사가 그렇게 대꾸했을 때 미닫이문이 열리고 세 번째 손님이 들어왔다.

"쓰카사, 채소 좀 먹자, 채소. 간은 약하게 해서. 요전에 받았던 건강검진 결과가 나왔는데 혈압이 높더라고. 마누라가 얼마나 잔소리를 하는지 원."

"채소보다 등푸른생선이 좋아요."

쓰카사는 말했다.

"오늘의 추천 요리는 매실 절임을 넣은 정어리 조림이지만, 싫으면 꽁치도 있어요. 거기에다 소송채 무침과 우엉 볶음, 그리고 고기를 적게 넣은 돼지고기 된장국을 곁들이면 어때요?"

"맛있겠네. 그걸로 할게."

서로 무람없이 말을 나눌 수 있는 건 다들 여기 도로코베 온천 거리의 주민이고, 쓰카사가 어릴 적부터 알고 지내는 사이이기 때문이다.

이와가키시 오아자 도로코베는 현에서 손꼽히는 온천 거리다.

유황이 많이 함유된, 저장성[2] 약알칼리성 고온 온천으로 원천은 온도가 약 50도다. 어깨 결림, 류머티즘, 피부병, 부인병, 신경통, 경증 고혈압에 효과가 있다고 한다. 중심부에는 1박에 4천 엔대인 저렴한 여관부터 1박에 5만 엔이 넘는 호텔까지 다양한 숙박업소가 죽 늘어서 있다.

'야기라 식당'은 중심부에서 버스로 한 구간 떨어진 번화가 외곽에 자리 잡고 있다.

항간에 '어린이 식당'이라는 말이 퍼진 지 오래됐다. 하지만 '야기라 식당'은 그 말이 정착되기 한참 전부터 배고픈 아이들에게 식사를 제공해 왔다.

도로코베에는 평일 한낮에 거리를 어슬렁거리는 아이가 많기 때문이다. 대부분 온천여관에 숙식하며 일하는 싱글맘의 아이다.

물론 가게 단골들도 그러한 사정을 잘 알고 있었다.

"아이들을 먹이려면 가격을 좀 올려받는 수밖에 없어요. 싫으면 다른 데 가시든가."

그렇게 공언하는 쓰카사에게 무례하다고 따지는 사람은 아무도 없다.

"아이들 교육에 좋지 않으니까 저녁 7시 전에는 술 주문을 안 받을 거예요. 대신 술을 내놓는 시간대에는 애들이 못

---

2 체액보다 용질의 농도가 낮은 것을 가리킨다.

들어오게 할게요."

등등의 규칙에 쌍수를 들고 찬성한다. 쓰카사가 '마음씨 착한 아저씨들'이라고 부르는 사람들이 '야기라 식당'의 단골들이다.

그런 손님들이 가게로 밀려들어 자리가 거의 다 찼을 무렵.
"안녕하세요."
드높은 목소리와 함께 미닫이문이 힘차게 열렸다.
"아, 뭐야 고코나. 먼저 와 있었네."
청소도구함에서 몸을 꺼낸 고코나를 보고서 제일 앞에 있던 소녀가 마스크를 내리고 웃었다. 숱 많은 앞머리 아래에서 고양이를 닮은 커다란 눈이 가늘어졌다.
"오, 와카노. 늘 손님을 데려와 줘서 고마워."
쓰카사는 프라이팬을 흔들며 말했다.
"덕분에 새로운 손님이 늘었어."
"에이, 고맙기는요. 사장님과 저 사이에 무슨."
와카노는 카운터의 의자를 뒤로 뺐다.

하지만 앉기 전에 카운터석 한 자리를 차지한 '지센'의 지배인에게 고개를 꾸벅 숙이는 걸 잊지 않았다. 와카노를 따라온 메아와 렌토도 마찬가지였다.

그들의 어머니는 다들 온천여관에서 접객원으로 일한다. 와카노와 메아의 어머니가 '지센', 렌토의 어머니가 '히사고야'에서 일한다는 차이는 있지만, 지배인 앞을 그냥 지나칠 수 없는 입장은 똑같았다.

올해 열다섯 살인 와카노는 처지가 비슷한 아이들 사이에서 리더 같은 존재다.

메아는 열두 살. 렌토는 아홉 살. 둘 다 와카노가 몇 년 전에 "사장님. 애들에게 밥 좀 주세요" 하며 데려온 '귀빈'이다.

"와카노는 실적이 있으니까 오늘은 설거지를 하도록. 한 시간 동안 열심히 해. 메아는 설거지한 접시를 마른행주로 닦고 나서 정리하고. 렌토는 세면실 바닥을 대걸레질해. 자, 오늘은 뭐 먹을래?"

"닭튀김!"

렌토가 힘차게 손을 들었다.

"저는……, 뭔가 건강에 좋고 채소가 많은 음식요."

와카노가 뒤를 이었다.

"그럼 부추 간 볶음으로 할까."

"에이, 참! 10대 소녀가 대낮부터 부추 같은 걸 먹겠어요? 뭐랄까 좀 더 샐러드 같은 걸로요."

"그래, 그래. 그럼 넌 양배추샐러드에 매실 절임을 넣은 전갱이 조림. 혈관이 건강해지겠네. 메아는 늘 먹는 그거면 되지?"

메아는 말없이 고개를 끄덕였다.

쓰카사는 작은 냄비에 나누어 놓았던 육수에 미리 준비해 둔 향신료를 넣었다.

이 냄비에는 된장을 풀지 않고 캔 토마토를 한 통 넣어서 조렸다. 향신료는 커민, 코리앤더, 강황, 그리고 시판 카레 가루다.

곧 가게에 카레 냄새가 퍼졌다. 아이들이 좋아하는 매콤달콤한 냄새였다.

"어이, 아까 나한테는 카레 없다고 하지 않았어?"

가나자와 원장이 바로 항의했다.

쓰카사는 한 손을 내저으며 타일렀다.

"나잇살이나 잡수신 어른이 어린애같이 찡찡거리기는. 어쩔 수 없잖아요."

'그래, 어쩔 수 없어.'

메아는 편식을 한다. 여덟 살하고 4개월이 될 때까지 식빵과 즉석 카레, 봉지과자만 먹고 살아왔기 때문이다.

메아 어머니는 폭력적인 남편에게서 도망쳐 다니다가 마음에 병이 생겼다. 그래서 딸의 식사까지 챙겨줄 여력이 없었다. 그 결과 메아는 지금도 다른 음식을 거의 받아들이지 못한다. 돼지고기 된장국을 변형해서 만든, 채소가 가득한 카레를 먹을 수 있게 된 것만 해도 엄청난 진전이다.

"원장님은 잔말 말고 잡숴요. 불평만 하다간 머리가 더 벗어질걸요."

"정말 형편없는 가게야."

가나자와 원장이 다시 한탄한 후 "좋은 대학교를 나왔으면서 왜 그리 입이 험한지 몰라" 하고 투덜거렸다.

"어, 사장님, 대학 나왔어요?"

어째선지 와카노가 눈을 동그랗게 떴다.

"왜? 내가 대학 나왔다니까 이상해?"

"아니요. 이상하지는 않지만."

와카노는 정어리 조림을 젓가락으로 집으며 치뜬 눈으로 대답했다. 그 옆에서 렌토가 크게 벌린 입에 닭튀김을 쏙 넣었다.

"……그때는 가게를 물려받을 마음이 없었어."

쓰카사는 나지막이 말했다.

그렇다. 대학 입시를 치렀던 당시만 해도 이런 촌 동네 식당의 주인으로 삶을 마칠 마음이 없었다.

쓰카사는 복지 관련 일을 하고 싶었다. 특히 아동을 대상으로 하는 복지에 관심이 많았다. 대학교에서는 사회복지학을 전공했고, 아동심리학과 심신건강과학을 중심으로 공부했다. 상황이 허락하면 대학원까지 진학하고 싶었다.

'왜 아동복지를 지망했느냐 하면……'

"아참, 사장님. 이거 돌려드릴게요."

마침 생각났다는 듯 와카노가 백팩에서 책을 꺼냈다.

가게 서가에서 빌려 간 데즈카 오사무의 『블랙잭』 3권이었다.

"앗, 이거 알아! 무서운 만화인데. 기분 나쁜 그림이 가득해."

렌토가 밥알을 튀기며 말했다.

"어으, 더러워. 삼키고 나서 말해."

메아가 인상을 찡그렸다.

그 옆에서 가나자와 원장이 배를 문지르며 말했다.

"쓰카사, 디저트 같은 건 없어?"

"커스터드푸딩이라면 만들어 놨는데요."

쓰카사는 카레를 맛본 후 소금으로 간을 맞추며 대답했다.

"그거 말고 오늘 있는 건 바나나 셔벗 정도려나. 아니면 슈퍼에서 파는 바닐라 맛 아이스바나 선물로 받은 카스텔라밖에 없네요."

"그럼 카스텔라 줘."

"네."

쓰카사는 '후게쓰도[3]'의 카스텔라 두 조각을 넓적한 접시에 담고, 대각선으로 얇게 자른 바나나를 곁들였다. 바나나에 생크림을 얹은 후 초콜릿 소스를 몇 겹으로 가늘게 뿌리고 나서 민트 잎을 꽂았다.

"맛있게 드세요."

"너도 참……. 나한테 내놓을 디저트에 이렇게 멋을 부려서 어쩌자는 거야? 신경 안 써도 되는 부분에 쓸데없이 신

---

3 1747년에 개업한 일본의 과자점.

경을 쓴다니까."

 가나자와 원장은 툴툴거리면서도 기쁜 표정으로 카스텔라를 잘랐다.

2

 그 시체는 하천부지에 널브러져 있었다.

 바람 없는 날이었다. 지역 주민이 '고자사가와강'이라고 부르는 강에는 페트병이며 비닐 같은 쓰레기가 떠 있었고, 미끈미끈해 보이는 무지갯빛 유막에 햇빛이 반사됐다.

 시체는 공허한 눈을 크게 뜬 채, 늦여름의 푸른 하늘을 올려다보듯 큰대자로 쓰러져 있었다.

 열 살 전후의 남자애였다.

 단추 달린 파란색 셔츠에 반바지. 둘 다 시장에서 파는 싸구려다. 음식을 흘린 자국 천지고, 전체적으로 때가 탔다. 또한 둘 다 기장이 너무 짧았다.

 아이가 크는 것도 무시하고 부모가 몇 년이나 같은 옷을 입힌 것이 틀림없다. 하지만 그 싸구려 셔츠와 바지를 벗기면 누구나 분명 눈이 휘둥그레지리라.

 남자애의 하반신은 베인 상처로 가득했다.

 예리한 날붙이로 낸 상처였다. 하복부와 허벅지뿐만 아니라 음경과 고환에도 X자 모양 상처가 있었다. 그야말로 난 도질이었다. 특히 고환 한쪽은 가죽 한 장으로 간신히 연결된 상태였다.

그리고 상처투성이인 서혜부는 점점 암녹색으로 변해가고 있었다. 장내세균과 외부의 균이 활동해 부패하면서 나타나는 색깔이었다. 그 섬뜩한 녹색은 아직 얼굴까지 다다르지 않았다. 대신에 얼굴을 뒤덮은 건 구더기였다.

파리가 콧구멍, 귓구멍, 눈알 등에 슬어놓은 알이 부화한 것이다. 구더기의 크기가 아직 2밀리미터 정도인 것으로 보아 시체는 약 한나절 전에 버려졌음을 알 수 있다. 오늘도 기온이 30도를 넘었다. 구더기의 성장도 당연히 빨랐다.

상처투성이인 하반신과는 대조적으로 상반신에는 상처가 세 군데뿐이었다. 하지만 세 군데 모두 깊게 찔린 상처였다. 그중 하나는 우심실을, 다른 하나는 굵은 동맥을 손상시켜 남자애의 생명을 혈액과 함께 흘려보냈다.

눈알은 이미 메말라서 탁해졌다. 사후경직은 온몸에 퍼졌다. 또한 혀 끝부분이 잘려 나갔다.

경찰차 사이렌 소리가 다가왔다.

분명 여기 하천부지로 향하고 있었다.

지나가다 남자애의 시체를 발견한 사람이 10분쯤 전에 신고했기 때문이다.

발견자는 초로의 남성으로 지금은 풀숲에 토하고 있다. 남자애 몸에서 썩는 냄새가 풍기는 데다 남자애 또래의 손자가 있어서였다. 육체적으로도 정신적으로도 충격을 받았다.

그다음으로 남자애를 본 사람은 경찰차를 타고 도착한 순경과 경장이었다. 통신 지령실의 무선 연락을 받고 파출소에서 급히 하천부지로 출동한 경찰관이었다.

"현장에 도착했습니다. 현재 신고자를 확인 중."

경장이 무선으로 보고했다.

그사이에 출동복을 입은 기동수사대가 도착했다.

하천부지 옆에 경찰차가 점점 집결했다. 차체 위에서 빨간색 경광등이 요란하게 회전했다. 동시에 구경꾼들도 모여들기 시작했다.

기동수사대원이 재빨리 노란색 테이프를 둘러서 현장을 차단했다.

구경꾼들은 제각기 스마트폰을 들고 있었다. 남자아이의 시체가 찍힐 리 없는 거리에서 발돋움하고 팔을 내밀어 사진을 찍었다.

잠시 후 새로운 수사 차량 두 대가 옆길에 멈췄다. 관할서 형사과 수사관과 감식계가 타고 온 차였다.

그들이 현장을 촬영하고, 발자국을 조사하고, 머리카락과 섬유, 혈액 등을 채취하는 동안에도 남자애는 아무 말 없는 시체로 그저 널브러져 있었다.

3

"이봐, 미요시."

이와가키서 경무과 유치관리계 구역에 계장의 느긋한 목소리가 울려 퍼졌다.

"……네?"

미요시 이쿠야는 컴퓨터 모니터에서 고개를 들었다.

"무슨 일이십니까, 계장님?"

"너도 고자사가와강 하천부지에서 피해자가 발견됐다는 소식 들었지? 초등학생쯤 되는 남자애인데 신원불명이라는."

"네, 뭐."

이쿠야는 자신도 모르게 미간을 찌푸렸다. 하지만 계장은 아랑곳없이 말을 이었다.

"우리 관할 구역이니까 당연히 우리 서에 수사본부가 설치될 거야. 경무과에서도 지원 인력을 보내라는군. 그러니까 네가 다녀와."

"왜 제가."

"그야 달리 쓸 만한 녀석이 없으니까."

계장은 천연덕스럽게 대답했다.

"알잖아. 생활안전과고 지역과고 빠릿빠릿한 녀석들은 죄다 쓰카모토초의 사건에 동원됐어. 그러니 나머지 과에서 어떻게든 인원을 긁어모으는 수밖에."

쓰카모토초의 사건이란 지지난달에 발생한 여성 회사원 살인 사건이다. 이와가키서에서 도보로 2분도 걸리지 않는 연립주택에서 20대 여성이 교살당했다.

엎어지면 코 닿을 곳에서 벌어진 사건인 만큼 이와가키서의 체면이 걸린 문제였다. 수사관을 비롯해 직원들 모두 의욕에 불탔다.

그런데 사건을 해결하기도 전에 다른 시체가 발견되고 말았군.

인원이 부족한 것도 당연하다.

지방 관할서에는 '1년에 두 번만 수사본부가 설치되면 1년 치 예산이 날아간다'라는 말이 있다. 그만큼 시골에는 살인 사건이 드물다는 뜻이다. 실제로 이와가키서 관내에서는 재작년에도 작년에도 큰 사건이 일어나지 않았다.

아직 9월인데 두 건 연속이라니.

재수 옴 붙은 해다 싶어 이쿠야가 눈썹을 찡그리자 계장이 한 손을 가슴 앞에 세우고 고개를 숙였다.

"부탁 좀 하자. 우리 과에서 보낼 만한 사람은 너 정도야. 오랫동안 형사과 식구였으니 금방 녹아들겠지."

"하아……."

그러니까 가기 싫은 거라고요.

이쿠야는 속으로 투덜거렸다.

확실히 작년 봄에 이동할 때까지 이쿠야는 형사과 강행범계 소속이었다.

경무과 유치관리계로 이동한 건 전보 신청서가 통과됐기 때문이다. 의욕을 잃고 무기력해진 수사관은 형사과에 있을 자격이 없다.

'그렇게 생각했는데.'

이쿠야는 깊은 한숨을 쉬었다. 계장이 가슴 앞에 한 손을 세우고 고개를 숙인 자세를 유지한 채 말했다.

"현경 본부에서는 강행범 제4계가 출장을 나온다는군. 오사코 경감이 수사 주임을 맡을 예정이고. 오사코 과장 대리는 너도 알지?"

"네, 뭐."

이쿠야는 또 건성으로 대답했다.

과장이 쓴웃음을 지었다.

"그런 표정 짓지 마. 이번 피해자는 머리에 피도 안 마른 어린애야. 아무리 봐도 열 살 전후인데 여태 신원을 못 알아냈지. 실종신고도 되지 않았고, 각 학교에 물어봐도 해당 아동은 없다는 대답만 돌아왔어. 살해 수법도 끔찍한데 부모조차 찾아주지 못하다니. 하다못해 범인이라도 검거해야 제대로 눈을 감지 않겠나?"

"압니다."

이쿠야는 나지막한 목소리로 대답했다.

애써 들으려 한 건 아니지만 피해자의 정보는 이미 귀에 들어왔다. 키 132센티미터의 남자애. 책가방, 이름을 써 붙인 문구류, 명찰, 어린이용 스마트폰 등 신분을 증명할 소지품은 일절 없었고, 옷에도 이름 같은 건 적혀 있지 않았다.

사인은 실혈사. 상반신에 찔린 상처 세 군데. 하반신은 베인 상처로 가득했다.

옷은 상하의 모두 착용한 상태였지만 단추를 잘못 채웠고 어깨 위치가 부자연스러운 것으로 보건대 사망한 후 옷을 입혔을 가능성이 크다고 한다. 또한 팬티나 다른 속옷류는 입고 있지 않았다.

성폭행을 당한 흔적이 역력했지만, 시신을 표백제로 세척해서 체액이 검출될 가망성은 없을 듯했다. 또한 혀끝이 3센티미터 정도 절단됐다.

"……물론 불쌍하다고는 생각합니다."

"그렇지? 뭐, 이렇게 말하면 좀 그렇지만, 십중팔구 도로코베 온천 주변의 아이일 테고. 아참, 미요시 너도 도로코베 출신이지?"

"그렇죠."

이쿠야는 마지못해 대답했다.

솔직히 이쿠야도 피해자가 도로코베에 사는 아이일 것이라고 추측했다. 실종신고가 들어오지 않았고, 학교에 다니는 낌새가 없고, 몸에 맞지 않는 불결한 옷을 입고 있었으니 조건은 다 갖춘 셈이다.

"고등학교를 졸업할 때까지는 도로코베의 본가에 살았나? 역시 네가 어릴 적에는 좀 더 엉망이었어?"

"아니요, 지금과 별 다를 바 없었습니다."

"그래? 생활안전과에서 가끔 들리는 이야기로는 3, 40년 전에는 그야말로. 아, 넌 그때 아직 안 태어났나, 아하하."

몸을 젖히며 웃는 계장을 이쿠야는 떨떠름하게 바라보았다.

도로코베 온천은 좋은 의미에서도 나쁜 의미에서도 '옛날 분위기가 남아 있는 온천 거리'다.

종업원의 유출입이 심해서 어느 여관이나 늘 일손이 부족하다. 그래서 보증인과 이력서 없이도 접객원을 고용해, 숙식을 제공하며 오랜 시간 일을 시키는 수밖에 없다.

그런 접객원의 태반이 국가 행정을 믿지 못하고 거기에 의지하지도 못하는 여자들이다.

남편의 폭력을 피해 아이를 데리고 도망친 여자. 기댈 곳이 없는 싱글맘. 빚을 지고 야반도주한 일가의 어머니. 또는 부모에게 학대당해 가출한 딸. 그녀들에게는 도로코베 온천 거리 자체가 거대한 보호소 같은 존재였다.

폭력과 빚에서 벗어나기 위해 접객원들은 최대한 숨죽여 기척을 지운 채 일급을 번다. 일단 '생존'하는 것이 고작이라 아이의 교육과 위생 상태는 뒷전으로 밀린다.

그 결과 거리에는 아이들이 넘쳐난다. 학교에 다니지 않고 갈 곳도 없는 아이들이 매일 뒷골목이나 술집 거리를 어슬렁거리며 먹을 걸 찾는다.

'어릴 적에는 전혀 이상하게 여기지 않았지.'

이쿠야는 몰래 어금니를 깨물었다.

'그때는 다른 세상을 몰랐으니까. 굶주린 아이와 콧물을 닦아서 소매가 번들거리는 아이, 머리에 이가 득시글거리는 아이가 있는 게 당연한 줄 알았어.'

동갑인데 학교에 입학하지 않은 아이가 있었다. 입학은 했지만 학교에 오지 않는 아이나 어느 틈엔가 전학 가는 아이가 몇 명, 아니 수십 명이나 됐다.

초등학교 5학년에야 당연한 일이 아니라는 걸 깨달았다.

친구 한 명이 사라졌다. 이제 얼굴도 제대로 기억나지 않지만 그 존재와 이름만큼은 가슴속에 새겨져 있는 친구가.

"야기라 식당······."

저도 모르게 이쿠야의 입술에서 말이 새어 나왔다.

"응?"

계장이 의아해하는 표정을 지었다.

"어, 아니요."

이쿠야는 손을 내젓고 둘러댔다.

"'야기라 식당'에 가서 물어보면 피해자의 신원은 금방 밝혀질 겁니다. 거기는 어린애들의 집합소거든요."

"그야 그렇겠지. 걱정하지 않아도 수사가 시작되면 수사

1계가 제일 먼저 거기로 갈 거야. 그렇게까지 무능하지는 않아."

"그건 그렇겠지만요."

"그나저나 '야기라 식당'이라. 안 간 지 꽤 됐네. 가 봤어, 미요시? 그 집 오야코 덮밥이랑 채소볶음 정식은 일품이야. 2대 사장은 아직 젊지만 선대보다 솜씨가 좋아."

"그렇군요."

이쿠야는 건성으로 대답했다.

계장의 일장 연설을 들을 필요도 없이 죽마고우의 실력이라면 잘 안다.

쓰카사는 요리에 재능이 있었다. 특히 불과 간을 조절하는 감각이 뛰어났다. 그저 마늘을 활용해 라드의 풍미를 살렸을 뿐인데도 숨이 턱 막힐 만큼 맛있는 채소볶음을 뚝딱 만들어낸다.

'하지만 벌써 2년 가까이 안 먹었군.'

특히 경무과로 이동하고 나서는 '야기라 식당'에 한 번도 가지 않았다.

얼굴을 마주하기가 괴로웠다. 아니, 정확하게 말하면 얼굴을 마주할 면목이 없었다.

이쿠야는 뚱한 표정으로 다시 입을 다물었다.

"이봐, 걱정하지 마. 분명 야근은 안 시킬 거야."

그 표정을 보고 착각했는지 계장이 엉뚱한 말을 던졌다.

"아무리 형사과 출신이라도 이제는 경무과니까 식사 준비나 잡일을 시키겠지. 밤에는 돌려보내 줄 거야. 가벼운 마음으로 다녀와."

가벼운 마음은 개뿔. 이쿠야는 무심코 치뜬 눈으로 계장을 노려보았다.

'내가 자란 동네에서 어린애가 살해당했단 말이야.'

'그것도 그렇게 잔인한 방식으로.'

하지만 이쿠야의 입에서 흘러나온 건 역시 "네, 뭐"라는 한마디뿐이었다.

4

그리고 같은 날 오후 3시 반.

미요시 이쿠야는 현경 수사1과 시바 경사와 함께 지글지글 끓는 듯한 땡볕 아래를 돌아다니고 있었다.

"아니요, 아무것도 모르는데요."

털이 수북한 정강이를 반바지 아래로 내놓은 남자가 연립주택 문에 기대서서 말했다.

"료? 료라고 불리는 아이? 그야 요 부근에는 발에 차일 만큼 많죠. 료라느니, 쇼라느니, 류라느니, 이름이 비슷한 애새끼……. 아니, 남자애가요."

남자가 반바지 속에 손을 넣어 사타구니를 벅벅 긁었다.

"감사합니다. 그럼 뭔가 생각나시면 경찰서로 연락 주십시오."

이쿠야는 틀에 박힌 대사를 읊었다. 동시에 내팽개치는 듯한 기세로 문이 닫혔다.

이쿠야는 손등으로 땀을 닦았다.

"이제는 경무과니까 식사 준비나 잡일을 시키겠지"라는 계장의 예언은 완전히 빗나갔다.

어린이가 살해된 사건의 특별 수사본부인 만큼 최소한 예순 명 규모, 가능하면 여든 명은 필요하다. 서장은 부랴부랴 여성 회사원 살인 사건의 수사본부에서 열다섯 명을 불러들였다.

하지만 현경 본부에서 파견된 서른 명에 지원 인력을 합쳐도 아직 부족했다. 그래서 이쿠야 같은 '이탈자'조차 귀중한 수사요원으로 발탁된 것이다.

오후 2시, '고자사가와강 소년 살인 및 시체유기 사건 특별 수사본부'의 첫 번째 수사 회의가 이와가키서 1층 다목적실에서 열렸다.

살인 사건이 발생하면 인원은 대개 수사반, 예비반, 서무반, 감식반에 할당된다. 그리고 수사반은 더 세세하게 탐문 수사, 주변인 수사, 증거품 수사로 나누어진다.

이쿠야는 시바와 함께 탐문 수사반에 배치됐다. 시신이 발견된 현장을 중심으로 주변 일대를 구획 별로 나누어 수상한 인물이나 차량, 익숙지 않은 잔류물이나 유실물이 없었는지 주민에게 탐문하러 다니는 역할이다.

수사반을 편성한 후, 형사과 강행범계 계장, 즉 이쿠야의 예전 상사가 다가왔다.

"어이, 미요시, 잘 부탁한다."

그러면서 이쿠야의 어깨를 세게 두드렸다.

"넌 쓸 만한 녀석이라고 수사 주임에게 강력 추천했거든."

"아, 네."

강력 추천은 무슨.

이쿠야는 몰래 입술을 삐죽했다.

부아가 치밀었다. 예전 상사라서 그런 게 아니다. 그의 속 보이는 입발림에 어쩐지 기뻐하는 자기 자신이 싫었다.

수사 주임이 소문대로 오사코 경감이었던 것도, 시바와 한 조가 된 것도 괴로웠다. 이쿠야가 형사과에 있던 시절, 몇 번인가 함께 수사한 사이였다.

'지금의 내 모습을 그들에게 보여주기가 부끄럽군.'

이쿠야는 연립주택의 외부 계단을 내려와 아스팔트에 피어오르는 아지랑이를 바라보았다.

결국은 이렇게 전부 자기혐오로 귀결된다. 어차피 나 자신의 문제다. 자신, 자신, 전부 자기 탓이다. 서른 살이 넘었는데도 전혀 성장하지 않았다.

열한 살이었던 그 시절에서 조금도 앞으로 나아가지 못

했다.

"저기, 마세 도마라는 녀석은 요 부근에서 유명해?"

시바가 손수건으로 이마를 닦으며 작은 목소리로 물었다.

40대 중반일 테지만 몸이 탄탄해서인지 뒷모습과 옆얼굴이 젊어 보인다.

"소년계의 이야기로는 그런 것 같습니다."

이쿠야도 손으로 얼굴에 부채질했다.

마세 도마.

첫 번째 발견자 및 현장에 모인 구경꾼의 입에서 흘러나온 이름이다. '고자사가와강 소년 살인 및 시체유기 사건 특별 수사본부'의 첫 번째 수사 회의에서도 목격 증언이 보고됐다.

"현장에서 마세네의 못돼먹은 아들놈이 도망치는 모습을 봤다."

"살해당한 아이는 분명 인근에서 '료'라고 불리던 아이다."

목격 증언 보고 후, 반 편성을 마치자마자 수사 회의는 끝났다. 아직 부검 결과가 나오지 않았고, 피해자의 신원조차 밝혀지지 않았기 때문이다. 밤 9시에 각 반의 보고 내용을 바탕으로 다시 회의를 열 예정이었다.

이쿠야는 스마트폰 메모 앱을 열고 내용을 읽었다.

"어, 생활안전과 소년계의 정보에 따르면 마세 도마는 만 15세입니다. 원래 같으면 중학교 3학년이죠. 그리고 마세와 함께 목격된 와타나베 게이타로도 동갑이고요."

'원래 같으면'이라고 덧붙인 건 도마와 게이타로가 학교에 다니지 않기 때문이다. 게이타로는 학적 자체가 존재하지 않는다.

조회해 보니 마세 도마는 초등학교 1학년 3학기부터 등교하지 않았다.

한편 와타나베 게이타로는 초등학교 2학년 중반부터 취학 기록이 없었다. 다른 지역 출신인데, 전입 후의 거주지를 행정기관에서 추적할 수 없게 된 사례다. 속히 말하는 '거소 불명 아동'이었다.

"마세의 신병은 아직 확보하지 못했지? 부모 쪽은 어때?"

"그쪽도 아직입니다. 어머니는 없고, 아버지는 도로코베 온천 거리의 스트립 클럽에서 호객꾼으로 일해요. 경영자의 조카라니까 불성실해도 잘릴 걱정은 없을 것 같군요. 파출소 근무자가 연립주택을 찾아갔는데 집에 없었습니다."

"밤에 일한다면 자는 중인가. 지금쯤 육체관계를 맺은 스트리퍼의 집에서 코를 드르렁드르렁 골고 있으려나."

"그럴지도 모르죠."

이쿠야는 고개를 끄덕이고 말을 이었다.

"와타나베 게이타로도 아버지밖에 없습니다. 싱글맘 가정이 많은 도로코베에서는 소수파니까, 그래서 어울리게 된 건가. 다만 마세와 달리 와타나베는 험악한 성격은 아닌 듯합니다. 마세를 졸졸 따라다니는 껌딱지랄까, 똘마니죠. 혼자 있으면 숫기 없고 얌전한 녀석입니다."

"리더와 껌딱지 콤비라. 흔한 구도로군. 개개인은 별것 아니지만 둘이 뭉치면 바로 흉포해지지. 서로에게 폼을 잡으려고 허세를 부리다가 점점 과격해져."

시바의 반소매 셔츠에서 드러난 위팔이 햇볕에 검게 탔다. 군데군데 살갗이 벗겨져서 빨갛게 변했다.

이쿠야는 계속 설명했다.

"마세 도마는 버터플라이 나이프를 가지고 다니면서 도로코베의 아이들에게 과시하듯 보여줬다고 합니다. 다만 시신의 상처 모양이 버터플라이 나이프와 일치하는지는 아직 모르고요. 부검 결과를 기다려야겠죠."

"피해자의 신원을 모른다는 게 참 안타깝군. 사망 추정 시각은 어젯밤이지? 부모가 밤에 일해서 저녁에 출근했더라도 아침에는 돌아올 거야. 집에 왔는데 아이가 없으면 좀 이상하게 생각하지 않을까."

"그야 여러 가지 핑계를 대면서 상황을 회피했겠죠. 친구네 집에서 잤겠지, 아침밥을 먹으러 갔겠지, 하고 자신들의 주특기인 추측을 연발하면서요."

그만 비아냥거리는 말투가 나왔다.

하지만 까닭 없는 반감은 아니었다. 이쿠야 본인의 어릴 적 경험에서 비롯된 감정이었다.

'부모인 그들도 사회의 희생자라는 건 알아.'

빈곤도 학대도 연쇄한다. 그들의 부모가 한 짓이 되풀이되고 있을 뿐이다. 사정을 감안하지 않고 무작정 책망한들 아무 의미 없다. 그건 안다.

'하지만 아무래도 화가 나.'

"온천여관의 직원 기숙사는 대부분 아침 식사만 제공합니다. 어머니는 점심과 저녁에 직원식을 먹을 수 있지만, 아이 밥까지 나오지는 않죠. 그래서 배가 고픈 나머지 동틀 녘부터 밖을 돌아다니는 아이가 적지 않습니다."

이쿠야는 최대한 목소리를 억누르며 설명했다.

"불과 3, 40년 전까지는 과자 한 봉지나 빵 한 개에 몸을 파는 아이도 있었대요. '야기라 식당'이 생기기 전의 일입니다."

"'야기라 식당'이라. 그러고 보니 전에 너랑 한 팀으로 수사했을 때 데려갔었지."

시바가 문득 뺨을 누그러뜨렸다.

"사장이 어릴 적 친구랬나? 이야, 그 가게의 돼지고기 생강구이와 감자샐러드는 정말 맛있었어. 또 먹고 싶었는데 결국 그러고는 한 번도 못 갔네."

"어차피 이제 갈 겁니다."

이쿠야는 얼굴을 슬쩍 돌리고 말했다.

"식당에 가면 피해자의 신원은 금방 밝혀지겠죠. ……도로코베의 아이 중 약 30퍼센트가 모이는 곳이니까요. 야간

회의 전에 이름과 집이 밝혀지면 의기양양하게 서로 돌아갈 수 있겠네요."

5

설거지와 청소를 마친 와카노와 아이들은 "사장님, 나중에 또 올게요!" 하며 가게를 나섰다.

쓰카사는 한 손을 대충 흔들며 주의를 주었다.

"저녁 7시 전에 와. 술 파는 시간에는 못 들어오니까."

동네 의사와 상점가에서 가게를 운영하는 사람들도 점심 겸 휴식을 마치고 일제히 나갔다.

'오후 2시인가. 자, 이제부터는 어른들 타임이로군.'

그렇다고 메뉴를 바꾸는 건 아니다. 바뀌는 건 손님층이다.

이 시간대부터 가게는 운동복에 화장기 없는 여자와 눈곱 낀 얼굴에 수염이 삐죽삐죽한 남자로 채워진다.

새벽녘까지 온천여관 주변의 환락가에서 일하는 사람들이다. 여자는 호스티스나 스트리퍼, 유흥업소 도우미. 그리고 남자는 바텐더나 매니저, 또는 여자들의 기둥서방이다.

그들은 식당에 오래 머무르지 않는다. 잡담도 거의 나누지 않는다. 덮밥이나 정식을 말없이 먹어 치우고 나른한 표정으로 돌아간다.

그렇지만 가끔은 예외도 있다.

"사장님! 야키소바 하나, 초생강 많이 넣어서. 그리고 2인분은 포장으로. 우리 집 애들이 이 가게 야키소바에 푹 빠졌거든."

카운터에 몸을 내밀고 그렇게 주문한 건 유흥업소 도우미 유키였다. 시곗바늘이 4시를 가리키기 직전이었다.

"오, 장한걸, 유키 짱."

온천 만주[4] 가게를 하다가 은퇴한 영감님이 놀리듯이 말했다.

"아이들 밥도 제대로 챙기는구나. 참 장해."

"당연하죠. 다른 사람들이 너무 생각 없는 거라고요. 자기 자식의 밥을 사서 돌아간다고 칭찬해 주다니, 여기는 정말 별나다니까."

얼굴 여기저기에 반영구 화장 시술을 받은 '유키 짱'이 홍, 하고 코웃음쳤다.

쓰카사는 프라이팬을 흔들며 웃었다.

"뭐, 그야 '곤궁하면 마음이 병든다'라고 하니까. 아니면 '근묵자흑'이라는 말도 있고."

"엥? 뭐야, 그게."

유키가 인상을 찌푸렸다.

---

4 밀가루나 쌀가루 반죽으로 만든 피에 달콤한 팥소를 넣고 쪄서 만드는 일본의 전통 화과자.

"사장님은 가끔 통 모를 소리를 하는 게 문제야. 입 다물고 있으면 괜찮은 남자인데."

"그래? 미안해."

쓰카사는 순순히 사과했다.

"그것보다 업장은 좀 어때? 매출은 좀 회복됐나?"

"아니, 아니. 완전히 글렀어. 그야 코로나 탓도 있겠지만, 경기가 안 좋으면 무엇보다 고객 질이 떨어져. 정말 저질이라니까. 그렇다기보다 징그러워. 얼마나 징그럽게 만지는지 몰라. 그걸로 돈 버는 내가 할 말은 아니지만 어쩐지 세상이 전체적으로 이상해진 것 같지 않아?"

"옳소."

영감님이 동의했다.

"그나저나 들었나? 고자사가와강의 하천부지에서 어린애 시체가 발견됐대."

"어, 몰랐어요. 대체 무슨 일이래요?"

유키의 눈이 동그래졌다.

쓰카사는 야키소바를 담으면서 "거짓말이야, 거짓말" 하고 머리 위의 텔레비전을 가리켰다.

"아침부터 계속 틀어놨는데 그런 뉴스는 한 번도 안 나왔어. 어르신, 그런 흉측한 거짓말은 하면 안 되죠."

"어이구, 거짓말은 무슨. 쓰카사 짱이야 거기서 프라이팬을 흔들고 있으니까 몰랐겠지만, 밖에서는 이미 난리가 났어.

아침 10시인지 11시에 시체가 발견돼서, 하천부지에 구경꾼들이 버글버글했다니까."

"앗. 어린애 시체라니……."

유키가 얼굴 가득 주름을 잡았다.

"설마 요 부근에 사는 아이? 우리 애들한테도 밖에 나가지 말라고 해야겠네. 역시 세상이 이상해졌어. 대체 뭘 어쩌자고 어린애를 죽이는 거람."

"그러게나 말이야. 이상한 놈들이 늘어났어."

영감님이 팔짱을 끼고 앓는 듯한 소리를 냈다.

"백화점에서 일하는 조카딸에게 들었는데, 요즘은 아이를 잃어버려도 안내방송을 해서 찾질 않는대. 방송을 들은 변태가 부모인 척 찾아오는 경우가 많아서 그렇다는군. 지금은 '매직미러로 아이에게 얼굴을 확인시킨 후 돌려보낼 것', '아르바이트생은 대응하지 말고 반드시 경비원을 부를 것' 같은 대응 매뉴얼을 철저히 따른대. 조카딸도 직접 겪었는데 안내방송을 했더니 진짜 부모는 오지 않고 생판 남만 네 명이나 나타나더래. 아이는 한 명인데 말이지. 기분 나쁘고 무서웠다고 한탄했어. 아아, 정말 끔찍한 시대가 돼버렸다니까. 옛날에는 어린애를 노리는 변태는 없었는데."

"아니요, 그럴 리가요."

쓰카사는 고개를 저었다.

"이상한 인간은 옛날부터 있었어요. 나도 어릴 적에 모르는 아저씨가 다가와서 '애야, 용돈 줄 테니, 고추 좀 보여줄 래?' 하고 추근거렸다고요."

"그래 맞아. 변태를 한 번도 만나지 않고 자라는 경우가 드물지."

유키가 고개를 크게 끄덕였다.

"아, 이런 이야기를 했더니 진심으로 애들이 걱정되네. 저기, 사장님, 내 야키소바도 포장해 줘. 변태는 둘째치고 살인자가 돌아다니면 위험하잖아. 여기 짭새는 아무 기대도 안 되니까 말이야."

'짭새뿐만이 아니지.'

쓰카사는 유키가 먹다 남긴 야키소바를 받아 들며 혼잣말 했다.

그렇다, 경찰뿐만이 아니다. 어린애 시체가 발견됐다는 이야기가 진실인지 거짓인지는 모르겠지만 도로코베에 굶주린 아이와 학교에 다니지 않는 아이가 넘쳐나는 건 틀림없는 사실이다.

하지만 주민들 대부분 이러한 상황에 너무 익숙해져서 사고가 마비됐고, 부모들조차 아무 생각이 없다. 유키처럼 '엄마가 아이의 밥을 챙겨주는' 정도만 돼도 칭찬받는 동네다.

'원래 같으면 행정기관이 나서야 해.'

어린이 식당도 그렇다. 민간이 아니라 행정 차원에서 아이를 보호하고, 먹이고, 교육을 시행하는 것이 근대국가의 역할 아니겠는가.

하지만 "도로코베의 교육 상황을 개선합시다" 하고 나서는 국회의원은 지금까지 한 명도 없었다.

역대 시장도 마찬가지다. 소문으로는 도로코베 온천 협회 회장이 거액의 납세를 방패 삼은 데다 오랜 세월 시장들에게 뇌물을 먹여왔다고 한다. 물론 진위는 불확실하지만, 쓰카사 생각에는 그럴싸한 이야기 같았다. 곤궁한 처지에 있는 어머니들을 접객원으로 고용해 16시간 이상 부려 먹는 여관은 도로코베에 한두 곳이 아니다.

"유키 짱, 자."

쓰카사는 야키소바를 담은 플라스틱 팩 세 개를 내밀었다.

"그거 가지고 얼른……."

집에 가라는 말은 목구멍 속에서 사라졌다.

출입구 미닫이문이 열리고, 가게 분위기에 전혀 어울리지 않는 두 사람이 들어왔기 때문이다.

이쿠야.

한쪽은 어릴 적부터 친구였던 미요시 이쿠야였다.

쓰카사는 다른 남자에게 재빨리 시선을 주었다. 이쪽도 본 적 있는 얼굴이었다. 몇 년 전에 이쿠야가 데려온 손님이다. 분명 현경 본부의 수사관이라고 들었던 것 같은데…….

"오, 이쿠 짱이잖아."

온천 만주 가게를 하다가 은퇴한 영감님이 한 손을 들었다.

하지만 이쿠야는 인사를 무시했다.

"실례합니다. 좀 여쭤볼 게 있어서요."

남처럼 서먹서먹한 말투였다.

"이 식당에 드나드는 남자애 중에 애칭이 '료'인 아이는 없습니까. 나이는 열 살에서 열두 살 정도고, 키는 132센티미터에 마른 체형입니다. 쌍까풀 진 눈에 검은 눈동자. 충치가 많습니다."

"아……, 그야, 몇 명 있는데."

쓰카사는 일부러 거친 말투를 썼다.

"성씨는? 무슨 료야?"

"아니요. 애칭이 '료'인 남자애를 찾고 있습니다."

"즉, 성씨는 모른다는 거로군. 혹시 시체로 발견됐다는 소문이 도는 아이?"

"답변드릴 수 없습니다."

이쿠야가 무표정한 얼굴로 대답했다. 시선은 쓰카사를 살짝 피해서 등 뒤의 벽을 향했다.

쓰카사는 울컥했지만 표정에는 드러내지 않고 말했다.

"내가 아는 바로는 료스케가 한 명, 료타가 한 명 있어. 걔들이랑 한자가 다른 료도 두 명 있고. 료스케와 이름 한자에 삼수변이 들어가는 료는 점심때 왔어. 좌부변이 들어가는 료와 료타는 오늘 아직 못 봤고."

"그럼 마세 도마와 와타나베 게이타로는요? 보셨습니까?"

"못 봤는데. 그리고 마세는 우리 가게에 온 적이 없어. 게이타로는 단골이었지만."

"이었지만? 과거형이로군요."

"지난 반년은 얼굴을 별로 내비치지 않았지. 분명 마세와 어울린 후부터 그랬을 거야."

그렇게 대답한 후 쓰카사는 한쪽 눈을 가늘게 떴다.

"마세 도마가 용의자야?"

"왜 그렇게 생각하시죠?"

되물은 건 현경 수사관이었다. 그 질문에 쓰카사는 어깨를 으쓱했다.

"그야 누구든지 그렇게 생각하겠죠. 마세 도마는 유명한 악동이니까. 1 더하기 1은 2. 어린애의 시체가 발견된 직후에 경찰이 녀석을 찾는다면 다른 해답은 있을 리 없잖아요."

이쿠야보다 태도가 싹싹한 수사관은 "아이고" 하고 쓴웃음을 짓더니 명함을 내밀었다.

"어쨌거나 수사에 관련된 사항은 답변드릴 수가 없습니다. 혹시 보시거든 연락 주십시오."

쓰카사는 선선히 명함을 받아서 뒤쪽 냉장고에 자석으로 붙인 후, 이쿠야에게 시선을 되돌렸다.

"시체의 신원조차 모르는 거야? 그럼 나중에 와카노랑 애들이 오면 료타와 료를 찾아보라고 시킨다?"

이쿠야는 대답하지 않았다. 쓰카사는 개의치 않고 말을

이었다.

"애들이 말귀를 잘 알아듣게 작은 정보라도 제공해 주면 고맙겠는데."

"수사에 관련된 사항은 말 못 합니다."

억양 없는 목소리였다. 역시 눈은 마주치지 않았다.

"이거, 이거, 협력해 주셔서 감사합니다."

현경 수사관이 끼어들었다.

"그럼 뭔가 생각나시면 꼭 경찰서로 연락 주십시오."

그렇게 당부한 후 두 사람은 몸을 돌려 가게를 나섰다.

미닫이문이 닫혔다.

동시에 영감님과 유키가 폐에서 짜내듯 한숨을 길게 내쉬었다.

"뭐야, 이쿠 짱. 너무 폼을 잡잖아."

"그러게요. 수사에 관련된 사항은 말 못 합니다? 건방 떨기는. 내가 그랬잖아요. 짭새는 이놈이고 저놈이고 다 쓰레기뿐이라니까요."

유키가 떡 버티고 서서 말을 내뱉었다. 쓰카사는 고개를 끄덕였다.

"'은근무례함'의 전형적인 모습이었어."

"뭐? 사장님, 또 통 모를 소리를 하네."

유키는 야키소바가 든 플라스틱 팩을 카운터에 다시 내려놓았다.

"그것보다 화장실 좀 쓸게. 성질부렸더니 마렵네. 덧붙여 오늘 이틀째거든."

"상관없지만 화장실 더럽히지 마."

"아, 여자한테 그런 식으로 말하는 거야? 최악이네. 그러니까 사장님은 언제까지고 결혼을 못 하는 거야!"

유키는 퉁명스럽게 쏘아붙이더니 화장실 쪽으로 빠르게 사라졌다.

6

그로부터 30분 전, 이와가키서 도로코베 파출소에서 소형 순찰차 한 대가 출동했다.

올해 2년 차인 순경이 운전대를 잡았다. 조수석에는 파출소장 겸 계장인 50대 경위가 탑승했다.

오늘 오전에 설치된 '고자사가와강 소년 살인 및 시체 유기 사건 특별 수사본부'의 명령을 받고 나서는 길이었다.

물론 자동차 순찰대는 이미 출동해 현장 반경 5킬로미터 이내를 수색 중이었다. 그러나 동네 지리는 관할 파출소 근무자가 훨씬 잘 안다.

그들의 수색 대상은 15세 소년 두 명이었다. 다음으로 우선순위가 높은 업무는 피해자 아동의 신원 조사다.

"음, 현시점에서 피해자 관련 정보는 대략적인 나이와 체격, '료'라는 애칭뿐인가."

파출소장이 말했다.

가까운 현은 물론, 혼슈 지방 이외에서도 그 정보에 해당하는 실종 신고서는 확인되지 않았다.

10세 남짓의 소년이 무참한 시체로 발견됐는데, 부모의 신고 한 통 없다니 분명 이상한 상황이었다.

"일단은 신원 조사부터 할까. 이름에 료가 들어가는 남자애를 한 명씩 찾아내 목록에서 지우는 거야."

"아이들이 모이는 곳이라면 일단 오락실이겠죠?"

운전대를 잡은 순경이 대답했다.

온라인 게임이 보급돼 도시에서는 오락실이 차례차례 문을 닫는다고 한다. 하지만 여기 도로코베에서는 당당한 현역이다. 어째선지 사람들은 온천에 오면 옛날 분위기를 즐기고 싶어지는 모양이다. 한참 전에 유행했던 격투 게임과 메달 밀어내기 게임에 기꺼이 돈을 쓴다.

"그러고는 편의점 주차장, 쇼핑센터. 그리고 '야기라 식당'이려나요."

"접객원의 아이가 많으니까 직원 기숙사 주변도 살펴봐야겠군."

"그리고 두 소년도 찾아야겠죠. 특히 마세 도마를요."

순경은 고개를 끄덕이고 말했다.

수색 대상 중 한 명인 마세 도마에 관해서는 잘 안다. 도로코베 파출소에 착임한 후로 여러 번 계도 조치와 불심 검문을 했던 인물이다.

마세 도마는 키가 크고 열다섯 살치고는 체격이 좋았다.

오른쪽 눈이 왼쪽 눈에 비해 극단적으로 가늘고, 그 때문에 모질고 박한 인상을 준다. 피부가 뽀얗고 입술만 묘하게 붉다. 충치와 본드 흡입 때문에 앞니가 두 개 없다.

열네 살이 되고 얼마 지나지 않아 상해와 공갈 혐의로 소년 분류 심사원에 송치됐다.

심사를 거쳐 4주 후에 돌아왔지만, 곧 강도 및 상해 혐의로 재체포됐다. 이번에는 소년원행이 결정됐다. 소년원에서 약 석 달을 보내고 퇴소한 것이 반년 전이다.

현재 보호관찰관의 감독을 받고 있겠지만, 마세 도마의 소행이 개선된 낌새는 없었다. 가정법원 조사관의 연락도 없다.

"이야, 마세 때문에 골머리가 아프네요."

"그러게나 말입니다."

이렇듯 파출소 순경으로서는 소년계 계원과 얼굴을 마주 보고 한탄하는 것이 고작이었다.

특히 요즘 마세 도마가 성에 눈을 떠서 더 문제였다. 자기보다 어린 아이에게 칼을 들이대고 몸을 만지는 등 성적으로 못된 짓을 일삼는다는 민원이 십수 건 들어왔다. 피해자는 대부분 남자애였다.

"시신……, 피해자는 성폭행을 당했죠?"

순경은 깜빡이를 켜고 우회전 차선으로 들어갔다.

"응, 끔찍했다는군. 덤으로 하반신은 베인 상처 천지였대."

"그럼 역시."

마세의 소행일지도 모르겠네요, 라는 말을 삼키고 순경은 운전대를 꺾어서 우회전했다.

"하다못해 와타나베 쪽은 확보하고 싶은데요."

그렇게 화제를 살짝 바꾸었다.

"그 아이는 혼자 있으면 얌전해서 다루기 쉬울 테니까요."

순경은 와타나베 게이타로의 얼굴을 머릿속에 떠올렸다.

와타나베는 마세 도마와 대조적으로 비쩍 마른 몸에 키만 크다. 눈도 코도 작아서 인상이 흐릿한 얼굴이다. 대신에 얼굴 가득 퍼진 여드름과 커다란 눈물점이 두드러진다. 목이 길고 어깨가 축 처져서 어쩐지 기린을 연상시키는 소년이었다.

"오, 아이들이 있네."

파출소장이 창밖을 가리켰다.

편의점 주차장에 아이 몇 명이 무리 지어 있었다. 순경은 다시 깜빡이를 켜고 주차장에 순찰차를 멈췄다.

"얘들아, 이야기 좀 할까."

파출소장이 조수석 문을 열고 말을 걸었다.

허둥지둥 일어서려는 아이들을 제지하며 말을 이었다.

"아니, 아니. 혼내려는 게 아니고, 좀 물어볼 게 있어서.

너희들 오늘 료라는 아이 못 봤니? 열 살 조금 넘은 남자애인데."

"……료스케라면 낮에 '야기라 식당'에서 봤는데요."

한 남자애가 경계심 가득한 표정으로 대답했다.

"그리고 하시료는 아까 '스가타' 옆에서 자판기의 동전을 줍고 있었어요."

하시료라, 하고 순경은 속으로 중얼거렸다. 진짜 성씨와 이름은 하시모토 료나 하시다 료쯤 될까. 료라는 아이가 많으니까 구분해서 부르는 것이리라.

"고마워. 해지기 전에 집에 가렴."

파출소장이 순찰차 문을 닫았다. 백미러에 비치는 아이들이 긴장된 표정을 풀었다.

"치과 기록과 대조해 신원을 알아낼 수 있으면 좋을 텐데요."

순경은 나지막하게 말했다.

현경을 통해 시신의 치아를 기록과 대조해 달라고 치과의사 협회에 요청했다. 신원만 밝혀지면 이렇게 거북한 탐문 수사는 하지 않아도 된다.

"그러게. 하지만 피해자의 입안은 아니나 다를까 충치로 엉망진창이었어. 적어도 지난 몇 년간은 치료한 흔적이 없대. 만약 부모가 '야반도주'했다면 다른 현에서 넘어왔을 가능성도 크겠지. 유치도 빠졌을 테니, 대조에 애먹을 것 같은

데. ……이봐, 그것보다 보고 부탁해."

"아참, 네."

파출소장의 지시에 "그랬죠. 죄송합니다" 하고 순경은 어깨의 무전기에 손을 댔다.

어깨의 무전기는 '고자사가와강 사건 특별 수사본부'에, 순찰차 무전기는 평소대로 통신 지령실에 주파수를 맞춰놨다.

"도로코베 112에서 특수본에 알림."

―특수본입니다, 말씀하십시오.

"보고 사항입니다. 료스케 1명, 오늘 목격됨. 이어서 통칭 하라쇼라는 아이 1명도 목격됨. 번화가로 확인하러 가겠습니다, 이상."

―특수본, 수신했음.

"도로코베 112, 통신 완료."

순경은 무전을 끊고 안전벨트를 맨 후, 기어를 D에 넣었다. 편의점 주차장을 나서서 온천 만주 가게 '스가타'로 향하기 위해 좌회전했다.

하지만 5분도 달리기 전에 순찰차는 속력을 낮췄다.

"어이, 저기 봐."

"네."

순경과 파출소장이 동시에 알아차렸다.

두 사람이 탄 자전거가 앞을 달리고 있었다. 빼빼 마른 소년이 페달을 밟고, 체격이 좋은 소년은 앞쪽 소년의 어깨를 짚은 자세로 뒷자리에 서 있었다.

마세 도마와 와타나베 게이타로다.

이번에는 파출소장이 자기 어깨에서 무전기 마이크를 떼어냈다.

"도로코베 112에서 특수본에 알림. 보고 사항입니다. 수색 대상자를 발견. 마세 도마와 와타나베 게이타로를 발견. 지금부터 불심 검문에 나서겠습니다. 이상."

수신했음이라는 답변을 듣는 둥 마는 둥 무전을 끊었다. 차 안이 대번에 긴장감으로 가득 찼다.

평소 같으면 "거기 자전거, 정지하세요" 하고 경고를 날릴 상황이다. 하지만 순경은 그러지 않고 속력을 높여 자전거를 추월했다. 그리고 앞길을 막으며 순찰차를 세웠다.

와타나베 게이타로가 급브레이크를 밟았다. 파출소장이 재빨리 차에서 내렸다. 자전거가 비스듬히 방향을 틀며 멈추자 뒤에 타고 있던 마세 도마가 아스팔트에 한쪽 발을 댔다.

도마는 자전거에서 내려 몇 번 발을 구른 후, 파출소장을 노려보았다.

파출소장이 웃음을 만들어 붙인 얼굴로 말했다.

"얘들아, 자전거를 둘이 타고 다니는 건 도로교통법 57조 위반이야. 그건 너희들도 알지? ……말이 나온 김에 좀 물어볼게. 그 자전거는 누구 거니?"

"내 건데."

도마가 즉시 대답했다.

"그렇구나. 네 이름은?"

"알아서 뭐 하게?"

"그러냐. 그럼 넌?"

파출소장이 게이타로에게 시선을 돌렸다. 게이타로는 "어, 아" 하고 흐릿한 목소리를 내며 노골적으로 고개를 돌렸다.

순경은 소년들이 파출소장에게 정신이 팔린 틈에 자전거 뒤쪽으로 돌아갔다.

"방범 등록만 확인할게."

방범 등록 스티커를 확인해 지역명과 번호를 재빨리 수첩에 적었다.

"아, 뭐야."

그제야 알아차리고 도마가 눈에 쌍심지를 켜자 "괜찮아, 괜찮아" 하고 파출소장이 달랬다.

"너희 자전거라는 걸 확인만 하면 끝나. 괜히 성질부리면 더 오래 걸린다? 그건 싫지? 자, 이름은?"

촌극이었다. 도로코베 파출소 근무자가 마세 도마의 얼굴과 이름을 모를 리 없다. 이 자리에 있는 사람 모두 다 연기임을 알고 있었다.

"이쪽 아이는 대답하기 싫은가 보군."

파출소장은 그렇게 말하고 다시 게이타로에게 고개를 돌

렸다.

"다시 물을게. 이름이 뭐지?"

"어, 그게……, 와타나."

"야!"

도마가 고함을 질렀다.

공기가 부르르 떨리는 것 같았다. 게이타로가 몸을 움찔하며 어깨를 움츠렸다.

단숨에 긴박한 분위기가 주변을 감쌌다. 파출소장이 천천히 도마에게 시선을 되돌렸다.

"……사토야."

달아날 수 없다는 걸 깨달았는지 도마는 부루퉁한 얼굴로 말을 내뱉었다.

"오, 사토구나. 성씨는 알았고, 이름은?"

"하루키."

"그럼 그쪽 넌? 와타나베 뭐지?"

역시 대답한 건 도마였다.

"겐지야."

"그렇군. 와타나베 겐지로구나."

파출소장이 순경에게 눈짓했다.

순경은 재빨리 순찰차로 돌아가 무전기 마이크를 집었다. 무전은 이와가키서 통신 지령실로 연결됐다. 성가시지만 필요한 절차는 밟아야 한다.

"도로코베 112에서 이와가키에 알림. 자전거 한 건 조회 부탁드립니다. 번호는……."

순경은 파출소장과 도마에게 시선을 주며 메모한 등록 번호를 일부러 천천히 말했다.

어깨 너머로 파출소장의 목소리가 들렸다.

"사토, 지금 등록 번호를 조회하는 중이야. 그 사이에 호주머니에 뭐가 들었는지 보여주지 않을래?"

"에엥? 왜?"

"그렇게 벋대지 말고. 보여주면 금방 끝나."

"싫은데. 뭐야 이게, 지랄하고 자빠졌네."

"이런, 이런. 욕설을 퍼붓는다고 끝날 일이 아니야. 만약 너희가 자전거 주인이 아닌 걸로 밝혀지고, 호주머니에 뭐가 들었는지도 보여주지 않는다면 거동 수상자를 넘어서 조사 대상자로 보고 경찰서에 데려가는 수밖에."

"뭐? 뭔 개소리야. 미쳤나."

"아니, 그러니까, 그게 싫으면……."

순경이 등록 번호를 다 말했다. 즉시 통신 지령실에서 답변이 왔다.

―이와가키 수신했음. 등록자 주소는 이와가키시 오아자 도로코베 1242번지. 성명은 스도 레이치. 이상.

역시 마세 도마의 자전거도, 와타나베 게이타로의 자전거도 아니었다. 그렇겠지, 하고 순경은 속으로 웃었다. 그들의 물건치고 저 자전거는 새것처럼 너무 깨끗했다.

"지랄하네. ······다 알아. 너희들 짭새가 하는 짓은 늘······."

"그러니까 보여주면 금방 끝난다니까······."

"건드리지 마, 이런 병신아. ······너, 처음부터 날······."

악다구니를 쓰는 도마의 목소리를 한 쪽 귀로 흘려들으며 순경은 무전을 끊었다.

"도로코베 112 수신했음. 도로코베 112 통신 완료."

아무튼 이걸로 그들을 경찰서에 끌고 갈 이유가 생겼다. 좋아, 하고 순경이 작은 목소리로 중얼거리고 무전기 마이크를 순찰차에 돌려놓은 순간이었다.

뒤쪽에서 비명이 들렸다.

짧고 날카로운 비명이었다.

순경은 반사적으로 몸을 돌리려 했다. 하지만 늦었다.

칼날이 순경의 목을 겨누고 있었다.

버터플라이 나이프였다. 본 기억이 났다. 볼 스페이서[5] 타입으로, 분명 마세 도마가 예전에 가지고 다녔던 물건이다.

하지만 지금 순경의 목에 칼을 들이댄 사람은 도마가 아니었다.

"죄송해요."

---

5 버터플라이 나이프의 회전축에 사용되는 볼 베어링 시스템. 주로 고급형 버터플라이 나이프에 사용된다.

떨리는 목소리로 말한 건 와타나베 게이타로였다. 손 역시 소리가 날 것처럼 부들부들 떨리고 있었다.

이러지 말라고 순경은 생각했다.

'그렇게 떨리는 손으로 칼을 내 목에 들이대지 마.'

목 앞쪽에 통증이 느껴졌다.

역시 칼날이 닿은 모양이었다. 하지만 자신의 상처를 걱정할 여유는 없었다. 순경은 눈알을 움직여 맞은편에 있는 마세 도마를 보았다.

도마는 도로에 몸을 웅크리고 있었다. 하지만 그게 아니라는 걸 금방 깨달았다.

도마는 쓰러진 파출소장 옆에 쪼그려 앉아 있었다. 오른손에는 밀리터리 용품 취급점에서 판매하는 헌팅 나이프를 쥐고 있었다.

붉은 것이 지면을 흘렀다.

설마, 저건 피인가. 순경은 두 눈을 의심했다.

목이 탔다. 순식간에 입안이 바싹 말랐다. 소리를 지르고 싶었지만, 비명은 목구멍 안쪽에서 응고해 작게 오그라들었다.

'소장님이 찔린 건가.'

파출소에 근무하는 경찰관은 기본적으로 방검조끼를 착용한다. 하지만 칼날을 튕겨 낼 만큼 방어력이 강하지는 않아서 칼을 완전히 막을 수는 없다. 그리고 물론.

'물론 목을 노리면 끝장이야.'

파출소장은 어디를 찔린 걸까. 순경은 시선을 모았다.

이 각도에서는 잘 보이지 않았다. 아니, 찔린 게 아니라 목을 찢겼을지도 모른다. 피가 계속 흘렀다. 아스팔트가 점점 붉게 물들었다.

순경은 시야가 흐릿해졌다는 걸 알아차렸다. 코가 찡했고 뜨거운 것이 뺨을 타고 흘러내렸다.

"죄송해요."

게이타로가 한 번 더 말했다.

그 목소리도 눈물에 젖어 있었다.

"그게, 이러지 않으면 도마가……. 정말 죄송해요."

7

엉덩이가 무거운 만주 가게 영감님이 돌아가자 쓰카사는 미닫이문에 걸린 팻말을 '준비 중'으로 뒤집었다.

하지만 몇 분 후 다시 문이 열렸다.

들어온 사람은 와카노였다. 뒤이어 렌토, 메아, 고코나도 들어왔다.

"얘들아, 아직 준비 중이야."

"알아요."

와카노가 입술을 삐죽 내밀었다.

"저녁 영업 준비하는 걸 도와주려고 온 거예요."

"참 기특하기도 하셔라. 무슨 꿍꿍이야?"

와카노가 대답하기 전에 메아가 어깨를 움츠렸다.

"바깥이 엄청 시끌벅적하거든요. 여기저기 경찰이 돌아다녀요."

"맞아, 맞아. 얼른 집에 가라고 잔소리를 해요."

렌토도 둥그런 뺨을 부풀렸다.

"집에 못 있으니까 밖에 나오는 건데. 경찰은 참 멍청해. 어른이면서 머리가 나쁘다니까."

도로코베의 3대 온천여관 중 한 곳인 '지센'에서는 아침 9시에 직원 기숙사에서 아이들을 쫓아낸다. 그리고 오후 5시까지는 절대로 출입을 금지한다. 이유는 안에 누가 있으면 광열비가 들기 때문에.

'히사고야'와 '쓰키미노야도'는 그래도 사정이 좀 나아서 오후 3시에 출입을 허용하고, 아픈 아이는 쫓아내지 않는다. 여기에 비하면 '지센'은 인정사정없기로는 타의 추종을 불허한다.

렌토가 스윙도어를 밀고 주방으로 들어왔다.

"사장님. 나, 채소 껍질 벗길게요. 대신에 다 끝나고 나면 7시까지 여기서 만화 보게 해주세요. 시끄럽게 안 할게요."

"알았어. 그럼 거기 있는 당근이랑 감자 껍질을 벗겨. 손부터 씻고 나서."

"저는 양파 썰고 싶어요."

메아가 한 손을 들었다.

"껍질 벗기고 나면 채 썰기 시켜 줘요."

"그건 괜찮은데, 사건에 대해 소문이 많이 퍼졌니?"

쓰카사는 물어보았다.

"물론이죠. 어른이고 아이고 오늘은 그 이야기만 하는걸요. 고자사가와강 하천부지에서 시체가 발견됐대요. 하지만 죽은 게 누구인지는 아직 모르는가 보고요."

"우리가 얼굴 보면 바로 알 텐데."

와카노가 말했다.

"조만간 피해자의 초상화가 그려지면 그걸 들고 조사하러 돌아다닐지도 모르겠네. 아니면 디지털 처리한 사진이나."

그렇게 대꾸하며 쓰카사는 고개를 꼬았다. 아이들을 상대로 이런 이야기를 계속해도 될지, 어디서 끊어야 할지 망설였다.

고코나가 머뭇머뭇 입을 열었다.

"저기, 죽은 아이가 누구인지 알면 범인도 금방 잡혀요?"

"설마, 그건 아니지."

와카노와 메아가 입을 맞추어 대답했다.

"힘들걸. 쓰카모토초에서 여자 회사원이 살해당한 사건의 범인도 아직 체포 못 했잖아. 형사 드라마처럼 일이 술술 잘 풀리지는 않아."

"그쪽이랑은 범인이 다를 것 같은데. 이번에 죽은 건 남자애잖아?"

"어, 난 여자애라고 들었는데."

렌토가 필러를 한 손에 들고 목소리를 높였다.

"남자애라니까."

"나도 그렇게 들었어."

"어, 하지만……."

렌토를 시작으로 와카노, 메아, 고코나가 저마다 말을 꺼냈다.

아무래도 정보가 서로 뒤섞여 엉클어진 것 같았다. 쓰카사는 "애들아, 조용히 해" 하고 말다툼하는 아이들을 중재했다.

"그것보다 너희들, 무섭지는 않아? 죽은 건 너희 친구일지도 몰라. 살인자가 요 부근을 돌아다닌 거라고."

"어, 음……."

와카노가 이마를 긁적였다.

"어쩐지 딱 와닿지 않는달까요. 죽은 애가 정말로 아는 애라면 좀 그렇겠지만……. 뭐랄까, 아직 잘 모르겠네요."

"응. 마치 드라마를 보는 기분이에요."

메아가 와카노와 눈을 마주치고 고개를 끄덕였다.

"무섭고 위험할지도 모르지만, 아직은 별 느낌이 없어요."

"그렇구나."

쓰카사는 수긍하고 더는 말을 꺼내지 않았다.

확실히 뜬금없는 대사건이다. 쓰카사도 어쩐지 현실감이 없을 정도니까 아이들은 더하리라. 아이들은 공상을 좋아하지만, 그렇다고 어른이 생각하는 것만큼 상상력이 풍부하지는 않다. 정신적으로 미숙한 만큼 공감 능력도 높지 않은 것이다.

'특히 도로코베의 아이들은 더 그럴지도 몰라.'

쓰카사는 속으로 그렇게 중얼거렸다.

이곳 아이들은 갑작스러운 이별에 익숙하다. 어느 날 친구가 부모와 야반도주해서 사라진다. 그다음 날에는 다른 친구가 추심꾼의 추적을 피해 가족과 함께 떠난다. 또는 이웃집 아저씨가 술에 취해 길가에서 잠들었다가 얼어 죽은 시체로 발견된다.

죽음과 실종에 관한 감각이 마비돼 언제 누가 없어져도 놀라지 않는다. 오히려 '사람은 갑자기 사라지는 법이다' '그게 당연하다'라고 생각하기까지 한다.

쓰카사가 자신만의 생각에 잠겨 있는데.

"아무래도 도마가 죽였나 봐."

문득 그런 목소리가 귀에 들어왔다.

쓰카사는 고개를 들었다. 흉흉한 말을 내뱉은 사람은 와카노였다. 가느다란 허리에 한 손을 얹고 다 안다는 듯 의기양양하게 말했다.

"경찰들이 다들 도마를 찾아다니거든. '이름에 료가 들어가는 아이를 오늘 못 봤느냐. 마세 도마는 봤느냐' 하면서. 뭐, 녀석이라면 그럴 만도…….."

쓰카사는 당황해서 "그러고 보니" 하고 끼어들었다.

"우리 가게에도 경찰이 조사하러 왔어. 와카노, 넌 발이 넓지? 어제부터 눈에 띄지 않는 '료'는 없니? 혹시 있으면 내가 경찰에 전달할게."

"어, 음, 그러니까……. 료스케는 봤었지?"

고코나가 제일 먼저 반응해 고개를 끄덕였다.

"봤어, 봤어. 점심때 있었어."

렌토도 동의했다.

"하시료도 어디선가 봤는데."

메아가 말했다.

"스가료는?"

"어젯밤에 파친코 가게 앞에서 봤어."

"그러고 보니 세이료를 못 본 것 같은데……."

아이들의 말을 막듯 쾅, 하고 시끄러운 소리가 났다.

유흥업소 도우미 유키였다. 손을 흔들어 물을 털어내며 화장실 문을 닫고 유유히 나왔다.

아직도 있었나, 하고 쓰카사는 내심 어이없어했다. 화장실에 너무 오래 있는 바람에 유키가 있었다는 사실조차 잊어버렸다.

유키는 각도를 조절하듯 속눈썹을 만지작거리다가 이맛

살을 찌푸렸다.

"어, 너희들 '지센'의 직원 기숙사에 사는 애들이잖아."

"왜요? 그게 뭐 어때서요?"

와카노가 기죽지 않고 대꾸했다.

"어때서고 저때서고, 여관 안주인에게 전해. 난 그쪽 남편에게 꼬리 칠 만큼 남자에 환장하지는 않았다고. 흥, 진짜 정신이 이상하다니까, 그 할망구."

"이봐, 애들한테 시비 걸지 마."

쓰카사는 유키를 말렸다.

"얼른 야키소바 가지고 돌아가."

하지만 유키는 주방으로 쑥 들어와서 쓰카사에게 몸을 기댔다.

"좀 들어봐, 사장님. 그 여관 할망구는 진짜 최악이야. '지센'에서 더는 출장을 요청하지 않아서 내 수입이 얼마나 줄었는지 알아? '히사고야'는 손님들이 너무 고상하고, '쓰키미노야도'는 등급이 좀 떨어지고, 출장 도우미를 불러서 노는 손님은 '지센'이 제일 많은데……."

"이봐, 식칼 들고 있는 거 안 보여? 들러붙지 마."

"맞아요. 꼴 보기 싫으니 좀 그만해요."

와카노가 성난 눈으로 말했다.

"애당초 그 사람은 누구에게나 그래요. 우리 엄마랑 고코나 엄마도 똑같이 의심받았어요. 안주인의 신경질이 가라앉을 때까지 그냥 머리를 조아리고 흘려넘기면 그만이라고요. 그런데 아줌마가 처신을 잘못한 거죠. 그건 완전히 자기책임 아니에요?"

"뭐? 애 좀 봐. 요즘 꼬맹이는 정말 건방지다니까."

"그만하라니까."

쓰카사는 말다툼하는 두 사람을 제지하고 유키를 주방 밖으로 밀어냈다.

"자, 애들이 기다릴 테니 빨리 집에나 가. 아까 경찰에게 들었잖아. 살인자가 돌아다닐지도 몰라."

"쳇, 방해꾼 취급이네."

투덜거리면서도 유키는 야키소바 봉지에 손을 뻗었다. 플라스틱 팩에 든 야키소바는 완전히 식어 있었다.

"사장님, 이거 전자레인지로 데워……."

줄 수 있지, 라는 말이 나오기 전이었다.

미닫이문이 열리는 소리에 쓰카사는 고개를 들었다.

냉방해서 시원한 가게에 열기를 띤 바깥 공기가 훅 밀려들었다. 그런데도 한순간 등골이 오싹했다. 어쩐지 분위기가 바뀌었다는 걸 깨달았다.

낯익은 사람이 미닫이문 틈새로 몸을 반쯤 들이밀어 가게를 들여다보고 있었다.

"어, 게이타로 오빠잖아."

메아가 목소리를 높였다. 와타나베 게이타로다.

하지만 게이타로는 아무 대꾸도 없었다. 메아를 보려고 하지도 않았다. 그는 가게 밖으로 고개를 돌리며 손바닥을 펼쳤다. 다음으로 손가락을 하나 세웠다.

쓰카사는 뭘까 싶었다. 손바닥을 펼친 후 손가락 하나. 숫자 6인가. 6.

그 순간 쓰카사의 팔에 닭살이 쭉 돋았다.

와카노, 메아, 고코나, 렌토, 유키. 그리고 자신. 여섯 명이다.

가게에 몇 명이 있는지 밖에 있는 사람에게 알려준 거야.

누구일지는 생각해 볼 필요도 없었다. 서가 앞, 게이타로에게 제일 가까이 있는 고코나에게 시선을 돌려 조심하라고 소리치려 했다.

하지만 늦었다.

게이타로가 아무 말 없이 고코나를 붙잡는 것과 동시에 시커먼 사람 형체가 가게로 들어왔다.

곁에서 렌토가 숨을 삼키는 기척이 느껴졌다. 쓰카사는 얼른 렌토를 등 뒤로 숨기고 방금 들어온 사람의 정체를 살폈다.

소년이었다.

검은색 티셔츠에 검은색 데님바지. 둘 다 많이 낡았고 땀 때문에 색깔이 빠졌다.

큰 키에 뼈대도 굵어서 덩치가 좋다. 오른쪽 눈이 왼쪽 눈에 비해 극단적으로 작다. 기묘하리만치 빨간 입술 사이로 앞니가 빠져서 뻥 뚫린 구멍이 까맣게 보였다.

'마세 도마.'

도마는 와카노에게 칼을 들이댔다.

두껍고 커다란 칼날이 매끄럽게 휘어진 헌팅 나이프였다. 그 곡선은 목을 가르기에 딱 적당해 보였다.

이어서 게이타로도 머뭇머뭇 버터플라이 나이프를 꺼내서 고코나의 목에 댔다. 도마와 달리 손놀림이 아주 어색했다. 그런 만큼 위험했다. 언제 실수로 칼날이 피부에 닿아서 상처가 날지 모를 정도로 불안정했다.

갑자기 파악, 하고 날카로운 소리가 울려 퍼졌다.

그 자리에 있던 모두, 도마조차 몸을 움츠렸다.

유키가 야키소바 플라스틱 팩을 바닥에 내팽개친 소리였다.

그 틈을 타 유키는 바닥을 박차고 달렸다. 게이타로 옆을 지나쳐 미닫이문 밖으로 뛰쳐나갔다. 말릴 새도 없이 고작 몇 초 만에 일어난 일이었다.

"아, 아아, 도망쳤다······."

게이타로가 한숨 같은 목소리를 흘렸다.

"도, 도망쳤어. 도마."

여드름으로 가득한 얼굴이 잔뜩 일그러졌다.

"괜찮아. 어차피 아줌마는 인질로서 가치가 없어."

게이타로와는 대조적으로 도마는 여유만만했다. 와카노에게 칼을 들이댄 채 입꼬리를 끌어올려 웃었다.

"아줌마가 죽어봤자 방송국에서 요란을 떨진 않겠지. 하지만 애새끼가 죽으면 생난리를 칠 거야. 경찰도 그건 알 테고. ……애새끼 네 명이면 충분해."

쓰카사는 시선을 모았다.

도마가 들고 있는 저 칼. 칼날이 지저분하고 흐려 보이는데, 대체 무슨 얼룩일까. 설마 핏자국?

아니, 설마 그럴 리가…….

도마는 미닫이문을 닫고 안에서 잠갔다. 그리고 칼을 왼손으로 바꿔 쥔 후, 오른손을 뒤로 돌려 허리춤에서 뭔가를 뽑았다.

잠시 후, 쓰카사는 두 눈을 의심했다.

등 뒤에 숨은 렌토가 "헉" 하고 작게 외치는 소리가 들렸다.

"꼼짝하지 마. 이거 진짜야."

권총이었다. 어디선가 본 적 있는 끈이 달려 있었다.

친구 이쿠야의 얼굴이 쓰카사의 뇌리를 스쳤다. 그렇다, 이쿠야가 파출소에 근무하던 시절에 봤다. 순찰용 벨트에 반드시 정해진 장비를 차고 다녔다. 경봉. 수갑. 그리고 피탈 방지끈을 연결해 권총집에 넣은 권총.

"멍청한 짭새한테서 빼앗은 따끈따끈한 신상품이지."

도마가 의기양양하게 웃었다.
"야, 다들 거기에 한 줄로 서. 양손 위로 쳐들고. 잘 들어. 지금부터 너희는 모두 내 거야."

제2장 점거

1

 오후 4시 55분. 이쿠야는 시바와 함께 도로코베 상점가를 걷고 있었다.
 해가 천천히 서쪽으로 기울고 있었지만, 일몰 시간은 아직 멀었다. 제일 더운 시간대는 지나갔는데도 열기를 머금은 아스팔트에는 웅덩이 모양의 신기루가 반짝반짝 빛났다.
 횡단보도에 접어들었을 때 시바의 가슴주머니에서 발신음이 울렸다. 현경에서 지급한 휴대전화였다.
 "특수본 탐문 수사 1반입니다."
 시바가 전화를 받았다. 그 얼굴이 순식간에 창백해졌다.
 "왜 그러세요?"
 이쿠야는 물었다.
 시바가 송화구를 손으로 막고 빠르게 대답했다.
 "순찰 중이던 파출소 근무자 두 명이 습격당했고, 권총한 자루를 강탈당했대."

"네?"

오한이 이쿠야의 등골을 훑고 지나갔다.

시바가 눈짓하길래 얼른 좁은 골목으로 들어갔다. 아무도 없는 걸 확인한 후 시바는 휴대전화를 귀에 댔다.

"알았어. 아아, ……뭐? 아니, 지금은 사카에길이야. 길 서쪽에 있어. ……알았어. 그래……, 바로 갈게."

통화를 마치고 시바는 이쿠야에게 몸을 돌렸다.

"습격당한 건 도로코베 파출소의 근무자 두 명. 특히 파출소장이 중상이야. 상처 중 하나는 경동맥에 다다를 만큼 깊다는군."

평소 모습과 달리 감정이 격해진 목소리였다.

"둘 다 병원으로 급히 이송됐어. 의식이 있는 순경이 이송 중 증언한 바에 따르면 마세 도마와 와타나베 게이타로에게 습격당했대. 마세 도마가 먼저 파출소장을 찌르고, 다음으로 순경에게 상처를 입혔지. 현재 수색 대상자 두 명은 인질을 붙잡고 식당에서 농성 중이야."

"농성? 식당……?"

이쿠야는 멍하니 시바의 말을 되뇌었다. 정보량이 너무 많았다. 잇달아 쏟아져 나오는 말을 머리가 미처 따라가지 못했다.

"……'야기라 식당'이야."

시바가 눈가를 실룩거리며 말했다.

"인질은 사장과 어린이 손님 몇 명. 즉시 식당 앞에 전선본부를 차릴 거래. 우리는 경찰서로 돌아오지 말고 그쪽에 합류하라는 지시였어. ……제기랄, 기껏해야 열다섯 살짜리 애새끼한테 권총을 빼앗겼다고? 환장하겠네."

땅을 걷어차는 시바를 이쿠야는 멍하니 바라보았다.

인질극이 벌어지는 농성 현장 앞은 이미 노란색 테이프로 차단돼 있었다.

테이프 바깥쪽은 구경꾼들로 북적였다. 제복 차림 경찰관들이 제지하기는 했지만, 그들은 저마다 스마트폰을 쳐들고 사건 현장을, 즉 '야기라 식당'을 촬영했다.

이쿠야는 혀를 찼다.

방송국이나 신문사에서 나온 듯한 차량은 아직 눈에 띄지 않았다. 하지만 구경꾼들이 SNS에 사진이나 영상을 올리면 그들이 촬영한 것이나 매한가지다. 그렇다고 스마트폰을 전부 압수하며 돌아다닐 수도 없는 노릇이었다.

말없이 사람들을 헤치고 노란색 테이프 안쪽으로 들어갔다.

'이런 사례는 처음인데.'

소규모 인질극은 형사과에 6년 있는 동안 두 번 경험했다. 처자식에게 버림받은 가정 폭력남이 전처에게 칼을 들이대고 연립주택에서 농성한 사건. 그리고 퇴로를 차단당한 강도가 점원을 인질로 잡고 농성한 사건이다.

다행히 양쪽 다 한 시간 안에 해결했다. 전자는 유리창을 깨고 돌입해 범인을 확보했고, 후자는 범인이 스스로 투항했다.

하지만 살인을 저질렀을지도 모르는 조사 대상자가 여러 명을 인질로 잡고 농성을 벌이는 사건은 경험한 적이 없었다.

게다가 범인은 미성년자고, 경찰에게서 권총까지 빼앗았다고 한다. 미증유의 사태라 할 수 있었다.

노란색 테이프 안쪽도 이쿠야의 심정과 마찬가지로 혼란스러웠다.

바쁘게 일하는 사람들은 전부 특별 수사본부에서 본 얼굴들이었다. 수사1과 수사관, 강행범계의 예전 동료, 기동수사대원. 모두 연락을 받고 현장으로 급히 달려온 듯했다.

"탐문 수사 1반이야. 이쪽에 합류하라고 들었는데."

시바가 그렇게 알렸다.

연락을 담당한 듯한 직원이 특별 수사본부에 보고했다. 아직 무전기가 갖추어지지 않아서 휴대전화로 연락했다.

"어, 일칠공공 무렵 기수 현장 도착. 일칠일오, 특수본 탐문 1반 및 주변인 2반 현장 도착. 현재 발포음 없음. 범인에게 움직임 없음."

기동수사대의 반장 같은 남자가 시바 옆에 섰다.

"범인이 틀어박히기 직전에 여자 손님 한 명이 도망쳤대. 그 사람 증언에 따르면 안에는 사장과 아이 네 명이 있어. 아이는 남자애 한 명, 여자애 세 명이야."

"저희도 한 시간쯤 전에 '야기라 식당'에 들렀습니다. 그렇지?"

시바가 이쿠야를 보았다.

이쿠야는 고개를 끄덕이고 반장을 쳐다보았다.

"네. 탐문하러 들렀습니다. 어중간한 시간대라 손님은 두세 명뿐이었죠. 어린이 손님은 없었고요."

"왜 이 가게를 노린 걸까? 범인들과 이 가게는 어떤 관계야?"

"와타나베 게이타로가 예전에 단골이었답니다."

시바가 대답했다.

"마세 도마는 그렇지도 않은 것 같고요. 현재 그 이상의 정보는 없습니다."

"그런가."

반장은 일단 알겠다는 듯 말했다.

"아무튼 고자사가와강에서 시체로 발견된 아이를 죽인 건 놈들로 확정됐군. 주범은 마세, 종범은 와타나베. 인질극을 벌임으로써 자백한 거나 마찬가지야."

그리고 앞으로 어떻게 대처할지 설명했다.

"이제 이와가키서에 설치된 '고자사가와강 사건 특별 수사본부'는 농성 사건의 지휘본부도 겸할 거야. 지휘본부 책임자는 이와가키 서장, 전선본부 책임자는 수사 주임 오사코 과장 대리라는군. 뭐, 기본적인 명령 체계는 변함없다는 뜻이지. 한편 인근 경찰서에 지원을 요청했어. 마흔 명쯤 증원될 예정이야."

"오사코 과장 대리는요?"

시바가 물었다.

"지금 이쪽으로 오는 중이야."

'발포음 없음. 범인에게 움직임 없음이라…….'

이쿠야는 연락 담당의 말을 곱씹으며 발돋움해서 식당을 살폈다.

아직 발포음이 들리지 않았다고 해서 방심할 수는 없다. 언제 총소리가 울려 퍼질지 모른다. 소년들은 경찰관을 공격할 만큼 궁지에 몰린 상태다. 이를테면 상처 입은 맹수다. 약간만 자극해도 쉽사리 폭발하리라.

"놈들은 피탈 방지끈을 잘라서 총을 탈취했습니까?"

이쿠야가 물어보자 반장이 대답했다.

"아니, 끈과 벨트를 연결하는 고리를 분리했대. 끈에 금속이 들어 있는 걸 알고 자르기보다 고리를 분리한 거겠지. 완전히 바보는 아닌 것 같아."

"권총집에서 용케 빼냈네요."

"뭐……, 한계가 있으니까."

반장이 말꼬리를 흐렸다.

무슨 뜻인지는 이쿠야도 안다. 현재 사용되는 권총집은 수지 제품으로 변경돼 벨트를 찬 본인 말고는 총을 뽑기가 어려운 구조다. 하지만 '어려울' 뿐이지 못 뽑는 건 아니다. 권총을 빼앗기지 않기 위해 아무리 조치해도 백 퍼센트 방지할 수는 없다.

"SIT[6]도 오겠죠?"

시바가 어쩐지 불안해하는 목소리로 물었다. 중견 수사관인 그도 경험한 적 없는 사례이리라. 빰도 조금 경직된 것처럼 보였다.

"물론이지. 몇 분이면 도착할 거야. 전선본부를 설치할 때도 SIT 반장에게 전화로 지시를 받았어."

반장은 식당 맞은편을 가리키며 말을 이었다.

"현장, 그러니까 '야기라 식당'을 내려다볼 수 있도록 '노미야 시계점' 2층의 방을 하나 빌리자는 계획을 세웠지. 시계점 주인은 '야기라 식당' 사장이 어렸을 때부터 알고 지낸 사람이라 다행히 협조적이야. 설비기기가 도착하면 자네들도 도와줘."

"알겠습니다."

---

6 인질극이나 총기를 사용한 범죄 등 흉악 범죄가 발생했을 때 초동 수사, 협상 및 범인 체포를 맡는 특수 수사대.

이쿠야는 시바와 한목소리로 대답했다.

'노미야 시계점' 주인은 이쿠야도 잘 안다. 할아버지부터 3대째 손목시계 건전지를 교환해 온 가게다. 1층이 점포고 2층이 집이니까 창문에 면한 거실을 사용하게 되리라.

갑자기 뒤편에서 사람들이 술렁거리길래 이쿠야는 그쪽으로 고개를 돌렸다.

오사코 과장 대리가 이끄는 수사반과 SIT, 즉 현경 제1특수반이 도착했다. 수사 차량에서 내린 사람들이 테이프를 넘어서 들어왔다.

"오사코 과장 대리님. 명령을 받고 특2에서 출동한 야다노 경사입니다."

SIT의 책임자인 듯한 남자가 오사코에게 인사했다.

이게 SIT인가. 이쿠야는 압도되는 심정으로 야다노를 올려다보았다. 기껏해야 관할서 직원에 불과한 자신과는 체격과 자세부터 달랐다.

특2는 제1특수반 수사 제2계의 약칭이리라. 투박하면서도 든든해 보이는 장비를 착용했고, 제복의 왼쪽 어깨에 달린 선명한 색상의 부대 마크가 눈부셔 보였다. 마이크와 헤드폰을 결합한, 이른바 헤드셋도 꼈다.

"오, 수사 주임 오사코야. 잘 부탁해."

오사코는 야다노에게 인사를 하는 둥 마는 둥 하고 현경 수사관을 돌아보았다.

"움직임은 어때?"

"큰 변화는 없습니다. 가게는 에어컨 실외기가 가동 중이고, 전기 계량기가 돌아가고 있습니다. 현재 그 이외의 움직임은 없는 상황입니다."

"인질은 어린애가 대부분이라던데. 신원은?"

"확인하는 중입니다. 다만 농성 직전에 현장에서 달아난 여성의 증언으로 여자애 한 명의 이름은 판명됐습니다. '와카노'. 한자는 정형 시조라는 뜻의 와카와 노기자카역의 노입니다."

"마세 도마와 와타나베 게이타로의 보호자와는?"

"아직 연락이 안 됐습니다."

"발포음은 여전히 없지? 남은 총알 수는?"

"습격당한 순경의 증언에 따르면 한 발도 사용하지 않았다고 합니다."

"그럼 다섯 발인가."

오사코가 떨떠름한 표정을 지었다. 이쿠야도 똑같은 표정이 나왔다.

그 무거운 벨트를 차지 않은 지 오래됐지만, 지급된 권총에 대해서는 아직도 똑똑히 기억난다. M37에어웨이트. M360J SAKURA와 마찬가지로 전국 경찰서에서 사용하는 권총이다. 경량화했고, 반동도 작아서 조준하기 쉬운 것이 특징이었다.

'즉, 훈련받지 않은 미성년자라도 쏠 수 있어.'

"권총 외에도 범인 둘 다 칼을 소지하고 있습니다. 마세 도마가 헌팅 나이프를, 와타나베 게이타로가 버터플라이 나이프를 들고 있는 걸 습격당한 순경이 목격했습니다."

"그렇군······."

오사코는 잠시 생각한 후 야다노를 보았다.

"SIT의 의견은?"

"일단은 접촉해야겠죠."

야다노가 망설임 없이 대답했다.

"인질을 잡은 농성 사건이 벌어지면 안쪽의 범인과 협상해야 합니다. 아니면 아무 진전도 없어요. 우선 저희 대원이 가게로 전화를 걸겠습니다. 응답하지 않으면 확성기로 불러야겠지만, 90퍼센트는 전화를 받아요. 그들도 영원히 버틸 수 없으리라는 것쯤은 아니까요."

전화라. 이쿠야는 기억을 더듬었다.

'야기라 식당'은 점포와 자택이 동일한 회선을 사용할 것이다. 전화는 주방에서 손이 닿는 위치에 있다.

이쿠야와 쓰카사가 어렸을 적에는 공중전화도 있었지만 휴대전화가 보급되면서 어느 틈엔가 사라졌다. 그렇다, 분명 '리리코 짱'이 있었던 시절을 마지막으로······.

"이봐, 미요시."

시바의 목소리에 어렴풋한 회상에서 깨어났다.

시바는 오사코가 타고 온 수사용 왜건 차량을 가리키며 "전선본부를 설치해야지. 얼른 기기를 안쪽에 들여놓자고" 하고 말했다.

2

쓰카사는 주방에서 렌토와 함께 양손을 쳐들고 있었다.

영원하게 느껴지던 침묵을 깨뜨린 건 한 손에는 총, 한 손에는 칼을 든 마세 도마였다.

그러나 말을 꺼낸 건 아니었다. "꿀꺽"하고 침을 삼키는 소리였다.

쓰카사는 무심코 그의 시선을 좇았다. 시선 끝에는 유키가 플라스틱 팩 세 개를 내팽개치는 바람에 바닥에 쏟아진 야키소바가 있었다.

"배고프냐?"

쓰카사는 조심스레 말을 꺼냈다.

"……그럼 총 내려. 칼도. 그러면……, 새로 만들어줄게. 버려진 음식에 군침 흘리지 않아도 돼."

그 순간 도마의 얼굴이 일그러졌다.

"이 새끼가. 야, 누가 지껄여도 된다고 했어?"

뒤집힌 입술 사이로 뾰족한 송곳니가 드러났다.

"대가리는 폼으로 달아놨냐? 지금 네가 함부로 입을 나불댈 입장이야?"

"아니."

쓰카사는 나지막하게 대답했다. 메마른 목소리가 뜨끔거리는 목구멍에 들러붙었다.

"아니지만……, 칼은 내려줘. 아이에게 그런 걸 들이대고 있으면 걱정돼서 요리에 집중을 못 해. 분명 실수하겠지."

혀가 꼬였다. 쓰카사는 억지로 침을 삼키고 물었다.

"목적이 뭐야?"

도마가 한쪽 눈썹을 치켜올렸다.

"뭐?"

"아니, 그게……, 요구 사항이나 목적이 있으니까 이러는 거잖아."

말하면서 쓰카사는 아이들을 차례대로 확인했다.

자기 등 뒤에 있는 렌토는 보이지 않지만 나머지 세 명의 얼굴은 똑똑히 눈에 들어왔다.

와카노는 도마가 칼을 들이댔는데도 제일 침착해 보였다. 안색은 창백했지만 평정심을 잃지는 않았다.

한편 게이타로가 칼을 들이댄 고코나는 온몸을 바들바들 떨고 있었다. 얼굴은 종잇장처럼 새하얗다. 두 눈에서 흐른 눈물이 몇 줄기나 뺨을 타고 흘러내렸다.

하지만 쓰카사가 보기에 제일 걱정되는 아이는 카운터 옆에 서 있는 메아였다.

평소 메아는 밝고 되바라진 구석이 있는 아이다. 하지만 천식을 앓고 있다. 발작의 계기는 기온이나 먼지지만 무엇보다 큰 적은 스트레스였다.

그런 쓰카사의 걱정에는 아랑곳없이 도마는 흥, 하고 코웃음쳤다.

"목적 같은 거 없어. ……배가 고팠고, 여기라면 인질로 삼을 애들도 있잖아. 짭새에게서 몸을 숨기기에 딱 좋겠다 싶었을 뿐이야."

"……아무 요구 사항도 없으니 영원히 여기 틀어박혀 있겠다고?"

쓰카사는 천천히 고개를 저었다.

"설마 이 가게에 눌러앉을 생각은 아닐 거잖아. 달아나기 위해서라도 유리한 거래를 하든가, 뭔가 물품을 받는 식으로 경찰과 협상하는 게 맞겠지."

"그럼 도망용 헬기와 1억 엔……. 요구한다든가."

불쑥 중얼거린 건 게이타로였다.

즉시 도마가 발을 뻗어 게이타로의 정강이를 세게 걷어찼다.

"입 닥쳐, 병신아!"

게이타로는 비명도 지르지 않았다. 입을 꾹 다문 채 그저 몸만 움츠렸다.

"……저기, 애들은 풀어주지 않겠어?"

쓰카사는 낮은 목소리로 부탁했다.

"인질이라면 나 하나로 충분하잖아. 너희보다 어린 아이를 방패로 삼다니, 경찰에게 나쁜 인상을 안겨줄 뿐이야. 아까도 말했지만 여기서 영원히 이러고 있을 수는 없어. 나간 후의 일도 차분히 생각해 봐."

"아아아, 시끄러워 죽겠네."

도마가 고함을 질렀다.

"아저씨, 아까부터 나불나불 말이 너무 많아! 뭘 착각한 건지 모르지만, 쓸모없는 건 그쪽이야. 애새끼들과 달리 아저씨는."

도마는 거기서 말을 삼킨 후, 바닥에 어질러진 야키소바를 보고 목소리를 낮췄다.

"아니, 먹을 걸 만들 수 있으니 쓸모가 있나……."

배가 몹시 고프다는 걸 쓰카사는 알아차렸다.

도마는 이 식당의 단골이 아니다. 이야기를 나눠본 적조차 없어서 가정 형편은 전혀 모른다. 하지만 불결한 옷과 머리카락, 앞니 상태로 보건대 제대로 돌봄을 받고 있는 것 같지는 않았다. 틀림없이 식사도 불규칙적이리라.

'식사로 낚는 건 좋은 방법일지도 몰라.'

쓰카사는 도마가 쥔 총을 유심히 바라보았다.

과연 안전장치는 풀려 있을까? 하지만 그냥 보기만 해서는 구분이 가지 않았다. 애당초 쓰카사는 총에 관해 아는 바가 없었다. '안전장치'니 '공이치기'니 하는 용어는 액션영화 자막이나 소설에서 본 적 있지만, 그게 어디의 어떤 부품인지는 전혀 모른다.

쓰카사는 게이타로에게 시선을 돌리고 말했다.

"죽인 건……, 고자사가와강에서 발견된 시신은 나도 아는 아이야?"

나지막한 목소리가 갈라졌다.

"어째서? 왜 죽였어?"

"나불대지 말라고 했잖아."

도마가 고함으로 응했다. 쓰카사는 말을 삼켰다.

자극해서는 안 된다. 동시에 계속 말해야 한다는 생각도 들었다.

의사소통하고 싶었다. 아니, 해야 한다.

쓰카사와 아이들이 그냥 인질이나 고깃덩이가 아니라 인간이라는 걸 도마에게 알려줘야 한다. 일단 같은 인간이라고 인식하고 나면 상대에게 칼을 휘두르거나 방아쇠를 당기기가 망설여지는 법이다.

'망설여질 거야.'

대학교에서 배운 아동심리학이 탁상공론이 아니었다면.

쓰카사는 마음을 단단히 먹고 다시 물었다.

"어떤 아이를 죽였어?"

"……시끄러워."

처음으로 도마의 목소리가 작아졌다.

"안 죽였어."

무거운 눈꺼풀 아래로 보이는 눈동자가 살짝 흔들렸다.

"그야……, 그야 애새끼가 하도 건방져서 때린 적은 있어. 하지만 그뿐이야. 그런데 짭새 새끼들이 날 무작정 의심하잖아."

"그거 진짜지?"

"진짜야. ……시체랑 해 봤자 재미도 없는걸."

한순간 튀어나올 뻔한 탄식을 쓰카사는 간신히 참았다. 동시에 등 뒤의 렌토가 셔츠를 꽉 잡는 것도 느껴졌다.

'도마가 어린애에게 성적으로 못된 짓을 한다는 소문은 진짜인가 보군.'

하지만 도마를 동성애자로 단정할 수는 없었다. 아직 정신적으로 미숙한 연령대고, 제대로 된 지식도 없을 것이다. 공격적인 성향과 여성 혐오 등이 어우러져 혼란스러울 뿐일 가능성은 충분했다.

"피해자는 료라는 아이인 것 같던데. 무슨 료지?"

"알 게 뭐야. 그냥 다들 세이료라고 부르는 녀석이야. ……엉망진창이 된 모습으로 하천부지에 널브러져 있더군. 어쩐 일인가 싶어 바라보고 있는데, 지나가던 영감탱이가 소리를 꽥꽥 지르더니 가버리더라고. 그게 다야."

도마는 총을 든 손을 흔들어 냉장고를 가리켰다.

"야, 그것보다 마실 거나 내놔. 목말라 죽겠네. 콜라가 좋겠어."

"콜라는 없어."

쓰카사는 대답했다.

"캔 오렌지주스랑 우롱차뿐이야."

"쳇. 가게 꼬라지하고는."

도마는 내뱉듯이 말하고 나서 렌토에게 시선을 주었다.

"야, 네가 꺼내. 냉장고에서 주스를 한 캔만 꺼내서 이쪽으로 굴려. 이상한 짓 했다가는 죽여버릴 거야."

렌토가 젖은 눈으로 쓰카사를 올려다보았다.

쓰카사는 고개를 끄덕였다. 지금은 시키는 대로 따를 수밖에 없다.

렌토는 한 손으로 쓰카사의 셔츠를 움켜쥔 채 바르르 떨리는 다른 손으로 냉장고를 열고 오렌지주스 캔을 꺼냈다.

렌토는 쪼그려 앉아 주방 스윙도어 아래쪽 틈새로 캔을 살며시 굴렸다.

도마가 총을 내렸다.

칼을 와카노에게 들이댄 채 게이타로에게 "주워" 하고 명령했다. 총은 뒤쪽 허리춤에 다시 꽂았다.

"……캔 따서 이쪽으로 넘겨."

도마는 게이타로가 넘겨준 주스를 단숨에 들이켰다. 꿀꺽꿀꺽 소리 나게 마신 후, 작게 트림했다. 그리고 빈 캔을 게이타로에게 떠넘겼다.

그때 가게 전화가 울렸다.

요란한 벨소리에 모두가 어깨를 움찔했다.

카운터에 놓아둔 전화가 울리고 있었다. 모두의 시선이 거기에 집중됐다.

"받지 마!"

도마가 소리쳤다.

"받지 마! 아무도 움직이지 마!"

몇 초 동안 누구도 움직이지 않았다. 숨 막힐 듯한 정적이 흘렀다.

전화벨 소리만 울려 퍼졌다. 공기를 찢을 듯한 소리였다. 쓰카사는 신경이 불타오르는 것만 같았다.

'손님이나 업자일까. 아니면 경찰?'

분명 후자라고 생각했다. 그러고 보니 바깥이 소란스러웠다. 달아난 유키가 신고했다면 경찰이 출동했을 것이다. 아니면 기동대일지도 모른다. 유키는 어린애가 인질로 잡혔다고 정확하게 전달했을까.

전화벨이 50번 정도 울린 후 전화가 끊겼다.

몇 초 후 다시 전화벨이 울렸다. 역시 5, 60번쯤 울리다가 끊겼다.

또다시 울리기 시작했다.

"아, 안 받을 거야?"

쓰카사는 도마에게 물었다.

"안 죽였다면서? 그럼……, 그 사실을, 경찰에 말하는 편이 낫지 않겠어?"

목구멍에 걸린 목소리를 억지로 밀어냈다.

전화벨 소리에 도마의 신경이 날카로워졌다는 것이 눈빛으로 전해졌다. 따끔따끔하니 피부가 얼얼할 지경이었다.

도마를 자극하고 싶지 않았다. 하지만 잠자코 있을 수도 없는 노릇이었다.

'어떻게 내가 전화를 받을 수는 없을까.'

도마와 경찰이 직접 이야기한다고 생각하니 무서웠다. 협상을 맡은 경찰관은 분명 노련한 전문가이리라. 부주의하게도 반감을 느낄 말투를 사용할 리 없다. 하지만 그래도 무서웠다.

'도마는 정말로 경찰관을 찔렀을 거야.'

칼에 묻은 핏자국은 진짜다. 그는 경찰을 찌르고 총을 빼앗은 것이다. 언제 또 분노를 폭발시킬지 모른다.

누군지도 모르는 경찰관의 협상에 어린애 네 명의 목숨이 달렸다.

"바, 받고 싶지 않으면 내가."

"시끄러워!"

도마가 쓰카사에게 악을 썼다.

"입 좀 다물어라, 이 떠버리 새끼야. 아까부터 나불나불,

나불나불, 열 받아 죽겠네. 닥쳐. 닥쳐, 닥쳐, 좀 닥치라고."

얼굴에 피가 쏠렸는지 도마의 목과 귀까지 벌겋게 물들었다.

하는 수 없이 쓰카사는 입을 다물었다. 전화벨은 여전히 울리고 있었다.

도마가 짜증 어린 표정으로 손톱을 깨물었다. 그 옆에 있는 게이타로는 무표정했다. 하지만 고코나에게 들이댄 칼을 내리려고는 하지 않았다.

전화벨 소리가 멈췄다.

괴괴한 정적이 가게를 뒤덮었다.

고코나가 가냘픈 목소리로 흐느껴 울기 시작했다. 두 주먹을 움켜쥐고 가만히 서서 오열을 토해냈다. 목구멍에서 쥐어짠 듯한 목소리였다.

"이 쌍년아, 조용히 해!"

못 참겠다는 듯 도마가 고함을 질렀다.

"이래서 여자는 싫어. 툭하면 질질 짠다니까. 망할 년이 어디서 어리광이야?"

말끝을 덮듯 또 전화벨이 울려 퍼졌다.

"짭새도 질색이야. 아아, 씨발. 뭐야. 왜 다들 날 못 잡아먹어서 안달인데? 씨발, 이 개새끼들."

도마는 분통이 터지는지 발을 쿵쿵 굴렀다.

쓰카사는 문득 와카노의 시선을 알아차렸다.

도마를 보지 않는다. 그가 칼날을 들이대고 있는데도 와카노는 도마가 아니라 비스듬히 옆쪽을 보고 있었다. 쓰카사도 무심코 와카노의 시선을 좇았다.

메아였다.

얼굴이 창백했다. 목에서 쌔액쌔액, 소리가 났다. 가느다란 피리 소리 같았다. 천식 발작의 징조였다.

도마도 알아차렸는지 악쓰는 걸 멈추고 기분 나쁘다는 듯이 메아를 보았다.

"이 계집애가 기분 잡치게 왜 이래?"

"천식이야."

쓰카사는 대답했다.

"스트레스는 발작을 촉진하지. 신경에 거슬려? 시끄러우면 개만이라도 풀어주지 않겠어?"

"닥쳐. 나한테 이래라저래라 하지 마."

도마가 소리를 질렀다. 거의 동시에 전화벨이 멈췄다.

다시 가게가 고요해졌다.

하지만 또 금방 울릴 줄 알았던 전화는 아무 소리도 없이 침묵을 지켰다.

쓰카사는 속으로 열을 헤아렸다. 역시 전화벨은 울리지 않았다.

"……이제 전화를 걸지 않을지도 몰라."

쓰카사의 말에 도마는 실실 웃었다.

"흥, 조용해서 좋네."

말은 그렇게 했지만 뺨은 경직됐다. 눈동자에서 망설임도 느껴졌다.

도마는 초조한지 다시 손톱을 잘근잘근 씹었다.

"아아, 아니, 잠깐만……. 다음에는 받아."

도마는 고개를 젓더니 칼을 쥐지 않은 손을 들어 집게손가락으로 쓰카사를 가리켰다.

"다음에 전화가 오면 네가 받아."

하지만 다음에 울린 건 가게 전화가 아니었다.

쓰카사의 스마트폰이었다.

상황에 어울리지 않게 경쾌한 멜로디가 긴장감 넘치는 가게에 또랑또랑 울려 퍼졌다.

토할 것 같았다. 긴장돼서 위장이 찌릿찌릿 아팠다. 아이들이 버티고 있는 것이 신기할 정도였다.

"누구야?"

도마가 물었다.

쓰카사는 머뭇머뭇 스마트폰을 들여다보았다. 한순간 두 눈이 휘둥그레졌다. '미요시 이쿠야'라는 이름이 화면에 떠 있었다. 이쿠야의 전화였다.

"친구야."

쓰카사는 그렇게 말한 후 답변을 정정했다.

"아니, 경찰관이야. 내 친구이자 이와가키서에서 일하는 경찰관이지."

"좋아, 받아."

도마가 턱짓을 했다.

"하지만 다른 놈과는 통화하지 마. 네 친구뿐이야. 그놈 말고 다른 놈을 바꾸면 당장 끊겠다고 해."

그러면서 뺨을 찡그려 히죽 웃었다. 입술 사이로 발달한 송곳니가 보였다.

"네 친구라면 높은 자리에 앉은 엘리트는 절대로 아니겠지. ……엘리트 놈들은 싫어. 머리가 좋답시고 날 얕보면서 속이려 들거든. 난 그 꼬맹이를 죽이지 않았다고 친구에게 전해."

그때였다.

"이거다."

뭔가 깨달은 듯한 표정으로 도마가 말했다.

"그래, 이게 요구 사항이야! 짭새 놈들에게 제대로 조사해서 내가 죽이지 않았다는 걸 밝혀내라고 해. 범인을 찾아내면 그 새끼의 이름을 방송으로 내보내고, 의심해서 죄송하다고 내게 사과하는 거야. 그때까지는 이 가게에서 한 발짝도 나가지 않겠어!"

3

 이쿠야와 시바는 왜건 형태의 수사 차량에서 시계점 2층으로 기기를 운반했다.
 급조한 전선본부다. 찻장과 장식 선반 등의 가구는 벽으로 붙이고 커튼도 떼어냈다.
 '야기라 식당'을 촬영할 비디오카메라와 감시용 기기를 설치해야 하지만, 공교롭게도 점포에 딸린 구식 주택이다. 베란다같이 요긴한 시설은 없다. 어쩔 수 없이 창가에 삼각대를 세우고 비디오카메라와 쌍안경을 설치했다.
 그 외에 무전기, 노트북, 프린터 겸 팩스, 필기도구, 디지털카메라, 충전기 등을 배치했다. 원래 같으면 전화선도 끌어오고 싶었지만, 그럴 여유는 없을 듯했다. 각자의 휴대전화나 스마트폰으로 대신하는 수밖에 없었다. 또한 소형 텔레비전도 들여놓았다.
 "텔레비전은 집주인에게 빌렸습니다."
 야다노가 오사코에게 그렇게 설명했다.
 "'야기라 식당'에서 도망친 여자 손님의 말로는 가게에 텔레비전이 있다고 합니다. 앞으로 매스컴이 몰려들면 당연히 생중계가 시작되겠죠. 이쪽 동향이 범인에게 새어 나갈 테니 방송 내용도 감시해야 합니다."
 "좋아. 매스컴에 단단히 못을 박으라고 지휘본부에 다시 요청할게."

오사코는 고개를 끄덕이고 물었다.

"전화는?"

"계속 걸고 있습니다만 응답이 없습니다. 어린 녀석치고는 완강한 구석이 있네요."

"안 받으려는 거 아니야? 이대로 계속 무시하면 어떻게 할 건가?"

"그건 걱정하지 않으셔도 됩니다."

야다노는 딱 잘라 말했다.

"이런 농성은 신경전이에요. 저쪽도 상대가 어떻게 나올지 궁금한 건 마찬가지일 테니까요. '이쪽에는 이야기를 나눌 마음이 있다, 협상할 여지가 있다'는 신호를 주기 위해서라도 계속 전화하는 건 유효한 수단입니다."

그때 시바가 "죄송합니다만" 하고 끼어들었다.

"한 말씀 드려도 되겠습니까. 여기 관할서의 미요시 이쿠야가 '야기라 식당'의 사장과 어릴 적부터 친구였습니다."

그러면서 엄지손가락으로 이쿠야를 가리켰다.

괜한 짓을. 이쿠야는 바로 고개를 숙였다.

하지만 사사로운 일에 연연할 상황이 아니라고 마음을 고쳐먹었다. 이쿠야는 고개를 들고 오사코와 야다노의 시선을 정면으로 받아들였다.

"어릴 적부터 친구라. 그럼 가게 내부 구조도 잘 알겠군?"

오사코의 물음에 이쿠야는 재깍 대답했다.

"네. 2년쯤 전의 기억입니다만."

"개축하지 않았다면 상관없어. 평면도를 그려봐."

"알겠습니다."

"그리고 사장은 어떤 사람이지? 네 친구라면 아직 젊겠는데? 현재 인질극이 단기간에 끝날지 장기전으로 넘어갈지 불투명한 상황이야. 장시간의 농성을 견딜 수 있을 만한 사람인가?"

"이름은 야기라 쓰카사. 나이는 서른한 살입니다. 정신적으로 불안정한 사람은 아닙니다. 지병은 없고 체력도 있는 편입니다."

이쿠야는 자신 있게 대답했다.

"얼핏 보기에 말투와 태도는 거칠게 느껴집니다만, 국립대학교에서 사회복지학을 전공했고 지적 수준도 높습니다."

"국립에서 복지학? 조리사인데?"

오사코가 의외라는 듯 눈썹을 치켜올렸다.

"보통은 조리 전문학교에 다니지 않나?"

"그럴지도 모르죠. 하지만 녀석은 대학교를 졸업하고 본가인 '야기라 식당'에서 2년 일한 후에 조리사 면허증을 취득해 가게를 물려받았습니다."

"괴짜로군."

잠시 생각에 잠겼던 오사코가 고개를 들어 이쿠야를 보

았다.

"사장의 스마트폰 번호를 아나?"

"네."

"이건 도박인데……, 한번 걸어봐."

이쿠야는 개인용 스마트폰을 꺼냈다.

연락처에서 오랫동안 사용하지 않았던 쓰카사의 전화번호를 찾아내 화면에 띄우고 통화 아이콘을 눌렀다.

귓가에서 호출음이 울렸다. 한 번. 두 번. 오사코와 야다노의 시선이 느껴졌다. 다섯 번. 여섯 번.

열두 번을 헤아린 후, 역시 안 받나 싶어 포기하려 했을 때였다.

―이쿠야?

익숙한 목소리가 고막을 때렸다.

"쓰……, 쓰카사."

의도치 않게 목소리가 목구멍에 걸렸다. 스스로도 놀랄 만큼 안도감이 솟구쳤다.

어째선지 콧속이 찡했다. 허둥지둥 헛기침을 해서 감정을 삼켰다. 스피커폰 모드로 바꾼 스마트폰을 테이블에 내려놓았다.

"무사해, 쓰카사?"

―응.

"이야기할 수 있어?"

몇 초 공백이 있었다.

─……괜찮아. 다만 통화는 너하고만 할 거야. 스피커폰으로 바꿔도 될까?

범인들, 즉 마세 도마와 와타나베 게이타로에게도 들리도록 해도 되겠느냐는 뜻이리라. 이쿠야는 오사코를 바라보았다.

오사코가 고개를 끄덕여 허락했다.

이쿠야는 이어서 SIT의 야다노를 보았다. 야다노는 '인질 숫자, 이름을 물어볼 것'이라고 쓴 스케치북을 들고 있었다.

이쿠야는 고개를 끄덕한 후 물어보았다.

"인질은 몇 명이야. 다섯 명 맞아?"

─응. 나랑 가게에 온 아이들 네 명.

"인질범은 마세 도마와 와타나베 게이타로지?"

─맞아.

쓰카사는 대답하고 나서 질문을 던졌다.

─……권총을 가지고 있어. 경찰관에게서 빼앗은 총이라는데 진짜야? 그 경찰관은 무사해?

"인질의 이름을 알고 싶어. 말해줄 수 있어?"

이쿠야는 질문을 무시하고 물었다.

다시 몇 초 공백이 있었다.

이윽고 쓰카사가 나지막한 목소리로 말했다.

─이름밖에 모르는 아이도 있지만……. 쓰루이 와카노.

다카시나 메아. 렌토. 고코나야. 한자를 알려줄게. 와카노는 고금와카집의 와카에 도쿄 노기자카의 노. 메아는 발아의 아에 애정의 애. 렌토는 연꽃의 연에 북두칠성의 두인데 얘만 남자애야. 고코나는 심신의 심에 유채꽃의 채.

"알았어. 이쪽에서 조사할게."

이쿠야가 그렇게 말하는 것과 동시에 수사관 한 명이 달려가는 모습이 시야 가장자리에 비쳤다. 확인하러 가는 것이리라.

안도한 마음으로 이쿠야는 야다노의 지시를 이어서 읽었다.

"마세 도마와 와타나베 게이타로는 뭐라고 해? 요구 사항이 뭐야?"

―마세는 자신이 무고하다고 주장해.

쓰카사가 말했다.

―오늘 아침에 고자사가와강 부근에서 아이 시체를 본 건 맞지만, 자기 짓은 아니라는군. '부당하게 의심받아서 울컥하는 마음에 경찰관을 찌르고 도망쳤다. 하지만 그 아이는 죽이지 않았다. 제대로 수사해서 자신들이 무고하다는 걸 증명해라'. 이게 그의 요구 사항이야. ……진범이 체포될 때까지 가게에서 나가지 않겠대.

이쿠야 옆에서 요란하게 혀를 차는 소리가 들렸다.

"이것들이."

시바였다.

"경찰관의 목을 찌르고 총을 빼앗았잖아? ……무고하기는 개뿔. 뻔뻔한 새끼들, 반드시 쇠고랑을 채워주마."

오사코가 시바를 보며 입술 앞에 집게손가락을 세웠다. 조용히 하라는 신호다. 다음으로 이쿠야에게 '스피커폰은 이제 됐다' '통화 시간을 끌어라' 하고 손짓으로 지시했다.

이쿠야는 고개를 끄덕이고 스피커폰 모드를 해제했다.

"알았어. 그쪽 요구 사항을 좀 더 자세하게 알려줘."

이쿠야와 쓰카사가 통화하는 사이에 오사코는 뒤쪽의 수사관을 돌아보았다.

"'고자사가와강 사건'의 시체 검안서는 나왔지? 지휘본부에 연락해서 당장 팩스나 메일로 보내달라고 해. 지금 당장, 알겠지?"

약 1분 후 시체 검안서가 팩스로 도착했다.

오사코가 작은 목소리로 내용을 읽었다.

"……사인은 실혈사. 상처의 단면으로 보건대 흉기는 날길이 16센티미터의 다용도 부엌칼로 추정됨. 왼쪽 4, 5번 갈비뼈 사이의 늑간근에 깊이 약 6센티미터의 창상 있음. 칼끝이 우심실을 관통해 심막에 대량 출혈이 발생했음. 또한 왼쪽 쇄골하동맥을 손상시킨 깊이 약 5.5센티미터의 창상 있음. 치명상은 두 창상 중 하나 또는 양쪽 모두.

하반신과 성기에 수많은 절상 있음. 특히 성기 끄트머리와 고환을 공격한 흔적이 두드러짐. 또한 오른쪽 팔에 방어 흔인 듯한 상처가 두 군데 보임. 혀 끝부분이 약 3센티미터 절단. 이 상처만 생체반응이 없으므로 사후에 손상된 것으로 추정됨.

성폭행의 뚜렷한 흔적 있음. 다만 시신을 표백제로 세척해 체액은 검출되지 않음. 모발, 음모, 손톱 사이에 남은 피부 등도 채취 불가. 의복도 세탁해서 피지와 지문은 검출되지 않음. 현장에서 발자국은 몇 개 채취했지만, 전과자 데이터베이스에 정보 없음.

사망 추정 시각은 어제 오후 8시부터 10시 사이. 위장은 거의 비어 있었음. 약물 및 중독 물질은 검사 중. 현장 주변에서 채취된 미세 증거물도 검사 중……."

오사코는 뒷주머니에서 휴대전화를 꺼냈다. 귀에 대고 작은 목소리로 물었다.

"이봐, 다용도 부엌칼이 틀림없나? 그러니까 곧은 칼이지? 휘어지지 않았어? ……버터플라이 나이프라면 어때? ……그래, 좋아, 알았어……."

전화를 끊고 숨을 후우 내쉬었다.

오사코는 치뜬 눈으로 야다노를 보며 탄식하듯 말했다.

"흉기는 아마도 다용도 부엌칼이야. 어느 정도 폭이 있고, 얇고 곧은 칼날인가 봐. 습격당한 순경의 증언에 따르면 용의자 두 명은 헌팅 나이프와 버터플라이 나이프를 각각

한 자루씩 소지했어. 그리고 헌팅 나이프는 칼날이 활 모양으로 완만하게 휘어져 있어서 피해자의 상처와 일치하지 않아……."

오사코는 야다노를 올려다보았다.

"SIT 지휘는 맡겨도 되겠지?"

"물론입니다."

"앞으로의 계획은?"

"전선본부에서 쌍안경 및 카메라로 계속 감시하고, 인질범이나 인질의 보호자와 연락이 되면 동행을 요청해 확성기로 내부와 소통을 시도하겠습니다. 그 목소리로 주의를 끌면서 파이버스코프를 침투시킬 예정입니다."

"파이버……?"

"길쭉한 끈 형태의 카메라입니다. 이걸 작은 창문 등의 틈새로 밀어 넣어 내부 상황을 살펴볼 수 있죠. 파이버스코프로 가게 내부를 감시하다가 인질이 위험하다 싶으면 즉시 돌입할 수 있도록 준비하겠습니다."

"좋아."

오사코는 야다노의 어깨를 두드렸다.

"잘 부탁해. 우리 현에는 SAT[7]가 없어. 반드시 인질을 가

---

7 일본 경찰청 산하의 대테러 특수부대로. 인질 구출, 테러 대응, 요인 경호 등을 담당한다.

게에서 무사히 데리고 나와야 해."

 SIT와 특수 급습 부대인 SAT의 가장 큰 차이는 범인의 생사를 묻느냐, 묻지 않느냐다.

 SAT는 제압에 특화된 부대다. 하지만 SIT는 '인질 확보가 첫 번째고 두 번째로 범인 확보'를 목적으로 움직인다. 순수하게 무력으로 싸우는 것이 SAT고, 정보에 바탕을 둔 협상력을 무기로 삼는 것이 SIT다.

 "좋아, 다들 잘 들어."

 오사코가 소리쳤다.

 "이 시간부로 여기를 전선본부 및 새로운 '고자사가와강 사건 특별 수사본부'로 삼는다. 여기서 '고자사가와강 소년 살인 및 시체유기 사건'의 수사를 속행하는 거야. 지휘본부에 감식 결과, 목격 정보, 주변인 수사 보고 등 필요한 모든 사항을 이쪽으로 넘기라고 전달해."

 "아니, 그렇지만 오사코 과장 대리님……."

 시바가 머뭇머뭇 한 손을 들었다.

 "외람된 말씀입니다만, 고자사가와강 사건은 마세 도마의 범행이 확실합니다. 놈들이 현재 소지한 흉기와 일치하지 않았다고 해서 '사용하지 않았다'는 보장은 없어요. 부엌칼은 어딘가에 버렸을지도 모르잖습니까."

 "뭐, 그렇지. 나도 십중팔구 마세 도마 짓일 거라고 생각해."

오사코는 인정했다.

"하지만 고자사가와강을 한나절 동안 헤집고, 백 명을 동원해 하천부지의 풀숲을 뒤지고 다녔는데도 흉기는 발견되지 않았어. 마세 도마는 그저 단순하고 난폭한 열다섯 살짜리 불량소년이야. 경찰의 눈을 교묘하게 속일 만한 수완은 없겠지."

"게다가 어차피 시간은 벌어야 합니다."

야다노가 말했다.

"인질 중 네 명은 어린애를 포함한 미성년자입니다. 인질의 안전을 고려하면 강경 수단은 사용할 수 없습니다. 인질범들의 기력을 소모시키는 작전이 유효하겠죠. 인질범들은 미숙한 소년이라 쉽게 폭발할 수도 있겠지만, 정신적으로도 빨리 피폐해질 겁니다. 받아들일 수 있는 요구는 받아들여 어느 정도 기분을 맞춰주면서 수면 밑으로는 구출 작전을 진행해야 하지 않을까 싶은데요."

"그렇지. 나도 아이들의 시체가 주르르 놓여 있는 꼴은 보고 싶지 않아."

오사코가 말했다.

"시간을 벌면서 기력을 빼앗는다는 방법에 대찬성이야. 그리고 농성 사건이 벌어지지 않았더라도 마세 도마의 범행임을 증명해야 하는 건 마찬가지지. 물증이 부족한 살인 사건이니까. 거창한 인질극에 정신이 팔려서 공판에서 반격당하면 큰일이야. 아니, 녀석들은 아직 미성년자니까 소년 심판인가? 뭐, 아무래도 상관없지만."

오사코가 몸을 구부려 다다미에 책상다리 자세로 앉았다. 그리고 등을 돌린 채 통화하던 이쿠야의 무릎을 잡아당겼다.

"미요시. 적당히 이야기를 끊고 보고해 봐. 인질범들은 뭐라고 하나?"

이쿠야는 쓰카사에게 "잠깐만 기다려" 하고 말했다.

스마트폰의 음소거 버튼을 누른 후, 오사코와 야다노에게 몸을 돌렸다.

"……'야기라 식당'의 사장에게 전달받은 인질범들의 주장과 요구 사항을 보고하겠습니다."

잠긴 목소리가 나왔다.

"일단 첫 번째로 고자사가와강에서 발견된 시신, 마세 도마의 말에 따르면 '세이료'라고 불리는 소년은 자신과 무관하답니다. 면식은 있으며, 과거에 몇 번 폭력을 행사했다는 사실도 인정했습니다. 사장은 말을 얼버무렸지만 어감상 성폭력을 포함하는 듯합니다. 그러나 죽이지는 않았다고 마세 도마는 주장합니다. 이유는 그……, 시간을 하는 취미는 없기 때문이랍니다."

노골적인 말에 오사코가 인상을 찌푸렸다. 앓는 듯한 목소리로 "두 번째는?" 하고 재촉했다.

"두 번째는 '진범이 지금까지 계속 그래 왔다'는 겁니다.

즉, 연쇄 살인이라는 뜻입니다."

"연쇄 살인?"

야다노가 되뇌듯이 말하더니 옆에 있는 오사코를 보았다.

"느닷없이 이야기가 뺑튀기됐네요. 텔레비전 드라마나 영화의 영향일까요?"

"글쎄, 녀석의 지적 수준에 어울리지 않는 발언이긴 한데."

오사코는 치뜬 눈으로 이쿠야를 보며 말했다.

"계속해."

이쿠야는 고개를 끄덕이고 입을 열었다.

"두 번째 주장을 이어서 말씀드리겠습니다. '도로코베에는 갑자기 없어지는 아이가 많다. 가족 단위의 야반도주, 가출, 어머니가 아이만 데리고 증발 등등 이유는 다양하지만, 사건에 휘말린 건지 아닌 건지는 구별하기 힘들다. 사건일 가능성이 있어도 부모가 신고하지 않거나, 자신에게 불똥이 튈까 봐 두려운 나머지 자취를 감춰서 표면화되지 않는다. 지난 몇 년만 해도 수상하게 실종된 아이가 두세 명은 된다'라는 것이 마세 도마의 의견입니다. 물론 본인의 말은 이렇게까지 논리정연하지 않았겠죠. 사장이 보충한 바가 많은 것으로 추정됩니다."

"흠. 무슨 말을 하고 싶은 건지는 알았어. 이게 아까 '제대로 수사해서 자신들이 무고하다는 걸 증명하라'라는 요구로 이어지는 건가."

"그런 듯합니다. 마세 도마 말로는 '범인을 찾아내면 그자의 이름을 방송으로 내보내고, 자기에게 사과해라. 그때까지 우리는 이 가게에서 한 발짝도 나가지 않겠다'라는군요."

"그렇군. ……그런데 네 생각은 어때?"

오사코가 턱을 쓰다듬었다.

"'야기라 식당'의 사장과 어릴 적부터 친구라면 너도 동향 사람이겠지. 즉, 도로코베 출신이야. 마세 도마의 말에 신빙성은 있나?"

"글쎄요……. 갑자기 자취를 감추는 아이가 많은 건 사실입니다."

이쿠야는 말을 신중히 골라 대답했다.

"학적이 없는 아이가 많은 탓에 행정기관에서 파악하기가 힘들어요. 학교에 다니는 아이라도 아무 조짐 없이 무단 결석하는 사례가 수두룩하고요. 제가 초등학생 때는 매년 학년에서 한두 명은 사라졌습니다. 학교 측도 그런 일에 익숙했고요."

"그렇다면 마세 도마의 주장도 완전히 황당무계한 건 아니다?"

"……그렇다고 단언할 수는 없습니다. 하지만 들어오고 떠나는 사람이 많은 지역인 건 확실합니다. 어느 날 갑자기 아이가 사라져도 신경 쓰는 사람은 거의 없습니다."

'그래. '거의'다.'

이쿠야는 속으로 중얼거렸다.

전혀 없지는 않았다. 신경 쓰는 사람도 있었다. 그중 하나가 자신이었다.

초등학교 5학년 겨울에 사라진 반 친구. 구멍이 뻥 뚫린 것처럼 교실에 남은 빈자리. 이제 기억 속 얼굴조차 흐릿해진, 아련한 첫사랑.

"좋아, 수사를 재개한다."

오사코가 뒤쪽에 손을 흔들었다.

"요구에 응해 이쪽의 수사 상황을 인질범들에게 알려줄 거야. 물론 정보를 전부 넘기는 건 아니고. 마세 도마가 진범이라면 수사 상황을 듣고 체념하든가, 아니면 발끈해서 날뛸 가능성이 있어. 만약 후자라면."

그렇게 말하며 야다노를 힐끗 보았다. 야다노는 고개를 끄덕였다.

"돌입해야죠."

"그렇지. SIT는 그럴 상황에 대비해 태세를 정비하도록. 그리고."

오사코가 이쿠야에게 고개를 돌렸다.

"미요시. ……분명 미요시 순경이었지?"

"네."

이쿠야는 자세를 바로 했다.

오사코가 눈을 가늘게 떴다.

"지금부터 우리는 '도로코베 농성 사건 전선본부' 겸 '고자사가와강 사건 특별 수사본부'로서 움직일 거야. 미안하지만 힘든 역할을 맡아줘야겠어. 농성 사건 현장과 전선본부의 중간 다리 역할 및 협상 역할이야."

오사코는 이쿠야의 스마트폰을 가리켰다.

"아직 연결된 상태지? 인질범 두 명이 투항할 때까지 절대로 연결이 끊어지지 않도록 해, 알겠나."

그러면서 이쿠야의 코끝에 손가락을 들이댔다.

"네 경찰관 생명을 걸고 통화 상태를 유지해. 전화가 끊기는 건, 인질범과의 협상이 결렬됐다는 뜻이니까."

이쿠야는 어깨에 무거운 짐을 올려놓은 듯한 기분이었다.

"무슨 뜻인지 알겠지? 할 수 있겠나?"

그 질문에 저절로 심장 박동이 빨라졌다. 목덜미에 땀이 맺혔다.

끈적끈적하니 기분 나쁜 땀이었다. 속이 메슥거리고, 위액이 목구멍으로 올라왔다. 친구와 네 아이의 목숨을 자신의 두 어깨에 걸머져야 한다.

이쿠야는 떨리는 목소리로 대답했다.

"하겠습니다."

4

 쓰카사는 이쿠야와 통화 상태인 스마트폰을 카운터에 내려놓았다. 도마의 명령에 따른 행동이었다. 이어서 역시 명령대로 가게전화 수화기도 옆에 내려놓았다.

 '경찰은 이쪽 요구를 받아들일 모양이군.'

 도마의 요구에 응해 '진범이 있는지 없는지 수사하겠다'라고 했다. 실제로 어떻게 움직일지는 모르지만, 적어도 전화상으로는 그렇게 나왔다.

 '그렇다면 억지로 돌입하지 않고 인질의 안전을 최우선시하겠다는 건가.'

 일단 안심했다.

 누가 뭐래도 민주주의를 주창하는 국가다. 어린이의 목숨을 위험에 빠뜨리지는 않겠지. 머리로는 그렇게 생각한다. 하지만 역시 마음 한구석으로는 불안했다. 도로코베에서 태어나고 자란 사람이라면 누구나 그렇듯, 쓰카사도 국가 행정을 완전히 믿지는 않는다.

 '개개인은 좋은 인간일지라도 조직이 되면 썩는 법이지.'

 수가 많아질수록 양심은 사라지고, '무사안일주의'와 '이기주의'가 팽배한다.

 쓰카사 본인도 어릴 적부터 지긋지긋하게 보고 들었다. 특히 공무원은 더 그렇다. 직원 한 명 한 명은 상냥할지라도,

시청과 아동상담소는 우뚝 솟은 차가운 벽으로 다가올 뿐이었다.

"어이, 아저씨."

도마가 쓰카사에게 턱을 내밀었다.

"접착테이프 있어? 접착테이프."

"응? 응, 있어. 여기에……."

반사적으로 주방 안쪽 선반을 눈으로 가리켰다. 도마가 렌토에게 다시 명령했다.

"거기 꼬맹이. 접착테이프 꺼내서 이쪽으로 굴려. 아까 주스랑 똑같이."

렌토는 시키는 대로 했다.

게이타로가 몸을 구부려 접착테이프를 받은 후 도마를 쳐다보았다.

"묶어."

도마는 짤막하게 명령했다.

"거기 어린 년, 너도 이쪽으로 와. 아저씨는 거기서 나오지 말고. 나오려고 하면 이 계집애의 목을 확 따버릴 거야."

도마가 와카노의 목에 다시 칼날을 댔다. 망설임 없는 동작이었다.

와카노의 눈꺼풀이 경련하는 모습이 똑똑히 보였다.

게이타로가 고코나부터 순서대로 아이들을 묶었다. 양손을 뒤로 돌려 손목을 한데 모아 접착테이프를 칭칭 감았다.

앉힌 후 발목도 똑같은 요령으로 묶었다.

'테이프 같은 건 없다고 할 걸 그랬어.'

쓰카사는 후회했다. 역시 머리가 제대로 돌아가지 않는지 아까부터 실수만 저지른다.

메아와 와카노, 렌토도 묶였다.

"장소가 없네. 꼴통, 테이블을 저쪽 벽에 붙여."

지시를 받은 게이타로가 테이블과 의자를 한쪽 벽으로 밀었다. 서가가 반쯤 가려졌다. 아이들은 창문이 없는 벽에 등을 대고 넷이 나란히 앉았다.

"아저씨도."

도마가 말했다.

"꼴통, 안에 들어가서 묶어서 끌고 나와. 어이, 아저씨. 꼼짝도 하지 마. 애새끼들이 돼지면 네 책임이야. 난 잘못 없어. 네가 반항한 탓에 애새끼가 돼지는 거야. 알겠어?"

게이타로가 스윙도어를 밀고 들어왔다.

가까이서 보니 게이타로는 입술을 떨고 있었고, 머리에서 땀이 뚝뚝 떨어졌다. 온 얼굴에 '죄송합니다'라고 쓰여 있는 것 같았다. "죄송해요. 실은 저도 이러고 싶지 않아요"라고.

"뒤로 돌아서 주시겠어요?"

게이타로가 작은 목소리로 말했다.

"죄송해요. 안 아프게 할게요······."

하지만 쓰카사는 움직이지 않았다. 대신에 도마를 향해

말했다.

"손을 묶으면 어떻게 밥을 만들어?"

"뭐?"

도마가 눈썹을 치켜올렸다. 가느다란 오른쪽 눈이 실처럼 더 가늘어졌다.

"필요 없어?"

쓰카사는 바닥에 흩어진 야키소바를 시선으로 가리켰다.

따라서 바닥을 본 도마가 입을 '아' 모양으로 벌렸다.

"배고플 텐데."

쓰카사는 한 번 더 밀어붙였다.

"밥을 안 먹은 지 얼마나 됐어? 오늘 아침? 아니면 어젯밤부터? 여기에 와서도 주스밖에 안 마셨잖아. 배가 부르면 마음이 좀 진정될 거야. 앞으로 어떻게 할지는 먹고 나서 생각해도 되겠지."

"⋯⋯약을 넣으려는 건 아니겠지?"

도마가 탐색하듯 말했다.

"잠 오는 약이나 설사 나게 하는 약 말이야. 그런 걸 먹이려는 수작 아니야?"

"가게에 그런 약은 없어."

쓰카사는 즉시 대답했다.

"아무 짓도 하지 않겠다고 약속할게. 나도 요리인으로서 자존심이 있어. 먹는 음식에 이상한 짓은 절대로 하지 않아.

손님이 맛있게 먹어 주기를 바랄 뿐이야."

쓰카사는 말을 끊고 도마를 바라보았다.

도마는 생각에 잠긴 것 같았다. 미간에 주름을 잡고 쓰카사를 가만히 노려보았다.

속내를 꿰뚫어 보려는 듯한 눈이었다. 지성은 빈약하지만 의심으로 가득한 눈동자였다. 그 의심과 주먹의 힘으로 그는 지난 15년을 살아온 것이 틀림없었다.

"……좋아, 알았어."

도마는 턱을 쳐들고 게이타로에게 고개를 돌렸다.

"꿀통, 넌 옆에 서서 그 자식을 감시해. 이상한 행동을 하면 배를 찔러. 옆구리를. 뾰족이를 쥐는 법은 알지? 날을 위로 해서 찔러."

뾰족이라, 하고 쓰카사는 입속으로 중얼거렸다. 옛날에 양아치들이 사용하던 은어다. 아마 도마의 아버지가 그런 말을 썼던 것이리라.

도마의 아버지는 스트립 클럽의 호객꾼으로 일한다고 들었다. 쇼와[8]시대 말기에 시간이 멈춘 듯한 온천 거리에는 오히려 잘 어울리는 은어였다.

"소스맛 야키소바를 만들면 될까?"

"일일이 묻지 말고 빨리 만들기나 해!"

---

8 1926~1989년까지 일본에서 사용한 연호.

쓰카사는 냉장고에서 중화면과 자투리 돼지고기를 꺼냈다. 이어서 양배추에 손을 댔다.

"필요 없어."

바로 도마의 목소리가 날아들었다.

"채소는 먹어봤자 배가 안 부르니까 고기만 넣어. 듬뿍. 사리는 세 개를 사용해. 내 거 두 개, 게이 거 하나."

도마가 발을 쿵 굴렀다. 메아의 목구멍에서 쌔액, 하고 소리가 났다.

쓰카사는 입을 다물고 나무 도마로 몸을 돌렸다. 도마가 또 소리쳤다.

"잠깐, 식칼은 쓰지 마. 고기는 가위로 잘라. 그거 말이야, 그거. 고깃집에서 사용하는 그런 가위."

"알았어."

쓰카사는 고개를 끄덕인 후 게이타로를 보고 서랍을 가리켰다.

게이타로가 주방 서랍을 열고 가위를 꺼내 나무 도마 옆에 놓았다. 역시 게이타로 쪽이 의사소통하기는 편하다. 쓰카사는 고맙다고 작게 인사하고 조리를 시작했다.

중화면은 기름과 냄새가 배어 있으므로 표면을 물로 한 번 씻었다. 키친타월로 물기를 뺀 후 술을 끼얹고 가볍게 주물러서 면을 풀었다.

자투리 돼지고기는 비계 부분을 약간 잘라내고 술과 소금을 살짝 뿌렸다.

다른 건더기는 없으므로 중화 냄비를 불에 올렸다. 원래 같으면 양배추와 양파로 채소의 단맛을 더하겠지만, 이번에는 어쩔 수 없다.

중화 냄비에서 연기가 피어올랐다. 자투리 돼지고기에서 잘라낸 비계를 넣었다. 비계가 녹아서 기름이 냄비에 충분히 퍼지자 고기를 볶았다.

대강 익어서 고기 색깔이 변한 후 면을 넣고 함께 볶기만 하면 된다.

양념은 어떻게 할까 잠시 망설이다가 시판되는 야키소바 가루 소스를 쓰기로 했다.

요리인으로서 시판되는 소스에 그다지 의존하고 싶지는 않았다. 하지만 야키소바나 카레는 기성품 이외의 맛을 싫어하는 아이도 많다. 도마도 그런 유형이 아닐까 싶었다.

이제 볶으면서 수분만 날리면 된다. 환풍기를 켜지 않았으므로 소스 익는 냄새가 가게에 가득 찼다.

적당히 1인분과 2인분이 되도록 가늠해서 접시에 담았다. 마무리로 파래 가루를 듬뿍 뿌렸다.

도마가 침을 꿀꺽 삼켰다.

"꼴통, 얼른 가져와."

당장이라도 군침을 흘릴 듯한 표정이었다.

"카운터에 내려놔. 양손으로 한꺼번에 들지 말고, 하나씩."

게이타로는 시키는 대로 했다. 그리고 냉장고에서 오렌지주스와 우롱차를 한 캔씩 꺼내서 접시 옆에 놓았다.

도마는 주저없이 오렌지주스를 집었다.

"내가 먼저 먹는다, 꼴통."

도마는 의자를 잡아당기며 고함을 질렀다.

"넌 내가 다 먹을 때까지 아저씨를 감시하면서 기다려. 아니, 전부 다 감시해. 내가 먹는 동안, 이 망할 것들이 허튼 짓을 하지 않도록 잘 지켜봐."

말을 마치자마자 도마는 야키소바를 허겁지겁 입에 넣었다.

젓가락질이 너무 서투른 데다 접시에 고개를 처박다시피 했다. 입 주변은 물론이고 뺨에까지 소스가 묻었다.

그렇지만 넋 놓고 볼 만큼 잘 먹었다. 정말 맛있게 먹는구나 싶어 쓰카사는 감탄했다. 역시 어린애로군. 이러니저러니 해도 귀여운 구석이 있잖아, 하고.

하지만 다음 순간, 흠칫하며 물러터진 생각을 얼른 머릿속에서 떨쳐냈다.

안 된다. 스톡홀름 증후군의 계기가 될지도 모른다.

농성이나 감금 등으로 오랫동안 폐쇄적인 상황에 처하면, 인질은 무의식중에 범인과 가까워지려 한다. 살해당할지도 모르는 상황에서 어떻게든 목숨을 건지고 싶으니까.

상대의 기분을 맞춰주다가 진심으로 애착을 품게 되고,

심할 때는 모든 의사결정을 범인에게 맡긴다.

'나만큼은 그렇게 되면 안 돼.'

여기서 유일한 어른은 자신뿐이다. 쓰카사는 다시 한번 스스로를 타일렀다.

와카노나 다른 아이들이 도마에게 넘어가는 건 어쩔 수 없다. 하지만 자신만큼은 정신을 바짝 차려야 한다.

'그리고 저쪽도 마찬가지야.'

쓰카사는 대학생 시절에 얻은 지식을 필사적으로 끌어냈다.

인질과 인질범. 또는 인질과 유괴범. 함께 지내는 시간이 길어지면 감정은 일방통행 하지 않는다. 범인 쪽도 인질에게 어느 정도 감정을 품기 마련이다.

1996년에 발생한 '페루 일본 대사관저 점거·인질극 사건'이 유명하다. 남미 페루의 게릴라 조직이 수도 리마의 일본 대사관저에서 열린 파티를 습격해 6백여 명을 인질로 삼아 농성을 벌인 사건이다.

농성이 4개월 넘게 이어지는 동안 게릴라 조직은 인질을 대부분 풀어주었고, 나머지 인질들과도 풋살이나 카드 게임을 즐길 만큼 마음을 열었다. 사건이 발생한 지명을 따와서 '리마 증후군'이라고 이름 붙여진 이 심리 상태는, 극한 상황에서 인간의 심리가 어떻게 변하는지 보여주는 사례 중 하나다.

'그래. 오히려 저쪽이 우리에게 애착을 품도록 해야 해.'

식사를 제공하는 것도 그 일환이다. 설령 야생동물이라도 식사를 제공하는 존재나 돌봐주는 존재에게는 애착을 품는 법이다.

쓰카사는 최대한 도마의 취향에 맞춰 음식을 만들어줄 생각이었다.

어느 정도 나이를 먹은 뒤로 도마는 강도나 공갈로 돈을 얻었다. 그 돈으로 패스트푸드점이나 소고기 덮밥집에 갔을 것이다. 그 이전의 식생활은 어땠을까? 아무래도 비참한 상상밖에 떠오르지 않았다.

쓰카사가 이것저것 생각하는 사이에 도마는 야키소바를 깨끗하게 먹어치웠다.

면 한 가닥 남기지 않았다. 마지막으로 오렌지주스를 꿀꺽꿀꺽 마시고 만족스럽게 트림했다.

"이제 됐어, 꼴통. 거기서 나와."

도마가 웃으면서 게이타로에게 손짓했다. 이에 파래 가루가 묻었다.

"빨리 처먹어. ……싸구려 야키소바지만, 뭐, 나쁘지는 않네."

게이타로가 다 먹은 것을 확인하고 쓰카사는 도마에게 물었다.

"설거지를 해도 될까?"

그리고, 하며 바닥에 어질러진 야키소바를 가리켰다.

"바닥도 청소하고 싶은데. 이대로 놔뒀다간 바퀴벌레가 끓을 거야."

말하면서 걸어 나가려 했다. 하지만 한발 먼저 도마가 제지했다.

"아저씨, 누가 나와도 된대?"

채찍 같은 목소리였다. 도마는 칼을 쥐지 않은 손을 게이타로에게 흔들었다.

"게이, 네가 해. 아저씨는 거기 가만히 서서 게이에게 알려줘. 도구가 어디 있는지, 어떻게 하면 되는지……, 아무튼 방법을 말해."

도마는 신경질 섞인 목소리로 말했다. '지시'나 '지도'라는 단어가 떠오르지 않아 답답한 듯했다. 순간적으로 말이 튀어나오지 않는 것이 아니다. 애당초 어휘력이 부족해서 그렇다.

"빨리 움직여, 이 새끼야."

도마가 위협하듯 벽을 걷어찼다.

렌토가 움찔하더니 잔뜩 움츠렸다. 메아가 또 쌔액, 하고 숨을 들이마신 후 가느다란 숨소리를 잇달아 내뱉었다.

큰일났구나 싶었다.

일단 가라앉은 천식 발작이 재발할 징조였다. 피리 소리

같은 숨소리에 숨이 차서 헐떡거리는 듯한 소리가 섞였다.

고코나는 그 옆에 그저 조용히 있었다. 이제 울지는 않지만 표정이 공허했다. 와카노 혼자 씩씩하게 도마를 노려보았다.

"알았어. 거기 '직원 전용'이라고 적힌 문이야."

쓰카사는 서둘러 말했다. 메아를 위해서도 도마를 화나게 하면 안 된다.

"그 안에 청소도구가 들었어. 일단 비닐장갑을 끼고 바닥에 쏟아진 야키소바를 모아서 비닐봉지에 넣어. 그래, 그 비닐봉지. 그다음은 걸레를 빨아서……."

지시를 내리면서 고심했다. 어쩌면 좋을까. 이제부터 어떻게 해야 할까.

시선을 살짝 들어 시계를 보았다. 7시가 지났다.

시간이 빨리 흘러갔다. 한편으로 느리게 흘러간 것처럼 느껴지기도 했다. 도마와 게이타로가 농성을 시작한 지 하루가 지난 것 같기도 했고, 고작 몇 분밖에 안 된 것 같기도 했다.

메아는 천식 환자다. 렌토는 도마의 성적 노리개가 될 수도 있다. 고코나는 이 중에서 정신적으로 제일 연약하다. 그리고 와카노는 도마에게 반감을 숨기려 들지 않는다.

'이 아이들을 전부 지키려면 대체 어떻게 해야 할까.'

"그래, 잘했어. 걸레질하고 나면 대걸레로 닦아서 마무리를……."

게이타로는 묵묵히 바닥을 닦았다. 고개를 숙인 자세라 앞머리가 눈을 가려서 표정이 잘 보이지 않았다.

'게이타로는 언제부터 도마와 어울린 걸까.'

분명 이 식당에 오지 않게 된 것과 같은 시기이리라. 소년원에서 나온 도마가 얌전한 게이타로에게 눈독을 들이고 똘마니로 삼은 걸까.

"고마워. 깨끗해졌네. 그럼 대걸레를 갖다 놔. 비닐봉지에 담은 야키소바는 거기 양동이에……."

메아가 기침을 하기 시작했다. 쓰카사는 깜짝 놀라 메아를 바라보았다.

본격적으로 발작이 시작된 듯했다. 기침이 멈추지 않는다. 메아는 몸을 구부리고 고통스럽게 콜록거렸다. 작은 몸 전체가 흔들렸다.

지켜보는 사람도 힘들 만큼 목이 찢어질 듯 격렬한 기침이었다.

"시끄러워!"

도마가 버럭 화를 냈다.

"아까부터 자꾸 쌔액쌔액. 이 망할 년아, 좀 조용히 해! 그 소리, 짜증 난단 말이야!"

발이 날아들었다. 이번에는 벽이 아니라 메아의 등을 걷어찼다.

메아가 바닥에 넘어지자, 도마가 등을 두세 번 더 밟았다. 메아가 몸을 웅크리고 더 심하게 기침했다.

"그만해!"

"하지 마!"

쓰카사와 와카노가 동시에 외쳤다.

엉덩이를 움찔거려 이동한 와카노가 몸을 던져 메아를 감쌌다. 이번에는 와카노의 옆구리에 사정없는 발길질이 꽂혔다. 와카노의 비명이 울려 퍼졌다.

"그만두라고 하잖아!"

쓰카사는 주방에서 뛰쳐나가려 했다. 하지만 그 전에 도마가 칼을 내밀어 쓰러진 와카노의 얼굴에 칼날을 댔다.

"거기 가만히 있으라고 했을 텐데, 아저씨."

"……아, 알았어."

쓰카사는 양손을 들고 주방 안으로 물러났다.

"하지만 발길질은 그만둬. 그 아이는 천식이야. 약 흡입기를 가지고 있을 테니 사용하게 해줘. 그걸 사용하면 발작이 가라앉아."

"호주머니에."

와카노가 고개를 쳐들고 헐떡이듯 말했다.

"메아의 호주머니에 들었어, 게이 짱."

와카노는 게이타로를 올려다보았다.

"부탁이야, 게이 짱. 메아의 호주머니를 살펴봐. 약을 흡입하게 해 줘."

"시끄럽다고 하잖아."

도마가 고함을 빽 질렀다.

"야, 게이. 함부로 행동하지 말고 거기 가만히 있어."

그렇게 게이타로를 제지한 후 말을 이었다.

"이것들이 뭘 모르네. 난 그 애새끼를 기절시켜 주려는 거야. 기절하면 그 짜증 나는 '쌔액쌔액'과 '콜록콜록'도 멈추겠지. 아아, 씨발. 친절하게 대해주면 뭐 해. 사람 마음도 모르고 꽥꽥 떠들기나 하는데. 더 이상 열받게 하지 마, 병신들아."

도마는 어깻숨을 몰아쉬었다. 관자놀이에 정맥이 불거졌다.

이윽고 후우, 하고 길게 숨을 내쉬더니 도마는 게이타로를 돌아보았다.

"꼴통, 팬티 벗어."

"어?"

게이타로의 눈이 동그래졌다.

도마가 히죽 웃더니 칼끝으로 와카노를 가리켰다.

"이 쌍년, 아까부터 너무 건방져. 입 좀 닥치게 네 더러운 팬티를 입에 쑤셔 넣어. 벌칙이야."

가게가 잠시 고요해졌다.

얼어붙은 듯한 공기 속에 메아의 기침 소리만 울려 퍼졌다.

게이타로의 얼굴은 창백했다. 눈동자가 심하게 흔들렸다. 꼼짝도 하지 않고 눈알만 움직여서 도마와 와카노를 몇 번이나 번갈아 바라보았다.

가만히 지켜보고 있던 도마가 갑자기 큰소리로 웃었다.

"농담이야, 멍청아. ……접착테이프로 막아. 빨리 해."

"아, 응, 알았어."

게이타로는 허둥지둥 행동에 나섰다. 접착테이프를 잘라서 와카노의 입에 살짝 붙였다.

쓰카사가 서 있는 위치에서 게이타로의 옆얼굴이 보였다. 게이타로의 입술이 '미안해'라는 모양으로 움직였다.

메아는 기침을 계속했다.

도마가 메아를 내려다보며 장난기 어린 얼굴로 눈알을 빙글 돌렸다.

"쌔액쌔액, 헉헉. 쌔액쌔액, 헉헉. 콜록콜록. 우헤헤."

발작하는 모습을 과장되게 흉내 낸 후, "하하핫" 하고 몸을 젖히며 웃음을 터뜨렸다. 그리고 게이타로에게 손짓했다.

"야, 이 시끄러운 계집애의 입도……."

"자, 잠깐. 기다려."

쓰카사는 얼른 만류했다.

도마가 쳇, 하고 요란하게 혀를 찼다.

"또 아저씨야? 정말 골 때리는 새끼네, 이거."

그렇게 말하면서도 쓰카사에게 몸을 돌렸다.

쓰카사는 약간 안도했다. 몸을 이쪽으로 돌리는 건 대화할 마음이 있다는 증거다. 아까 밥을 먹인 효과일까. 적어도 무턱대고 무시할 마음은 아닌 듯했다.

"기침이 신경에 거슬……, 아니, 시끄럽잖아. 그러니 그 아이를 밖으로 내보내는 게 어때?"

"뭐어? 지랄하네."

도마가 비웃음을 섞어 말했다.

"밖으로 내보내라고? 그랬다간 인질이 줄잖아. 이 멍청한 새끼야."

"아니, 잠깐. 물론 너희가 불리해지도록 하지는 않을 거야."

쓰카사는 억누른 목소리로 말했다.

"대신에 경찰과 협상하자. ……교환 조건을 내놓는 거야."

"엥?"

"예를 들면 너희의 그 칼을 경찰에게 조사시키는 거지. 칼날에 피해자의 피가 묻어 있지 않다는 게 밝혀지면, 무죄라는 사실에 한 발짝 가까워지는 셈이야."

"병신 같은 소리하고 있네. 그럼 놈들은 '닦아냈다'라고 우기겠지."

도마가 어처구니없다는 얼굴로 말했다.

"난 잘 알아. 짭새는 일단 '이 녀석이 그랬다'라고 정하면, 마음을 바꾸지 않아. 이번에도 짭새는 내가 그랬다고 정했어. 내가 인정할 때까지 무슨 일이 있어도 멈추지 않을 걸? 그런 거야. 내가 소년원에 처박혔을 때도 그랬거든."

"그건 관할서가 담당했을 때잖아."

쓰카사는 물고 늘어졌다.

"이번에는 그렇게 허술하게 수사할 수 없어. 살인 사건이라 현경이 출동했고, 이번 인질극으로 매스컴의 눈길도 끌었어. 이만큼 화제가 됐는데 적당히 수사했다간 텔레비전과 신문에서 경찰을 마구 두드려 패겠지. 그들은 공무원이니까. 공무원은 매스컴에 두들겨 맞는 걸 제일 싫어해. 알지? 지금까지의 사건과 이번 사건은 완전히 대접이 다를 거야."

열변을 토했다. 등에 진땀이 맺혔다. 체온이 저절로 높아졌고 심박수도 빨라졌다.

원래 같으면 제일 어린 렌토를 가장 먼저 내보내야 한다. 그러나 메아의 발작 증세가 심각했다. 무엇보다 저 숨소리와 기침 소리가 도마를 자극한다. 한시라도 빨리 두 사람을 떼어놓아야 했다.

"걱정하지 마. 요즘 과학수사는 정밀도······, 아니, 수준이 높아서 칼날을 닦았는지 닦지 않았는지 금방 알아낼 수 있어. 요즘 경찰은 뭐랄까, 기술이 발전했거든. 네가 무죄라는 걸 반드시 밝혀내 줄 거야."

"······흥."

도마가 희미하게 콧방귀를 뀌었다.

"야, 나한테서 칼을 빼앗고 싶을 뿐이잖아. 속이 훤히 다

보여, 아저씨."

"아니, 그런 게 아니라."

쓰카사는 고개를 내저었다.

"왜냐하면 나도 진짜 범인을 알고 싶어서 그래. 죽은 아이는 분명 우리 가게 단골이겠지. 어린애인데 여태 신원이 밝혀지지 않다니, 요 부근……, 도로코베의 아이가 틀림없어. 오랫동안 밥을 먹여온 아이가 덧없이 살해당해서 나도 속상하다고."

"흥."

도마는 한 번 더 콧방귀를 뀌었다. 뭔가 고민하는 듯한 표정이었다.

"제발 잘 생각해 봐."

쓰카사는 더욱 밀어붙였다.

"설령 여기서 무사히 나가더라도 살인범이 되면 아무 의미도 없어. 넌 여기 있는 동안 무죄라는 걸 밝혀내야 해. 만약 이대로 체포되면 모든 죄를 뒤집어쓰는 꼴이지. 수사해주길 바라지? 그럼 증거품을 경찰에게 넘기는 것도 중요해. 몇 번이나 말하는 것 같은데, 매스컴이 주목하는 지금이 기회야. 이번에야말로 제대로 수사를 받자."

"아저씨……."

도마가 뭔가 말을 꺼내기 전에 게이타로가 얼굴을 가까이 대고 속삭였다.

"새끼가 잔소리는."

도마는 게이타로를 난폭하게 떠밀었다.

"안 그래도 지금 말하려고 했으니까 닥치고 있어."

도마는 쓰카사에게 고개를 돌리고 한 손을 내밀었다.

"아저씨, 칼 내놔."

말하고 나서 바로 고개를 저었다.

"아아, 아니지. 게이, 안에 들어가서 칼을 빼앗아. 하나만 가져오지 말고 전부 다. ……젠장. 나도 참, 정신이 없다니까."

그 말을 듣고서야 쓰카사도 흠칫했다.

그렇다, 주방에는 칼이 있다. 회칼, 생선칼, 중식도, 다용도 부엌칼, 과도.

방금 요리했으면서, 그걸로 반격해야겠다는 생각은 머릿속에 떠오르지조차 않았다.

"부엌칼이고 과도고 전부 빼앗아. 나한테 생선칼 하나만 넘겨주고 나머지는 아까 청소도구함에 넣어둬."

게이타로는 그 명령에 순순히 따랐다. 다른 칼은 청소도구함에 넣고 생선칼은 도마에게 내밀었다.

도마는 바닥에 엎드려 기침하는 메아 옆에 쪼그려 앉았다.

메아의 두 눈에는 눈물이 그렁그렁했다. 기침 소리도 몹시 약해졌다.

도마가 칼집에 넣은 헌팅 나이프를 메아의 주머니에 쑤셔 넣었다. 그 대신이라는 듯 재빨리 생선칼을 받아 들었다.

그는 의기양양하게 쓰카사를 바라보았다. 내게서 무기를 빼앗을 수 있을 줄 알았어? 안 됐네. 그렇게 말하는 듯한 눈빛이었다.

"좋아, 짭새랑 통화해."

도마가 카운터에 놓아둔 스마트폰을 가리켰다.

"내 칼을 꼼꼼히 조사하겠다는 약속을 받아내. 그뿐만이 아니야. 스마트폰으로 짭새의 목소리도 녹음해. 만약 녹음 앱이 없으면 지금 당장 깔아. 나중에 그런 말을 했니 안 했니 따지고 들면 귀찮으니까."

협상은 의외로 순조롭게 진행됐다.

—인질 한 명과 칼을 넘겨준다는 거지? 알았어. 인질범, 아니, 마세 도마의 칼을 과학수사 연구소에 보내는 건 이쪽도 바라던 바야.

"응, 잘 부탁해."

쓰카사는 안도의 한숨을 내쉬며 말했다.

"결과가 나오면 전화로 알려주지 않을래? 마세 도마는 수사 진척 상황을 모조리 알고 싶어 해. ……걔를 자극하고 싶지 않아. 부탁할게."

—알았어. 최대한 빨리 하라고 할게. 과학수사 연구소의 사정은 잘 모르지만, 사건이 사건이니까 제일 우선시할 거

야. 그밖에 뭔가 곤란한 점은 없어?

"아, 그렇지. 앞으로 식재료가 모자랄지도 몰라. 아까 야키소바를 만들어서 마세와 와타나베에게 먹였더니 중화면이 똑 떨어졌어. 실은 저녁 영업을 시작하기 전에 업자가 식재료를 배달해 줄 예정이었는데."

―그렇군. 그럼 배달 도시락 같은 걸 보내줄게.

"아니, 내가 만들어주고 싶어."

쓰카사는 말했다.

"배달 음식이나 편의점 음식이 아니라 바로 조리한 따끈따끈한 음식을 먹이고 싶어. ……상황이 상황이라 기운도 없는데 식은 음식을 먹으면 누구라도 기분이 우울해지겠지. 인질로 잡힌 아이들을 위해서라도 김이 피어오르는 요리를 해주고 싶어."

―그렇군.

이쿠야가 뒤쪽 사람과 뭐라고 이야기를 나누는 기척이 전해졌다. 잠시 후 목소리가 들렸다.

―알았어. 원하는 식재료가 있으면 넣어줄게.

"고마워."

―그럼 풀어줄 인질을 문가에 세우도록 해. 그 아이뿐이야. 마세 도마와 와타나베 게이타로에게는 '투항할 마음이 없으면 문 가까이에 서지 말라'라고 전해.

"걱정하지 마. 걔들도 통화 내용을 듣고 있으니까."

쓰카사는 도마를 힐끗 쳐다보고 스마트폰을 카운터에 내려놓았다.

"들었지? 이야기가 잘 됐어. 메아의……, 그 아이의 손발을 풀어줘. 스스로 걸어서 나가게 할 거야."

메아는 바닥에 힘없이 축 늘어져 있었다. 기침 때문에 몸이 끊임없이 떨렸다. 소리는 약하지만 폐부를 파고드는 기침이었다.

도마가 게이타로에게 턱짓을 했다.

게이타로는 메아 옆에 쪼그려 앉았다. 메아의 상체를 일으켜 벽에 기댄 후 손발을 묶은 접착테이프를 풀었다.

"괜찮아? 걸을 수 있겠어?"

게이타로가 작은 목소리로 물었다.

메아의 얼굴은 창백했다. 입술은 거무튀튀한 보라색으로 변색됐다. 의식을 잃기 직전으로 보였다. 하지만 그래도 얼굴을 들어 고개를 끄덕였다.

나지막하게 흐느끼는 소리가 들렸다. 고코나였다. 메아의 모습에 충격을 받은 것이리라. 더는 못 참겠는지 꾹 다문 입술 사이로 울음소리가 새어 나왔다.

"메아를 일으켜 세워 줘."

쓰카사는 게이타로에게 부탁했다.

게이타로가 메아를 끌어안고 벽에 기댄 상태로 간신히 일으켜 세웠다.

"미안해. 난 문까지 못 가. 이제 네 힘으로 걸어가야 해. 미안해."

"…… 크흑."

기침을 하면서도 메아는 고개를 끄덕였다. 무거운 몸을 채찍질해 발을 끌며 천천히 미닫이문까지 걸어갔다.

쓰카사는 스마트폰을 집어 이쿠야에게 알렸다.

"이제 인질이 문을 열고 밖으로 나갈 거야."

메아가 미닫이문을 열었다.

문틈으로 눈 부신 빛이 비쳐 들어 쓰카사는 한순간 놀랐다. 지금은 밤 아니었나 싶어 벽시계를 올려다보았다. 역시 저녁 7시 반이었다.

하지만 바로 경찰이라는 걸 깨달았다.

투광기 같은 조명기기이리라. 주차장을 점거한 경찰이 이쪽의 동향을 살피기 위해 비추는 것이다. 미닫이문에 간유리가 달려 있긴 하지만, 간유리 너머로 비치는 빛에 눈이 익숙해져서 미처 몰랐다.

메아가 걸음을 옮겼다. 비틀거리며 앞으로 나아갔다.

앙상하게 야윈 그 몸이 완전히 가게 밖으로 나갔다.

됐다, 하고 쓰카사는 주먹을 불끈 쥐었다. 더 나아가라. 뛰어. 그렇게 말하고 싶었다. 하지만 재촉해서는 안 된다. 말없이 그저 지켜보았다.

투광차의 불빛이 일대를 밝게 비추었다. 문틈으로 경찰들이 보였다.

 수사 차량이 줄지어 서 있었다. 규제선일까, 선명한 노란색 테이프가 야음 속에서 몹시 두드러져 보였다.

 쓰카사는 도마에게 들키지 않도록 조심스레 주방에서 몇 발짝 뒤로 물러났다.

 메아의 뒷모습을 바라볼 수 있는 위치에 섰다.

 기동대일까, 투박하면서도 든든한 장비를 착용한 제복 차림의 남자들도 눈에 들어왔다. 메아가 그들을 향해 걸어갔다. 작은 뒷모습이 역광 속에 떠올랐다.

 이제 몇 미터 안 남았다고 생각한 순간.

 도마가 오른손을 움직이는 모습이 시야 가장자리로 보였다. 손을 뒤쪽 허리춤으로 돌려 뭔가를 뽑았다. 검은색 물체를 재빨리 겨눴다.

 "안 돼!"

 쓰카사는 냅다 소리를 질렀다.

 그와 동시에 도마가 방아쇠를 당겼다.

 쓰카사는 얼른 두 귀를 막고 카운터에 엎드렸다.

 백 퍼센트 메아의 등을 노리고 쏜 것이다. 하지만 총알은 빗나갔다.

 총알은 메아보다 몇 미터 뒤쪽 아스팔트에 명중했다. 거의 동시에 오른쪽에 세워져 있던 왜건 차량이 쑥 가라앉으며 비스듬히 기울었다.

몇 초 후에야 총알이 튕겨서 그렇다는 걸 쓰카사는 깨달았다.

도마가 쏜 총알이 아스팔트에 맞고 튕겨 나가 왜건 차량의 타이어를 펑크낸 것이다. 그렇게 이해한 순간 머리에서 땀이 쭉 흘렀다.

쓰카사는 상체를 일으켰다.

살짝 비틀거렸다. 귓가에서 심장이 쿵쿵 뛰는 소리가 들렸다. 오한이 온몸을 뒤덮었다. 어째선지 시야가 뿌옇게 흐려졌다.

기동대원 같은 남자들이 달려와서 메아를 보호하는 모습이 어렴풋이 보였다.

"헷."

도마가 뺨을 일그러뜨렸다.

"좀 더 위쪽을 노려야 하나……. 뭐, 됐어. 다음 번엔 꼭 맞힐 거야."

5

"이런……."

시바가 헐떡이는 듯한 목소리로 말했다.

"저 망할 놈이……, 총을 쏘다니."

이쿠야도 얼어붙었다.

경찰을 향해서가 아니다. 분명 다카시나 메아를 노리고 발포했다. 마세 도마는 무방비한 여자애의 등에 총을 겨누고 망설임 없이 방아쇠를 당겼다.

하지만 공포에 젖어 있을 여유는 없었다. 누군가 뒤에서 이쿠야의 등을 툭 쳤다.

돌아보자 수사 주임 오사코였다. 스마트폰을 가리키며 통화하라고 손짓으로 지시했다.

이쿠야는 허둥지둥 스마트폰을 스피커폰 모드로 바꾸었다.

"쓰카사! 야, 쓰카사. 들려?"

응답은 없었다.

"쓰카사. 괜찮아? 나야. 어때? 무사한 거지? 대답해, 쓰카사."

―아, ……응.

친구가 넋 나간 목소리로 겨우 대답했다.

이쿠야는 다리가 풀릴 것만 같았다. 이번 농성 사건이 끝날 때까지 대체 몇 번이나 이런 일을 겪어야 할까. 도저히 못 버틸 것 같았다.

'하지만 버텨야 해.'

절대 도망치지 않을 작정이었다. 현장을 내팽개치고 도중에 물러나다니, 말도 안 된다. 그런 짓을 했다가는 평생 스스로를 용서할 수 없으리라.

SIT의 야다노는 몇 가지 지시 사항을 메모지에 남겨놓고 자신이 인솔하는 특수반으로 이미 돌아갔다. 이쿠야는 앞으로 그 메모와 오사코의 지시를 바탕으로 움직인다. 그러나 통화 내용은 SIT도 계속해서 수신할 것이라고 했다.

이쿠야는 오사코가 내민 스케치북의 글씨를 읽었다.

"안쪽 상황은 어때?"

—아아. ……괜찮아. 마세 도마는 안정된 상태야. 인질도 전부 무사하고. 그냥, 그냥 조금.

잠시 공백이 생겼다. 쓰카사가 침을 삼키는 모습이 눈에 보이는 듯했다.

—조금 놀랐을 뿐이야. 괜찮아.

"이제 남은 인질은 네 명이지?"

이쿠야는 지시에 따라 스케치북에 적힌 다음 글씨를 읽었다.

—응.

쓰카사가 대답했다. 멍한 목소리였다.

"똑같네."

이쿠야는 말했다.

전화 저편에서 쓰카사가 당황스러워하는 기척이 전해졌다.

"네 명이로군, 똑같아."

이쿠야는 한 번 더 그렇게 말했다.

이쿠야는 오사코가 뭘 전하고 싶어 하는지 이해했다.

남은 총알의 개수다. M37에어웨이트에 장전된 총알은

다섯 발. 드라마 등에서 '첫발은 공포탄'이라고 설명하기도 하지만, 허위 정보다. 제복 경찰관의 권총에는 실탄이 다섯 발 장전돼 있다. 쓰카사 같은 일반인에게 이런 지식은 없을 것이다.

'한 발 쐈으니까 네 발 남았어.'

이쿠야는 쓰카사가 제발 알아차리기를 빌었다.

잠시 후 쓰카사가 나지막한 목소리로 말했다.

"아아. ……그렇군, 네 명이야."

말투를 듣고 '통했다'는 걸 알았다. 이쪽이 의도한 바가 쓰카사에게 제대로 전해졌다.

―그쪽이 인식하는 것과 똑같아. 이제 네 명. 나까지 인질은 총 네 명이야.

"알았어. 무슨 일 있으면 언제든지 불러."

오사코가 엄지손가락을 세웠다. 이쿠야는 스피커폰 모드를 해제하고 스마트폰을 무릎에 엎어놓았다.

어깨에서 힘이 쭉 빠졌다. 온몸이 아래로 푹 가라앉는 느낌이었다.

"잘했어."

오사코가 뭐라고도 형용하기 힘든 웃음을 지었다.

"결과가 좋으면 된 거지. ……간이 철렁했지만 이제 저쪽은 인질 한 명과 총알을 한 발 잃었어. 사격 경험을 쌓은 건 열 받지만."

할 말이 떠오르지 않아 잠자코 있으니 오사코가 두툼한 손바닥으로 이쿠야의 어깨를 두드렸다.

"그나저나 말이야."

"네……?"

"네 친구는 아주 굳센 남자로군."

고개를 들자 오사코는 가느다랗게 뜬 눈으로 호의 어린 눈빛을 던졌다.

"아이들에게 따끈따끈한 걸 먹이고 싶다니. 가슴 뭉클한 말이잖아."

"……네. 좋은 녀석이에요."

이쿠야는 반쯤 멀뚱한 표정으로 대답했다.

"녀석은 좋은 사람입니다. 그리고 우수하죠. 어릴 적부터 뭘 해도 저보다 잘했어요. 공부도, 운동도……. 여자애한테도 인기가 더 많았고요."

말을 마친 순간 콧속이 화끈거렸다.

'리리코 짱.'

그렇다, 그 아이도. 리리코 짱도 쓰카사를 좋아했다.

나랑 쓰카사 둘 다 비슷하게 그 아이와 친했는데. 그 아이의 시선은 늘 쓰카사를 좇았다.

이쿠야는 무의식적으로 코를 훌쩍였다. 오사코가 한 번 더 어깨를 두드려주고 물러갔다.

그리고 근처 수사관을 붙잡고 짤막하게 지시를 던졌다.

"이봐, 풀려난 아이에게서 마세 도마의 칼은 회수했나? ……아아, 그렇군. 좋아, 과수연 제2과에 직접 넘겨. 이야기는 해놨어. 뭐, 최대한 빨리 해 달라고 한들 물론 한계는 있겠지만……."

마지막 부분은 혼잣말인 듯했다.

해외 드라마처럼 한 시간 이내에 혈액의 DNA 분석 결과를 얻기는 불가능하다. 실제로 과학수사 연구소 제2법의과에서는 '초특급으로 처리해도 50시간은 걸린다'라는 답변이 돌아왔다.

설마 50시간이나 농성이 이어질 것이라고는 생각하고 싶지 않았다. 아무튼 마세 도마가 재촉하면 "얼마 안 남았어" "확인하는 중이야" 하고 그때그때 핑계를 대는 수밖에 없다.

"이봐."

이쿠야의 눈앞에 페트병이 쑥 나타났다.

"목 좀 축여."

시바였다. 두 손에 쥔 스포츠 드링크 페트병 중 하나를 이쿠야에게 내밀고 있었다.

그의 뒤쪽에는 각종 음료, 봉지빵, 편의점 삼각김밥이 담긴 박스가 수북하게 쌓여 있었다. 지휘본부에서 준비한 물자였다.

"……감사합니다."

이쿠야는 페트병을 받아들었다. 뚜껑을 열고 한 모금 마셨다.

바로 지금까지 허기도 갈증도 느끼지 못했다. 하지만 음료수를 마시고야 입속이 바싹 말라붙었다는 걸 깨달았다. 음료수를 단숨에 반 정도 들이켰다.

인질로 잡힌 아이들의 성명은 20분쯤 전에 판명됐다.

히라타 렌토, 9세.

하세 고코나, 11세.

다카시나 메아, 12세.

쓰루이 와카노, 15세.

그리고 메아가 풀려났으므로 남은 인질은 쓰카사를 포함해 네 명이었다.

"오사코 과장 대리님."

젊은 수사관이 손을 들었다.

"팩스가 왔습니다. 과수연 심리 담당에게 의뢰한 안건입니다."

"오, 의외로 빠르군."

오사코가 눈을 오므렸다. 그가 직접 의뢰한 안건이었다. '진범은 따로 있다. 놈이 지금까지 계속 그래 왔다'라는 도마의 주장을 듣고서 재빨리 정보과학 심리 담당 연구관에게 다음과 같이 요청했다.

1. '고자사가와강 소년 살인 및 시체유기 사건'의 시체 검안서를 읽기 바람.

2. 연쇄 살인일 가능성이 있는지 판단해 주기 바람.

3. 가능성이 있다면 범인을 프로파일링 해 주기 바람.

"읽어 봐."

오사코가 지시했다.

"알겠습니다. 음, 연구관의 회답을 그대로 읽겠습니다.

감식 결과에 따르면 유기 현장과 살해 현장은 동일하지 않다. 즉, 다른 곳에서 살해한 후 고자사가와강 하천부지에 시체를 유기했음을 뜻한다. 또한 흉기가 여태 발견되지 않은 것으로 보건대 범행을 은폐하려는 의사가 있는 것으로 판단된다.

시신의 상처 중 90퍼센트는 살아 있을 때 생겼으므로 고문한 것으로 추정된다. 창상과 절상 모두 주저한 흔적이 없으므로 살아 있는 인간에게 날붙이를 휘두르는 행위에 익숙한 것으로 보인다. 자제력과 계획성이 느껴지는 범행이다. 이상을 바탕으로 연쇄 살인일 가능성이 '있다'고 결론을 내린다.

다음으로 범인 프로파일링.

앞서 서술한 특징으로 보건대 질서형 살인범으로 추정된다. 범행에 일정한 패턴이 있으며, 의례적 행동과 성적 공상을 즐긴다. 피해자는 범인의 취향에 맞는 유형으로 한정된다.

범인상은 20대 후반에서 40대 초반 남성. 지역에 잘 녹아들어 아이에게 말을 걸어도 경계심을 품기 힘들다. 게임과 어린이용 방송 등에 해박하고, 아이들과 비슷한 수준이나 약간 높은 수준의 감성으로 이야기를 나눌 수 있다.

 또래가 보기에는 유치하고 위태로운 인물로 느껴진다. 용모는 중하에서 중상 정도. 첫인상이 제일 좋으며, 깊이 알수록 이질감이 생긴다.

 직장을 자주 옮기는 경향이 있다. 현재는 무직일 수도 있다. 또래 이성과 빈번하게 접촉하거나, 아예 접촉하지 않는 양극단으로 나뉜다. 지능은 평균 수준이지만 잘 발휘하지는 못한다. 현재 자신의 상태에 분노를 품고 있다.

 이번에 시체 유기가 허술했던 건 도중에 방해받았거나 목격당할 위험성이 있어서 서둘렀기 때문으로 보인다. 질서형은 정해진 패턴에서 벗어나는 걸 선호하지 않는다. 매번 같은 곳에서 살해하고 같은 곳으로 옮겨서 유기했을 확률은 70퍼센트 이상……."

 수사관이 고개를 들었다.

 "이상입니다."

 "흠."

 오사코는 잠시 생각하다가 뒤쪽을 돌아보았다.

 "이봐, 인근 경찰서에 지원 요청한 건 어떻게 됐어? 인원을 투입할 수 있는 상태야? 좋아. 서른 명을 보내서 고자사가와강 하천부지를 파헤치라고 해. 다만 비밀리에. 절대로 매스컴에 들키면 안 돼."

"알겠습니다."

젊은 수사관이 달려 나갔다. 다음으로 약간 나이 든 수사관이 손을 들었다.

"인질 중 한 명인 히라타 렌토의 어머니가 이쪽으로 오는 중입니다."

전선본부에는 냉방을 세게 틀어놓았다. 그래도 수사관의 이마에는 진땀이 송골송골 맺혀 있었다.

"히라타 렌토의 어머니만? 나머지 아이들의 부모는?"

"그게……, 경영자가 거부하는 것 같습니다."

"뭐라고?"

"네 명 중 히라타 렌토의 어머니만 '히사고야'에서 일하고 나머지는 '지센'의 접객원인데요. '지센'의 안주인이 보통내기가 아니라서……. '저녁 식사 시간에 접객원을 두 명이나 쉬게 할 수는 없다. 경찰이 손해를 보상해 주면 몰라도 그냥은 절대로 못 보낸다'라는 식으로 나온다고 합니다."

"뭐야, 그게. 몹쓸 할망구 같으니라고."

오사코는 인상을 찌푸렸다.

"자식이 인질로 잡힌 사람을 쉬지도 못하게 하고 부려 먹겠다는 건가. 천벌 받을 할망구."

"60대치고는 예전 미모가 많이 남아 있어서 겉모습만큼은 그 나이로 보이지 않지만요. 아무튼 경영자가 그렇게 나오는데 어머니가 뭐 어쩌겠습니까. 그렇다고 저희가 강제로 무슨 조치를 할 수도 없는 상황이고요."

"끙……."

오사코는 앓는 소리를 내며 팔짱을 끼더니, 고개를 기울여 벽 앞의 수사관을 보았다.

"이봐, 마세 도마와 와타나베 게이타로의 부모는 어떻게 됐어? 아직 연락이 안 됐나?"

"양쪽 다 아직 보고가 들어오지 않았습니다. 각각 연립주택 앞에 직원을 보냈습니다만, 귀가했다는 소식은 없고요."

"달리 갈 만한 곳은?"

"파친코 가게와 경마장 부근, 단골 술집 등에는 인원을 배치했습니다. 근무지인 스트립 클럽에도요. 하지만……."

"알았어."

오사코는 대답을 다 듣지도 않고 벽에 몸을 기댔다.

눈을 감고 미간을 주물렀다. 벌써부터 그 옆얼굴에서 피로가 묻어났다.

마세 도마와 와타나베 게이타로의 가정 형편은 이미 어느 정도 파악했다.

도마의 보호자인 아버지는 이 지역 출신으로, 도로코베의 오래된 스트립 클럽 '핑크 캔디'에서 일한다. 스트립 클럽의 경영자가 그의 외숙부다. 한편 도마의 어머니는 도마가 여덟 살 때 실종됐다.

한편 와타나베 게이타로의 아버지는 알코올의존증으로

무직이다. 절도와 소액 사기 등 자질구레한 죄로 체포돼 전과 5범. 현재는 호스티스의 기둥서방 노릇을 하며 지낸다고 한다.

게이타로의 친어머니는 병으로 사망해 도로코베에 이사 왔을 때부터 아버지와 아들 단둘뿐이었다. "게이 짱은 나가노에서 태어났다고 들었어요"라는 아이들의 증언에 따라 지휘본부가 나가노현에 호적 조회를 요청했다.

"SIT는 어때?"

오사코가 물었다.

"가게 내부 상황을 확인하기 위해 파이버스코프를 침투시킬 예정이었습니다만……. 난항을 겪고 있습니다."

"왜? 기기에 문제라도 생겼나?"

"아니요. 구경꾼이 너무 많습니다. 문제는 스마트폰이에요."

수사관이 화난 말투로 대답했다.

"놈들은 매스컴보다 더 악질입니다. 매스컴은 협정을 맺으면 어느 정도 제어가 가능합니다만, 일반인은 말해도 듣질 않죠. 최근에는 유튜버니 인플루언서니 하는 작자들이 바로 인터넷에 영상을 올려서 여기저기 퍼뜨리죠. 게다가 아무리 쫓아내도 계속 몰려듭니다."

"과연, 그건 골칫거리로군."

오사코는 떨떠름한 표정으로 테이블을 가리켰다.

"어이, 미안하지만 나한테도 단팥빵 두 개만 갖다줘. 캔 커피도. 아무래도 장기전이 될 것 같아. 뇌에 당분이 필요해."

그러더니 이쿠야를 힐끗 보며 쓴웃음을 지었다.

"……아쉽지만 우리는 따끈한 밥을 못 먹겠군. 너도 먹을 수 있을 때 먹어둬. 언제 또 **나설 차례**가 올지 모르니까."

그 후로는 한 시간 반쯤 교착 상태가 계속됐다.

식당에서 접촉은 없었고, 아무 움직임도 보이지 않았다. 하지만 그 사이에도 수사관은 끊임없이 전선본부에 드나들었으며 전화와 컴퓨터도 최대한 가동됐다.

한편 좋은 소식도 있었다.

병원으로 이송된 다카시나 메아는 순조롭게 회복되는 중이라고 한다.

또한 목을 찔린 파출소장도 목숨을 건졌다. 함께 습격당한 순경이 재빨리 119에 신고한 데다 지체 없이 수혈한 덕분이었다. 아직 방심은 할 수 없지만 고비는 넘겼다는 소식이었다.

"오사코 과장 대리님. 인근 주민들의 증언을 바탕으로 피해자로 추정되는 남자애의 범위를 두 명으로 줄였습니다. '세이료'라는 통칭과 체격 등의 특징이 일치하고, 자택 및 부모 형제에게 연락이 되지 않는 자. 이 조건에 합치하는 아이입니다."

젊은 수사관이 오사코 옆에 서서 보고했다.

"첫 번째는 세이다 료, 11세. 어머니와 단둘이 도로코베 1101번지의 연립주택에 삽니다. 어머니는 28세고 성인 출장 안마사입니다. '민트 바닐라'라는 사무소 소속인데, 열흘쯤 전부터 연락이 되지 않는 상황이고요. 연립주택 우편함은 홍보 우편물이나 전단지로 가득했고, 어머니의 스쿠터도 사라졌습니다. 인근 주민 말로는 지난 며칠 모습을 못 봤답니다.

두 번째는 구보이 세이료, 10세. 이쪽은 도로코베 1152번지의 연립주택에 어머니, 어머니의 동거남과 함께 삽니다. 동거남은 35세고 무직. 어머니는 29세고 도로코베 온천 거리의 관음 클럽 '퀸M'의 종업원입니다. 하지만 닷새 전부터 가게에 출근하지 않았고, 전화도 연결되지 않습니다. 세 사람 모두 며칠 눈에 띄지 않은 듯합니다. 연립주택의 전기 계량기는 멈춘 상태고, 안에서 인기척도 느껴지지 않습니다."

"알았어."

오사코는 고개를 끄덕였다.

일본에서는 아동 살인의 80퍼센트 이상이 부모의 소행이다. 친부모냐 양부모냐에 따라 비율의 차이는 있지만, 아무튼 '동거하는 보호자'의 범행이 대부분이다. 신체적 학대, 살해 후 자살, 양육 포기에 따른 아사나 쇠약사 등이다.

이번 피해자는 성폭행당했고 고문당한 흔적도 있었다. 평범한 체벌이나 학대는 아닌 듯하다. 하지만 동거남의 범행이 아니라고 단정할 수는 없었다.

"두 아이의 부모는 이 지역 출신이 아니라 다른 지역에서 넘어왔지? 좋아, 두 아이의 호적 및 주민표를 살펴봐. 예전 주소가 밝혀지면 해당 현의 치과 의사 협회에 조회를 요청하고."

오사코는 커피를 한 캔 더 땄다.

"아무튼 관계 각처를 재촉해. 인질로 잡힌 아이들의 목숨이 달렸다고 감정에 호소하란 말이야. 자원봉사로 협력해 주는 치과 의사 협회에 억지를 쓰려니 미안하지만, 느긋한 소리를 할 때가 아니야. DNA 분석에 시간이 걸린다면, 하다못해 치과 기록 대조라도 서둘러야지. 어쨌거나 물증이 필요해. 국민의 공복인 우리는 물증 없이는 움직일 수가 없으니까."

수사관들을 독려하던 오사코의 목소리는 헬리콥터 프로펠러 소리에 묻혔다.

"아아, 젠장. 성가시네. 공보실 녀석들, 헬기 띄우지 말라고 매스컴에 통보하지 않았나?"

"전달했을 텐데요……."

수사관도 인상을 찡그리며 창밖을 올려다보았다.

'야기라 식당' 주변은 경찰관들, 기동대, 매스컴, 그리고 구경꾼들로 인산인해를 이루었다.

NHK는 생중계 방송을 계속하고 있지만 민영 방송국은 프로그램 사이사이에 단편적인 보도를 끼워 넣었다. 그 대신이라는 듯 인터넷에 현재 상황을 중계하는 영상이 여러 개 올라왔다.

전선본부에 죽 늘어놓은 모니터 중 두 대에 인터넷 영상을 띄워놓았다. 반 이상은 구경꾼 및 매스컴을 감시할 목적이었다.

오사코의 휴대전화가 울렸다.

"아아, 나야."

응답하자마자 낯빛이 변했다.

"확실해?"

몇 초 후 숨을 푹 내쉬었다.

"알았어, 좋아. 계속해서 진행해. ……수시로 보고하고."

오사코는 전화를 끊고 실내의 수사관들을 빙 둘러보았다.

"고자사가와강 하천부지, 즉 시체 유기 현장 일대에서 지원팀이 뭔가를 파냈어. 감식계의 의견에 따르면 십중팔구 시체라는군."

전선본부에 긴장이 감돌았다.

오사코는 머리를 벅벅 긁었다.

"일부가 백골로 변한 어린아이의 왼쪽 다리로 보인대. ……골 때리는군. 즉, 그 하천부지에는 정말로 다른 아이의 시체가 묻혀 있는 거야."

제3장 박빙

1

 가게에 텔레비전 소리와 킥킥거리는 도마의 웃음소리가 울렸다.
 카운터에 앉은 도마의 손 옆에는 텔레비전 리모컨이 놓여 있었다. 채널은 NHK에 맞춰놓았다.
 정면에서 촬영한 '야기라 식당'이 화면에 비쳤다.
 주차장은 경찰들과 투광차를 비롯한 경찰 차량으로 가득했다. 노란색 테이프 바깥쪽에 몰려든 구경꾼들의 뒷모습을 방송국 카메라가 근접 촬영했다.
 투광차 불빛에 비친 가게는 몹시 궁상맞고 꾀죄죄해 보였다.
 자신의 가게가 텔레비전에 나오는 것을 실시간으로 보고 있으려니 쓰카사는 기분이 이상했다.
 도무지 현실 같지 않았다. 신경은 곤두섰지만 의식은 어딘가 다른 곳을 떠돌고 있었다. 세상 모든 것이 아득히 멀게 느껴졌다.

'지금쯤 아버지도 시골에서 이 방송을 보고 있을까.'

아버지의 한적한 생활을 망쳐 버렸구나 싶어 기묘한 죄책감이 솟구쳤다. 이번 일이 해결되면 바로 전화해서 사과해야 한다. 그래, 무사히 끝나면.

'그런데 이 사태가 과연 '무사히' 끝날까?'

쓰카사는 도마에게 천천히 시선을 옮겼다.

텔레비전 방송에 질렸는지 도마는 스마트폰으로 동영상을 보고 있었다. 와카노의 뒷주머니에서 멋대로 꺼낸 스마트폰이었다.

도로코베의 아이들은 대부분 금전적으로 여유가 없어서 모바일 기기나 스마트폰을 가지고 있지 않다. 와카노는 몇 안 되는 예외지만 부모가 사준 것은 아니었다. 술집에서 재고 정리 아르바이트를 해서 번 돈으로 초저가 유심칩을 구입했다.

고코나는 다시 넋을 놓았다. 렌토는 도마에게 완전히 겁먹은 표정이었고 와카노는 접착테이프로 입이 막혔는데도 화난 눈빛을 거두지 않았다.

도마는 인질을 거들떠보지도 않고 영상에 푹 빠져 있었다.

가끔 작게 웃음소리를 흘렸다. "멍청한 새끼네, 이거" "장난 아니네, 씨발" 하고 작은 목소리로 영상 내용에 반응했다.

"……네 건 없어?"

쓰카사는 나지막하게 물었다.

"뭐?"

도마가 치뜬 눈으로 바라보며 되물었다.

"아니, 네 스마트폰은 없나 해서."

"평소에는 아버지의 여자가 빌려줘."

도마는 뺨을 일그러뜨리듯이 웃으며 말했다.

"아버지는 쪼잔해서 자기 스마트폰을 못 만지게 해. 흥, 파친코 할 돈이 있으면 스마트폰 정도는 좀 사주지."

그렇게만 대답하고 다시 스마트폰 화면으로 눈을 돌렸다.

들리는 소리로 판단컨대 유명한 유튜버의 영상을 보는 듯했다. 일부러 위험한 행동이나 법에 저촉될락 말락 하는 행동을 하고 주변의 반응을 촬영하는, 소위 민폐 스트리머다.

한편 게이타로는 벽에 등을 대고 무릎을 세운 자세로 앉아 만화를 보고 있었다. 서가에 꽂아둔「슬램덩크」였다. 쓰카사가 어릴 적에 유행했던 만화지만, 그림이 예쁘고 페이지가 술술 잘 넘어가서 도로코베의 아이들에게도 인기다.

쓰카사는 입구 바로 옆쪽 서가에 아이들을 위한 만화책과 아동서를 놓아두었다. 만화는「슬램덩크」외에「블랙잭」「불새」「다이의 대모험」「도라에몽」「드래곤볼」등이 있다. 전부 쓰카사가 초등학생 때부터 고등학생 때까지 사서 모은 책들이다.

아동서는 『암굴왕9』 『보물섬』 『빨간 머리 앤』 『끝없는 이야기』 『하늘을 나는 교실』 『톰 소여의 모험』 등이 있다. 시리즈물은 『황금 나침반』 『해리 포터』 『나니아 연대기』를 전권 갖추었다. 그리고 『말하는 나무 의자와 두 사람의 이이다』를 비롯한 마쓰타니 미요코의 책도.

"하, 이 새끼, 진짜 정신병자네……."

도마는 웃기다 웃겨, 하고 묘하게 노인 같은 몸놀림으로 무릎을 치더니 쓰카사에게 말했다.

"아저씨, 주스 줘."

"오렌지주스랑 우롱차밖에 없어."

"아까 들었어. 오렌지주스로 참아 줄 테니까 냉장고에서 하나 꺼내서 거기 놔둬."

"하나로 되겠어?"

"엥?"

"게이타로 건? 그리고 뒤쪽 아이들도 마시게 해주면 안 될까?"

"헷, 뭔 개소리래?"

도마가 코웃음쳤다.

"내가 왜 그래야 하는데?"

---

9 일본에서 출판된 '몬테크리스토 백작'의 번안 소설.

"아이들은 벌써 네 시간 넘게 아무것도 못 마셨으니까."

쓰카사는 물고 늘어졌다.

"이대로 가면 탈수 증상이 일어나. 인간은 수분을 섭취하지 않으면 속이 안 좋아지거나 열이 나기도 하지. 오늘은 기온이 높았으니까 더할 테고. 아까 메아가 그랬던 것처럼 또 귀찮은 일이 벌어지는 건 싫잖아?"

"……."

도마가 입술을 삐죽거렸다.

쓰카사의 말을 들을지 말지 고민하는 낌새였다. 확실히 귀찮은 일은 질색이지만, 이 녀석이 시키는 대로 하는 것도 열받아서 선택지를 저울질하고 있다.

"두 개야."

잠시 후 도마가 말했다.

"나한테 하나. 게이에게 하나. 그걸로 충분해. ……남으면 게이가 저 녀석들에게 나누어줄지도 모르지만, 그건 내 알 바 아니지."

도마 나름대로 양보한 듯했다.

하지만 하나로는 모자란다고 생각하며 쓰카사는 벽에 기대어 앉은 아이들을 바라보았다. 캔 주스의 용량은 350밀리리터다. 설령 게이타로가 한 캔을 모조리 양보한다고 해도 셋이 마시기에는 부족하다.

"이봐."

쓰카사는 매달리는 심정으로 말했다.

"이봐, 어떻게 좀."

안 되겠느냐고 말하려 했을 때 밖에서 목소리가 울려 퍼졌다.

"저기, 들리나요? ……히라타 렌토의 엄마예요. 들리나요?"

확성기를 통해서 말하는지 갈라진 목소리였다.

쓰카사는 무심코 머리 위의 텔레비전을 올려다보았다. 농성 사건을, 아니 '야기라 식당'을 계속 내보내는 생중계 방송이다.

카메라가 기동대와 경찰관들에게 둘러싸여 있는 여성의 뒷모습을 약간 멀리서 포착했다.

한순간 쓰카사는 텔레비전 드라마 속에 빠져든 것 같은 기분이었다.

이런 장면을 본 적 있었다. 그리고 바로 '당연하지. 드라마는 현실의 모방이니까' 하고 깨달았다.

우스웠다. 몇 시간이나 전부터 드라마를 뛰어넘는 현실 속에 있는데도, 여전히 실감이 나지 않았다.

"저는 인질 중 한 명인 히라타 렌토의 엄마예요. ……범인 여러분. 저기, 부탁이니 제 아들을 풀어주세요. 아직 작은 어린애예요. 남편과 헤어진 후로 저 혼자 아들을 키워왔습니다. 그 아이가 없으면 저, 저는 살아갈 이유가……."

눈물 어린 목소리였다. 쓰카사는 렌토에게 시선을 주었다.

렌토는 잔뜩 찡그린 얼굴을 푹 숙이고 있었다. 그 눈에서 눈물이 뚝 떨어졌다.

말없이 우는 모습을 보니 가슴이 더 아렸다. 오열을 참으려는 듯 렌토는 입을 꾹 다물었다.

한편 어머니도 눈물 때문에 더는 말이 나오지 않는지 침묵이 이어졌다.

끼잉, 하고 확성기에서 시끄러운 소리가 나더니 굵은 남자 목소리로 바뀌었다.

"마세 도마, 들리나. 여기 렌토의 어머님이 오셨다. 너희 요구를 받아들일 테니 인질은 풀어주지 않겠어? 렌토는 너희보다 훨씬 어린애야. 어머니에게서 떼어놓다니 불쌍하잖아."

경찰관인 듯했다. 아무래도 감정에 호소하는 작전으로 나온 듯했다.

헛수고라고 쓰카사는 생각했다. '어린애'를 방패로 꺼내 들었을 때 효과가 있는 건 어른뿐이다.

예상대로 도마는 차가운 웃음을 지었다.

히죽거리는 웃음을 뺨에 갖다 붙인 채 카운터에 팔꿈치를 짚었다. 멍청한 새끼들, 이라고 말할 듯한 표정이었다. 정말이지 이놈이고 저놈이고 어른은 멍청이밖에 없다고.

게이타로는 만화책을 엎어놓고 텔레비전을 올려다보고 있었다.

두 사람이 다른 곳에 정신이 팔린 틈을 타서 쓰카사는 스마트폰을 향해 몸을 살짝 구부렸다.

"……이쿠야, 들려?"

―응. 들려.

응답은 빨랐다. 쓰카사는 스피커 음량을 최대한 낮추고 속삭였다.

"밖의 저건 뭐야? 경찰은 이 통화 말고 다른 방법으로도 협상하려는가 보군."

―물론이지. 이번 사태를 해결하기 위해 이쪽은 모든 방법을 총동원할 거야. 하지만 지금 말을 걸고 있는 건 정확하게는 SIT야.

"SIT라면 그거잖아? 최루탄을 던져 넣고 막무가내로 돌입해서 제압하는 부대."

―그건 SAT. SIT는 협상과 설득으로 테러나 농성 사건을 해결하는 전문가야. 정말로 어쩔 수 없는 상황에만 돌입하지. 그들은 인질의 목숨을 제일로 여기고 비교적 온건한 방법을 사용하니까 안심해.

"……그 말 믿을게."

두 사람이 통화하는 동안 확성기 목소리는 다른 남자로 바뀌었다. 아까와 달리 이번에는 도마의 이름을 연신 불러 댔다. "도마, 밖으로 나오렴. 나와서 이야기하자"라고.

"지금 확성기를 잡은 건 누구야? 아버지는 아닌 것 같은

데, 친척?"

쓰카사는 이쿠야에게 물었다.

―아니, 마세 도마를 담당한 보호관찰관이야. 안타깝게도 아버지와는 아직 연락이 안 됐어. 와타나베 게이타로의 아버지도 마찬가지고.

"그렇군."

쓰카사는 시선을 들어 도마의 동태를 살피다가 깜짝 놀랐다.

도마의 표정이 달라졌다. 보호관찰관이 등장해서 짜증 난 모양이었다. 아무래도 마음에 드는 사람은 아닌 듯했다. 아니, 마음에 안 드는 수준을 넘어서 노골적으로 반감을 드러냈다.

"이쿠야, 그만하라고 해."

쓰카사는 빠르게 속삭였다.

"역효과야. 보호관찰관의 목소리를 듣고 도마가 화났어. 녀석의 성미를 거스르지 마. 지금 당장 보호관찰관을 끌어내."

하지만 늦었다.

도마가 발을 쳐들었다. 발끝은 게이타로의 옆구리를 파고들었다.

고코나가 작게 비명을 질렀다.

"아아아아, 뭐야. 이 새끼, 아까부터 개짜증 나네!"

도마는 고함을 지르며 몇 번이나 게이타로를 걷어찼다.

분명 화풀이였다. 게이타로는 바닥에 넘어지자마자 머리를 감싸안고 태아처럼 몸을 웅크렸다. 방어 자세를 취하는 데 익숙한 사람의 몸놀림이었다.

"만화만 처보고 말이야. 글씨 읽을 줄 아는 게 그렇게 자랑이냐? 읽을 줄 아는데 뭐 어쩌라고? 떨떨해서 아무짝에도 못 쓰는 주제에. 네 그런 점이 정말 열받아. 아아, 씨발, 씨발, 씨바알."

와카노가 몸을 비틀었다. 접착테이프가 붙여진 입으로 "그만해" 하고 외치는 걸 알 수 있었다. 발음이 불분명한 소리를 지르며 등을 몇 번이고 벽에 부딪쳤다.

쓰카사는 몸을 돌려 냉장고를 열고 서둘러 주스를 꺼냈다. 그리고 카운터를 힘껏 후려갈기듯 주스를 내려놓았.

스스로도 놀랄 만큼 쨍한 소리가 났다. 가게의 공기가 흔들렸다.

도마조차 한순간 허를 찔려 움직임을 멈췄을 정도였다.

"잠깐."

쓰카사는 한 손으로 스마트폰을 들고 말했다.

"잠깐만 있어봐. 방금 경찰과 협상했어."

도마를 달래듯 빈손을 천천히 내저었다.

"저 보호관찰관은 당장 돌려보낼 거야. 더 이상 아무 말도 안 해. 경찰도 승낙했어."

"헷."

도마가 돌아보고 송곳니를 드러냈다.

"돌려보낸다고? ……꼴좋다. 저 관심종자 새끼, 모처럼 남들 앞에 나설 기회가 사라져서 기운 없이 돌아가겠네."

그러고는 실실 웃으며 쓰카사의 스마트폰을 가리켰다.

"어이, 아저씨. 놈한테 사과를 시키라고 짭새한테 전해."

"뭐?"

한순간 무슨 뜻인지 알아듣지 못해서 쓰카사는 눈을 깜박깜박했다.

"꼰대 같은 보호관찰관 말이야."

도마가 말했다.

"쓸데없는 소리 나불대지 말고 도마님에게 사과나 한마디 하라고 짭새한테 전해. 말해두겠는데 '미안하다'가 아니라 '죄송합니다'야. '죄송합니다. 제가 멍청했습니다' 하고 머리를 숙이라고 말해. 헷, 전국에 나가는 방송에서 쪽 좀 팔려봐라, 노망난 꼰대 같으니라고."

보호관찰관과 무슨 말썽이라도 있었던 걸까. 적어도 도마는 그에게 원한을 품고 있는 듯했다.

"알았어. 지금 전달할게."

쓰카사는 시키는 대로 하기로 했다. 그리고 이때다 싶어 스피커폰 모드에서 일반 전화 모드로 바꾸었다.

보호관찰관에게는 미안하지만 험악한 분위기를 가라앉히려면 사과를 시키는 수밖에 없다. 불똥이 인질에게 튀는 것

만큼은 어떻게든 피해야 했다.

'그나저나 도마 녀석, 감정이 손바닥 뒤집듯 바뀌는군.'

쓰카사는 새삼 실감했다.

아무 조짐도 없이 순식간에 폭발하는가 싶더니 갑작스럽게 분노를 거둔다. 단순하다느니 단세포라느니 그런 말로는 다 표현할 수 없는, 일종의 묘한 으스스함이 느껴졌다. 어떤 면에서는 동물적이라고 해도 될 것 같았다.

몇 분 후, 도마의 바람이 이루어졌다.

"……도마 군, 죄송합니다."

보호관찰관이 확성기를 들고 사과했다.

"도마 군의 마음을 헤아리지 못하고 부주의한 말만 늘어놓은 것 같습니다. 도마 군에게 신뢰받지 못한 건 오로지 제 책임입니다. 정말로 죄송합니다. 제가……, 멍청했습니다."

텔레비전 화면에 비치는 희끗희끗한 뒤통수를 보건대 쉰 살 전후일까. 말끝에서 굴욕감이 뚝뚝 묻어났다.

"저 사람이랑 무슨 일이 있었던 거야?"

쓰카사는 물어보았다.

도마가 어깨를 으쓱했다.

"저 꼰대, 설교를 입에 달고 사는 잔소리꾼이야. 늘 거만한 눈빛으로 '넌 쓰레기로 태어나서 쓰레기로 자랐으니까 평생 쓰레기일 거다' 같은 소리를 빙 둘러서 깐족깐족 늘어놨지. 만날 때마다 열받아 죽을 뻔했어."

홍, 하고 코웃음을 치는 걸 보니 기분이 꽤 좋아진 듯했다. 쓰카사는 도마의 안색을 살피며 큰맘 먹고 말했다.

"좋은 소식이 하나 더 있어. 방금 경찰에게 얻은 정보야."

"좋은 소식? 뭔데?"

"그 전에……."

쓰카사는 입술을 핥았다. 하지만 혀는 마른 스펀지처럼 까칠까칠했다. 긴장해서 눈가에 경련이 일었다.

"그 소식을 들려주는 대신……, 아이들에게 물을 주지 않겠어?"

목소리가 갈라졌다.

도박이었다. 자, 과연 어떻게 반응할까. 쓰카사는 눈을 가늘게 뜨고 도마의 대답을 기다렸다. 냉담하게 거부할까, 또 화를 낼까, 아니면.

"알았어."

그러나 도마는 선뜻 승낙했다.

"노망난 꼰대가 전언을 철회하고 사과한 기념이야. 축배라고 할까. 헤헤, 나도 의외로 단어를 많이 알지? 카운터에 열 개쯤 꺼내놔."

그렇게 말하고 나서 게이타로를 살짝 걷어찼다.

"야 인마, 언제까지 자빠져 있을 거야? 얼른 일어나. 애새끼들을 돌보는 건 네 역할이잖아."

게이타로가 와카노 곁에 무릎을 꿇고 앉아 입술에 우롱차 캔을 댔다.

입을 막은 접착테이프는 이미 떼어냈다.

게이타로는 일단 고코나의 목을 축여준 후, 렌토와 와카노 순서대로 우롱차를 먹였다. 쓰카사는 고마워서 절을 하고 싶은 기분이었다.

많이 약해진 아이부터 먹이는 걸 보면 역시 게이타로는 배려심이 있다. 몹시 겁이 많고 소심하지만, 본성은 다정하다.

도마의 기분이 좋을 때를 놓치지 않고 쓰카사는 냉장고에 들어 있던 캔 음료를 몽땅 꺼내서 카운터에 줄줄이 늘어놓았다.

냉장고에서 일일이 꺼내는 것과 눈앞에 있는 것은 넘어야 할 심리적 장벽이 크게 다르다. 미지근해지기는 하겠지만 이제 수분을 섭취하기가 훨씬 쉬워졌다.

게이타로가 와카노에게 우롱차를 먹인 후, 자기도 주스를 들이켜는 모습을 바라보았다.

쓰카사는 겸사겸사 카운터 밑에서 충전기를 꺼내 스마트폰을 연결했다. 배터리가 간당간당했다.

쓰카사는 신중하게 입을 열었다.

"그럼 좋은 소식을 알려줄게. 하천부지 땅속에서 다른 시신이 나왔어."

의자에 앉아 있던 도마가 눈을 살짝 들었다.

쓰카사는 말을 이었다.

"경찰의 말에 따르면 '적어도 두 명 이상' 묻혀 있대. 한 명은 묻힌 지 얼마 되지 않았고, 다른 한 명은 오래됐다나 봐. 자세한 사항은 아직 불확실하지만, 양쪽 다 어린애였어."

"흠."

도마가 콧김을 내쉬었다.

"그렇군. 뭐, 이제 덜떨어진 짭새들도 내 말을 조금은 믿겠지. ……훗. 자식들, 내 말대로 하천부지를 파헤쳤단 말이지. 헤헤."

도마는 눈에 띄게 기분 좋아 보였다.

"응. 지금도 계속 뒤지고 있대."

쓰카사는 장단을 맞추어 주었다. 하지만 이쿠야의 말을 전부 전할 마음은 없었다. 왜냐하면 이런 말을 덧붙였기 때문이다.

"일단 말해두겠는데, 하천부지는 누구나 드나들 수 있는 장소야. 새로이 발견된 시신에 대해 자세히 밝혀진 바가 없으니 아직 마세 도마가 관여하지 않았다고 단정할 수는 없어"라고.

쓰카사는 도마에게 새삼 물어보았다.

"저기, 오늘 아침에 게이타로랑 하천부지에서 시체를 봤다고 했잖아."

"응."

"세이료라는 애가 틀림없지?"

"끈질기네. 왜?"

도마가 이맛살을 찌푸리며 엄지손가락으로 게이타로를 가리켰다.

"거짓말 같으면 꼴통에게 물어봐. 야, 너도 죽은 녀석의 면상을 봤잖아? 애새끼들이 늘 '세이료, 세이료'하고 불렀던 녀석 맞지?"

"아, 응."

말이 날아들자 게이타로가 허둥지둥 고개를 끄덕였다.

"이름을 들어도 짚이는 아이가 없는 걸 보니 우리 가게 단골은 아닌 모양이야."

쓰카사는 말했다.

"아무튼 세이료라는 아이의 정보가 필요해. 아는 정보를 최대한 모아서 경찰에 넘기는 거야. 진범이 발견되면 너희 둘이 여기 틀어박혀 있을 이유는 없어져. 모두가 당당하게 나갈 수 있는 거야. 그러니까 질문에 대답해 줘. 그 아이의 진짜 성과 이름을 아는 사람 없어?"

와카노와 렌토, 고코나에게도 시선을 주었다.

하지만 모두 모른다는 식으로 대답했다.

"내가 아는 세이료는 게임을 좋아하는 애였어요. 하지만 그 정도밖에 몰라요."

렌토는 그렇게 대답했다.

"아마도 늘 다리 밑에서 놀던 애였을 거예요. 하지만 거기서 어울려 지내는 애들은 여관 직원의 애들이 아니라서 친한 사람은 하나도 없어요."

고코나가 말했다.

"저는 전혀 짐작이 안 가네요."

와카노는 고개를 저었다.

"부모님끼리 알든가, '지센'과 관련 있는 아이하고만 놀기로 했거든요."

"그렇구나. 게이타로는?"

쓰카사는 대답을 슬쩍 재촉했다.

게이타로가 머뭇머뭇 대답했다.

"늘 감자칩을 먹었다는 것밖에 몰라요. 돈이 문제가 아니라 원래부터 감자칩밖에 안 먹는데요. 아기 때부터 그것만 먹었고, 다른 걸 먹고 싶지도 않다고 했어요."

"그렇구나. 메아보다 심각한걸."

그제야 쓰카사는 알 것 같았다. 그 정도까지 편식이 심하다면 '야기라 식당'에 올 리 없다. 또한 올 필요성도 느끼지 않으리라.

"난 너희보다는 잘 알아."

도마가 끼어들더니 의기양양하게 목 옆을 가리켰다.

"그 자식은 이쯤에 볼록하니 기분 나쁜 점이 있었어. 그리고 지붕에 파란 칠을 해서 재수 없게 멋 부린 연립주택에 살았지. 그야말로 멍청한 년들이 좋아할 법한 연립주택에."

"오, 쓸 만한 정보인걸."

쓰카사는 진심으로 그렇게 말했다. 도마가 더욱 의기양양한 표정을 지었다. 놀랄 만큼 제 나이에 어울리는 표정이었다. 오히려 더 어려 보일 정도였다.

"좋아, 그걸 경찰한테 전달할게. 뭔가 또 없어?"

"뭔가 또……, 그렇지."

도마가 잠시 생각하는 표정을 짓더니 씩 웃었다.

"자지를 잘 빨았어."

이 자식이. 쓰카사는 속으로 인상을 찌푸렸다.

기분이 싹 바뀌어 위장 언저리에서 씁쓸한 것이 왈칵 솟구쳤다. 쓰카사는 감정을 억누르고 스마트폰에 손을 뻗었다.

이쿠야에게 정보를 전달한 후 스마트폰을 내려놓았다.

가게 밖에서 확성기로 키운 목소리가 다시 울려 퍼졌다. 아무래도 렌토의 어머니에게 확성기를 돌려준 듯하다.

"무슨 말을 해야 좋을지……" "말을 잘 못하겠네요" 그런 말을 되풀이하면서 렌토 어머니는 띄엄띄엄 이야기를 꺼내놓았다. 남편의 불륜으로 이혼한 후 도와줄 가족도 없이 어떻게 아들을 키워왔는지, 얼마나 고생했는지를.

어머니 목소리를 듣자 렌토의 두 눈이 다시 빨개졌다. 눈동자에 두꺼운 막을 친 것처럼 눈물이 가득 괴었다.

고코나가 불쑥 말했다.
"……우리 엄마는 언제 오려나."
"못 오겠지. 여관 안주인이 보내줄 리 없잖아."
와카노가 말을 딱 막았다.
우두머리 기질이 있어 아이들을 잘 돌보는 와카노로서는 보기 드물게 떼치는 듯한 말투였다.
"상관없어. 엄마한테 걱정 끼치기 싫으니까. 안 와도 돼. ……내가 이렇게 됐다는 걸 알려주지 말았으면 좋겠어."
와카노는 그렇게 말하고 입술을 깨물었다.
차마 보고 있을 수가 없는지 게이타로가 천천히 고개를 숙였다.
그 옆에 있는 도마 혼자 아무렇지도 않은 표정이었다. 도마는 생선칼과 바꾼 게이타로의 버터플라이 나이프로 칼날을 꺼냈다 넣었다 하는 기술을 느릿느릿 되풀이했다.

2

"그렇군, 인질이 수분을 보충했단 말이지."
이쿠야의 보고를 듣고 오사코는 고개를 끄덕였다.
"작지만 한 걸음 전진했군. 네 친구, 제법인데."
"아이들이 배고프거나 목마르지 않도록 먹이는 게 쓰카사의 일이니까요."

이쿠야는 뺨에 힘을 주고 대답했다. 친구가 칭찬받자 묘하게 낯간지러웠다.

"……예전에 녀석한테 듣기로는 '아이가 배곯지 않도록 하는 것이 어른의 의무'라는 말이 가게의 모토랍니다."

"호오."

오사코가 눈초리에 주름을 잡았다. 이쿠야도 미소를 지으며 말을 이었다.

"원래는 다른 사람이 한 말이랍니다. 녀석은 대학생 때 정식집에서 아르바이트를 했는데요. 그 가게 사장의 입버릇이었다나 봐요. '세상에는 그리스도니 알라니 여러 신이 있고, 어떤 신을 믿느냐에 따라 상식과 정의도 달라진다. 하지만 아이가 배곯지 않도록 하는 건 전 세계 공통의 절대적인 정의다'라고……."

"좋은 말이로군. 영화 대사로 써먹어도 되겠어."

"게다가 실제로 정식집을 하는 사장의 말이니까 설득력이 완전히 다르죠. 쓰카사는 그때까지만 해도 가업을 물려받을 생각이 전혀 없었습니다. 정식집에서 아르바이트한 것도 '설거지와 채소 껍질 벗기기라면 익숙하다'라는 이유가 전부였나 보고요. 하지만 사장의 그 말이 녀석의 가슴에 푹 꽂힌 거죠. 그래서 마음을 바꿔 가게를 물려받기로 결심하고, 대학교를 졸업한 후 조리사 면허증을 취득해 현재에 이른 겁니다."

"과연. 인생을 바꾼 격언이었던 셈이야. 그러고 보니 아까 그러지 않았나? 친구가 대학교에서 복지 관련 학과를 전공했다고."

"네. 녀석의 전공은 사회복지학이었습니다. 그 밖에도 아동심리학과 사회복지론 등을 중심으로 공부했다고 들었어요."

"그런가."

오사코는 고개를 끄덕였다.

"아이를 좋아하나 보군."

"……."

이쿠야는 맞장구를 치려다가 그만뒀다. 쓸데없는 말까지 꺼낼 것 같았다.

'오사코 과장 대리님, 그뿐만이 아닙니다, 하고.

녀석도 저도 그저 아이를 좋아하는 게 아닙니다. 뭐랄까, 이건 일종의, 그렇지.'

'속죄입니다.'

씁쓸한 기분으로 그 말을 삼켰을 때 시바가 들어왔다.

"오사코 과장 대리님, 보고드리겠습니다. 방금 확인했는데요. 피해자의 목 옆쪽에 볼록한 점이 있었습니다. 그리고 파란 지붕 연립주택에 사는 건 두 '세이료' 중 구보이 세이료입니다."

"흠. 마세 도마도 순 거짓말쟁이는 아니네."

오사코는 자신의 넓적다리를 손바닥으로 철썩 때렸다.

"구보이 세이료에 대해서는 알아봤나?"

"네. 2011년, 도야마현 간베시 출생입니다. 만 3세까지 간베시에 있는 어머니의 본가 근처에 살았습니다. 다만 5세 이후로는 주민표를 이동시키지 않아서 그때부터는 '거소불명 아동'이 됐습니다."

"그럼 지휘본부에서 도야마 현경에 협력을 요청하라고 해. 그쪽 치과 의사 협회 및 소아과 의사 협회에 '구보이 세이료' 명의의 진료 차트가 없는지 조회하는 거야. 감식계와 과수연에서는 아무 소식도 없나?"

"감식계 말에 따르면 피해자는 치열과 턱 형태에 특징이 있다고 합니다. 진료 차트만 있으면 확인은 가능할 거라는군요. 또한 새로이 발굴된 시신도 확인 및 검시를 서두르고 있습니다. 과수연 심리 담당에게도 다시 프로파일링을 의뢰했습니다."

"좋아, 고생 많았어."

오사코가 노고를 위로했다.

시바가 골판지상자에서 스포츠음료를 하나 꺼내 들고 이쿠야 옆에 앉았다.

"이봐. 마세 도마는 어떻게 됐어. 상황이 어때?"

"조금 진정됐습니다. 쓰카사가 인질에게 수분을 공급하자고 제안해서 승낙을 받아냈어요. 남은 총알은 네 발 그대로고요."

그렇군, 하고 시바는 음료수 뚜껑을 열었다.

젊은 수사관이 뛰어 들어왔다.

"오사코 과장 대리님! 세이다 료가 발견됐습니다."

수사관은 숨을 헐떡이며 손등으로 이마를 닦았다.

"현 경계 근처의 모텔 방에서 확보했습니다. 어머니가 아이를 데리고 최근에 인터넷에서 알게 된 남자를 만나러 갔어요. 어머니 말로는 '새 남자친구와 같이 살 작정으로 도로코베를 떠났다. 그렇게 별 볼 일 없는 동네에는 두 번 다시 돌아가지 않겠다'는군요."

"그거 안 됐군. 그 별 볼 일 없는 동네에 일단 돌아와야 해. 사건에 전혀 관계가 없더라도 말이야."

오사코가 비아냥거림을 담아서 말했다.

"그나저나 자기 아이도 있는 방에서 남자와 애정 행각을 벌이다니 참 별꼴이군. ……뭐, 됐어. 이걸로 피해자는 구보이 세이료로 거의 확정된 건가. 이제는 도야마의 치과 의사 협회에 기대를 걸도록 하지. 박차를 가해서 구보이 세이료의 부모도 찾아내."

오사코는 수사관들을 빙 둘러보았다.

"병행해서 하천부지에서 파낸 다른 시신 두 구의 수사도 진행한다. 검시 보고서는 아직 올라오지 않았지만, 가만히 앉아서 기다리고 있을 수만은 없어."

이어서 목소리를 높였다.

"탐문 수사반은 지난 2년 동안 자취를 감춘 세대를 조사해서, 아이가 있는 일가족이 모조리 야반도주한 사례를 찾아내. 물론 네다섯 건 정도에 그치지는 않겠지만. 일단은 목록부터 만들도록. 인근 주민은 물론, 연립주택 주인과 직원 기숙사 관리인도 찾아가 봐. 주변인 수사반은 구보이 세이료의 어머니와 동거남에 대해 조사해. 특히 동거남을. 여자가 데려온 아이를 학대한 정황은 없었는지, 주머니 사정은 어땠는지 샅샅이 파헤쳐."

그러고 나서 오사코는 시바를 보았다.

"넌 미요시랑 같이 탐문을 맡았었지? 미안하지만 미요시는 여기 붙어 있어야 해. 더는 증원도 안 될 것 같고. 앞으로는 혼자서 움직이도록."

"알겠습니다."

시바가 고개를 끄덕였다.

오사코는 턱을 문지르며 탄식했다.

"그리고 수사본부에 요청해서 반경 30킬로미터 이내에 사는 전과자의 목록을 만들어야겠군. 10세 전후의 아동, 특히 남자애를 상대로 성범죄를 저지른 녀석들 말이야. 젠장, 일본에도 메건법[10]이 있으면 이럴 때 편할 텐데……."

---

10 지역 사회를 보호하기 위해 유죄 판결을 받은 성범죄자의 신상 정보를 등록하고 공개하는 미국의 법률.

약 30분 후, 하천부지에서 발굴된 시신 두 구에 관한 검시 보고서가 올라왔다.

"이제 너무 어두워서 하천부지 발굴 작업은 더 이상 진행할 수 없습니다. 일단 중단하고 내일 속행하겠습니다. 섣불리 커다란 조명을 켜면 매스컴에 들통날 테니까요."

수사관이 보고서 파일을 내밀며 빠르게 말했다.

"그래? 어쩔 수 없지."

오사코는 짤막하게 대꾸하고 셔츠 가슴주머니에서 안경을 꺼냈다.

방송국에서 띄운 헬기 소리가 멎었다는 걸 이쿠야는 알아차렸다.

공보실의 항의가 통한 건지는 모르겠지만, 프로펠러 소리만 사라졌는데도 분위기가 훨씬 가벼워졌다. 대신에 구경꾼들이 웅성거리는 소리와 SIT가 지시를 내리는 목소리가 2층 창문까지 올라왔다.

"아……, 음, 그렇군. ……흠."

오사코가 보고서를 읽으며 혼잣말을 중얼거렸다. 잠시 후 콧김을 내쉬더니 안경 너머로 이쿠야를 올려다보았다.

"새로 나온 시신에도 혀끝이 잘려 나간 흔적이 있대."

이쿠야는 등이 뻣뻣해지는 걸 느끼며 무의식적으로 침을 꿀꺽 삼켰다.

"그럼……."

"그래, 동일범의 소행일 가능성이 더 커졌어."

오사코는 손가락으로 안경을 밀어 올리고 시체 검시 보고서로 눈을 돌렸다.

"어, '오래된 백골 시체에는 혀가 남아 있지 않으며 의복도 손상이 심하다'라. 그야 그렇겠지. '인체가 땅속에서 백골로 변하기까지는 7년에서 10년쯤 걸린다. 이 시체는 땅에 묻힌 지 10년 이상 지난 것으로 추정된다. 또한 새로운 시체에는 오늘 발견된 피해자와 마찬가지로 의복을 나중에 입힌 흔적이 남아 있다. 속옷류를 일절 착용하지 않은 것도 동일하다. 살해 수법은 둘 다 자살刺殺로 추정되는데, 흉골 등에 예리한 날붙이로 베거나 찌른 상처가 보인다'. 이봐, 과수연에서는 아직 연락이 없나?"

뒤쪽에 있는 수사관에게 물었다.

"감식 정보는 과수연에 먼저 들어가지? 새로운 프로파일링이 궁금하군. 특히 지난번 프로파일링과의 차이가."

"죄송합니다. 메일 쪽에 와 있었습니다."

수사관이 대답했다.

"팩스보다 빨라서 메일로 바꾼 거겠죠. 크게 달라진 점은 없는 것 같습니다만, 내용이 더 상세해졌네요. 아, 출력됐습니다."

"줘 봐."

오사코는 미간에 주름을 잡고 프로파일링 내용을 소리내

어 읽었다.

"……현재 시점에서 갖추어진 정보로만 판단한 바이나, 세 건 모두 동일범의 소행일 확률이 80퍼센트 이상으로 추정된다. 사라진 속옷 및 혀끝은 범인에게 트로피, 즉 기념품이리라. 범행을 기념하는 의미로 가져가서 나중에 범행 당시를 떠올리며 자위하는 등 성적 망상에 이용하기 위한 물품이다. 전리품이라고 할 수도 있겠다.

수법이 고정돼 있고 기념품에 집착하는 점 등으로 미루어보건대 역시 질서형 연쇄 살인범으로 추정된다. 또한 피해자 가운데 남자애가 많은 점도 가학형 페도필리아의 유형에 부합한다.

지난번에 범인상을 '20대 후반에서 40대 초반 남성'으로 프로파일링했는데, 살해된 지 10년이 넘은 것으로 추정되는 백골 시체가 발견됐으니 30대 초반에서 40대 후반으로 연령대를 올릴 필요가 있겠다.

당초에 예상했던 것보다 사회적으로 더 무능하지 않을까 싶다. 사회의 궤도에서 벗어난 패배자 유형. 일관되지 않은 가정교육을 받았다. 어머니나 할머니, 또는 나이 차이가 많은 누나와 함께 산 기간이 길다. 특히 어머니는 지배적이고, 엄격할 때와 상냥할 때의 성격 차이가 심한 인물이다. 현재는 어른스럽지 못한 말썽꾼으로 취급되며, 경범죄 전과나 경범죄로 체포된 전력이 있을 것이다. 싸움이나 난폭 운전을 되풀이한다. ……흠, 무능한 패배자라. 도로코베에 널린 게 그런 인간들인데."

오사코는 떨떠름한 얼굴로 프린트 용지를 내던지고, 캔커피를 하나 더 집어 들었다.

그리고 다른 손으로 이쿠야를 가리켰다.

"좋아, 미요시. 네가 나설 차례야. 친구를 통해 '혐의가 거의 풀렸다'고 마세 도마에게 전달해. 혹시 이유를 듣고 싶어 하면 프로파일링 내용을 알아듣기 쉽게 설명해 주고. 마세 도마를 최대한 안심시켜서 빨리 투항을 받아내고 싶군."

"알겠습니다."

"말해두는데 물론 방편이야. 프로파일링이 무조건 정답은 아니니까, 마세 도마의 범행일 가능성도 여전히 남아 있어."

오사코는 이마를 문질렀다.

"방심하지 말라고 친구에게 넌지시 말해줘."

3

쓰카사는 도마에게 등을 향한 자세로 텔레비전을 올려다보고 있었다.

화면에 비치는 건 물론 농성 사건의 생중계 방송이다.

렌토의 어머니는 다시 말문이 막혀 우두커니 서 있다가 확성기를 빼앗겼다. 지금은 SIT의 대장 같은 남자가 설득하는 말을 던지고 있다. 하지만 잡음이 심한 데다 목소리도 갈라져서 무슨 소리인지 절반도 못 알아들었다.

"우리는 서로……, 대화할 여지……, 지금이라면 아직……, 반드시……, 하겠다고 굳게 약속……."

도마는 귀를 기울이는 시늉조차 하지 않았다. 한 손으로 와카노의 스마트폰을 만지작거리면서 다른 손으로는 버터플라이 나이프의 칼날을 넣었다 꺼냈다 했다.

게이타로는 그런 도마를 곁눈질로 살필 뿐이었다.

렌토는 고개를 푹 숙인 채 침묵을 지켰다. 그 옆에서 고코나가 거듭 코를 훌쩍였다.

"어째서" "왜 렌 짱만" "우리 엄마는 정말로 안 오는 거야?"하고 콧물 먹은 소리로 계속 칭얼거렸다.

"그런 생각하지 마."

와카노가 마음을 다잡은 듯한 목소리로 고코나를 달랬다.

"오지 않는다고 해서 엄마들이 우리를 버린 건 아니야. 최소한 밤 1시까지는 비는 시간이 없다는 걸 고코나도 알잖아? 다른 곳은 어떨지 몰라도 '지센'의 접객원은 그래. 그러니까 이제 울지 마."

그저 듣기 좋은 소리를 하지는 않는구나 싶어 쓰카사는 감탄했다.

"분명 올 거야"라는 둥 "조금만 더 기다리자"라는 둥 상투적인 위로를 와카노는 꺼내지 않았다. 말하면 자기 자신도 속일 수 있을지 모르건만 그렇게 하지 않았다.

고작 열다섯 살치고는 놀랄 만큼 이성적이다. 이 침착한 성격을 실제 경험에서 얻었다는 걸 아는 만큼 서글펐다.

"고코나, 괜찮아. 걱정하지 마."

걱정하지 말라는 말을 벌써 몇 번이나 했을까. 와카노가 한 번 더 그 말을 꺼냈을 때였다.

"헷."

도마가 웃었다.

"가만히 듣고 있으니 계속 엄마 타령이네. 역겨워 죽겠다. 다 큰 계집애들이 아직도 엄마바라기냐? 그 나이를 처먹고도 엄마 찌찌를 먹고 싶은 거야?"

"뭐? 조용히 좀 하지?"

와카노가 노려보았다.

도마는 양팔로 자기 몸을 끌어안고 보란 듯이 몸을 비비 꼬았다.

"엄마, 엄마, 엄마 찌찌 마시쪄요. 하하하하!"

웃음기가 하나도 없는 눈으로 소리 높여 웃었다.

"우리 엄마는 내가 여덟 살 때 사라졌어. 인간은 엄마 따위 없어도 살 수 있다고. 그런데 언제까지 어리광이야? 어우, 소름 끼쳐."

그러면서 몸을 부르르 떠는 시늉을 했다.

와카노가 분한 듯한 표정으로 고개를 홱 돌렸다. 하지만 도마는 직성이 풀리지 않았는지 와카노에게 계속 시비를 걸었다.

"야, 왜 엄마가 안 왔으면 하는 건데? 아까 '안 와도 된다'라고 지껄였잖아. 왜?"

"시끄러워. 웬 참견이람."

"잔말 말고 대답해."

"이봐, 시비 걸지 마."

쓰카사는 저도 모르게 끼어들었다.

"괜히 그 아이들을 괴롭히지 마. 이유가 뭐 그리 궁금한데? 그냥 내버려."

내버려둬, 하고 말할 작정이었다. 그러나 그 말은 목구멍 속으로 기어들었다.

도마가 칼을 들이댔기 때문이다. 생선칼과 교환한 후, 칼날을 꺼냈다 넣었다 하면서 가지고 놀던 버터플라이 나이프였다.

"할 일 없나 보네."

도마는 한쪽 입꼬리를 끌어올리고 말했다.

"어이. 나도 할 일이 없어서 심심하니까 너희 이야기나 들어보자. 입 좀 털어봐."

칼끝을 향하자 고코나가 숨을 헉 들이마셨다. 렌토가 몸을 더 움츠렸다. 게이타로는 시선을 돌렸다.

하지만 와카노만은 도마의 시선을 도전적으로 받아들였

다. 눈동자에서 분노가 피어오르는 것 같았다.

와카노는 자신이 처한 불합리한 환경에, 이 상황에, 도마에게 불같이 화가 났다. 어느 방향으로 튈지 불확실한 만큼 더욱 위험한 분노였다.

도마가 "말하라니까" 하고 다시 재촉했다.

"왜 엄마가 안 왔으면 하는 건데? 궁금해 죽겠다. 이유를 말해. 텔레비전은 더럽게 재미없고, 인터넷도 질렸어. 너희 집 이야기를 해봐."

"너한테 들려줄 이야기는 하나도……."

"말해. 말 안 하면 거기 질질 짜는 년의 귀가 하나 없어질 거야."

와카노가 헉, 하고 숨을 삼켰다. 도마가 더욱 압박했다.

"야. 왜 엄마가 오지 않길 바라냐니까?"

"딱히……."

"말해."

"그러니까 그냥……. 거, 걱정을 끼치기 싫을 뿐이야."

와카노의 표정이 잔뜩 일그러졌다. 올라갔던 눈썹이 축 처졌고 입술이 삐뚜름해졌다.

"우리 엄마는……, 몸이 약해. 그래서 내 알바비로 먹고 살 수 있으면 좋겠지만……. 나, 난 초등학교도 제대로 못 나왔으니까 시급이 높은 곳에서는 고용해 주질 않고……."

"왜?"

도마가 간드러진 목소리로 물었다.

"너희 엄마는 왜 몸이 약한데? 태어날 때부터 그랬어? 병이야? 몸이 약한데 왜 너랑 단둘이 이렇게 구질구질한 곳으로 흘러들어 왔어?"

"그건, ……그건."

와카노가 턱을 바짝 당겼다.

"아빠랑 헤어졌으니까."

"이혼했어?"

"이혼이랄까……. 어, 엄마는 그럴 생각이었지만 아빠가 막판에 싫다면서 헤어져 주질 않았어."

"그래서 아빠에게서 도망친 거구나."

와카노는 속상한 듯 눈을 내리깔았다. 도마가 칼날을 내렸다.

"어차피 주먹을 휘두르는 인간이었겠지. 술만 마시면 행패를 부리는, 흔해 빠진 새끼야. 너랑 엄마도 매일 얻어맞았지? 아니야?"

"마, 맞아."

"결국 너희는 그때까지 살던 곳에서 도망쳤어. 그래서 넌 학교에도 못 다닌 거고. 바로 도로코베로 왔어?"

"아니. ……처음에는 외갓집으로 도망쳤는데 금방 아빠한테 들켜서……. 외가 쪽 친척이나 엄마 친구 등등 여러 사람을 의지해서 여기저기 돌아다녔어."

"그런데 어째선지 자꾸 들켰지?"

도마가 재미있다는 듯 물었다.

"어디로 도망쳐도 아빠가 계속 쫓아왔어. 마치 어디로 갈지 아는 것처럼. 그렇지?"

"……응."

와카노는 굳은 표정으로 고개를 더 늘어뜨렸다.

"맞혀 볼까. 너희 근처에 고자질쟁이가 있었던 거야."

도마는 소리 높여 말했다.

"너희 엄마 친구나, 사촌쯤이겠지. 친절한 면상으로 상담에 응해준, 아니, 상담에 응할 테니 뭐든지 말하라던 인간일 거야. 그 인간이 네 아빠에게 전부 찌른 거지. 그러다 들통나니까 그래도 아이를 위해서는 아빠가 있어야 하지 않겠냐고 아무렇지도 않게 지껄였지? 너희 같은 것들은 전부 그래. 패턴이 정해져 있어, 하하하하!"

"……윽."

이제 와카노는 울음을 터뜨리기 직전이었다.

입술을 떠는 와카노의 몸에서 분노의 불길이 사그라지는 걸 쓰카사는 알아차렸다.

치욕이 밀려들어 찬물을 끼얹은 것처럼 분노가 잦아들었다.

"그런데 너희 엄마는 '몸이 약한' 게 아니야. 맛이 간 건 정신이지. 우울증이라고 있잖아. 진짜로 몸이 약하면 여관 접객원같이 힘든 일은 못 해. 남편은 끈질기게 달라붙지, 친구는 배신을 때리지, 너희 엄마 진짜 살맛 안 났겠다. 그래서 어떻게 됐어?"

"……이, 일단 아빠에게 돌아갔어."

와카노는 앓는 듯한 목소리를 토해냈다.

얼핏 보기에도 울음을 꾹 참는다는 걸 알 수 있었다.

"그것 말고 다른 방법이 없었으니까. 엄마는 일을 못 할 지경에 이르렀고, 난 아직 어려서……. 관공서에 전화했지만 아무 도움도 주지 않더라고. 보험증이 없어서 병원에도 못 갔어. 병원비를 전액 감당할 수가 없어서."

"그래서 또 아빠한테 매일 밤 얻어터지게 된 거로군."

도마가 노래하듯 말했다.

"넌 아직 애새끼였어. 엄마는 훌쩍훌쩍 울기만 할 뿐 아무 도움도 안 됐지. 그래서 실컷 얻어터졌어. 그것도 몇 년이나. 야, 너희 엄마 그사이에 몇 번이나 자살하려고 했냐?"

"……그만해."

와카노가 고개를 돌렸다.

"그래, 그만해."

쓰카사는 충고했다. 하지만 도마는 쓰카사를 무시하고 말을 이었다.

"엄마는 널 내버려두고 자기만 편해지려고 했어. 과연, 그래서 넌 지금도 그렇게 잔뜩 화가 난 거야. 엄마는 마음이 약하니까 어쩔 수 없다. 고생했으니까 어쩔 수 없다. 그렇게 생각하지만, 머릿속 한구석으로는 여전히 용서를 못 했지. 넌 나한테 신경질 난 게 아니야. 너희 엄마한테 난 거지."

"그만하래도!"

와카노가 소리쳤다.

날카로운 말투였다. 하지만 목소리의 밑바닥에는 애원이 깔려 있었다.

"하핫."

도마는 몸을 뒤로 젖히고 짧게 웃었다.

"이제 알겠지? 넌 그냥 나한테 화풀이한 거야. 망할 년이 그것도 모르고 쓰레기라도 보는 듯한 눈으로 날 노려보기는. 꼴 좋다."

"……"

와카노는 입술을 깨물고 벽에 머리를 댔다. 눈물이 쏟아지지 않도록 고개를 살짝 들었다. 턱선이 떨렸다.

쓰카사는 와카노와 도마를 멍하니 바라보았다. 내심 경악했다.

도마는 결코 똑똑하지 않다. 지능지수처럼 눈에 보이는 수치는 낮을 것이다. 감정이 앞서고, 근시안적이며, 성미도 급하다.

하지만 무시무시하게 감이 예리했다. 도마에게는 야생동물 같은 후각과 도로코베 같은 환경에서 성장하며 얻은 경험치가 있다. 그 경험치를 활용해 와카노의 급소를 귀신같이 알아맞혔다.

'생각보다 만만찮은 녀석일지도 모르겠군.'

도마는 훙, 하고 콧방귀를 뀌었다.

"뭐, 얌전히 있으면 살려서 보내줄게. 싸움은 그다음에 너희 엄마랑 해. ……헷. 그래도 엄마가 있으니 좋잖아."

쓰카사는 스마트폰에서 무슨 소리가 새어 나온다는 걸 문득 알아차렸다.

도마도 들었는지 쓰카사에게 시선을 주었다.

눈짓으로 도마에게 괜찮은지 물어본 후, 쓰카사는 카운터로 손을 뻗었다.

"이쿠야. 미안해, 말하는 줄 미처 몰랐어."

─괜찮아. 그것보다 알려줄 게 있어.

"알려줄 거? 뭔데?"

─마세 도마가 알아야 해.

쓰카사는 시계를 올려다보았다. 시곗바늘이 밤 10시를 가리키기 직전이었다.

"도마가……. 스피커폰 모드로 바꾸는 편이 나을까?"

─아, 잠깐만 기다려. 확인할게. 그런데 그 전에.

이쿠야가 말을 끊고 재빨리 당부했다.

─쓰카사, 놈이 무슨 말을 하든 곧이곧대로 들으면 안 돼. 부디 놈을 조심해.

방금 펼쳐졌던 상황을 보고 있었던 것 같은 말이었다.

―좋아, 스피커폰 모드로 바꿔.

쓰카사는 액정 화면을 눌러서 스피커폰 모드를 켰다.

가게에 이쿠야의 목소리가 울려 퍼졌다.

―……마세, 네 말대로였어. 아무래도 넌 무죄인가 봐. 고자사가와강 하천부지에서 발견된 시체 두 구 중 한 구는 묻힌 지 10년 이상 지났다는 사실이 판명됐어. 10년 전, 넌 고작 다섯 살이었으니 못 죽이겠지. 과수연의 프로파일러도 '세 건 모두 동일범의 짓이고 범인은 30대에서 40대'라고 단언했으니까 넌 범인의 범위에서 크게 벗어나.

"그것 봐. 나 아니라고 했잖아."

도마가 스마트폰을 향해 고함을 질렀다.

"이런 병신들, 처음부터 일을 제대로 했어야지. 그럼 이렇게 귀찮은 일도 벌어지지 않았을 텐데. 난 잘못 없어. 이런 곳에 틀어박힌 건 전부 너희들 탓이야. 내가 여기서 나가면 책임질 각오 해라. 절대로 그냥 안 넘어갈 거야. 썩어빠진 짭새들아."

―알았어. 그 부분은 나중에 이야기하자.

이쿠야는 어디까지나 저자세였다.

―아무튼 이제 너희가 가게에서 그러고 있을 이유는 없어졌어. 많이 피곤해서 쉬고 싶겠지. 너희만 괜찮다면 경찰 쪽에서 호텔을 준비할게. 거기서 나오기만 하면 오늘 밤은 편

안한 침대에서 잘 수 있어.

쓰카사의 귀에도 아주 매력적으로 들리는 제안이었다.

휴식. 조용한 호텔 방. 뜨거운 목욕물과 푹신한 침대. 상상만 해도 온몸에서 힘이 쭉 빠지는 것 같았다.

하지만 도마의 대답은 차가웠다.

"싫어."

무뚝뚝한 목소리였다.

"네놈들 말은 못 믿어. '범인을 찾아내면 그 인간의 이름을 방송으로 내보내고, 내게 사과해라. 그때까지는 이 가게에서 한 발짝도 나가지 않겠다'라고 처음에 말했을 텐데. 얼른 범인이나 붙잡아. 어떤 등신이 아무 보장도 없이 전화로 나불대는 말을 믿겠냐?"

4

그로부터 몇십 분이 지났을 무렵. 고코나가 벽에 등을 댄 채 우물쭈물하며 허벅지를 마주 비볐다. 몇 분 지나서 그쳤다가 또 몸을 꼬았다.

"왜 그러니?"

쓰카사는 도마의 눈치를 살피며 벽 쪽으로 고개를 내밀고 작은 목소리로 물었다. 도마는 또 와카노의 스마트폰으로 영상을 보고 있었다.

고코나가 신음하듯 말했다.
"화……, 화장실 가고 싶어요."
아, 그렇구나. 쓰카사는 탄식했다. 긴장한 데다 수분이 부족한 탓인지 쓰카사는 아직 소변이 마렵지 않았다. 화장실이라는 말은 머릿속에서 완전히 날아가고 없었다.
하지만 어린이는 어른보다 방광이 작다. 게다가 주스와 우롱차도 마셨다. 소변이 마려울 만도 하다.
'도마와 게이타로가 교대로 화장실에 가는 걸 몇 번 봐놓고서.'
역시 머리가 제대로 안 돌아간다고 쓰카사는 자기 자신을 질타했다.
카운터 끄트머리에 앉은 도마는 히죽거리며 액정 화면을 들여다보고 있었다. 음량을 줄여놔서 무슨 영상을 보는지는 모르겠다. "이야, 쩐다" "뒈져라, 뒈져라, 뒈져라" 하고 나지막하게 중얼거리는 소리만 가게에 퍼져나갔다.
고코나와 나란히 앉아 있는 렌토는 여전히 몸을 바짝 움츠린 자세였다.
와카노는 도마를 완전히 외면했다. 옆얼굴이 창백하고 딱딱하게 굳었다. 온몸으로 도마를 거부하고 있었다.
그리고 게이타로는 고개를 숙인 채 아무 말도 없었다. 만화책은 서가에 돌려놓은 듯했다. 더 이상 도마의 심기를 건드리기 싫은 것이리라.

잠시 후 도마가 "하암" 하고 하품하며 크게 기지개를 켰다. 그리고 카운터에 꺼내놓은 음료수 가운데 오렌지주스에 손을 뻗었다.

지금이다 싶어 쓰카사는 입을 열었다.

"……저기."

"왜?"

도마가 시선을 액정 화면에 고정한 채 짧게 대꾸했다.

"아이들이 화장실에 가고 싶은가 봐. ……보내주면 안 될까?"

"알았어."

도마는 선선히 승낙했다.

쓰카사는 눈이 동그래졌다. 분명 매정하게 거절하거나 한참 투덜거릴 줄 알았다. 적어도 몇 분은 말다툼할 각오를 했는데.

도마가 쓰카사를 보고 웃었다.

"뭘 그리 놀래? 변소 정도는 당연히 보내주지. 바닥에 싸면 더럽잖아. 냄새 나는 건 딱 질색이야."

도마는 게이타로를 돌아보고 손으로 신호했다.

"야, 꼴통. 발목을 풀어줘. 전부 다."

게이타로는 역시 순종적이었다. 시키는 대로 고코나, 렌토, 와카노 순으로 발목에 감은 접착테이프를 풀어주었다.

인질들이 다리를 움직일 수 있게 되자 도마도 의자에서

일어섰다.

"자, 나도 오줌 좀 싸고 올까."

도마는 화장실로 걸어가면서 어째선지 한 손을 뻗었다. 렌토의 팔을 꽉 붙잡고 아무렇게나 끌고 갔다.

렌토가 비명을 지르자 도마는 히죽 웃었다.

"내가 친절하게 화장실까지 데려가 주겠다는데 왜 지랄이야? 그렇게 싫어할 것 없잖아. 아, 상처받네."

렌토는 창백해진 얼굴로 순식간에 핏기가 가신 입술을 덜덜 떨었다. 도마에게 끌려가면 어떤 일이 일어나는지, 무슨 짓을 당하는지 렌토는 분명 알고 있었다.

"야, 하지 마!"

쓰카사는 카운터에 손을 짚고 소리를 질렀다.

도마가 비웃는 것처럼 입술을 오므렸다.

"하, 진짜 이 새끼는 하지 말라는 게 뭐 이리 많아? 그럼 이 자식은 포기하고, 대신에 거기 있는 계집애를 데려갈까?"

도마가 손가락으로 가리키자 고코나의 얼굴이 새파랗게 질렸다. 렌토와 완전히 똑같은 표정이었다. 고코나도 도마의 말이 무슨 뜻인지 정확하게 이해했다.

"그……."

그건 안 된다고 말하려는데 도마가 코웃음쳤다.

"헷, 안심해. 난 여자 싫어하거든."

그러면서 입꼬리를 일그러뜨렸다. 뺨에 혐오하는 기색이

역력하게 드러났다. 도마는 과장된 몸짓으로 팔을 벌리고 목소리를 높였다.

"난 다 알아. 여자는 사타구니에 틈새가 있어. 털이 난 그 틈새로 질척질척한 내장이 보이지. 말이 돼? 내장이라니까? 더러워 죽겠네. 우웩."

인상을 찡그리고 토하는 시늉을 했다.

그러고 보니 도마 아버지가 스트립 클럽에서 일한다는 사실이 떠올랐다. 그렇다면 도마도 아버지의 '직장'이 어떤 곳인지 잘 알 것이다.

아직 어린아이였던 도마의 눈에 어른의 난잡한 성욕이 얼마나 그로테스크하게 비쳤을지는 상상하기 어렵지 않다. 덧붙여 도마에게는 어머니가 없다.

자신을 두고 사라진 어머니에게 품었을 그리움, 실망, 반감. 주변 아이들에게는 있는 '어머니'가 자신에게는 없다는 소외감과 자기 연민. 그러한 감정들 속에서 '여성을 혐오하는 소년'이 자라났더라도 이상할 것 하나 없다.

"아무튼 잠깐만."

쓰카사는 말했다.

"잠깐만. 부탁이니 잠깐만 기다려 줘."

여전히 렌토의 팔을 붙잡고 있는 도마에게 오로지 그런 말을 되풀이했다.

좋은 방책은 떠오르지 않았다. 그저 도마를 말리고 싶다는 일념뿐이었다. 아이들을 지켜야 한다. 하지만 어째야 할지 모르겠다.

"기다려 봐. 생각 좀 할게. 뭔가 더 좋은 방법이……."
"맨입으로?"
도마가 말했다.

뜻밖의 말이었다. 쓰카사는 눈을 끔벅끔벅했다.
"……뭐?"
"에이씨, 귓구멍이 막혔나. 남에게 부탁할 때는 대신에 뭔가 내놓아야 하는 거 아니야? 아저씨한테 내놓을 게 없으면, 날 말릴 권리도 없다는 뜻. 알아들었어?"

'내놓을 것.'
'도마에게 렌토 대신 내어줄 수 있는 것.'
둔해졌던 쓰카사의 머리가 팽팽 돌아갔다.

이제 수분 공급은 안 된다. 냉장고에서 몽땅 꺼냈다. 그렇다면 남은 건.

"아참, 아이스크림 먹고 싶지 않아?"
쓰카사는 매달리는 기분으로 말했다.

"싫으면 푸딩도 있어. 아이스크림은 슈퍼에서 파는 거지만, 푸딩은 수제 커스터드푸딩이야. 역사 깊은 카페의 사장님이 직접 전수해 준 방법으로 만들었어. 바닐라빈도 넣어서……."

"시끄러워, 아저씨. 목소리 겁나 크네."

도마가 인상을 찡그렸다. 잠시 후 흥, 하고 웃었다.
"뭐, 알았어. 잠쉬 줄 테니까 얼른 내놔."

5

냉동고에서 꺼낸 아이스바는 저렴한 상품이었다. 소위 가족용 대용량으로, 한 상자에 여섯 개 들어 있는 기본적인 바닐라 맛이다.

다만 푸딩은 아까 말했듯이 쓰카사가 손수 만들었다. 토치를 사용해 표면을 갈색으로 녹이고 민트 잎을 하나 꽂았다.

"이 자식, 일부러 숨겨놨었네."

도마는 투덜거리면서도 푸딩을 두 개 먹어 치웠다.

"아이스크림은 싸구려잖아. 하겐다즈 정도는 사놔야지."

그렇게 트집을 잡으면서도 아이스바를 쪽쪽 빨아먹었다. 그 틈에 쓰카사는 게이타로에게도 아이스바를 하나 주었다.

이어서 자기도 우롱차 캔에 손을 뻗었다. 캔을 따서 우롱차를 들이켰다.

미지근하고 떫은 차가 입속으로 왈칵 흘러들었다.

'맛있다.'

우롱차가 이렇게 맛있는 건 난생처음이었다. 한계 직전이었음을 여실히 깨달았다. 온몸의 세포가 환희했다.

마음에도 여유가 생겼을 즈음, 쓰카사는 게이타로에게 눈짓했다.

뜻이 통했는지 게이타로가 카운터에서 우롱차 캔을 집어서 땄다. 그리고 아까처럼 무릎을 꿇고 앉아 한 명씩 차례대로 먹여주었다.

도마는 나무라기는커녕 그들을 거들떠보지도 않았다. 아까 앉아 있었던 자리로 돌아가서 아이스바를 쪽쪽 빨아먹으며 다시 영상을 보기 시작했다.

'이 틈에 게이타로가 총을 빼앗아 준다면.'

쓰카사는 우롱차를 한 모금 더 마시며 생각했다.

도마는 몸을 옆으로 틀어서 게이타로에게 등을 돌린 자세다. 티셔츠와 데님바지 사이에 꽂은 권총이 쓰카사가 있는 곳에서도 보였다. 완전히 무방비한 모습이었다.

'부탁한다, 게이타로.'

저 총만 빼앗으면 형세는 역전된다.

게이타로가 이쪽에 붙는다면 넘겨준 생선칼과 부엌칼도 되찾을 수 있다.

게이타로는 체격이 빈약하다. 하지만 쓰카사는 도마와 비등비등하다. 싸움에 익숙하지 않은 만큼 불리하긴 하지만, 총 없이 2대1로 맞붙는다면 승산은 충분했다.

'제발.'

하지만 기도한 보람도 없이 게이타로는 세 아이에게 우롱차만 먹일 뿐이었다. 도마의 뒷모습에는 눈길 한 번 주지 않앉다. 도마에게서 총을 빼앗겠다는 생각은 머릿속 어디에도 없는 듯했다.

"게이타로."

쓰카사는 낙담하며 작은 목소리로 그를 불렀다.

"아이들을 화장실에 보내 줘. ……아까 도마가 된다고 했잖아. 바닥에 싸면 더럽다면서."

게이타로가 도마를 힐끗 보았다.

한 손에 아이스바, 다른 손에 스마트폰을 든 도마는 이쪽에 신경 쓰는 기색이 아니었다. 게이타로는 고개를 끄덕했다.

"고마워."

쓰카사는 안도했다.

다행히 쓰카사 본인은 아직 소변이 마렵지 않았다. 수분을 최대한 섭취하지 않은 덕분이리라. 게다가 식은땀도 잔뜩 흘렸다.

쓰카사는 손안의 우롱차를 내려다보았다.

조금씩 마셔야겠다 싶어 자제했다. 탈수 증상을 일으키지 않을 정도로, 필요한 만큼만 최소한으로 마시는 편이 좋을 듯했다. 도마는 쓰카사를 주방에서 내보낼 마음이 없는 것 같았다. 당연히 볼일을 보러 갈 수도 없을 듯했다.

도마는 아이스바를 하나 더 먹고 있었다. 총 세 개째다. 보기와는 달리 단 걸 좋아하는 모양이었다. 그러고 보니 술을 내놓으라는 말은 한 번도 꺼내지 않았다는 걸 쓰카사는 깨달았다.

'흉악한 얼굴 속에 이따금 소년답게 귀여운 구석이 엿보여.'

그렇게 생각하다가 "안 되지" 하고 쓰카사는 마음을 다잡았다.

귀엽다느니 불쌍하다느니 그런 생각을 하면 스톡홀름 증후군에 빠진다. 도마의 마음에 너무 다가가서는 안 된다. 아까도 그가 품고 있는 여성 혐오의 근원에 대해 이것저것 추측했다. 좋지 않은 경향이었다.

도마는 액정 화면을 뚫어지게 들여다보며 녹은 아이스바로 더러워진 손을 티셔츠에 아무렇게나 닦았다.

시간이 얼마나 흘렀을까. 가게 밖이 다시 소란스러워졌다.
끼이잉, 하고 확성기에서 시끄러운 소리가 울려 퍼졌다.
도마가 스마트폰을 내려놓고 불쾌한 듯 인상을 찡그렸다.
"뭐야. 또 누군가 불러와서 개소리를 하려고 그러나?"
쓰카사는 텔레비전을 올려다보았다.

아까 렌토 어머니가 왔을 때와 같은 구도였다. 기동대와 SIT에 둘러싸인 아담한 뒷모습이 화면에 비쳤다. 초로의 여성 같았다. 나이로 보건대 고코나나 와카노의 어머니는 아닐 듯했다.

도마가 어깨를 으쓱하며 "헷, 웬 할망구가 왔네" 하고 말했을 때였다.

"마세!"

여성의 목소리가 울려 퍼졌다.

"마세, 나야. 기, 기억나니? 도로코베 초등학교에서 네 담임을 맡았던 이토야. 너의……."

"엥?"

한순간 눈을 동그랗게 뜬 후 도마가 웃음을 터뜨렸다.

"뭐야, 저 할망구. 아직 살아 있었나."

"은사, 아니, 좋아했던 선생님이야?"

쓰카사는 물어보았다.

도마는 히죽거리면서 고개를 저었다.

"전혀. 짭새가 데려올 수 있는 선생이 저 할망구밖에 없었던 거겠지. 난 초등학교를 1학년까지만 다녔거든."

갑자기 목소리가 낮아졌다.

"엄마가 있었을 때는 학교 갈 수 있었는데. ……아침에 깨워줬으니까."

도마가 옆에 있는 게이타로를 바라보았다.

"야, 게이. 넌 몇 학년까지 다녔어?"

"어……, 2학년 가을 무렵까지."

"흥. 나랑 별 차이 없네. 까고 말해서 학교에는 성질 나는 새끼들밖에 없었어. 2, 3일만 목욕을 안 해도 냄새 난다고 호들갑을 떨었지. 담임 할망구도 한패가 돼서 온천 거리에 사는 우리를 왕따시켰어."

미닫이문 너머에서 예전에 담임이었다는 이토의 목소리가 계속 들려왔다.

"마세. 네 가슴속 상처를 이해해 주지 못해서 미안해. 난 여러모로 부족한 선생님이었어. 정말로 반성하고 있단다. 하지만 아직 늦지 않았어. 제발 나와서 이야기하자. 정면에서 네 눈을 바라보며 진심으로 사과하고 싶구나."

"도로코베는 온천 거리에서 벌어들이는 돈이 없으면 말라 죽는 깡촌이잖아. 그런데 왜 온천 거리의 우리를 왕따시키는 건데? 이해가 안 된다니까."

도마는 벽을 걷어찼다.

"부모가 회사원, 농협 직원, 공무원인 게 그렇게 대단해? 왜 우리를 자기들보다 아래 취급하는 건데? 그 대단하신 농협 직원과 공무원들도 송년회니 사원 여행이니 하면서 우리 스트립 클럽에 단체로 놀러 온다고. 쳇."

"……마세, 부탁이야. 지금이라면 돌이킬 수 있어. 부디 투항하렴. 넌 미성년자야. 앞으로 얼마든지 재출발할 기회가 있단다. 이번 일은 모두에게 그저 타이밍이 좋지 않았을 뿐……."

"씨발, 돈을 내고 여자의 사타구니를 들여다보는 놈들의 어디가 그렇게 대단한데? 사타구니를 보여주고 돈을 받는 쪽이 아래고 돈을 내는 쪽이 위야? 아니잖아. 자기 아빠가 스트리퍼에게 뿅 간 것도 모르고 '우리 아빠는 굉장해요'라는 표정으로 뻐기는 애새끼들을 싹 다 죽여버리고 싶어."

도마가 고함을 지르며 벽을 계속 걷어찼다.

고코나와 렌토는 눈을 감고 잔뜩 움츠러들었다.

와카노는 입을 꼭 다물고 어린 두 아이를 보호하듯 몸을 가까이 댔다.

하지만 게이타로만은 몹시 복잡한 표정이었다. 도마가 진정하기를 바라지만, 그의 말도 이해하지 못하는 바는 아니라는 듯한 표정이었다.

"뒈져라, 뒈져. 그 새끼들 전부 뒈져버려. 뭐야. 아버지가 스트립 클럽에서 일하면 이상해? 엄마가 없는 게 그렇게 희한한 일이냐고. 지랄하지 마. 기분 내킬 때만 여자의 사타구니를 보러 오는 놈의 애새끼가 왜 나보다 잘났다는 건데? 개소리 집어치워. 씨발, 씨발, 개 같은 새끼들."

쓰카사는 아무 말도 할 수 없었다. 그만하라는 말도, 진정하라는 말도.

게이타로와 마찬가지로 쓰카사도 도마의 심정을 이해했다. 도마에게 너무 다가서면 안 된다는 걸, 동조하면 위험하다는 걸 알면서도 그의 울분을 이해했다.

'왜냐하면 나도 '온천 거리의 아이'니까.'

그리고 쓰카사 역시 어머니가 없는 아이였다.

어머니는 쓰카사가 여섯 살 때 돌아가셨다. 후두암이었다고 한다.

병석에 누운 어머니의 모습은 기억나지 않는다. 기억에서 쑥 빠져나갔다. 어렴풋이 떠오르는 건 아주 사소한 일상뿐이다. 추억 속 어머니는 늘 집이나 가게 어딘가에서 부드럽게 웃고 있다.

'당시 난 어중간한 존재였지.'

생가는 극히 평범한 식당이었다. 그러나 '온천 거리의 아이'이기는 했다. 회사원 가정의 아이와는 어쩐지 데면데면했다. 그렇다고 학교에 오지 않고 거리를 돌아다니는 아이들과 어울린 것도 아니었다.

제대로 된 놀이 상대는 아버지끼리 친한 사이라 어릴 적부터 친구였던 미요시 이쿠야 정도였다.

'리리코 짱'과 친해진 것도 그 때문이었다.

'리리코 짱'은 책을 좋아하는 독서가였다.

식당을 경영하며 헌책에 파묻혀 사는 아버지를 쓰카사는 이해하지 못했다. 유일한 가족이 된 아버지를 조금이라도 이해하고 싶어서 쓰카사는 '리리코 짱'에게 말을 걸었다. "야, 책을 읽는 게 뭐가 그리 재미있어?" 하고.

도마가 발길질을 멈췄다.

몸을 돌려 카운터에 놓아둔 와카노의 스마트폰을 집어 들었다.

가게 밖에서는 예전 담임이 계속 호소하고 있었다.

"……부탁이야, 마세. 선생님이 사과해서 끝날 일이라면 얼마든지 사과할게. 네가 실은 나쁜 아이가 아니라는 걸 선생님은 안단다. 그러니까······."

도마는 스마트폰을 카운터에 내려놓았다. 거의 동시에 오른손을 움직였다.

총소리가 울려 퍼졌다.

쓰카사는 반사적으로 제자리에 쪼그려 앉았다.

넉넉히 몇십 초는 지난 후에야 넋 나간 표정으로 고개를 들었다.

벽을 향해 총을 들고 있는 도마가 보였다.

아니, 벽이 아니다. 쓰카사는 드디어 이해했다. 도마는 총을 뽑아서 주방 환풍기를 쏜 것이다. 더 정확하게 말하면 환풍기 너머에 있던 누군가를.

"맞았나? 응? 맞은 거야?"

도마의 입 모양을 보니 그렇게 말하는 듯했다.

쓰카사는 손으로 양쪽 귀를 막았다. 이명이 심했다. 총소리 때문에 고막에 이상이 생긴 듯했다.

아까 도마가 메아를 쐈을 때와는 달리 전혀 마음의 대비를 못 했다. 미처 귀를 막을 틈도 없었다.

'준비 동작도 없이 쐈어.'

쓰카사는 도마를 멍하니 바라보았다.

도마는 본인이 쏜 환풍기가 아니라 스마트폰을 들여다보며 떠들고 있었다. 이명에 섞여 도마의 목소리가 띄엄띄엄

들렸다.

"동영상이, 실황……, 짭새 새끼, 완전히……. 하하하하, 봐라……, 꼴사납네……. 도망……."

게이타로가 옆에서 스마트폰을 들여다보더니 액정 화면을 가리키며 도마에게 뭐라고 말했다.

도마가 혀를 찼다.

"쳇, ……팔이야……, 재미없네……."

아무래도 환풍기 너머에 있던 사람은 팔에 총을 맞은 듯했다.

기동대일까, 아니면 SIT? 생각하던 쓰카사는 그제야 알아차렸다. 방금 눈앞에서 일어난 일에 무슨 의미가 있는지 서서히 이해했다.

'그렇구나.'

양동 작전이었다.

SIT는 예전 담임이 확성기로 도마와 게이타로의 주의를 끄는 틈에 환풍기 틈새로 카메라나 도청 마이크를 설치할 작정이었다.

'하지만 요즘의 인터넷 사정이 그걸 용납하지 않았어.'

분명 구경꾼 중 일부가 몰래 SIT의 행동을 촬영해 생방송으로 내보냈으리라.

너무 위험한 짓이다. 뭔가 법률에 저촉될 가능성도 있다. 하지만 그들은 SNS에서 '좋아요'를 받고, 동영상 사이트에서 조회수를 올리기 위해서라면 아무리 위험한 다리라도 건너간다.

도마가 아까부터 보고 있었던 건 구경꾼이 실시간으로 스트리밍하던 영상이었다. 민폐 유튜버의 영상에 몰두하는 척하며 실은 SIT의 동향을 낱낱이 확인한 것이다.

청각이 조금씩 돌아왔다.

"좋았어. 점점 총 쏘는 실력이 느네."

도마는 기분 좋아 보였다. 기름기로 번들번들한 얼굴에 희색이 감돌았다.

"이제 감 잡았어. 다음번에는 제대로 맞혀야지."

"겨……, 경찰관을."

쓰카사는 바싹 마른 목구멍에서 억지로 말을 밀어냈다. 지금에서야 머리에 땀이 솟았다.

"경찰관을 쏘면……, 무죄를 증명해봤자 아무 의미도 없잖아. 여기서 나가도 다른 죄로 체포돼. ……정말 그래도 괜찮겠어?"

"에엥? 뭘 모르네, 아저씨."

도마가 비웃음을 흘렸다.

"난 말이야, 내가 하지도 않은 짓으로 붙잡히는 게 싫을 뿐이야. 체포되는 건 무섭지 않다고. 무엇보다 난 무적의 미성년자잖아. 뭘 어쨌든 사형은 안 당해. 어지간해서는 소년원에서 1년쯤 썩는 걸로 끝나."

그러면서 의기양양하게 어깨를 들먹였다.

"내가 괜히 권총까지 쌔벼 왔겠어? 헷, 기껏 이걸 가져왔는데 아무 짓도 안 하면 소년원에서 폼을 못 잡잖아."

맙소사, 하고 쓰카사는 이를 악물었다.

귀여운 구석도 있다고 생각한 건 오산이었다. 역시 마음을 놓을 수 없는 상대였다. 예상보다 훨씬 교활하다.

쓰카사는 이마의 땀을 닦고 입속으로 중얼거렸다.

'이제 남은 총알은 세 발.'

6

"저 망할 놈이……. SIT까지 쏘다니 믿기지 않는군."

수사관의 볼멘소리가 전선본부에 울려 퍼졌다.

"부상 정도는? 대원은 무사해?"

오사코가 무전 담당에게 외쳤다. 무전 담당이 새파랗게 질린 얼굴로 돌아보았다.

"위, 위팔에 맞았답니다. 이쪽 움직임이 완전히 새어 나갔어요. 파이버스코프는 투입하지 못했습니다. 작전 실패입니다."

"빌어먹을. 세상 무서운 줄 모르는 놈이야."

"인질의 스마트폰을 빼앗은 이유는 그건가……. 머리가 나쁜 쪽으로만 잘 돌아가는군."

수사관들이 이를 갈았다.

SIT가 식당 뒤편으로 돌아가서 환풍기 틈새로 파이버스코프를 밀어 넣으려 하는 모습을 실시간으로 스트리밍한 인터넷 방송인이 있는 듯했다. 전선본부에서 감시했던 인터넷 방송인과는 다른 사람이었다.

"그 자식을 공무집행 방해 혐의로 현행범 체포해. 미성년자든 나발이든 상관하지 마. 수갑 맛을 단단히 보여줘, 알겠나."

오사코가 무전기에 대고 고함을 질렀다.

이쿠야의 머릿속에 오사코가 몇 시간 전에 했던 말이 되살아났다.

─마세 도마는 그저 단순하고 난폭한 열다섯 살짜리 불량소년이야. 경찰의 눈을 교묘하게 속일 만한 수완은 없겠지.

과연 그럴까. 정말로 그랬을까.

하지만 물어볼 필요도 없었다. 오사코의 이마에 맺힌 진땀이 그도 그러한 의심을 품고 있다는 걸 여실히 드러냈다.

"시민까지 우리 편이 아니라니. ……이래서는 아무리 인원이 많아도 모자라."

실내 어딘가에서 수사관이 나지막하게 투덜거렸다. 이 자리에 있는 모두의 심정을 대변하는 말이었다.

이쿠야는 스마트폰을 움켜쥐었다.

'앞으로 세 발.'

자정이 지났다.

마침내 날짜가 바뀌었구나, 하고 이쿠야는 이를 악물었다. 인질극이 벌어진 지 일곱 시간이 넘었다.

유괴 사건이나 농성 사건 같은 중대 사건이 발생하면 수사관 및 대원들은 기본적으로 두세 시간마다 교대한다. 그 이상은 집중력을 유지할 수 없기 때문이다.

하지만 이번 사건에서는 인원이 압도적으로 부족했다.

인근 경찰서에 지원을 요청해서 긁어모은 인원은 대개 현장 수색에 투입됐다. 일곱 시간 동안 수사반은 대부분 한 번도 교대하지 못했다.

수사 주임 오사코, SIT 지휘관 야다노, 그리고 이쿠야는 앞으로도 교대할 전망이 보이지 않았다. 짧은 휴식조차 취하지 못했다.

"슬슬 한계야."

오사코가 이쿠야를 보고 말했다.

"이봐, 미요시. 휴식하자. 밤이 깊어져서 저쪽도 움직임이 둔해졌어. 잠은 못 자더라도 누워서 눈이라도 감고 있어. 조금은 피로가 풀리겠지."

"알겠습니다."

이쿠야는 고개를 숙였다.

솔직히 가슴에 사무칠 만큼 고마운 말이었다. 전화 통화밖에 임무가 없다고는 하지만, 몇 시간 만에 체중이 2킬로그램은 빠진 기분이었다.

이쿠야는 스마트폰을 무선 충전기에 올려놓았다. '노미야 시계점'의 사장이 신속히 마련해 준 물건이었다. 무전기와 컴퓨터, 모니터로 비좁은 네 평짜리 방 한구석에 태아처럼 몸을 웅크리고 눈을 감았다.

하지만 휴식은 20분도 지나기 전에 끝났다.

수사관이 새로운 소식을 가지고 전선본부에 뛰어들었기 때문이다.

"와타나베 게이타로의 아버지를 찾아냈습니다."

"어디 있었나?"

오사코가 이불을 걷어내고 몸을 일으켰다.

"하기초의 환락가요. 한 펜슬 빌딩[11]에서 불법으로 영업하는 슬롯머신 게임장에 있었습니다. 와타나베 게이타로의 아버지는 어젯밤부터 쭉 거기 처박혀 있었던 듯합니다."

이쿠야도 일어났다.

불법 슬롯머신 게임장은 풍속영업의 규제에 관한 법률을 무시하고 무허가로 영업하는 도박장이다. 설치된 슬롯머신도 대부분 불법으로 개조한 물건이다.

"지휘본부에서 사정을 대충 들어본 후, 이쪽으로 보낼 예정입니다. 하지만 와타나베 게이타로는 마세 도마의 똘마니니까요. 놈의 부모가 온들 설득될 가망성은 희박하지 않을

---

11 협소한 땅에 지은 연필처럼 가느다란 건물의 통칭.

까요⋯⋯. 그리고 와타나베 게이타로의 아버지는 꽤 많이 취했습니다."

"마세 도마의 아버지는 아직 못 찾았나?"

"아직입니다. 계속 수색하는 중입니다."

"마세 도마의 아버지라."

누군가 불쑥 말했다.

"⋯⋯흥. 벌써 아들에게 죽은 거 아니야?"

이쿠야는 무심코 미간에 주름을 잡았다. 웃어넘길 수 없는 농담이었다.

오사코가 기름 낀 얼굴을 문지르고 타일렀다.

"어이, 그쯤 해둬. 아무튼 와타나베 게이타로의 아버지가 오면 SIT에 넘겨. 확성기로 설득할지 말지 야다노와 상의해야겠군. ⋯⋯그나저나 고작 20분이라도 쉬었더니 좀 개운한 걸. 이봐, 지휘본부에 연결해 줘."

"알겠습니다."

무전 담당이 대답했다.

현재 이와가키서에서 지휘본부 및 특별 수사본부를 주관하고 있는 사람은 수사 부주임 가지모토였다.

책임자는 부본부장에 이름을 올린 서장이지만, 실질상 지휘는 가지모토가 맡았다. 말단인 순경에서 시작해 순조로이 출세한 이와가키서의 형사과장이었다.

―지휘본부입니다, 말씀하십시오.

"전선의 오사코야. 가지모토 씨는?"

―여기 있습니다.

다른 사람의 목소리로 바뀌었다.

가지모토도 교대 없이 일하고 있을 터였다. 하지만 목소리에 아직 탄력이 있었다. 어떻게 보면 당연하지만 전선본부를 담당한 수사관들이 더 빨리 기력을 소모하는 듯했다.

"오랫동안 연락하지 못해서 미안해."

―괜찮습니다. 어디까지나 그쪽이 주전장인걸요. 그것보다 이쪽 진척 상황을 전해드려도 될까요?

"부탁해."

계급은 둘 다 경감이지만 오사코가 가지모토보다 나이가 많다. 당연히 가지모토에게 존대말은 사용하지 않는다.

―그럼 말씀드리겠습니다. 현재 지휘본부 및 특수본은 시체 세 구의 신원 확인을 중심으로 움직이고 있습니다. 또한 아동 성범죄 전과자와 아이들에게 집적거리는 변태의 목록을 작성해 과수연의 의견도 참고하면서 용의자의 범위를 좁히는 중입니다.

"전과자 목록은 시바에게 넘겨줬지?"

―몇 시간 전에요. 하지만 야간에 접어들었으므로 탐문반은 환락가를 중심으로 돌아다니고 있습니다. 달리 어떻게 할 방법이 없어서요.

"아아, 시간상 그럴 수밖에 없겠지."

오사코는 탄식했다.

"지역 주민에게 탐문하지 못하는 게 유감이로군."

―그러게 말입니다.

동의한 후 가지모토는 말을 이었다.

―하천부지에서 찾아낸 시체 두 구 중 오래된 쪽은 역시 살해된 시기를 알아내기가 힘들었습니다. 하지만 남아 있던 의복 조각을 조사한 결과, 애니메이션 캐릭터가 프린트된 옷이라는 게 판명됐어요. 22년 전에 약 반년간 방송된 애니메이션입니다.

"그럼 그 이전으로 거슬러 올라가지는 않는다?"

―그렇습니다. 물려받았을 가능성도 있지만, 아동복은 잘 해어지니까요. 22년 전부터 17년 전까지 약 5년 사이로 좁혀도 되겠죠. 그리고 길게 뻗은 나무뿌리가 뼈에 생긴 구멍 하나를 관통했습니다. 과수연 연구원이 뿌리의 생장 상태로 역산할 수 있지 않겠느냐고 하더군요. 현재 계산하는 중입니다.

"그렇군. 그럼 병행해서 치과 의사 협회에도 다시 재촉해 봐."

오사코가 지시했다.

"한밤중에 미안하지만 긴급 사태니까 움직일 수 있는 사람만이라도 협력해 달라고 세게 밀어붙여. 아까 인질범이 또 발포했어. 날이 밝기를 느긋하게 기다릴 수 없는 상황이야."

―알겠습니다. 발포했다는 걸 이쪽에서도 텔레비전으로 확인했습니다. 현경본부가 요청하게끔 지휘본부에서 정식으로 의견을 제기하겠습니다.

가지모토는 그렇게 대답한 후 말을 덧붙였다.

―실은 저도 치과 의사 협회 사무장과 방금 통화했는데요. 진료 차트 보관 기간은 기본적으로 5년입니다. 하지만 감독관청의 확인 및 의료 사고 소송에 대비해 데이터화한 진료 차트를 클라우드 저장 공간 등에 보존하는 의원이 늘어났다는군요.

"응……?"

오사코는 고개를 갸웃했다.

"즉, 찾아낼 가망성이 있다는 뜻이지? 디지털 기술은 잘 몰라서 말이야. 얼빠진 질문이라면 미안하지만, 진료 차트 데이터를 남겨둔 의원이 의외로 많다고 이해하면 되겠나?"

―바로 그겁니다.

가지모토가 맞장구를 쳤다.

―그럼 새롭게 발견된 사항이나 무슨 움직임이 있으면 연락 부탁드립니다. 데이터는 그쪽 컴퓨터의 메일 주소로 보내겠습니다.

오사코는 무전을 끊고 숨을 푹 내쉬며 어깨에서 힘을 뺐다.

"자, 이쯤에서 야식이라도 먹을까."

뒤쪽 부하들을 돌아보고 말했다.

"아직 쉴 틈은 없을 것 같아. 중요한 순간에 기력이 달리면 아무리 후회해도 돌이킬 수 없겠지. 손이 비는 사람부터 차례대로 먹자고."

약 한 시간 후 '고자사가와강 소년 살인 및 시체유기 사건'의 피해자 신원이 밝혀졌다. 결정적인 단서는 역시 치아의 형태였다.

피해자는 구보이 세이료. 만 10세.

턱이 평균보다 작은지 치아 여러 개가 겹쳐서 자랐다. 그리고 유치가 빠지기 전에 난 영구치와도 겹쳐서 여기저기 '이중 치열' 상태였다. 치료하지 않고 방치한 것이 오히려 요행으로 작용해, 아래턱과 유치 뿌리의 형태로 확인할 수 있었다고 한다.

"한밤중에 고생 많았다고 치과 의사 협회에 전해줘."

오사코가 말했다.

"도야마 현경이 초특급으로 움직였습니다. 그쪽 과수연과 감식에서 인원을 동원해 줘서 일이 빨랐어요."

수사관은 눈꼬리를 내리며 그렇게 대답했다.

"어, 이어서 보고드리겠습니다. 당시 구보이 세이료는 외가 근처에 살았는데, 할머니가 치과에 데려간 듯합니다. 그 치과의원에서 진료 차트 데이터를 받아서 도야마 과수연의 연구원이 대조했습니다. 그 후에 우리 쪽 과수연 법의과에서도 데이터를 재확인했고요. 그 결과, 확실하다고 합니다."

"좋아."

오사코가 목소리를 높였다.

이쿠야도 안도했다. 이것으로 세 명 중 한 명의 신원이 밝혀졌다. 이제 두 명 남았다.

"피해자의……, 구보이의 부모는 아직 찾는 중이지?"

"네. 하지만 어머니의 동거남은 아무래도 열흘쯤 전에 도로코베를 떠난 것 같습니다."

"열흘쯤 전? 동거남만?"

"네. 도박 빚이 쌓여서 혼자 튄 듯합니다. 구보이 어머니가 일하는 '퀸M'의 종업원 말에 따르면 구보이 어머니는 지난주부터 '남자가 빚을 남기고 도망쳤어. 나도 튀지 않으면 위험할지도 몰라'하고 불평했답니다. 그런 한편으로 동료에게 새로운 남자친구의 존재를 자랑했다나요."

"새로운 남자친구라. 그럼 그 녀석과 같이 있을 가능성이 크겠군."

"그럴 겁니다. '새 남자친구는 현 내에 거주하는 20대. 노래방 점원'이라는 종업원의 증언에 따라 현 내의 모든 노래방에 문의하는 중입니다."

"어머니의 본가와 연락은?"

"했습니다. 간베서에서 순경을 한 명 보내서 감시 중입니다. 구보이 어머니에게 연락이 오는 대로 알려줄 겁니다."

"좋아, 수고했어. 계속 그 방침대로 진행해."

오사코가 손뼉을 짝 쳤다.

이쿠야는 손안의 스마트폰을 내려다보았다.

'쓰카사는 어쩌고 있을까.'

필요 이상으로 자극하면 안 된다는 건 안다. 하지만 저쪽 상황이 궁금했다.

아이들이 울지는 않을까. 겁을 먹지는 않았을까. 쓰카사를 제외하면 전부 열다섯 살 이하의 어린애다. 이만저만 걱정이 아니었다.

'그때 SIT가 파이버스코프를 침투시켰다면.'

성공했다면 지금쯤 저쪽 동향을 눈으로 파악했을 것이다. 농성 사건에서 시각 정보가 있고 없고는 차이가 크다.

"오사코 과장 대리님! 지휘본부에서 데이터를 보냈습니다."

노트북 앞에 앉아 있던 수사관이 목소리를 높였다.

"무슨 데이터지?"

"지난 몇 년간 도로코베에서 아이가 있는 일가족이 야반도주한 사례를 정리한 목록입니다. 셋집과 연립주택 주인, 여관 직원 기숙사의 관리인을 중심으로 탐문한 결과라는군요. 여기서 피해자와 조건이 일치하는 아동을 어느 정도 추려내서……. 아아, 잠깐만요."

수사관이 눈을 가늘게 뜨고 노트북 화면을 들여다보았다.

"메일이 한 통 더 왔습니다. 하천부지에서 찾아낸 시체 중 오래되지 않은 쪽의 신원이 판명됐답니다."

"뭐라고?"

오사코가 몸을 내밀었다.

"그 메일을 출력해서 보여줘. 목록도."

"알겠습니다."

프린터가 뱉어낸 종이를 오사코는 잡아채듯이 집었다.

"어디 보자. ……나카라이 후타, 11세, 남자아이. 주소는 이와가키시 오아자 도로코베 1127번지. 출장 마사지 업소 '러브 에라'에서 출장 마사지사로 일하는 어머니 루나와 함께 생활. 약 1년 전 어머니와 아이 둘 다 연립주택에서 실종이라. 어머니의 현재 상황 및 현재 주소는 불명. ……아아, 그렇군. 파출소 근무자가……."

고개를 내밀고 귀 기울이던 이쿠야를 오사코가 돌아보았다.

"관할 구역의 파출소 근무자 중에 나카라이 후타를 아는 사람이 여러 명 있었나 봐. 아무래도 도벽으로 유명한 아이였던 것 같아. 시신의 얼굴을 참고해서 만든 초상화를 보고 '혹시' 하는 의견이 나왔지. 점과 멍의 위치와 모양도 일치했대. 순경들 말로는 작년쯤부터 모습이 눈에 띄지 않았지만 이사 간 줄 알고 신경 쓰지 않았다나."

이어서 오사코는 야반도주한 일가족 목록을 들고 한 장씩 넘겼다. 두 장, 세 장, 네 장.

목록은 A4용지로 다섯 장에 달했다.

"이렇게 많나."

오사코는 눈을 감고 관자놀이를 문지르며 앓는 소리를 냈다.

"왜지? 왜 피해자들의 부모는 자기 아이가 사라졌는데 실종 신고조차 하지 않고 잠자코 도코로베를 떠난 거야? ……내가 세상 물정을 너무 모르는 건가. 이런 작자들은 도무지 이해가 안 돼. 몇 번을 보고 들어도 아이가 얽힌 사건에는 익숙해지지 않는군."

"그건 오사코 과장 대리님이 정상이시기 때문입니다."

수사관 중 한 명이 말했다.

이쿠야는 고개를 끄덕인 후 "그리고 정상적인 가정의 아이들에게 둘러싸여 자라셨기 때문이겠죠" 하고 보충하듯 말했다.

"……저는 여기 도로코베에서 태어나고 자랐습니다. 그래서 압니다. 아이를 소모품 이하로밖에 보지 않는 인간들이 분명 있어요. 그들에게 아이는 성관계를 하면 멋대로 생겨나는 여드름 정도의 존재에 불과하죠. 거기에 생명의 존엄성이니 인권이니 하는 감각은 없습니다."

이쿠야는 눈을 들었다.

"드라마나 영화에서 '부모는 대가를 바라지 않고 아이에게 사랑을 쏟는 법'이라고 표현합니다만, 거짓말입니다. 아이야말로 대가를 바라지 않고 부모에게 애정을 쏟죠. 그 증거로 그 아이들은 아무리 주먹질을 당하고 걷어차여도 부모를 좋아해요. 늘 부모의 애정을 갈구하죠."

오사코와 눈이 마주쳤다.

이쿠야는 말을 이었다.

"아무리 애써도 사랑을 얻을 수 없다는 걸 알았을 때, 아이들은 마음의 일부가 죽습니다. ……그리고 죽은 부분은 두 번 다시 살아나지 않아요."

제4장 의심

1

새벽 2시가 지났다.

'야기라 식당'은 평소 자정에 문을 닫는다. 여느 때 같았으면 쓰카사는 씻고 이를 닦고 이불 속에 있을 시간이었다. 그런데도 전혀 졸리지 않았다.

신경이 곤두선 탓일까. 몸과 마음 다 몹시 지쳤는데도 잠이 오지 않는다. 아이들도 마찬가지인지 눈이 말똥말똥했다.

'마음 편히 있는 건 도마뿐이로군.'

도마가 스마트폰을 내려놓고 "아, 배고프다" 하며 기지개를 쭉 켰다.

"뭐 먹고 싶어?"

쓰카사는 탐색하듯 물어보았다.

도마가 지체없이 대답했다.

"맥도날드."

"맥도날드라. 햄버거 말이지?"

"응. 빅맥. 아니면 라면이나 소고기덮밥."

"소고기덮밥이라면 만들 수 있어."

쓰카사는 재빨리 반응했다. 도마에게 식사를 제공해 정신적으로 교감하는 작전을 아직 포기하지 않았다.

상상 이상으로 위험한 소년이라는 건 절실히 깨달았다. 그렇더라도 괴물은 아니다. 3대 욕구인 식욕, 수면욕, 배설욕을 거스를 수 있는 동물은 세상에 존재하지 않는다.

"잘게 썬 소고기와 양파는 있어. 시간도 그렇게 걸리지 않을 테니, 어때?"

"음."

도마는 잠깐 고민한 후 고개를 저었다.

"아니, 역시 빅맥이 좋겠어. 아까부터 콜라가 먹고 싶어 죽겠거든. 콜라에 소고기덮밥은 안 맞잖아. 역시 햄버거여야지."

"햄버그는 안 될까?"

쓰카사는 물고 늘어졌다.

"햄버그 정식이라면 지금 있는 재료로 만들 수 있거든. 햄버그, 감자샐러드, 라이스에 채소 절임, 돼지고기 된장국이면 어때?"

와카노가 침을 꿀꺽 삼키는 모습이 시야 가장자리로 보였다.

인질로 잡힌 아이들도 배가 고픈 듯했다. 고코나는 여전히 고개를 숙인 자세였지만, 렌토와 게이타로도 귀를 기울인다는 걸 알 수 있었다.

하지만 도마는 "라이스라면 쌀밥이지? 쌀밥은 싫어" 하고 고개를 홱 돌렸다.

"맛이 없거든. 아무 맛도 안 나는 건 너무 싫어."

"그렇구나."

쓰카사는 반론하지 않고 얌전하게 수긍했다.

어린이 식당을 운영하다 보면 종종 듣는 말이다. 두부나 쌀밥, 물 등을 '아무 맛도 안 난다'라며 싫어하는 아이는 적지 않다. 봉지과자나 편의점 도시락만 먹으면 아무래도 미각이 진한 맛에 익숙해지기 마련이다.

"카레나 소고기덮밥 정도면 쌀밥을 같이 먹어도 괜찮아. 하지만 지금은 그럴 기분이 아닌걸. 지금은 햄버거에 콜라, 감자튀김, 치킨 너겟을 먹고 싶어."

"지금 가게에 있는 재료만으로는 햄버거를 못 만들어. 번……, 아니, 빵이 없거든."

"그럼 짭새한테 사 오라고 해. 맥도날드에 다녀오라고 시켜."

"요 부근의 맥도날드는 24시간 영업하지 않아. 알잖아."

쓰카사의 말에 도마는 시계를 올려다보고 혀를 찼다.

"젠장. 그럼 어쩔 수 없지. 아저씨가 만든 햄버거로 참아

줄게. 대신에 고기를 두 단으로 해. 감자튀김이랑 치킨 너겟도 만들어. 그리고 콜라는 절대로 빼먹지 마. 아저씨, 설마 콜라도 만들 생각은 아니겠지?"

쓰카사는 도마의 도발에 반응하지 않고 대답했다.

"알았어. 빵과 콜라를 보내 달라고 경찰에 요청할게."

"그리고 충전기도."

도마가 와카노의 스마트폰을 쳐들었다.

"슬슬 배터리가 위험하니까 반드시 보내라고 해."

혹시라도 도마가 변덕을 부리기 전에 쓰카사는 자기 스마트폰을 집었다. 재빨리 스피커폰 모드에서 일반 통화 모드로 바꾸었다.

"이쿠야, 나야."

스피커폰 모드를 해제한 것에 대해 도마는 딱히 불평하지 않았다.

―쓰카사, 괜찮아?

이쿠야가 갈라진 목소리로 물었다.

진한 피로가 느껴지는 목소리였다. 하지만 남 말할 처지가 아니었다. 자기 목소리도 남이 들으면 심각하리라.

"괜찮아. 이쪽에 부상자는 없어. 그것보다 아까 총에 맞은 사람은 무사해?"

―응. 팔에 맞았지만 경상이야. 병원에서 치료받고 있어.

이쿠야는 그렇게 대답한 후 "이쪽은 진전이 있었어. 고자사가와강에서 발견된 시신의 신원을 알아냈지. 말해도 돼?" 하고 물었다.

"응."

―구보이 세이료, 10세. 어머니는 관음 클럽 '퀸M'의 직원이었어.

쓰카사는 이쿠야의 말을 큰소리로 되뇌며 아이들의 얼굴을 차례대로 살폈다.

도마는 무표정했다. 게이타로는 이쪽을 보지 않고 도마의 안색만 신경 썼다.

한편 피해자와 안면이 있었다는 렌토와 고코나는 얼굴이 굳어졌다. 와카노는 핏기 없는 입술에 힘을 꽉 주었다.

"나는 모르는 아이야. 역시 가게 단골은 아니로군. 편식이 아주 심했다는 모양이니까 무리도 아니지만……. 하지만 '퀸M'은 알아. 20년도 전부터 도로코베에서 영업한 관음 클럽이잖아."

―맞아. 우리가 어릴 적부터 있었지. 그리고 하천부지에서 파낸 시신 중 한 구의 신원도 판명됐어. 나카라이 후타, 11세. 어머니는 출장 마사지 업소 '러브 에라'의 출장 마사지사야.

"후타였구나."

쓰카사는 숨을 삼켰다.

―아는 아이야?

이쿠야가 물었다.

"응. 우리 가게에 몇 번 왔었어. 어머니가 '러브 에라'의 출장 마사지사라면 그 후타가 틀림없겠지."

빠르게 말하면서도 쓰카사는 '후타가 죽었구나. 그 아이가……' 하고 생각했다.

하지만 현실감은 전혀 없었다. 사태가 이렇게까지 진행됐고, 자신이 그 소용돌이 속에 있는데도 다른 나라에서 벌어진 일을 듣는 듯한 기분이었다.

―쓰카사, 그 아이의 정보를 줘.

이쿠야의 목소리가 귀를 때렸다. 그 목소리 역시 멀게 느껴졌다.

―뭐든지 좋아. 알고 있는 걸 다 알려줘.

"응. ……그렇지, 뭐든지 가지고 싶어 하는 아이였어."

쓰카사는 공허한 말투로 대답했다.

"나이에 비해 몸집이 작았지. 전체적으로 영양이 부족한 느낌이었고……. '치사해'가 말버릇이었어. 음식뿐만 아니라 무슨 물건이든 가지고 싶으면 '치사해, 치사해. 나한테도 줘'하고 졸랐어. 상대방이 거절하면 말없이 가져가는 바람에 가게에서도 늘 말썽이 생겨서……."

"야!"

시끄러운 소리가 나서 쓰카사는 몸을 잔뜩 움츠렸다.

고개를 돌리자 도마의 성난 얼굴이 눈에 들어왔다. 그 표정을 보고서야 도마가 카운터를 손바닥으로 내리쳤다는 걸 깨달았다.

"후타라는 애새끼는 몰라. 그것보다 콜라. 콜라를 보내라고 빨리 말해, 아저씨."

"아, 그래. 알았어. 그래야지."

쓰카사는 쩔쩔매며 대답한 후 스마트폰으로 얼굴을 되돌렸다.

"미안해. 후타와 수사 진척 상황에 대해서는 도마에게 전달할게. 일단 이쪽의 요구 사항을 전해도 될까?"

―알았어. 잠깐만 기다려. 메모할 준비할게.

부스럭부스럭 소리가 나더니 얼마 지나지 않아 이쿠야의 목소리가 들렸다.

―준비됐어. 말해.

"그럼, 간다."

쓰카사는 목소리를 가다듬고 나서 말했다.

"마세 도마가 맥도날드 햄버거를 먹고 싶대. 하지만 요 부근에 24시간 영업하는 맥도날드는 없어서 내가 직접 만들 거야. 부족한 식재료를 가져다주지 않겠어?"

―알았어. 뭐가 필요한데?

"일단 햄버거용 번. 냉동이 아닌 게 좋겠어. 그리고 치킨너겟도 만들어야 하니까 거칠게 다진 닭가슴살 1킬로그램. 지금은 식칼을 못 쓰니까 미리 다져놓은 고기가 필요해. 그

거랑 5백 밀리미터짜리 콜라. 번과 콜라는 사람 수에 딱 맞추지 말고 넉넉히 줘. 마지막으로 스마트폰 충전기. 케이블 종류는……."

메모장에 받아적는 기척이 전해졌다.

이어서 이쿠야가 누군가와 이야기하는 소리가 들렸다. 논의하는 듯했다. 쓰카사는 가만히 기다렸다. 더 이상 도마를 화나게 만들고 싶지 않았다.

다행히 도마가 다시 고함을 지르기 전에 이쿠야가 답했다.

─바로 준비할게. 10분, 아니, 15분만 기다려. 그리고.

이쿠야가 목소리를 낮췄다.

─목소리가 울리지 않는 걸 보니 지금은 스피커폰 모드 아니지? 마세와 협상할 수는 없을까? 식재료를 준비해 주는 대신 인질을 한 명 더 풀어달라고 말이야.

"한 명 더……."

쓰카사는 말을 삼키고 도마를 곁눈질했다.

도마는 아까 버럭 화를 낸 것이 맞나 싶을 만큼 천연덕스러운 표정으로 텔레비전을 보고 있었다.

그의 분노가 가라앉은 건 고마웠다. 하지만 감정 변화가 너무 빨라서 역시 으스스했다. 도무지 종잡을 수가 없다. 희로애락이 격렬한 것에 비해 여운이 없고, 기묘하리만치 인간미가 부족하다.

쓰카사는 주먹을 불끈 쥐었다.

"……해볼게."

그렇게 대답하고 카운터에 스마트폰을 엎었다.

"경찰의 말을 전할게."

쓰카사는 도마를 똑바로 바라보고 말했다. 저도 모르게 침이 꿀꺽 넘어갔다. 입술이 바짝 말랐다.

"……교환 조건이 있다는군."

"또?"

이맛살을 찌푸렸다.

"정말 뻔뻔하네, 개 같은 짭새 놈들."

"콜라, 식재료, 충전기는 15분 정도면 보내줄 수 있대. 다만, 인질 한 명과 교환하자는데."

"푸핫."

도마가 웃음을 터뜨렸다.

"목숨값이 똥값이잖아. 고작 콜라와 충전기로 인질 한 명? 푸하핫. 짭새들, 나보다 훨씬 대가리가 나쁘네."

"안 될까?"

"당연히 안 되지. 이 새끼가 정신 나갔나."

그러면서 삼백안으로 쓰카사를 매섭게 노려보았다.

쓰카사는 속으로 천천히 다섯을 헤아린 후 말을 밀어냈다.

"인질은 세 명만 있으면 충분할 텐데."

"두 명이겠지. 아저씨는 머릿수에 안 들어가."

도마가 즉시 받아쳤다.

"아저씨는 아무 가치도 없어. 죽으면 충격을 주는 건 역시 애새끼지. 방송사들은 애새끼가 죽었을 때만 시끌벅적 난리를 치잖아."

"하지만……, 하지만 누구도 죽일 생각은 아니잖아?"

쓰카사는 매달리는 기분으로 말했다.

"너 아까 '무엇보다 난 무적의 미성년자잖아. 뭘 어쩌든 사형은 안 당해'라고 말했지. 하지만 안타깝게도 넌 열다섯 살이야. 열네 살 이상이니까 고의로……, 그러니까 일부러 남을 다치게 하면 죄를 묻는 나이라고. 이렇게 큰 사건을 저질렀으니 징역 10년 이상도 나올 수 있어. 인생에서 제일 좋은 시기를 감옥에 갇혀서 낭비하고 싶지는 않겠지?"

대학생 때 들었던 어슴푸레한 강의 내용을 쓰카사는 필사적으로 끄집어냈다.

"그리고 미성년자라도 사형당하는 경우가 있어. 지금까지 수많은 미성년자가 사형 판결을 받았고, 2017년에는 소년범으로 수감됐던 사형수가 교수형을 당했지. 무슨 말인지 알겠어? 로프로 목을 매달아서 죽인 거야. 사형당했을 당시, 그는 아직 40대였어."

쓰카사는 의도적으로 진실과 허풍을 섞었다.

과거에 여러 미성년자가 사형 판결을 받았다는 건 진실이다. 하지만 1950년 이후로 사형 판결을 받은 미성년자 중에 18세 이하는 없다. 전국적으로 화제가 됐던 히카리시 모자 살해 사건[12]으로 사형 판결을 받은 소년범도 18세하고 1개월이었다. 설령 도마가 이 자리에서 누군가를 죽이더라도 15세인 그가 사형당할 가능성은 거의 없으리라.

하지만 도마는 쓰카사의 말을 듣고 생각에 잠겼다.

그러다 게이타로를 힐끗 보았다. 이어서 어깨 너머로 인질들을 살폈다.

"……안 죽이면 되잖아."

상당히 의기소침해진 목소리였다. 쓰카사는 더욱 밀어붙였다.

"아니, 그것만으로는 부족해. 중요한 고비마다 경찰의 심증을 좋은 방향으로 이끌어야 해."

"고비……? 뭐야 그게. 심증은 또 뭐고."

도마가 노려보길래 쓰카사는 허둥지둥 표현을 바꿔서 말했다.

"아, 그러니까 요컨대 '이 녀석은 나쁜 놈이다'라고 경찰한테 찍히면 큰일 난다는 뜻."

"흥. 그럼 이미 늦었네."

도마가 자조하듯 웃었다.

"난 이미 짭새한테 단단히 찍혔으니까."

---

12 1999년에 야마구치현 히카리시에서 23세 주부와 11개월 아기가 살해당한 사건.

"아직 늦지 않았어. 최악의 사태는 피할 수 있다고."

쓰카사는 힘껏 호소했다.

"근본부터 나쁜 사람은 아니라는 걸 보여주는 게 중요해. 몇 번이나 말한 것 같은데, 평생 여기 틀어박혀 있을 수는 없어. 나간 후의 일도 생각해야지."

쓰카사는 필사적으로 설득하면서 머리 한구석으로 고민했다.

'한 명 더 풀어준다면 고코나와 렌토 중 누굴 내보내야 하지?'

가장 어린 건 렌토다. 하지만 정신적으로 약한 아이는 고코나다. 그러나 메아 때도 그런 생각으로 렌토를 뒤로 미뤘다. 이번에는 어떻게 해야 할까.

"……사내놈은 안 돼."

그런 쓰카사의 마음을 꿰뚫어 본 것처럼 마지못한 표정으로 도마가 말했다.

그리고 오른손을 들어 고코나를 똑바로 가리켰다.

"이쪽 계집애로 해. 계속 훌쩍거려서 시끄럽고 짜증 나니까."

"그, 그래."

쓰카사는 마음이 놓였다. 그리고 그 사실에 경악했다.

맙소사. 도마가 선택해 줘서 안도했다. 고코냐 렌토냐. 두 가지 선택지 중 답을 골라준 도마에게 잠시나마 고마움

마저 느꼈다.

　자기혐오가 밀려왔다. 하지만 그런 생각을 지워버리듯 도마가 다시 말을 꺼냈다.

　"잠깐만, 아저씨. 내가 순순히 시키는 대로 하면서 짭새들의 비위나 맞춰줄 것 같아? 아무리 짜증 나는 애새끼라도 사람 한 명을 콜라 같은 거랑 교환할 수는 없지. 이쪽에서도 조건을 하나 걸겠다고 말해."

　"조건? 뭔데?"

　쓰카사는 신중하게 물었다.

　도마가 칼날로 환풍기를 가리켰다.

　"아까 총을 쐈을 때, 저기 선풍기 같은 기계에 짭새가 들러붙어 있는 걸 동영상으로 봤어. 그놈의 제복 이 부분에 화려한 부대 마크가 달려 있더라고."

　그러면서 다른 손 엄지손가락으로 자기 어깨를 가리켰다.

　아마도 SIT의 부대 마크이리라.

　"아까 게이와도 이야기했는데, 그 부대 마크를 달고 있는 놈들이 거슬려. 짭새와 다른 제복을 입은 것도 그렇고, 분명 골치 아픈 놈들이겠지. ······따라서 이쪽 요구는 콜라, 고기, 빅맥용 빵, 그리고 부대 마크를 단 놈들을 돌려보내는 거야. 그 조건을 받아들인다면 계집애 하나를 풀어줄게."

　"뭐······."

　쓰카사는 아연실색한 표정으로 도마를 바라보았다.

"자, 빨리 짭새한테 말해, 아저씨."

도마가 희미한 웃음을 띤 채 재촉했다.

쓰카사는 경찰 조직에 대해 해박하지 않다. 그러나 SIT가 특수 훈련을 받은 정예 부대라는 사실 정도는 안다.

'내 입으로 그 부대를 철수시키라고 말해야 하는 건가.'

"싫으면 됐고."

도마가 실실 웃었다.

"그럼 계집애는 여기서 못 나가. 햄버거도 필요 없어. 콜라는 좀 아깝지만. 뭐, 소고기덮밥이랑 주스로 참을게."

"자, 잠깐만."

쓰카사는 입을 열었다.

"엉?"

"기다려. 경찰에 전달할게. 전달할 테니까 잠깐만 기다려 줘."

쓰카사는 카운터에 엎어놓은 스마트폰을 귀에 댔다.

도마의 새로운 요구 사항을 간결하게 전달했다.

전화 저편에서 이쿠야가 누군가와 상담하는 것 같았다. 당연하리라. 이쿠야 혼자서 결정할 수 있는 일이 아니다. 쓰카사는 스마트폰을 귀에 대고 기다렸다.

잠시 후 이쿠야가 응답했다.

─알았어. SIT를 일단 철수시킬게.

굴욕감이 진하게 묻어나는 목소리였다. 이쿠야 개인이 아니라 경찰 전체의 굴욕이었다.

"말해두겠는데 제복을 갈아입혀도 내 눈은 못 속여."

도마가 송곳니를 드러냈다.

"그 새끼들의 면상을 전부 외웠으니까."

허세라는 건 알지만, 지금 도마의 말을 거스를 수 있는 사람은 없었다.

쓰카사는 스마트폰을 내려놓았다.

끈적한 피로가 두 어깨를 무겁게 짓눌렀다. 인질을 한 명 풀어준다는 공을 세웠지만, 패배감만 느껴졌다. 정말로 올바른 선택이었을까? 그렇듯 어두운 의구심마저 솟았다.

그때 나지막한 목소리가 귀에 닿았다.

"……사장님."

와카노였다. 와카노는 벽에 등을 댄 자세로 말했다.

"후타라니……, 걔, 죽었어요?"

쓰카사는 아무 대답도 하지 못했다.

와카노가 말을 이었다.

"저는……, 저는 걔가 마음에 안 들었어요. ……도둑질을 했거든요. 손버릇이 안 좋아서 최악이었죠. 성격도 별로라서 늘 '치사해, 치사해' 하고 생떼만 부렸고요. 솔직히 말해 정말 싫었어요."

혼잣말 같은 말투였다.

"그렇다고 죽길 바란 적은 없었어요. 없어졌을 때는 조금 안심했지만……. 그건 그냥 주변에서 귀찮은 일이 줄어들어서 기뻤을 뿐이지, 딱히…….”

와카노가 입을 다물었다가 목소리를 낮춰서 불쑥 말했다
“……죄송해요. 무슨 말을 해도 이제는 의미 없겠죠.”

렌토가 코를 훌쩍이는 소리가 들렸다.

2

지휘본부와 상의한 후 오사코는 한숨과 함께 말했다.
“SIT를 일단 철수시킨다.”

뭐라고 표현하기 힘든 분위기가 실내에 가득 찼다. 누군가가 벽을 차는 소리가 들렸다.

오사코가 한 손을 흔들었다.

“오해하지 마. 어디까지나 ‘일단’이야. 완전히 퇴각하는 건 아니라고. 최전선에서 빼내서 식당과 매스컴의 눈에 띄지 않는 위치에 대기시킬 거야. 공보실에서 매스컴의 촬영도 엄하게 단속할 거고.”

이쿠야는 오사코의 속내를 이해했다. 예전에 맡았던 사건에서도 실감했는데, 오사코는 말단부터 차근차근 올라온 만큼 태도가 유연한 수사관이다. 체면보다는 실리를 훨씬 중시한다.

인질범이 인질 교환에 응하기로 마음먹는 시점에 이긴 셈이다. 경찰의 체면이니 자존심이니 하는 것에 연연하지 않는다. 사람 목숨은 무엇과도 바꿀 수 없다는 걸 잘 안다.

"하지만 또 인터넷 방송인이 접근할지도 모르잖습니까."

젊은 수사관이 물고 늘어졌다.

"그때는 발견 즉시 현행범으로 체포해야지. 최전선에서 물러나면 SIT는 인질범에게만 집중하지 않아도 되잖아. 접근하는 멍청이를 잡아내는 것 정도야 식은 죽 먹기지. 그리고 마세 도마도 인터넷 방송을 전부 확인할 수 있는 건 아니고 말이야."

말을 마치는 것과 동시에 감색 형체가 전선본부에 들어왔다. 제복으로 몸을 감싼 SIT 반장 야다노였다.

"지휘본부에서 연락받았을지도 모르지만, ……미안해."

오사코는 야다노가 뭐라고 말하기 전에 사과했다.

"아니요."

야다노가 감정을 억제한 목소리로 대답했다.

"일시적인 철수로 아이를 한 명 구할 수 있다면 싸게 먹힌 거죠."

하지만 눈초리는 살짝 굳은 것처럼 보였다. 오사코에게 반감을 품어서가 아니다. 사태를 해결하지 못했다는 울분과 초조함 때문이었다.

"미안해."

오사코가 다시 사과하자 야다노는 고개를 저었다.

"대책 매뉴얼과 적외선 센서를 두고 가겠습니다. 파이버 스코프보다 정밀도는 떨어지지만, 이 센서로 식당 내부의 움직임을 어느 정도는 파악할 수 있겠죠."

오사코는 고개를 끄덕이고 물었다.

"제한 시간은 어느 정도로 보고 있나?"

"최대한 길게 잡아서 앞으로 열 시간."

즉답이었다.

"상황에 따라 다르겠지만 성인이라면 사흘은 버팁니다. 하지만 이번에는 인질이 어린애니까요. 열 시간 이내에 전부 풀려나지 않으면 돌입을 추천합니다."

"알았어. 명심할게."

"한 가지만 더요. 부처님 앞에서 설법하는 꼴입니다만, 협상은 계속해 주십시오."

야다노는 오사코의 눈을 보고 말했다.

"돌입을 강행해 제압하는 건 어디까지나 마지막 수단입니다. 농성 사건이 많은 미국에서도 약 60퍼센트는 범인과 협상해서 해결하죠. 또한 제압에 나서더라도 돌입할 타이밍을 찾으려면 내부 정보를 최대한 끌어내야 합니다. 상대가 총을 소지한 이상, 필연적으로 농성 시간은 길어지겠죠. 부디 초조해하지 마시고 협상을 부탁드립니다. 인질범들과 계속 접촉하세요. 그리고."

야다노는 말을 끊고 오사코에게 얼굴을 들이댔다.

"돌입할 때는 꼭 저희를 복귀시켜 주십시오. 꼭요."
"알았어."
오사코는 야다노를 바라보며 고개를 끄덕였다.

야다노가 전선본부를 떠나고 약 10분 후, 수사관이 오른손을 들었다.
"구보이 세이료의 어머니를 확보했습니다."
노트북으로 지휘본부와 데이터를 주고받던 수사관이었다.
오사코가 고개를 돌렸다.
"어디 있었지?"
"추측했던 대로 새 남자친구와 함께 있었습니다. 현청 소재지에서 노래방 종업원으로 일하는 28세 남성의 연립주택에서 확보했어요. 잠깐만요. 수사관의 스마트폰에 깔린 화상회의 앱을 활용해 피해자의 어머니와 연결하겠습니다."
"그것참 편리하군. 문명의 이기 만세야."
자리에서 일어난 오사코는 노트북 정면에 책상다리로 앉았다.
이쿠야도 재빨리 이동해 오사코 바로 뒤에 자리를 잡았다. 통신을 연결한 수사관이 오사코에게 자리를 양보하고 옆으로 물러났다.
모니터에 여자 얼굴이 떴다.
배경은 밤거리였다. 스마트폰으로 촬영하는 탓인지 떨림

이 심했다.

구보이 세이료의 어머니는 스물아홉 살치고는 나이 들어 보였다. 너무 비쩍 마른 탓인지 목의 힘줄이 몹시 두드러졌다. 늘어진 눈 밑도 그렇고 지저분한 치아도 그렇고, 불규칙적인 생활 습관과 영양 상태가 겉모습에 여실하게 드러났다.

"이봐요. 세이에게 무슨 일 있었다는 거 진짜예요? 진심으로 하는 말이냐고요?"

불안한지 어머니의 목소리가 흔들렸다.

오사코는 그 질문을 흘려넘기고 물었다.

"구보이 씨, 아드님의 얼굴을 마지막으로 보신 건 언제입니까?"

"언제냐니……, 으음, 5일 전이요."

5일, 하고 중얼거리며 이쿠야는 볼 안쪽을 깨물었다.

예상했던 대답이기는 했다. 이 여자는 그날 이후로 출근하지 않았다. 하지만 막상 본인에게 '고작 열 살짜리 아들을 닷새나 방치했다'라는 대답을 들으니 가슴이 먹먹해졌다.

오사코도 같은 심정이었는지 미간의 주름이 깊어졌다.

"동거남은 빚 때문에 달아났다고 들었습니다. 아들이 5일이나 혼자 있는데 걱정되지는 않았습니까?"

"그게, 지금까지는 아무 일도 없었는걸요."

어머니는 우물쭈물하는 목소리로 대답했다.

"우리 애는 착해요. 감자칩만 주면 조용히 게임을 하며 노는 아이라고요. 감자칩을 한 박스 사서 방에 놔두고 나왔어요. 돈도 3천 엔 놔뒀고. 지금까지는 일주일쯤 내버려둬도 괜찮았단 말이에요."

어머니는 몸을 꼬며 "저기, 우리 세이에게 무슨 일이 생긴 거예요?" 하고 다시 물었다.

"아드님이 만약 외박한다면 갈 곳이 있을까요?"

오사코의 얼굴에 점점 짜증이 배어났다.

"최근에 어른 친구가 생겼다는 말은 못 들으셨습니까? 아니, 어른이 아니라도 상관없어요. 새 친구가 생겼다는 이야기는 없었습니까?"

"몰라요, 모른다고요. 대체 무슨 소리를 하는 거예요? 세이는 어디 있어요, 병원? 저기, 우리 애가 그렇게 심하게 다친 거예요?"

"먼저 이쪽 질문에 대답해 주십시오. 최근 소지품에 변화는 없었습니까? 남에게 선물 받은 물건을 가지고 다니지는 않았고요?"

"알 게 뭐야. 누가 그런 걸 일일이 본다고 그래요? 세이는 어디 있느냐고 묻잖아요."

어머니는 발을 동동 구르더니 울음을 터뜨렸다. 손으로 얼굴을 가리지도 않고 어린애처럼 엉엉 울었다. 굵은 눈물과 콧물이 흘러내렸다.

"울지 마!"

마침내 오사코가 고함을 질렀다.

"울 만큼 사랑했다면 왜 방치했나!"

"그야, 그야 괜찮을 줄 알았으니까요."

어머니는 훌쩍거리면서 말했다.

"우리 애는 정말로 착한 애예요. 뭐든지 혼자서 잘 한다고요. 하, 한 달쯤 혼자 집을 본 적도 있어요. 하지만 가끔 보러 가서 돈을 주고 오면 아무 탈 없이 잘 지냈는걸요. 그런데 갑자기 경찰 신세를 질 줄 누가 알겠냐고요."

"한 달이라. 그때도 과자와 돈만 주고 내버려뒀나?"

차분한 말투였지만 오사코의 얼굴에는 혐오감이 역력했다. 더 이상 이 여자에게 물어봐도 소용없겠다고 여기는 눈빛이었다.

"시끄러워, 시끄럽다고. 당신들, 날 멍청하다고 생각하는 거지?"

어머니가 울부짖었다.

"그래, 멍청하다. 초등학교도 제대로 못 다녔다, 어쩔래? 부모가 툭하면 전근해서 네 번이나 전학을 갔으니 어쩔 수 없잖아. 뭐야, 그 눈깔은. 전부 내 잘못이라는 거야? 멍청하게 자란 것도 전부 내 탓이냐고!"

눈물에 젖은 눈이 적개심으로 번쩍번쩍 빛났다.

"나도 남들처럼 고등학교에 가고 싶었어. 예쁜 교복을 입고, 같은 학교에 다니는 남자친구를 사귀고 싶었어. 하지만 형편이 안 되는데 뭐 어쩌라고. 씨발, 너희들은 좋은 학교 나왔다 그거지? 대학교에도 갔을 거야. 그렇다고 깔보는 거냐, 이 개새끼들아!"

여자가 날뛰자 양옆에서 수사관이 붙잡았다.

잡음이 흐른 후 통신이 뚝 끊겼다.

"……이런, 이런."

오사코가 탄식했다.

"내기해도 좋아. 새롭게 발견된 두 피해자의 부모도 저 여자와 비슷한 사람이겠지."

그리고 미간을 문지르며 천천히 고개를 저었다.

"제대로 못 키울 것 같으면 하다못해 입양이라도 보낼 수는 없었을까. 정말 안타깝군. 이 사건을 해결하기까지 대체 몇 번이나 더 이런 심정을 맛봐야 하는 걸까?"

3

쓰카사는 주방에서 간 고기를 치대고 있었다.

요구한 식재료와 콜라, 충전기는 이쿠야가 말한 대로 15분 안에 도착했다.

물품과 고코나를 가게 출입구에서 교환한 건 게이타로였다. 그사이에 도마는 오른손에 권총을, 왼손에는 칼을 쥐고 쓰카사와 인질을 감시했다.

또 다른 요구 사항대로 SIT 같은 부대는 식당 앞에서 자취를 감춘 듯했다.

게이타로는 생선칼 자루를 입에 물고 식재료가 든 비닐봉지를 팔꿈치에 걸었다. 그리고 콜라 박스를 양손으로 질질 끌고 들어왔다.

그것이 약 20분 전의 일이었다.

식재료가 도착하자 쓰카사는 즉시 조리대로 향했다.

도마는 고대하던 콜라가 손에 들어와서 신이 났다. 박스가 도착하자마자 하나 꺼내서 꿀꺽꿀꺽 마시더니 요란하게 트림을 했다.

"아, 역시 이거지. 개똥 같은 주스하고는 비교도 안 돼. 개맛있네."

기름이 번들번들한 뺨을 끌어올리며 웃더니 쓰카사에게 고함을 질렀다.

"어이, 아저씨. 빨리 만들어. 그래도 부엌칼은 못 주니까 알아서 해."

"알았어."

쓰카사는 고개를 끄덕였다.

이 요리라면 주방 가위와 강판으로 충분할 것이다.

SIT를 철수시키라고 경찰에 전달했을 때는 무력감에 짓눌렸다. 하지만 막상 고코나를 넘기고 나니 의외일 만큼 안도감이 찾아왔다.

일단은 메아, 다음으로 고코나. 우여곡절은 있었지만 인질 두 명을 내보냈다.

'이제 와카노와 렌토만 내보내면 돼.'

쓰카사는 냉장고에서 두 종류의 간 소고기를 꺼냈다.

하나는 지방이 많고 꽤 품질이 좋은 고기, 하나는 지방이 없는 살코기였다. 쓰카사는 두 고기를 6대4의 비율로 사발에 넣고 치대기 시작했다.

앞쪽이 없으면 일본인이 선호하는 맛있는 육즙이 나오지 않는다. 뒤쪽이 없으면 햄버거 패티다운 식감이 사라진다.

햄버그가 아니니까 양파, 달걀, 빵가루는 넣지 않는다. 소금을 뿌리면 자연스레 찰기가 생기므로, 그 점도만으로 치대서 모양을 잡는다. 후추는 풍미만 나도록 살짝 뿌렸다.

패티가 준비되자 양상추와 녹는 유형의 슬라이스치즈를 냉장고에서 꺼냈다. 다음으로 치킨 너겟용 닭가슴살을 손질했다.

요청한 대로 거칠게 다진 닭가슴살이었다. 냉동육이 아니라 나름대로 질 좋은 고기였다. 역시 사발에 넣고 달걀, 마요네즈, 향신료, 소금, 후추 등과 버무렸다.

감자는 막대 모양이 아니라 강판에 갈아서 얇은 칩 모양으로 만들었다. 키친타월로 습기를 제거하고 지퍼백에 넣었다. 박력분, 전분 가루, 소금, 후추, 조미료를 넣고 지퍼백을 흔들었다.

어른 중에는 조미료를 싫어하는 사람도 있지만, 아이들은 대부분 이 맛을 좋아한다. 쓰카사는 지나치지만 않으면 된다는 생각으로 사용한다.

다음으로 프라이팬을 불에 올리려 했을 때였다.

"……게, 게이타로?"

밖에서 확성기 특유의 갈라진 목소리가 들렸다.

"게이타로, 저어, 나야. 아빠야. ……너, 진짜로 안에 있는 거야? 네가 이렇게 어마어마한 짓을……. 정말이야?"

중년 남자의 심약한 목소리였다. 쓰카사는 반사적으로 게이타로를 보았다.

하지만 쓰카사가 뭐라고 묻기 전에 도마가 입을 열었다.

"뭐야? 너희 아빠?"

잠시 뜸을 들이다 게이타로가 고개를 끄덕했다.

아버지의 목소리가 이어졌다.

"게이타로, 뭐가 마음에 안 드는지는 모르겠지만 밖으로 나와. 너한테 이런 짓은 안 어울려. 저기, 우리가 멍청하긴 해도 분수를 모를 정도는 아니잖아. 주제를 아는 게 우리의 좋은 점 아니냐……."

쓰카사는 예전에 게이타로에게 아버지가 어떤 사람인지 다소 들었다. 알코올의존증이고, 절도 등의 전과가 있다고 했다. 전부 큰 죄는 아니었지만 합쳐서 5년 가까이 교도소에 있었다고 한다.

아버지가 부르는 소리를 듣고 게이타로는 벌게진 얼굴을 푹 숙였다.

"나오라니까, 게이타로. ……저기, 그거지. 도마인가 하는 그 나쁜 놈이 또 꼬드긴 거지? 그러니까 그딴 놈과 어울리지 말라고 내가 몇 번을 말했냐……."

"시끄러워, 꼰대."

도마가 말을 내뱉었다.

"네놈이 못생긴 돼지 같은 년과 실컷 재미 보는 사이에 게이를 먹여 살린 건 바로 나야. 나쁜 놈? 아들이 신세를 많이 졌다고 인사를 해도 모자랄 판에. 나가 뒈져라, 대머리 새끼야."

쓰카사는 욕설을 퍼붓는 도마 너머로 게이타로를 바라보았다.

아버지가 불러도 마음이 움직인 낌새는 없었다. 오히려 아버지를 부끄러워하는 기색이었다. 굳은 뺨과 꽉 깨문 입술에 평소에는 찾아볼 수 없던 분노와 짜증이 깃들었다.

"사장님."

게이타로가 딱딱한 목소리로 말했다.

"죄송하지만 아빠를 돌려보내라고 경찰에 말해주시겠어요? 아빠가 있으면 오히려 여기서 나가기 더 싫어진다고요……."

"알았어."

쓰카사는 스마트폰에 손을 뻗었다.

카운터 너머에서 도마가 고소하다는 듯 웃었다.

급조한 짝퉁 빅맥, 치킨 너겟, 감자칩의 완성도는 기대 이상이었다. 무엇보다 만들자마자 내어줄 수 있어서 요리인으로서 기뻤다.

"다 못 먹을 만큼 많으니까 저기 두 사람도 먹게 해줘."

쓰카사는 와카노와 렌토를 가리키며 말했다.

"음, 뭐, 알았어."

도마는 선선히 승낙했다. 정확하게 말하면 햄버거에 정신이 팔려서 인질에 신경 쓸 여유가 없는 듯했다.

도마는 짝퉁 빅맥을 크게 한 입 베어 먹고 외쳤다.

"우와, 맛있다."

아무 가식 없이 진심 어린 목소리였다.

"뭐야, 요리 실력 끝내주네, 아저씨."

"그래? 고마워."

그만 쓴웃음이 나왔다. 야키소바보다 호평이었다. 본의 아니게도 서서히 기쁨이 솟아 올랐다.

도마의 식사 방법은 역시 빈말로도 깔끔하다고 할 수는 없었다. 하지만 더할 나위 없이 맛있게 먹었다.

도마가 입을 벌릴 때마다 큼지막한 햄버거가 4분의 1쯤 입속으로 사라졌다. 씹어서 삼키고 콜라를 마신다. 만족스러운 듯 눈을 가늘게 뜨고 트림한다. 치킨 너겟을 소스에 푹 찍어서 입에 넣는다.

그 옆에서 게이타로도 햄버거를 하나 먹어 치웠다. 그리고 바닥에 꿇어앉아 와카노와 렌토 순서로 햄버거를 먹여주었다.

렌토는 고마워하는 눈빛이었다.

하지만 와카노는 달랐다. 아까 도마가 어머니를 비웃은 후로 와카노는 마음을 닫았다. 도마뿐만 아니라 게이타로에게까지 적개심을 드러냈다.

얼굴에 드러내지 마. 쓰카사는 그렇게 충고하고 싶었다.

이 같은 비상사태에서 고작 열다섯 살 먹은 소녀에게 감정을 억제하라고 강요하는 건 잔혹한 짓이다. 하지만 지금은 이렇게 바라는 수밖에 없었다. 부탁이니 억눌러. 널 위해서야. 반감을 품는 건 무리도 아니지만 표정에는 너무 드러내지 마.

막 새벽 3시가 지났다.

쓰카사도 햄버거를 하나 먹었다.

자화자찬이지만 맛있었다. 갓 구워낸 패티는 뜨끈한 육즙이 풍부했고, 소스도 간이 잘 맞았다.

감자칩은 바삭하게 튀겨졌다. 치킨 너겟에 곁들인 바비큐 소스도 어렴풋한 기억에 의존한 것치고는 맛을 잘 재현했다. 물론 백 퍼센트 똑같지는 않지만 금방 만들어서 따끈한 요리의 매력과 출출함이라는 양념이 모든 것을 능가했다.

정신없이 먹고 나자 문득 정적이 찾아왔다.

텔레비전에서 흘러나오는 소리만 들렸다. 몸과 마음이 피폐해져서 그런지 배경 음악으로조차 느껴지지 않았다. 기묘하게 만족감이 감도는 정적이었다.

몇 분 지나지 않아 렌토가 꾸벅꾸벅 졸기 시작했다.

뒤따르듯 와카노도 눈을 감았다. 졸리지는 않은 듯했지만 렌토의 어깨에 머리를 살짝 기댔다.

"……게이. 넌 자지 마."

도마가 작은 목소리로 말했다.

"응."

게이타로가 대답했다.

"걱정하지 마. 밤새는 건 익숙하니까 하룻밤 정도는 안 자도 돼. ……아무래도 힘들 것 같으면 교대로 자자."

"헷. 나야 뭐, 끄떡없지."

도마는 강한 척했지만 눈꺼풀은 아주 무거워 보였다. 당연하다고 쓰카사는 생각했다. 짝퉁 빅맥을 한 번에 네 개나 먹었으니 식곤증이 찾아올 만도 하다.

"도마. ……나, 잠 좀 깨우게 이거 봐도 돼?"

게이타로가 서재의 만화책을 가리켰다. 도마가 뭔가 말하기 전에 게이타로는 서둘러 덧붙였다.

"오해하지 마. 나도 한자는 읽을 줄 몰라."

그리고 만화를 한 권 뽑더니 적당한 페이지를 펼쳐서 보여주었다.

"하지만 만화는 이렇게 한자에 독음을 달아놨거든. 그래서 나 같은 얼간이도 알아보는 거야."

"홋, 그렇구나."

도마가 웃었다.

"그럼 그렇지. 넌 나보다 멍청하니까."

아주 기뻐하는 말투였다. 스스로를 몹시 낮추는 게이타로의 말에 만족한 눈치였다. 아니면 배가 불러서 너그러워졌을 뿐일까.

"맞아, 멍청하지. 그런데……, 난 멍청한 게 부끄러워."

게이타로가 나지막이 말했다.

"실은 학교에 가고 싶어. 그런데 아빠가 보내주지 않는 데다 어디서부터 다시 시작하면 될지도 모르겠어. 학교에서 한자를 배워서 책을 술술 읽을 줄 알았다면……, 늘 그런 생각을 해."

억양은 없지만 진지한 말투였다.

그 말을 듣고 있으니 쓰카사는 문득 옛날 친구가 떠올랐다. 책을 좋아했던 여자애. 돌아가신 어머니의 책을 빌린 후 어딘가로 가버린 어린 시절 친구.

공부를 열심히 하는 아이였다. 시험 성적이 늘 최상위권인 모범생이었다. "빨리 어른이 되고 싶어. 죽어라 공부해서 혼자 살아갈 수 있을 만큼 어엿한 어른이 되고 싶어" 하고 입버릇처럼 말했다.

"킥."

도마가 비웃음을 흘렸다.

"이 새끼, 진짜 돌대가리네. ……책을 읽을 줄 알면 뭐 하냐? 우리가 밑바닥에서 기는 건 변함없는데."

4

"오사코 과장 대리님."

수사관이 달려 들어왔다.

"인질 중 한 명인 쓰루이 와카노의 어머니가 전선본부 근처에 오셨습니다."

"뭐? 여관 안주인이 안 보내준다면서?"

반문한 후 오사코는 벽시계를 올려다보았다.

"아아, 이제 접객원도 쉬는 시간인가. 근무 시간이 끝났나 보군."

"아니요. '지센'의 안주인이 직접 택시에 태워서 데려왔답니다."

의외 아니냐는 듯이 수사관이 어깨를 으쓱했다.

"지금 밑에서 대기 중입니다. 한밤중인데도 안주인은 머리를 틀어 올리고 고급 비단 기모노를 차려입었습니다. 매스컴 사람들에게 교태까지 부리고 있어요."

"과연, 장삿속이 발동했다는 건가."

오사코가 쓴웃음을 지었다.

"이번 농성 사건은 전국에 생중계되지. '인질의 어머니를 붙잡아놓고 일을 시킨 악독한 여관 안주인'이라고 주간지에서 비판하면 접객업을 하는 입장에서는 타격이 커. 지배인이 귀띔한 건가."

이쿠야는 '지센' 지배인의 쭈글쭈글한 얼굴을 떠올렸다.

그러고 보니 그도 '야기라 식당'의 단골이다. 안주인에게 의견을 강하게 타진할 만한 남자는 아니지만, 그 나름대로 아이들을 걱정했을 가능성도 없지는 않다.

"좋아. 그럼 전선본부로 모셔와."

오사코가 턱짓을 했다.

"야다노의 조언대로 협상은 계속한다. 하지만 확성기로 호소하는 건 잘 안 먹히는 듯해. 적외선 센서도 우리가 사용하기에는 버겁고 말이야……. 쓰루이 와카노의 어머니에게는 그걸로 직접 이야기를 시키도록 하자."

그러면서 쓰카사와 연결된 상태인 스마트폰을 가리켰다.

전선본부에 '지센'의 안주인, 안주인의 동거남, 쓰루이 와카노의 어머니가 들어오자 실내가 단숨에 비좁아졌다.

안주인 센가와 이토코는 동백기름 냄새를 풀풀 풍겼다.

60대라지만 50대 초반으로밖에 보이지 않았다. 풍만한 체구를 여름 기모노로 감싸고 얇은 기모노 띠를 단단히 맸다. 아이라인을 진하게 그린 눈은 함초롬하면서도 요염함을 자아냈다.

"어머나, 일하시는데 방해해서 죄송해요. 이렇게 엄청난 일이 벌어지다니. 우리 직원의 아이는 제 아이나 마찬가지죠. 정말로 가슴이 아프네요……."

마음에도 없는 말을 술술 늘어놓는 이토코 뒤에는 그녀의 동거남이라는 네기 다쓰야가 찰싹 붙어 있었다.

안주인의 차림새와는 대조적으로 옷깃이 늘어지고 후줄근한 운동복 차림이었다. 열다섯 살이나 연상인 여자에게 귀여움을 받는 만큼 외모는 나쁘지 않았지만, 면도를 안 했는지 코부터 아래가 지저분한 수염에 덮여 있었다.

"자, 가즈요. 여러분께 인사해."

이토코가 와카노 어머니를 앞으로 떠밀었다.

접객원용 기모노를 벗은 쓰루이 가즈요는 수척한 몸에 비해 너무 헐렁한 티셔츠 차림이었다. 사람을 정면에서 바라보지 못하는 성격인지 눈빛이 불안하게 흔들렸다.

"고코나와 메아의 엄마는 병원으로 보냈어요. 우리 지배인이 바래다줬으니 걱정하지 마세요."

이토코가 들으라는 듯 목소리를 높였다.

"경찰 여러분, 도로코베 온천 거리의 치안을 위해 밤늦은 시간까지 애써주셔서 감사합니다. 사건이 해결되고 나면 '지센'에서도 답례할게요. 순미대음양주13 특등품을 50병……, 으로는 모자라려나."

"아니요, 아니요, 충분합니다."

오사코는 쓴웃음을 지었다. 물론 답례라고 해도 말만 그렇다. 공무원, 그것도 경찰관이 술 선물을 받을 리 없다.

한편 동거남은 구경꾼 근성을 숨기려 하지 않고 실내를 어슬렁거렸다. 컴퓨터로 작업하는 수사관 뒤로 돌아가서 모니터 화면을 들여다보거나 프린터에서 출력된 종이의 내용을 멋대로 읽어서 수사관들에게 눈총을 받았다.

"쓰루이 씨, 이쪽으로."

오사코가 자기 바로 옆에 앉으라고 가즈요에게 손짓했다.

가즈요는 무릎을 바닥에 짚은 채 슬금슬금 다가가서 울먹이는 목소리로 말했다.

"저, 저희 딸은 무사한가요?"

"네. 사장과 전화 연결된 상태입니다. 무사해요."

"다행이다."

가즈요는 안도의 한숨을 내쉬고 치뜬 눈으로 물었다.

"저기, 가게에 게이 짱도 있다는 거……, 진짜인가요?"

---

13 다른 첨가물 없이 절반 이상 깎아낸 쌀과 물, 누룩만으로 저온에서 발효시켜 만든, 최고 등급의 일본주.

"와타나베 게이타로를 아십니까?"

오사코의 말투가 살짝 바뀌었다.

"네. 잘 알죠. 상냥하고 착한 아이예요."

"그럼 와타나베 게이타로 말고도 도로코베에 사는 아이들을 잘 아십니까?"

가즈요가 고개를 젓고 손으로 뺨을 눌렀다.

"잘 안다고 할 정도는······. 저희 딸은 여자애지만 골목대장 같은 면이 있거든요. 일이 바빠서 부모 노릇을 제대로 못 하니까 하다못해 교우 관계 정도는 파악해야겠다 싶어서······. 그래서 딸과 같이 노는 아이는 대충 알아요."

"그럼 나카라이 후타라는 아이는요?"

오사코는 가즈요에게 시신의 얼굴을 참고해서 만든 초상화를 보여주었다.

"아아, 이 아이요. 알죠. 그래도 딸과 싸운 뒤로는 같이 안 놀게 됐지만요······."

"싸웠다고요?"

"후타 짱이 뭐랄까······, 남의 물건에 손댄 적이 몇 번 있나 보더라고요."

가즈요의 표정이 흐려졌다.

"그래도 본성이 나쁜 아이는 아닐 거예요. 분명 외로웠겠죠. 엄마가 밤에 일해서 낮에는 늘 자니까······. 뭐, 저도 남의 말을 할 입장은 아니지만요."

가즈요가 당황해서 말을 얼버무렸지만 오사코는 개의치 않고 가까이 다가붙었다.

"나카라이 후타의 어머니에 대해서도 아시는군요?"

"네. '러브 에라'에 있던 루루 씨. '지센'에도 자주 드나들었죠. 이른바 그……, 그쪽 일을 하려요."

루루는 후타의 어머니, 나카라이 루나가 업소에서 사용했던 예명이리라. 가즈요가 허락을 구하듯 이토코를 힐끔 보았다. 이토코는 고개를 크게 끄덕이고 말했다.

"'러브 에라'의 루루요? 물론 저도 알죠."

의기양양한 말투였다.

"'러브 에라'는 저희 여관과 계약한 관계니까요. 남자 손님 두세 분이 그런 아이를 방으로 불러 노는 경우가 의외로 많답니다. 부부끼리 묵으러 와서 부르는 경우도 가끔 있고요. 우후후."

오사코는 야릇한 이야기로 빠지는 이토코를 무시하고 가즈요에게 말했다.

"쓰루이 씨. 저희는 나카라이 후타 및 그의 어머니에 대한 정보가 필요합니다. 두 사람에 관해 아시는 바를 전부 말씀해 주십시오."

"네? 그렇게 잘 아는 사이는 아닌데요. 루루 씨와는 대기 시간이 겹치면 몇 마디 나누는 정도였으니까요."

동요한 듯 가즈요는 고개를 내저었다.

"으음……, 그렇지, 어렸을 때 가출했다고 했어요. 그리고 자기는 저희처럼 폭력 남편에게서 도망친 게 아니라 10대 때 부모에게서 도망친 만큼 세상 물정을 잘 아는 편이라고도 했죠."

"어디 출신인지는 못 들으셨습니까?"

"분명 아키타……, 아니지, 아오모리였던가. 즈우즈우 사투리[14]를 빼느라 힘들었다며 웃었으니까 도호쿠 사투리를 쓰는 지역 출신일 거예요."

"아들, 그러니까 나카라이 후타의 아버지에 대해서는 뭔가 말하지 않았습니까?"

"예전에 가게 직원과 속도 위반을 했다는 말밖에 못 들었어요. 열일곱 살에 임신해서 열여덟 살에 후타 짱을 낳았대요."

가즈요는 거기서 말을 끊고 치뜬 눈으로 오사코를 보았다.

"저기, 그럼 후타 짱은 여기서 발견된 거죠?"

"발견됐다니요? 뭔가 아시는 바가 있습니까?"

"루루 씨가 도로코베에서 사라지기 직전에 후타가 없어졌다고 난리를 쳤거든요. 툭하면 집을 나가긴 해도 이틀이나 들어오지 않은 건 처음이라면서요. 경찰에 신고하겠다며 울었죠. 창구에 가서 실종 신고를 해야 한다고도 했는데."

"그건 언제입니까?"

---

14 도호쿠 지방, 특히 내륙부에서 사용하는 사투리의 속칭.

"루루 씨가 캐미솔만 입고 있었으니까 작년 여름쯤이었던 것 같은데요."

"그럼 나카라이 후타의 어머니는 경찰서에 가신 거죠?"

"아……, 글쎄요. 난리를 치기는 했는데 실제로 갔는지까지는……."

"어차피 말만 그랬겠죠."

이토코가 끼어들었다.

"도로코베의 여자는 다들 귀찮은 일도 경찰도 질색하니까. 어머, 죄송해요. 헐뜯을 의도는 아니었어요."

그러면서 소맷자락으로 입을 가리고 교태를 부렸다.

가즈요가 말을 이었다.

"저는 루루 씨가 후타 짱을 찾아서 함께 떠난 줄 알았어요. 루루 씨가 아이를 두고 갈 리 없다는 생각에요. ……하지만 그렇군요. 후타 짱은 이렇게 오랫동안 가출했던 거네요. 어디서 어떻게 먹고살았을까. 요즘 아이는 참 용감하다니까요."

가즈요는 경찰이 나카라이 후타를 찾아내 데리고 있다고 믿는 듯했다.

사고가 마비됐구나, 하고 이쿠야는 생각했다. 만약 경찰이 후타를 무사히 보호하고 있다면, 한창 농성 사건이 진행되는 와중에 전선본부가 가즈요에게 질문할 리 없다.

하지만 자기 딸이 큰 사건에 말려들어서 그런지 가즈요는 사고가 반쯤 멈췄다. 무리도 아니었다. 큰 사건에 직면한 일반인은 드라마에서 그러는 것처럼 금방 울고불고 하지 않는다. 대부분 한동안 얼떨떨해한다.

'그건 나도 마찬가지야.'

이쿠야는 입술을 손으로 문질렀다. 머리 회전이 둔해졌다는 것이 스스로도 느껴졌다. 마음 어딘가가 마비돼서 무의식중에 도피를 꾀하고 있다.

마음속 한구석으로는 친구 쓰카사가 총에 위협받고 있으며, 아는 아이들이 인질로 잡혔다는 사실이 여태 믿기지 않았다.

"나카라이 후타의 어머니는 아들을 사랑했죠?"

오사코가 물었다.

"네."

가즈요는 망설임 없이 대답했다.

"그야 일반적인 부모가 보기엔 모자란 부분도 있었겠죠. 하지만 루루 씨 나름대로 아들을 사랑한 건 확실해요. 입이 험한 사람은 반려동물을 귀여워하는 거랑 비슷하다고 이죽거렸지만요……. 그렇지만 루루 씨 같은 사람에게 그런 말을 하는 건 잔인한 짓이겠죠. 애당초 일반적인 양육이 뭔지 루루 씨는 잘 모르니까요."

"그분의 행방은요? 짐작 가시는 바는 없습니까?"

"없어요. 루루 씨는 아무에게도 말하지 않고 도로코베를 떠났어요. 스마트폰도 해지했는지 연결이 안 되는 상태였고요. 야반도주나 마찬가지였죠."

"새 남자가 생겼다거나, 그런 이야기는?"

"그야 뭐, 늘 남자친구가 있었죠. 그래서 떠났을 때 남자친구가 누구였는지는 기억이 안 나네요."

오사코가 고개를 틀어서 곁에 있던 수사관에게 눈짓했다.

나카라이 루나의 행방을 쫓으라는 지시임을 이쿠야는 알아차렸다. 스마트폰은 원칙상 계약자 본인만 해지할 수 있다. 도로코베를 떠나고 나서 해지했다면 나카라이 루나는 당시 살아 있었던 셈이다. 아들과 함께 하천부지에 묻혔을 리는 없다.

'하지만 뭔가를 알아내는 바람에 달아났을 가능성은 충분해.'

"저기, 와카노와 이야기를 하고 싶은데요."

가즈요가 머뭇머뭇, 하지만 안달 난 기색으로 말했다.

"기가 센 편이지만 와카노는 아직 어린애예요. 어른스러운 척 해도 어딘가 어린 구석이 남아 있어서……. 하다못해 목소리라도 듣고 싶어요."

"알겠습니다. 잠시만 기다려 주십시오."

오사코는 가즈요를 달래고 이쿠야를 보았다. 시선을 받은 이쿠야는 스마트폰에 대고 말했다.

"쓰카사. 야, 들려?"

몇 초 후에 응답이 있었다.

―응, 나야.

"지금 여기에 쓰루이 와카노의 어머님이 와 계셔. 와카노와 통화하고 싶으시다는데. 어때, 가능할까?"

다시 침묵이 흘렀다. 몹시 길게 느껴지는 침묵이었다.

드디어 쓰카사의 목소리가 들렸다.

―허락을 받았어. 스피커폰 모드로 바꿀게. 와카노가 조금 먼 곳에 있어서 잘 안 들릴 수도 있어. 미안해.

잠시 잡음이 이어졌다. 잡음이 끊기자 이쿠야는 가즈요를 돌아보고 신호했다.

"와, 와카노? 와카노, 괜찮니?"

감정이 북받친 듯 가즈요가 스마트폰에 달려들었다.

―엄마.

와카노인 듯한 목소리가 들렸다.

성장했다. 어째선지 이쿠야는 가슴이 찡했다. 그의 기억 속 와카노는 아직 꼬맹이였다. 지금은 목소리만 들어도 어른으로 자라가고 있는 모습이 눈앞에 떠오르는 것 같았다.

"무사하니? 다친 데는 없고? 배는 안 고파?"

―으, 응. 괜찮아. 안 다쳤어. 난 아무렇지도 않아.

말을 더듬으면서도 와카노는 씩씩하게 대답했다.

―그것보다 엄마, 일은? 내일도 일찍 나가야 하잖아. 전화는 어떻게 했어? 거기 어디야? '지센'? 지금 어디에 있는 거야?

"그런 건 신경 쓸 것 없어. 걱정하지 마. '지센' 안주인께서 데려와 주셨어. 지금 식당 바로 앞이야. 엄마는 와카노 곁에 있을게. 그러니 기운 내렴. 와카노가 무사히 나올 때까지 엄마는 여기 있을 거야."

―엄마…….

와카노는 더 이상 말을 잇지 못했다.

가즈요의 뺨에 몇 줄기 눈물이 흘러내렸다.

"게, 게이 짱. 거기 있니? 쓰루이 아줌마야. 알지?"

가즈요는 눈물을 흘리며 호소했다.

"그런 곳에 있지 말고 나오렴. 아줌마는 게이 짱이 원래 상냥하고 착한 아이라는 걸 알아. 다만 이것저것 실수했을 뿐이야. 하지만 괜찮아. 게이 짱은 아직 어리니까 한두 번 길을 잘못 들었어도 얼마든지 다시 시작할 수 있어. 와카노를 싫어하는 건 아니지? 싫어해서 지금 그렇게 된 건 아니잖아? 알아. 아줌마는 다 알아. ……그, 그러니까 부탁할게. 와카노랑 렌토와 함께 거기서 나오렴."

―죄송합니다.

소년의 작은 목소리가 들렸다.

와카노보다 목소리가 가까웠다. 와타나베 게이타로라는 걸 이쿠야는 알아차렸다.

안타깝게도 이쿠야는 게이타로를 모른다. 그가 언제부터 '야기라 식당'의 단골이었는지도 모른다. 그러나 말투만 들어봐도 그의 됨됨이를 알 것 같았다.

"게이 짱."

가즈요가 소리쳤다.

―죄송해요.

게이타로가 떨리는 목소리로 말했다.

―죄송해요. 와카노 짱에게도 렌토에게도 정말 미안하고요. 저는 둘 다 싫어하지 않아요. 다치게 하고 싶지도 않고요. 하지만 이제 어쩔 수 없어요. 돌이킬 수 없다고요.

"아니야, 게이 짱. 어쩔 수 없기는, 절대 그렇지 않아."

―죄송해요, 아주머니, 정말 죄송해요. 참 잘 해주셨는데 제가 은혜를 갚기는커녕…….

"야."

도마의 목소리가 끼어들었다.

"그쯤에서 끝내. 별 시답지도 않은 소리를 기분 더럽게 나불거리기는. 기분이 너무 더러워서 토할 것 같아. 아저씨, 전화 끊어버리기 전에 스피커 모드 꺼."

전화 저편에서 서둘러 스마트폰 설정을 바꾸는 기척이 느껴졌다.

잡음이 사라졌다. 스피커폰 모드에서 일반 통화로 바꿨는지 침묵이 아주 깔끔하게 느껴졌다.

잠시 후 쓰카사의 목소리가 들렸다.

―……미안해.

"아니야."

이쿠야는 자신도 모르게 반박하듯 대답했다.

"네 탓이 아니잖아. 사과할 것 없어. 와타나베 게이타로와 마세 도마의 됨됨이도 전선본부에 충분히 전해졌어. 통화할 수 있었던 것만 해도 큰 수확이었어. 고마워."

수사관의 재촉에 가즈요는 건물 밖에 있는 천막으로 물러갔다.

이토코와 동거남도 전선본부에서 나가달라는 요청을 받았다. 아직 구경을 덜 했는지 동거남은 어린아이처럼 입을 삐죽 내밀었지만, 마지못해 물러갔다.

그들이 떠나고 15분 후, 전선본부에 새로운 연락이 들어왔다.

"오사코 과장 대리님. 마세 도마의 아버지 같은 남자가 목격됐습니다."

"뭐라고?"

오사코가 몸을 엉거주춤 일으켰다.

"어디 있었는데?"

"그게……, 매스컴 차량을 들락거렸다고 합니다."

대답하는 수사관의 눈에서 초조함이 엿보였다.

"방송국 미니밴에서 나와서 인터넷 방송국 직원으로 추정되는 사람과 이야기를 나눴다나……."

오사코의 얼굴이 일그러졌다. 이쿠야도 무거운 한숨을 삼켰다.

'한참을 눈에 안 띈다 싶더니 약아 빠진 짓을.'

"만약 정말로 마세 도마의 아버지라면 사례금을 목적으로 직접 매스컴과 접촉했을 가능성이 큽니다. 저 식당에서 농성을 벌이는 게 누구와 누구인지 도로코베 주민이라면 다들 알 테니까요."

수사관이 탄식하듯 말했다.

"정말이지 아비고 자식이고 예상보다 훨씬 악질이네요."

5

도마의 허락을 받고 쓰카사는 사용한 조리 도구와 프라이팬을 설거지했다.

"기름에 전 냄새는 맡기 싫으니까" 하고 도마는 딱히 이의를 제기하지 않았다.

물소리가 잠시 식당 안을 채웠다.

어머니와 잠시 통화한 와카노는 빨개진 눈으로 뺨을 실룩거렸다. 얼핏 봐도 터져나오려는 울음을 꾹 참는다는 걸 알 수 있었다.

렌토는 고개를 푹 숙인 채 옴짝달싹도 하지 않았다.

쓰카사는 남은 식재료를 냉장고에 넣고 기름을 처리했다.

프라이팬과 튀김용 냄비를 설거지한 후 수도꼭지를 잠그자 텔레비전 소리가 묘하게 크게 느껴졌다.

계속 틀어놓은 NHK 뉴스다. 카메라는 거의 움직임이 없었다. 여전히 맞은편 도로에서 촬영한 '야기라 식당'의 현관이 비치고 있었다.

"헤헤. 이거, 시청률 얼마나 나오려나."

도마가 우쭐거리는 표정으로 말했다.

"20퍼센트쯤? 9시 드라마를 넘어서면 어쩌지, 응?"

고작 20퍼센트를 예상하는 걸 보고 시대가 변했다고 쓰카사는 멍하니 생각했다.

쓰카사가 어렸을 때와 달리 요즘 아이들은 동영상, 게임, 인터넷 생방송, SNS 등 관심사가 많다. 쓰카사가 초등학생 때 홍백가합전[15]의 시청률이 50퍼센트를 넘었다고 해도 도마는 분명 믿지 않으리라.

"......처음부터 쭉 보는 사람도 있으려나."

게이타로가 한숨을 섞어 말했다.

"지금 시간대에는 보는 사람이 별로 없더라도, 7시쯤 되면 다들 일어나서 텔레비전을 틀겠지. 채널을 돌리다가 보는 사람이 많으면 좋겠네."

쓰카사는 무심코 게이타로를 바라보았다.

---

15 NHK에서 매년 12월 31일에 방송되는 남녀 대항 가요 프로그램.

의외였다. 내향적인 아이인 줄 알았는데 남들만큼은 자기 과시욕이 있는 모양이다. 와카노의 어머니와 통화했을 때는 충혈됐던 흰자위도 이제 하얗게 돌아왔다.

"어이."

도마가 말했다.

"안 들려?"

십수 초쯤 쓰카사는 그게 자기를 부르는 소리임을 알아차리지 못했다.

"아저씨, 대답해."

도마가 다시 재촉했다.

"어, 응, 왜?"

쓰카사는 그제야 허둥지둥 고개를 돌렸다. 쓰카사와 도마는 어느 틈엔가 카운터를 사이에 두고 마주한 상태였다. 도마는 의자에 앉았고, 쓰카사는 주방 선반에 기대어 서 있었다.

어째선지 도마가 관찰하듯 쓰카사를 빤히 쳐다보았다.

쓰카사는 경계하며 "……왜?" 하고 다시 물었다.

도마가 눈을 돌리지 않고 말했다.

"아저씨는 왜 애새끼들한테 밥을 주는 거야?"

"응?"

"게이에게 들었어. 설거지나 청소를 하면 애새끼들한테 공짜로 밥을 주는 가게라고. 왜 그런 짓을 하는 건데? 당신한테는 아무 이득도 없잖아. 그렇게 너저분한 꼬락서니와는 달리, 설마 부자야?"

"아아, 아니야. 돈은 없어."

당황스러웠지만 쓰카사는 고개를 저었다.

"돈은 없지만……, 아이들이 배고파하면 뭔가 해주고 싶잖아. 그게 인정이라는 거지. 난 인간이니까."

"인간."

뭐가 우스운지 도마가 풋, 하고 웃음을 터뜨렸다. 잠시 웃고 나서 고개를 들었다.

"아저씨, 자식이 있어?"

"아니, 없어. 결혼도 안 했는걸."

"그래선가. 여유롭네."

도마는 이해했다는 듯 고개를 끄덕이고 말했다.

"자기 자식이 생기면 남의 자식은 어떻게 되든 상관 안 할걸?"

"아니야. 이 식당의 예전 사장이자 우리 아버지는 아들인 내가 있는데도 아이들에게 밥을 줬어. 어린이 식당은 내가 시작한 게 아니라 아버지가 시작한 거야. 뭐, 그 시절엔 '어린이 식당'이라는 이름도 없었지만."

"헷, 그것참……."

도마는 비웃으려다가 말을 멈췄다. 적당한 표현이 생각나지 않는 듯했다.

흐름상 '별종'이나 '괴짜'와 어감이 가까운 말을 던지고 싶었던 것이리라. 하지만 결국 "멍청하잖아" 하고 중얼거리는 것에 그쳤다.

"그래. 나도 아버지도 멍청해."

쓰카사는 수긍했다.

"돈 한 푼도 안 되는 짓만 하지."

잠시 아무도 말이 없었다.

텔레비전 속 아나운서조차 "움직임은 없습니다. ……교착 상태가 계속되고 있습니다……" 하고 마이크에다 중얼거릴 뿐이었다.

갑자기 도마가 숨을 내쉬었다.

"난 이 가게에 온 적 없어."

"그러게."

쓰카사는 동의했다.

"내가 대학을 졸업하고 가게로 돌아온 건 8년 전이야. 내가 알기로 그때부터 널 가게에서 본 적은 한 번도 없어. 아버지에게도 왔었다는 말은 못 들었고."

어째선지 도마는 다시 입을 다물었다.

뭐라고 형용하기 힘든 침묵이 흐른 후, 도마가 우물쭈물 말을 꺼냈다.

"만약……, 이건 만약인데."

낯간지럽다는 듯이 입가를 일그러뜨렸다.

"만약 내가 왔더라도 아저씨는 다른 애새끼들하고 똑같

이 밥을 줬을까?"

"물론이지."

쓰카사는 딱 잘라 말했다.

"누가 오든 평등해. '아이는 무슨 메뉴든 백 엔. 일해서 지불한다면 설거지는 돈가스 덮밥. 가게 앞 청소는 오야코 덮밥. 손님이 먹은 그릇을 치우고 테이블 닦기는 계란 덮밥'. 절대 변하지 않는 규칙이야."

"흥."

글쎄 어떨까, 하고 도마는 코웃음쳤다.

"엄마가 없어진 후로 난 배가 너무 고팠어. 시설에 들어간 적도 있었지. 밥은 제때 나왔지만 고짬인가 뭔가 하는 놈들이 설쳐대서 성질 나는 곳이었지. 직원 놈들도 거만하니 태도가 별로였고."

고짬은 고참을 가리키는 것이리라고 쓰카사는 짐작했다. 시설에 들어온 지 오래된 아이를 그렇게 부르는 것이리라. 옛날부터 있던 아이는 고참, 새로 들어온 아이는 신참이라고.

"시설에는 얼마나 있었어?"

"오래 있지는 않았어. 짧게 몇 번 들락거렸지. 왠지 모르지만 공무원 놈들이 점점 집에 찾아오질 않더라고. 그래서 시설에도 더는 안 갔어."

"공무원이라면 아상? 복지과?"

"처음에는 아상이었지."

고참이라는 말은 몰라도 아동상담소의 약칭인 '아상'은 바로 통했다. 지역 특성이 그렇다. 아상. 보호사. 민생위원. 가정법원 조사관. 그런 말이 아이들 사이에서 오가는 곳이 도로코베라는 동네다.

"우리 엄마는 결혼하기 전까지 보건 간호사? 뭐, 그런 일을 했대."

도마는 보건 간호사라는 단어를 외국어처럼 발음했다.

"노인네를 상대하는 무슨 센터에서 아버지의 아버지를 담당했어. 엄마는 학교를 졸업하고 보건 간호사가 된 지 얼마 안 된 처지라 물러빠졌던 거겠지. 그래서 집에 왔을 때 아버지가 강제로 해버렸다나. 그 결과 엄마 배가 커져서 태어난 게 나라는 말씀."

도마는 히죽 웃음을 지었다.

"아버지는 툭하면 그때 일을 지껄여. 기분 더럽다니까. 부모가 재미 본 이야기는 하나도 안 궁금한데. 하지만 내가 싫어하는 게 재미있는지 끈질기게 지껄여대. 진짜 개 같다니까."

도마는 새 콜라 뚜껑을 열고 쭉 들이켰다.

"뭐, 아버지는 대가리가 이상하니까. 내 앞에서 여자랑 하는 것도 좋아해. 엄마는 싫어했는데 말이야. 애가 보는 앞에서는 그러지 말라고 엄마가 악을 쓰며 저항하면, 그 인간이 엄마를 때려눕히고 코피가 줄줄 흐르는데도 억지로 했어. 그 인간은 그래야 서거든. 지금 여자는 별로 안 때리지만. 돈줄인데 얼굴에 상처가 생기면 큰일이니까."

쓰카사는 뭐라고 맞장구를 치기가 망설여졌다.

"힘들었겠네"라느니 "너무하네"라느니 하는 말은 아무 의미도 없을 것 같았다.

도마는 반쯤 혼잣말하듯 말을 이었다.

"엄마는 날 데리고 여러 번 도망쳤어. 외갓집, 친척 집, 친구 집. 하지만 그럴 때마다 아버지한테 들켜서 끌려왔지. 가정폭력 피해자 보호시설이라고 하나? 그런 곳에 간 적도 있었어. 하지만 우리랑 비슷한 인간들이 워낙 많아야지. 자리가 빌 때까지 기다리라고 담당자가 그러더라. 순 등신이라니까. 기다릴 수 있을 정도면 도망을 안 쳤지. 다들 날 보고 바보니 멍청이니 지껄이지만, 관공서에는 더 멍청한 인간들이 득시글거려."

"그래서……, 어떻게 됐는데?"

쓰카사는 물었다.

"뭐?"

"너랑 너희 엄마는 어떻게 됐느냐고."

"뻔하잖아. 기다리다가 아버지한테 붙잡혀서 끌려갔지. 어째선지 엄마는 날 낳은 후로 자꾸 유산했어. 아기가 배 속에서 잘 안 자란다나. 뭐, 동생이 생기지 않은 건 행운이야. 나 같은 애새끼가 늘어나도 좋을 거 하나 없잖아."

도마는 콜라 페트병을 손안에서 빙글빙글 돌렸다.

"엄마는 아기가 생기지 않도록 하는 수술을 받고 싶어 했어. 하지만 아버지는 허락하지 않았지. 돈도 대주지 않았고. 그 인간, 매번 안에 싸. 애새끼는 싫어하면서 왜 피임을 안 하는지 몰라. 역시 아버지는 대가리가 이상해."

그러면서 도마는 어깨를 으쓱하더니 쓰카사에게 쓴웃음을 지었다.

"그런 면상으로 보지 마. 그래도 엄마가 있었을 때는 훨씬 나았어. 이러니저러니 해도 밥은 먹었고, 학교에도 갔었으니까. 학교는 재미없고 주변에는 병신들뿐이었지만, 급식이 나와서 좋았지. 맵지 않은 카레나 튀긴 빵, 닭튀김……. 그리고 소풍도 갔었고. 운동회도 했었지. 난 달리기를 꽤 잘했어, 헤헤."

도마는 쑥스러운 듯 웃었다.

티 묻지 않은 소년의 얼굴이었다. 실제 나이인 열다섯 살보다 훨씬 어려 보였다.

"아버지도 엄마 같은 여자를 또 붙잡으면 좋을 텐데, 여자 보는 눈이 없다니까. 평범한 여자는 질렸다고 시부렁거리면서 스트리퍼나 유흥업소 여자밖에 안 데려와. 뭐, 제대로 된 여자가 아버지 같은 인간을 상대할 리 없긴 하지. 엄마처럼 억지로 당해서 배가 불러오지 않고서야, 헷."

씁쓸한 말투로 내뱉듯이 말했다.

"스트리퍼라도 상관없지만, 좀 더 멀쩡한 여자를 고르면 좋겠어. 아버지가 고른 여자는 내 팬티에 손을 쑤셔 넣거나, 핥으라고 강요하는 년들뿐이야. 그것만은 정말로 질색이라니까."

"뭐?"

쓰카사는 무심코 끼어들었다.

그건 아동상담소가 나서야 할 안건이다. 완전히 아동학대다.

성인 남성이 여자애를 성적으로 학대하는 사례가 압도적으로 많지만, 성인 여성이 남자애를 성적으로 학대하는 사례도 드물지는 않다. 양쪽 다 똑같이 긴급한 보호가 필요한 안건이라 할 수 있다.

'어렴풋이 눈치채기는 했지만 역시 도마의 가정환경은 열악하군.'

자식의 눈앞에서 어머니를 강간하는 아버지. 일상적인 폭력. 육체적으로는 물론 정신적, 경제적으로도 자행된 학대.

도마의 어머니가 왜 사라졌는지 쓰카사는 모른다. 도마는 가게의 단골이 아니고, 그의 성장 내력에 대해 들어본 적도 없다. 죽은 걸까, 아니면 실종된 걸까. 아무튼 어머니를 잃은 후로 도마가 방임된 건 확실하다. 그는 제대로 못 먹고, 학교에도 가지 못하고, 아버지의 동거녀에게 성적 학대를 당하며 자랐다.

'똑바로 자라지 못하는 것도 당연하지.'

쓰카사는 속으로 중얼거렸다. 그런데 그런 마음을 꿰뚫어본 것처럼 카운터 너머에서 목소리가 날아들었다.

"……흥. 뭐야, 그게. 웃기네. 쳇, 엄마바라기라고 우리를 비웃었지만 너도 충분히 엄마바라기잖아. 아까 엄마따위 없어도 살 수 있다고 했던가? 흥, 순 거짓말이었네."

와카노였다. 소녀는 밉살스럽다는 듯이 얼굴을 일그러뜨렸다.

"너도 우리랑 똑같아. 엄마만 찾는 어리광쟁이라고. 아까 나한테 화풀이하지 말라고 했지만, 너야말로 사방에 화풀이만 해대는 못난 인간이야. 나한테 설교할 자격 없어."

"시끄러워, 이 쌍년아!"

도마가 으르댔다.

"어디서 건방지게 나불거려? 아아, 씨발. 이래서 여자는 싫어. 툭하면 시끄럽게 꽥꽥 떠든다니까. 뭐야, 그 목소리. 열받게 만들지 마. 이 못생긴 년아."

도마는 벌겋게 달아오른 얼굴로 악을 썼다. 감정을 순식간에 '분노'로 전환했는지 아까까지 온화했던 말투가 백팔십도 달라졌다.

'와카노가 언급한 내용보다 목소리에 반응한 건가?'

쓰카사는 깨달았다.

어쩌면 도마는 감각 과민증인지도 모른다.

소리, 빛, 촉감 등에 너무 민감해서 일상생활에 지장을 초래하는 체질을 가리키는 말이다. 발달장애를 겪는 아동에게 많다고도 하며, 그들의 힘겨운 삶과 밀접한 관련이 있다.

'도마는 소리에 민감한 것 아닐까.'

특히 여자애 특유의 높은 목소리에.

돌이켜보면 도마는 내내 메아와 고코나의 울음소리를 시끄러워했다.

감각 과민은 주변 어른들이 알아차리기 힘들다. 아이는 어휘력이 빈약하므로 뭐가 불쾌하고 어째서 견딜 수 없는지 설명하지 못한다. 그 결과 '참을성이 부족한 아이'라고 오해받으며 자라는 사례가 많다.

일단 꼬리표가 붙으면 설명할 말을 배울 기회는 더 줄어든다. 설명할 방법이 없는 아이는 소리치고, 울고, 짜증을 내서 호소하는 수밖에 없다. 그리고 그 모습을 보며 어른은 재확인한다. 아아, 역시 이 아이는 구제 불능이라고. 난폭하고 다루기 힘든 문제아라고.

'아니, 잠깐만. 동정하지 마.'

쓰카사는 머릿속 생각을 떨쳐냈다. 도마에게 공감해서는 안 된다. 큰일 난다.

이성으로는 그렇게 생각했지만 마음속 양팔 저울은 급속도로 기울어졌다.

제5장 화근

1

시계의 짧은 바늘이 아라비아 숫자 '5'를 가리켰다. 날이 밝아오고 있었다. 하늘 끄트머리가 희붐해졌고, 방에 옅은 빛이 비쳐 들었다.

전선본부에 모인 수사관 대부분이 교대 없이 밤을 지새웠다. 모두 흙탕물같이 진한 커피를 마시고, 침침한 눈에 안약을 넣으며 버텼다.

다행히 이쿠야는 아직 잠이 오지 않았다.

하지만 무슨 계기로 긴장의 끈이 툭 끊긴다면. 그런 생각만 해도 무서웠다. 피로와 수마가 한꺼번에 밀려올 것만 같았다. 언제까지 긴장을 유지할 수 있을지 이쿠야 본인도 스스로를 믿을 수가 없었다.

오사코는 눈을 감고 책상다리 자세로 벽에 기대 있었다.

수사관 한 명이 조심스레 불렀다.

"오사코 과장 대리님. 지휘본부에서 연락 왔습니다."

오사코가 바로 눈을 뜨고 몸을 내밀었다.

"전선의 오사코야. 무슨 일이지?"

─지휘본부의 가지모토입니다.

부주임 가지모토였다.

─일이 좀 골치 아프게 됐네요. 경찰청에서 간섭이 들어올 것 같습니다.

"경찰청에서? 왜?"

─마세 도마의 요구에 따라 SIT를 철수시킨 게 불만이었나 봅니다. 장관관방[16]의 총무과장이 '이러면 경찰 체면이 깎인다'고 불평했고, 경비과장이 '그럼 인근 현에서 SAT를 불러오는 게 어떻겠느냐'고 장단을 맞춘 것 같은데…….

"미치겠네."

오사코는 못마땅한 표정을 지었다.

장관관방의 총무과는 서무 전반을 총괄하는 부서로, 공보 업무도 그들의 업무 중 하나다. 즉, 체면 운운은 텔레비전을 비롯한 매스컴에 어떻게 비치느냐를 가리킨다.

"이쪽은 SIT를 완전히 철수시킨 게 아니야. 어디까지나 최전선에서 일시적으로 후퇴시켰을 뿐이라고. 그리고 지금

---

16 경찰청의 부국 중 하나로 인사, 예산, 기획 등 경찰청의 핵심적인 총괄 업무를 담당한다.

SAT를 투입했다간 현장이 혼란에 빠져. 나가쿠테초 사건의 전철을 밟고 싶은 건가."

나가쿠테초 사건이란 '나가쿠테초 농성 발포 사건'을 가리킨다. 2007년에 아이치현에서 발생한 농성 사건이다.

사건이 발생했다는 보고가 올라오자 상층부는 재빨리 SAT와 SIT 두 부대를 파견하기로 결정했다. 하지만 함께 훈련한 경험이 없어서 서로 손발이 맞지 않은 데다, '어느쪽을 중심으로 움직이고 어느쪽이 지원할지'를 결정하는 데만 다섯 시간 반이나 걸렸다.

1분 1초가 목숨을 좌우하는 농성 사건에서 하루의 약 4분의 1을 낭비한 셈이다. 이 늑장 대처가 범인의 심기를 건드렸는지, 사건은 SAT 창설 이래 처음으로 순직자가 발생하는 씁쓸한 결과로 마무리됐다.

―저도 SAT 투입은 잘못된 대처라고 생각합니다. 현재 현경 본부장님이 경찰청과 담판하고 계십니다만······.

평소 냉정한 가지모토의 목소리에서도 울분이 묻어났다.

"본부장님이 애쓰시는 수밖에 없겠군. 이쪽도 물어볼 게 있는데."

―말씀하시죠.

"마세 도마의 아버지 말이야. 놈이 어느 방송국과 손을 잡았는지 알아냈나?"

―공보실에서 각 방송국에 연락했지만 아직입니다. 최근

에는 하청업체에 제작을 맡기는 사례가 많다는군요. 하청업체는 보도 윤리와 언론 규범을 제대로 배우지 않아서 아무렇지도 않게 관행을 무시하고요. 안 그래도 인질범이 미성년자라 이목이 집중되는 사건이잖습니까. 친아버지의 인터뷰 영상은 어마어마한 특종이겠죠. 하나 제대로 건질 때까지 매스컴이 마세 도마의 아버지를 숨길 가능성이 큽니다.

"빌어먹을. 진짜 이놈이고 저놈이고."

오사코가 욕을 퍼부었다.

이쿠야도 혀를 차고 싶은 기분이었다. 산 넘어 산의 연속이다. 교대 요원이 없어서 쉬지 못하는 탓에 몸과 정신이 더욱 피폐해졌다.

문이 열리고 수사관 몇 명이 들어왔다. 그중에 시바의 얼굴도 보였다. 성큼성큼 걸어오는 시바도 철야팀이었던 모양이다.

이쿠야는 옆에 앉은 시바에게 종이컵을 내밀었다.

"고마워."

시바는 짤막하게 인사하고 텁텁하니 진한 커피를 마셨다.

전기포트는 '노미야 시계점'에서 빌렸다. 무선 충전기도 그렇고, 하나부터 열까지 도움만 받고 있다.

"백골의 신원은 어때? 밝혀질 것 같나?"

오사코가 시바에게 물었다.

―시신의 손상이 심해서 난항을 겪고 있습니다. 과수연이

두개골을 3D스캐너로 촬영하고 프로그램에 돌려서 얼굴 복원을 시도하는 중입니다. 그리고 팔뼈 등에 자연 치유된 흔적이 몇 군데 발견됐다는군요. 뼈가 휘어진 상태로 붙은 걸 보면 일상적으로 학대를 받았을 가능성이 농후합니다.

"그래? 뭐, 의외는 아니로군."

오사코는 음, 하고 잠시 생각한 후 말했다.

"성별이라도 알 수 없나? 입고 있던 옷으로는 판단이 안 돼?"

—하의는 남녀 공용 데님바지였습니다. 하지만 상의에 프린트된 캐릭터가 뭔지 알아냈습니다. 여아용 애니메이션 「마법사 메리 & 베티」입니다.

이쿠야가 어깨를 움찔했지만 오사코는 눈치채지 못하고 거듭 물었다.

"그럼 피해자는 여자애인가?"

—꼭 그렇다고 단정할 수는 없습니다. 운동복 상의는 하늘색이고, 남자애도 무난하게 입을 수 있는 디자인이었습니다. 물려받았을 가능성도 적지 않고요.

"아아, 맞아. 아이들 옷은 그러기도 하지, 참."

오사코가 머리를 긁적였다.

"옛날에 우리 아들한테도 옷이 금방 더러워진다는 이유로 딸애의 하늘하늘한 옷을 입혔어. 귀엽긴 귀여웠지만 이런 경우는 문제로군."

곁에 놔둔 스마트폰에서 목소리가 들렸다.

―이쿠야.

쓰카사였다. 속삭이는 듯한 말투였다.

"왜?"

―도마가 졸기 시작했어.

"마세 도마만?"

무의식적으로 이쿠야도 목소리를 낮췄다.

"와타나베 게이타로는?"

―깨어 있어. 이쪽을 보고 있지만 통화하지 말라고 제지할 낌새는 없고. 아무래도 봐줄 모양이야.

그렇게 말하는 쓰카사의 목소리도 흐리멍덩하니 탁했다. 아무래도 졸린 듯했다. 주방 바닥에 주저앉아 있는 쓰카사의 모습이 이쿠야의 머릿속에 떠올랐다.

―이쿠야, 방심했다간 나까지 잠들 것 같아. ……대화 상대 좀 해줄래? 무리한 부탁일까?

"아니."

이쿠야는 대답하면서 오사코를 힐끗 보았다. 오사코가 고개를 살짝 끄덕였다.

"무리는 무슨. 말해."

―미안해

쓰카사의 목소리가 희미하게 울려서 스피커폰 모드로 바뀌었다는 것을 깨달았다.

―백골 시체 쪽은 어떻게 됐어? 누구인지 알아냈어?

"아니, 아직이야."

―그렇구나…….

"시기는 대충 좁혔지만. 20년쯤 전에 살해당한 것 같아."

―몇 살쯤 된 애야

"다른 피해자들 또래겠지. 즉, 열 살 전후."

―20년 전에 열 살 전후라면……, 살아 있으면 우리 정도인가.

"응. 하지만 안면이 있는 아이는 아닐 수도 있어. 너도 알다시피 도로코베는 들어오거나 떠나는 사람이 많잖아. 덧붙여 그 무렵에는 지금보다 아이들도 많았고. 우리가 알고 지냈던 건 학교에서 얼굴을 보는 아이나 소문난 문제아 정도였어."

대답하면서 이쿠야는 나카라이 후타를 떠올렸다.

도벽이 있었다는 피해자다. 아이러니하게도 도벽 덕분에 경찰관에게 얼굴이 알려져서 신원이 빨리 파악됐다.

"약 20년 전에 실종된 아이라는 정보만으로는 신원을 알아내기가 힘들어. 취학 기록과 주민표도 도움은 안 될 테고. 믿을 거라곤 치과 기록뿐인데 그 진료 차트도 남아 있을지는……."

―그럼 '가나자와 내과의원'에 문의해 보면 어때?

쓰카사가 생각났다는 듯이 말했다.

―거기는 옛날부터 영업하던 동네 병원이라 전자화의 물결이 피해 간 곳이잖아. 선대 원장님 시절부터 지금까지 진료 차트를 전부 뒤쪽 창고에 보관해. 보험증 없이도 아이들을 진찰해 주고, 진료비를 달아놔도 되니까 온천 거리의 엄마들에게 인기야.

"그건 그렇지만……. 아무리 '가나자와'의 원장님이라도 20년 전에 진찰한 아이를 전부 기억하지는 못할 거야. 다행히 기억하더라도 확인할 수 있는 특징은 뼈와 치아뿐이고. 그렇다면 역시 치과 기록밖에……."

―스가초의 '하야카와 치과'는 어때?

쓰카사가 제안했다.

―기억 안 나? 우리가 초등학생 때 '하야카와'의 젊은 선생님이 학교에 정기적으로 치과 검진을 하러 왔잖아. 그 무렵에 막 치과 의사가 돼서 의욕이 넘쳤었지. 만약 피해자가 띄엄띄엄하게라도 학교에 왔다면 치과 검진을 받았을지도 몰라.

"그런가, ……그렇겠군."

이쿠야는 고개를 끄덕였다. 바로 지금까지 학교 치과 검진은 머릿속에 떠오르지조차 않았다.

옆에서 통화 내용을 듣고 있던 시바가 메모장에 '하야카와 치과, 초등학교, 치과 검진'이라고 적는 모습이 시야 가장자리로 보였다.

시바가 메모지를 찢어서 오사코에게 건넸다. 오사코가 뭔가 덧붙여 적은 후 다른 수사관에게 넘겼다. 수사관 한 명이 소리도 없이 방에서 나갔다.

―20년 전이라.

쓰카사가 멍하니 말했다.

―20년 전에 없어진 아이라……. 일가족이 야반도주하거나, 어머니가 데리고 떠난 아이라면 짚이는 구석이 꽤 많은데 말이야. 실종 신고는 안 들어온 거지?

"물론이지. 만약 신고했었다면 금방 정보를 얻었을 거야."

이쿠야는 장담하듯 말했다.

―그렇겠지.

쓰카사가 중얼거리듯이 말한 후 목소리를 낮췄다.

―이번에 한 명. 묻혀 있던 아이가 두 명. 그리고 세 아이의 부모 모두 자식이 사라졌는데도 경찰에 신고하지 않았다……. 범인이 미리 조사해서 그런 아이만 노렸더라도 일이 너무 잘 풀렸는데.

"응? 무슨 소리를 하고 싶은 거야?"

이쿠야는 물었다.

―그게, 확실히 도로코베에는 허물 있는 부모들 천지야. 그들은 귀찮은 일을 꺼리고, 경찰을 피하지. 아이를 낳고 싶지 않았다는 둥 없어져서 속이 시원하다는 둥 대놓고 말하는 부모도 수두룩해. 밥도 제대로 먹이지 않고 샌드백 삼아

폭력을 일삼는 부모도 널렸지. 하지만.

쓰카사는 말을 잠깐 끊었다가 다시 입을 열었다.

―그런 한편으로 자식을 끔찍이 사랑하는 부모도 존재해. 와카노와 렌토의 어머니가 좋은 예지. 여관 접객원뿐만이 아니야. 유흥업소에서 일하는 사람 중에도 있어. 유키가 그중 하나야.

"유키? 그건 누군데?"

―아아, 넌 모르겠구나. 최근에 우리 가게에 자주 오는 유흥업소 도우미야. 일주일에 서너 번은 우리 가게에서 점심을 먹는데, 그때마다 아이들이 먹을 음식을 꼭 사서 돌아가지. 아이들만 식당에 보낸 적은 한 번도 없어. 아이 밥을 챙기는 건 부모 책임 아니냐고 하더라.

"훌륭한 말씀인걸."

―당연하다면 당연한 소리지만……. 도로코베에서 들으면 명언이지.

쓰카사가 나지막하게 웃고 말을 이었다.

―초등학교 1학년 때 같은 반이었던 우라베, 기억해?

"우라베?"

―두꺼운 안경을 끼고 여름에도 긴소매를 입고 다녔던 녀석 있잖아. 왜, 마라톤 대회 날에 코스를 착각해서 혼자 길을 잃었던…….

"아아."

이쿠야는 웃음을 터뜨렸다.

"그런 녀석이 있었지."

웃으면서 역시 쓰카사는 기억력이 좋다고 생각했다. 옛날부터 이 녀석은 뭘 하든 나보다 더 잘했다. 공부도, 운동도. 여자애한테도 인기가 더 많았다.

'그래. 리리코 짱도 쓰카사를 좋아했던 여자애 중 한 명이었어.'

이쿠야의 마음도 모르고 쓰카사가 계속 말했다.

—우라베 어머니가 과자를 몇 번 주셨잖아.

"아. ……그런 것 같네."

—난 생생히 기억나. 과자를 주실 때 꼭 '우리 애랑 놀아줘서 고맙구나. 정말 고마워' 하고 말씀하셨지. 우라베 어머니는 모텔 카운터 직원과 청소부로 일하셨어. 폭력을 행사하는 남편에게서 우라베를 데리고 도망치신 거야. 우라베가 두꺼운 안경을 낀 것도 그 인간 탓이었어. 아빠한테 맞아서 한쪽 눈만 시력이 안 좋아졌다고 우라베가 늘 그랬거든.

쓰카사는 반쯤 혼잣말하는 투로 이야기했다.

—우라베 어머니도, 유키도, 만약 자기 아이가 사라지면 반쯤 미쳐 날뛸걸? 도로코베에는 자식이 어디 있든 신경 쓰지 않는 부모가 아주 많아. 하지만 전부 다 그렇지는 않지. 이 동네에서 태어난 우리는 그걸 피부로 느끼며 자랐어. 그렇지?

"……맞아."

이쿠야는 동의했다.

'나카라이 후타의 어머니도 분명 그중 한 명이었을 거야.'

세상의 일반적인 관점에서 보면 좋은 어머니였다고 할 수 없으리라. 그래도 아들이 실종되자 당황해서 울고불며 실종 신고를 하겠다고 난리를 쳤다. 자식을 휴지 조각처럼 아무렇지도 않게 내버리는 여자는 아니었다.

"그럼 경찰에 신고하지 않도록 범인이 무슨 수를 썼다는 거야?"

―모르겠어.

쓰카사가 대답했다.

―모르겠지만 이해도 되지 않아. 그뿐이야.

"그렇군."

이쿠야는 피로가 쌓여 흐리멍덩한 정신으로 고개를 끄덕였다.

오사코에게 말하려다 말았던 말이 문득 떠올랐다.

'오사코 과장 대리님. 녀석도 저도 그저 아이를 좋아하는 게 아닙니다. 뭐랄까, 이건 일종의, 그렇지.'

'속죄입니다.'

이쿠야는 다시 '리리코 짱'을 떠올리고 입술을 살짝 깨물었다.

2

쓰카사는 주방에 주저앉아 잠든 도마의 얼굴을 스윙도어 틈새로 바라보았다.

도마는 입을 반쯤 벌리고 고개를 푹 떨군 자세로 잠들었다. 한 손에는 버터플라이 나이프, 다른 손에는 권총을 쥐고 있었다.

쓰카사는 도마가 총을 떨어뜨리길 바랐다.

손에서 총이 떨어져도 모를 만큼 푹 잠들어서 깨지 말라고.

떨어뜨리기만 하면 '총을 줍는다'는 돌발 상황이 발생한다. 즉, 빈틈이 생긴다. 총을 빼앗으면 쓰카사에게도 승산은 있을 것이다.

'하지만.'

쓰카사는 도마 옆에 힐끗 시선을 주었다.

게이타로는 도마 바로 옆에 앉아 있었다. 눈을 내리깔았지만 분명 깨어 있었다. 손에 생선칼을 쥔 채로. 잠들 낌새는 보이지 않았다.

'게이타로의 머릿속을 통 읽을 수가 없군.'

게이타로는 폭력적인 아이가 아니다. 지금 이런 상황에서도 쓰카사와 인질을 다치게 하고 싶지는 않을 것이다. 그가 마음을 바꿔 먹고 도마에게서 총을 빼앗는다면 농성은 끝난다. 빼앗았다고 해서 게이타로가 총을 쏘지는 않겠지만, 쓰카사에게 넘겨주면 된다. 총이 쓰카사의 손에 들어오기만 하면…….

'아니, 잠깐만.'

등골이 서늘했다.

'게이타로는 쏘지 않을 거라고?

그럼 나 자신은 쏠 수 있다는 건가.'

쏘겠다고 말로만 위협해봤자 협박에 일가견 있는 도마에게는 통하지 않으리라. 위협에 효과가 있으려면 정말로 쏘려는 마음을 먹어야 한다.

'하지만 상대는 어린애인걸.'

아무리 악평이 자자하더라도 도마는 고작 열다섯 살이다. 게다가 열악한 가정환경 속에서 상처 입으며 자란 소년이다. 과연 그런 그에게 총을 들이대고 조준해서 방아쇠를 당길 수 있을까?

'몇 년이나 아이들에게 밥을 먹여온 내가.'

생각만 해도 손바닥에 땀이 배었다. 그 손으로 주먹을 꽉 쥐었을 때 바닥에 놓아둔 스마트폰에서 목소리가 들렸다.

—……쓰카사? 잠들었어, 쓰카사?

이쿠야였다.

"아니."

쓰카사는 부랴부랴 대답했다.

"깨어 있어. ……미안해. 잠깐 정신이 멍해서."

―아아, 이해해.

힘 빠진 말투였다.

옛날의 이쿠야라고 쓰카사는 생각했다. 적어도 낮에 경찰관으로서 식당을 찾아왔을 때의 그는 아니다. 쓰카사를 친구로 대하던 시절의 목소리였다.

"저기."

쓰카사는 말을 꺼냈다.

"뭔가……, 나한테 화난 거 있어?"

돌아온 것은 침묵이었다. 쓰카사는 말을 이었다.

"이런 상황에 미안해. 하지만 이런 상황이라도 아니면 다시는 못 물어볼 것 같아서. ……네가 가게에 안 온다고 우리 아버지가 걱정하더라. 통화할 때마다 이쿠야랑 화해하라고 잔소리야. 싸운 적 없다고 내가 몇 번이나 말하는데도……."

―그러게.

이쿠야가 대답하는 소리가 들렸다.

―……싸우진 않았지.

"응."

쓰카사는 고개를 끄덕였다.

―내가 일방적으로 거북해할 뿐이야.

이쿠야가 목소리를 낮추었다.

쓰카사는 놀랐다.

"거북하다고? 왜?"

―리, …….

이쿠야는 한순간 말문이 막혔지만 "리리코 짱" 하고 말했다. 그 이름을 목구멍에서 밀어내는 것조차 힘겨워하는 듯 들렸다.

―쓰카사, 사카모토 리리코 짱을 기억해?

"물론이지."

쓰카사는 즉시 답했다. 잊을 리 없는 이름이었다.

"3학년 때 처음으로 같은 반이 됐잖아. 5학년이 돼서 새롭게 반 편성을 할 때도 우리는 운 좋게 반이 갈리지 않고……. 하지만 6학년이 되기 전에 그 아이는 사라졌어."

―크리스마스 전이었지.

"그럴 거야. 첫눈을 본 후였어. 학교 뒤편 공터가 새하얘져서 같이 발자국을 찍으러 간 게 기억나네."

―리리코 짱은 연립주택에 어머니와 단둘이 살았어. …… 지금 생각해 보면 리리코 짱 어머니도 밤에 일을 나갔을 거야. 어머니가 무슨 일을 하는지 리리코 짱은 일절 언급하지 않았지.

"리리코 짱 하면……. 저기, 뜬금없는 이야기 해도 돼?"

쓰카사는 물었다.

―응.

이쿠야가 대답했다.

스피커폰 모드로 설정해 놔서 다른 수사관들도 이 대화를 듣고 있을 것이다. 하지만 신경 쓰이지 않았다. 오히려 들어 줬으면 하는 기분마저 들었다.

"걔가 사라지기 석 달쯤 전이었나. 내가 걔한테 이런 말을 했어. 내 여동생이 되는 건 어떻겠느냐고. 나 대신 우리 식당을 물려받으라고."

무신경했었어.

쓰카사는 쥐어 짜내듯 말했다.

"그때는 어렸어. 무신경하고 배려심이 없었지. 걔가 엄마한테 맞고 산다는 걸 난 알고 있었어. 불에 덴 자국과 칼에 베인 듯한 오래된 흉터가 있다는 걸 알고 있었다고. 그런데 내 여동생이 되라는 소리를 지껄인 거야. 간단히 꺼내도 될 말이 아니었지. 난 정말 바보였어."

'그리고 지금도 여전히 바보다.'

"왜냐하면 난 지금도 마음속 한구석으로 생각하거든. 걔가 이 식당을 물려받아야 한다고. 식당뿐만이 아니라 집이랑 그 서고도. 서고 주인에 어울리는 사람은 내가 아니라 리리코 쨩이었어."

텔레비전 소리와 도마가 코고는 소리만 잠시 울려 퍼졌다.

게이타로는 여전히 잠들지 않았다.

와카노도 마찬가지였다. 렌토도 잠에서 깬 듯 와카노에게 딱 붙어 앉아 있었다.

셋 다 통화 내용에 귀를 기울이고 있었다. 흥미가 있는지 없는지는 모르겠다. 하지만 듣고 있는 기척이 느껴졌다.

잠시 후 이쿠야가 나지막하게 말했다.

―……'난 생명의 물결이라는 게 있다고 생각해'……. 이거, 알겠어?

"아아."

쓰카사는 무심코 한숨을 쉬었다. 무슨 대사냐고 되물을 필요도 없었다.

"물론 알지. 외운 거야?"

―질리도록 많이 읽었으니까. 하기야 안 보고도 말할 수 있는 건 이 대목뿐이지만.

"너도 읽은 줄은 몰랐네."

몰랐어, 하고 쓰카사는 한 번 더 중얼거렸다. 지금까지 리리코 짱을 생각하며 그 책을 읽은 사람은 자기뿐일 줄 알았다. 하지만 그렇지 않았던 모양이다.

『말하는 나무 의자와 두 사람의 이이다』.

리리코 짱이 좋아했던 책인데, 거기에 나오는 구절이다.

―쓰카사도 어떤 내용인지 기억하지?

"당연하지. 우리 식당 서가에도 꽂아놨어."

―그랬지.

이쿠야는 쓴웃음을 지은 후 "환생한 게 아닐까 싶을 만큼 닮은 소녀 두 명이 나오는 이야기지" 하고 말했다.

없어, 없어, 어디에도……, 없어, 하고 소녀를 찾아다니는 의자 이야기. 먼 옛날에 없어진 여자애를 찾는 이야기였다.

'난 생명의 물결이라는 게 있다고 생각해'는 작품 속에 나오는 대사다. 이 대사 뒤에 생명이란 기포 같은 것이고, 사람은 죽으면 모두 긴 시간의 물결 속으로 돌아간다는 내용이 이어진다.

─나도 뜬금없는 이야기를 할게, 쓰카사.

이쿠야가 약간 멍한 목소리로 말을 이었다.

─형사과에 있던 시절의 이야기야. ……3년 전에 리리코 짱과 재회했지.

"뭐라고?"

쓰카사는 깜짝 놀라서 물었다.

이쿠야가 소리 죽여 웃었다.

─안심해. 정신이 이상해진 건 아니야. 어른이 된 리리코 짱과 마주친 것도 아니고. 『말하는 나무 의자와 두 사람의 이이다』야. ……걔랑 분위기가 아주 비슷한 아이를 만났어.

"분위기……."

─풍기는 분위기라고나 할까. 아무튼 리리코 짱을 연상시키는 소녀였어. 나이도 똑같이 열한 살. 리리코 짱과 똑같이 똑똑한 아이였고, 역시 부모에게 학대를 당했지.

이쿠야는 조용한 목소리로 말했다.

─아동학대에 형사적으로 개입하고 대응하는 건 이제 전국적인 현상이야. 이와가키서에서도 늦게나마 그 흐름에 올

라타려고 했어. 그런데 너도 알다시피 이와가키서의 관할 구역에는 도로코베가 있잖아. 처음부터 도로코베에 손을 댔다가는 한도 끝도 없을 거야……. 그래서 우리는 도로코베를 제외한 시가지부터 시작하기로 했어.

"그러다 그 아이를 만났다?"

―응.

"나도 아는 아이야? '야기라 식당'에 온 적은?"

―단언하건대 없어. 걔는 도로코베의 아이가 아니었고, 굶주리지도 않았으니까. 부모는 오히려 건실한 직장인이었지. 그들은 딸을 극단적으로 굶기지도 않았고, 얼굴이나 팔같이 잘 보이는 곳에 상처를 입히지도 않았어. 그런 만큼 악질이었지. ……내 말이 무슨 뜻인지 알지?

"응, 알아."

쓰카사는 목구멍에서 밀어내듯이 대답했다.

"그래서, 어떻게 됐는데?"

―아상과 생활 안전과의 움직임이 둔해서, 관련 시민단체 및 학교와 연대해서 무슨 일이 있으면 언제든지 형사사건으로 다룰 수 있도록 준비를 진행했어. 그런데 걔네 아빠가 고학력자인 만큼 눈치가 빠르고 머리도 잘 돌아가는 녀석이었거든. 감쪽같이 튀어버렸어.

"튀었다고?"

―전근을 신청해서 다른 현으로 이사 갔어.

이쿠야의 목소리는 쓸쓸함으로 가득했다.

쓰카사는 맞장구도 치지 못하고 말없이 다음 이야기를 기다렸다.

아주 긴 침묵이 찾아왔다.

―그로부터 고작 넉 달 후였어.

이쿠야가 드디어 입을 열었다.

―스마트폰으로 인터넷 뉴스를 보다가 걔가 죽었다는 걸 알았지.

헉, 하고 쓰카사는 숨을 삼켰다.

―뉴스 헤드라인에는 '학대로 사망'이라고 적혀 있었어. 난……, 난 그런 다섯 글자만으로 걔의 죽음을 정리하고 싶지 않았지. 하지만 그게 현실이었어. 세상 사람들에게는 학대로 사망, 단지 그뿐인 거야. 그 다섯 글자로 끝나는 거지.

"걔의 부모는……."

쓰카사는 목구멍에 걸린 목소리를 삼키고 다시 물었다.

"부모는 어떻게 됐어?"

―체포됐어. 아이가 죽고서야 겨우 형사사건으로 다룰 수 있었던 셈이야. 아니나 다를까 '훈육하느라 그랬다'라며 변명하더군. 걔는 평소처럼 부모에게 맞았어. 그러다 바닥에 토했지. 아이 아버지는 그 모습을 보고서 '방을 더럽힌 데다 내 돈으로 산 저녁을 낭비했다'라며 딸을 더 때렸고 토사물을 억지로 먹인 후, 욕조 물에 몇 번이나 머리를 짓눌러서

익사시켰어. 그리고 그런 짓을 '훈육의 범주'라고 주장했지.
정적이 흘렀다.

텔레비전 소리도, 도마가 코고는 소리도 더는 쓰카사의 귀에 들어오지 않았다.

고요하니 온 세상이 움직임을 멈춘 것 같은 기분이었다.

―……난, ……난 뭣 때문에 경찰관이 된 걸까 싶더라.

이쿠야의 목소리가 처음으로 떨렸다.

―리리코 짱을……, 리리코 짱 같은 아이를 구하고 싶어서 경찰관이 됐어. 하지만 또 구하지 못했지. 20년이 지나도 똑같아. 난 전혀 변하지 않았어. 변하지 못했지. 난……, 걔를 두 번 잃었어. 내 탓이야. 내가 아무짝에도 쓸모없는 탓이라고.

"아니야."

쓰카사는 끼어들었다.

하지만 다음 말을 꺼낼 수 없었다.

"네 탓이 아니야"가 아니라 반사적으로 "나도 똑같아"라고 말할 뻔했기 때문이다.

나도 똑같다. 아무짝에도 쓸모가 없다.

그래서 지금도 이렇게 주방 바닥에 주저앉아 있을 뿐이다. 도마가 코고는 소리를 그저 듣기만 할 뿐이다. 나는 무력하다. 아이들에게 몇 년쯤 밥을 해 먹였답시고 우쭐해진 얼간이다.

―그날 이후로……. 남에게 수갑을 채울 수 없게 됐어.

이쿠야가 공허한 목소리로 말했다.

―무서웠지. 내게 그럴 권리가 있는지 모르겠더라고. 과연 남을 심판할 수 있는 인간인지 자신이 없어졌어. 생각하면 할수록 무섭고 견딜 수가 없어서……. 이런 정신 상태로는 더 이상 형사과에 머무를 수 없을 것 같았어.

그래서 전보 신청서를 냈다고 이쿠야가 앓는 듯한 목소리로 말했다.

―수사관 생활을 계속할 수가 없었어. 동시에 네 얼굴을 볼 자신이 없었고. 널 볼 때마다 리리코 짱과, 아니, 걔를 구하지 못했던 나 자신과 마주하는 기분이었으니까. 그게, 리리코 짱은 나와 너의…….

이쿠야는 거기서 입을 다물었다.

'녀석도 저도 그저 아이를 좋아하는 게 아닙니다.

뭐랄까, 이건 일종의, 그렇지.'

'속죄입니다.'

쓰카사는 천장을 천천히 올려다보았다.

검댕이 묻고 기름으로 얼룩진 천장을 잠시 바라보았다. 관자놀이에 심장 박동이 느껴졌다. 쿵쿵 맥박친다. 규칙적인 생명의 율동이었다.

그렇다. 우리 사이에는 늘 그 아이가 있었다. 사카모토 리리코 짱. 우리 둘 다 그 아이를 구하고 싶었다. 하지만 아무

것도 해주지 못한 채 잃었다.

―쓰카사.

이쿠야의 목소리가 들렸다.

―듣고 있어, 쓰카사?

"듣고 있어."

―……백골로 발견된 시신은 아직 성별조차 알아내지 못했어. 성인이라면 남녀의 차이가 골반에 나타나지만, 아직 골반이 미발달한 어린애는 그걸로 판단이 안 돼.

"그렇군."

―그리고 검시 결과 시신은 『마법사 메리 & 베티』라는 애니메이션의 캐릭터가 프린트된 운동복을 입고 있었대. 하늘색이고 남자애도 입을 수 있는 디자인이라는군. ……야, 이 운동복 기억 안 나?

쓰카사는 대답하지 않았다. 대답할 필요도 없었다.

그 애니메이션 캐릭터가 프린트된 옷을 입은 리리코 짱을 기억한다. 물려받은 옷이었는데 프린트된 캐릭터는 색깔이 빠져서 많이 흐릿해졌다. "욕실에서 살살 손빨래하는데도 점점 옅어져" 하고 리리코 짱은 한탄했다.

―쓰카사. ……만약 치과 기록으로 판명되면 어쩔 거야?

이쿠야의 목소리는 몹시 어두웠다.

―만약 그 시신이 리리코 짱이라면 어쩔 거냐고?

쓰카사는 역시 아무 대답도 하지 못했다.

3

"슬슬 6시인가. 시간이 빨리 가는 것 같으면서도 더디게 가는군."

오사코가 손목시계를 들여다보고 중얼거렸다.

머리는 기름기로 떡이 됐고 눈에는 빨갛게 핏발이 섰다.

이쿠야는 하품을 꾹 참았다. 졸리지는 않는데도 아까부터 자꾸 하품이 났다.

쓰카사와는 일단 대화를 마무리했다.

10분쯤 전에 '매스컴이 응급환자로 가장해 시립병원에 숨어들었다'라는 보고가 들어온 걸 계기로 "바쁜 모양이니까 다음에 또 이야기하자" 하고 쓰카사가 제안했다.

솔직히 고마웠다. 지금 시립병원에는 다카시나 메아와 하세 고코나가 있다.

몸에는 다쳤다고 할 만한 곳이 없지만 마음의 상처는 이루 헤아릴 수 없이 클 것이다. 매스컴이나 구경꾼의 인정 없는 호기심에 아이들을 노출시키고 싶지 않았다. 무사히 쫓아냈다는 보고를 듣고 싶었다.

'그리고 그 이상은 위험했어.'

만약 그대로 계속 대화를 나누었다면 장소니 상황이니 다 잊고서 눈물지었을지도 모른다.

분명 체감하는 것보다 피곤한 것이다. 옛날이야기가 피폐해진 정신에 아릿할 만큼 깊이 스며들었다.

지휘본부와 통신하던 수사관이 돌아보았다.

"오사코 과장 대리님."

"뭐야? 또 매스컴인가?"

오사코가 귀찮다는 듯이 대꾸했다. 하지만 수사관은 고개를 저었다.

"아닙니다. 나카라이 후타의 어머니, 나카라이 루나를 찾아냈습니다. 현재 후쿠시마 형무소 지소에서 복역 중이라고 합니다."

"뭐라고?"

오사코가 눈을 부릅뜨며 한쪽 무릎을 세우고 앉았다.

"죄목은?"

"각성제 취급법 위반과 절도로 징역 2년 2개월. 7개월 전에 수감됐습니다. 형량을 보니 재범이겠군요."

"아까 그 화상회의 앱인지 뭔가로 본인과 이야기할 수 있나?"

"글쎄요. 본부에 교섭을 요청하겠습니다."

이쿠야는 벽시계를 올려다보았다. 오전 5시 58분.

교도소의 기상 시간은 대개 오전 6시 40분이나 50분일 것이다. 다만 소등 시간이 오후 9시다. 성인은 대부분 일고여덟 시간 자고 나면 자연스레 눈이 떠지니까 나카라이 루나가 이미 일어났을 가능성은 충분했다.

물론 경찰도 보통은 기상 시간 전에 수감자를 억지로 깨우거나 하지 않는다. 그럴 권한도 없다. 하지만 지금은 비상사태다. 1분 1초를 다투는 농성 사건이다.

'그런 와중에 친구와 느긋하게 옛날이야기를 한 셈이로군.'

이쿠야는 피식 웃었다.

머릿속 일부가 아주 예민해졌고, 나머지는 둔감해졌다.

현실감이 빈약했다. 의식의 어느 부분이 의지할 곳 없이 허공을 부유했다.

"오사코 과장 대리님. 교도소장이 특례를 인정했습니다. 교도관의 스마트폰으로 5분만 통신을 시켜주겠다는군요. 연결하겠습니다."

수사관이 말했다. 오사코는 노트북 앞에 자리를 잡았다. 이쿠야와 시바도 자연스레 그 뒤에 앉았다.

화면이 휙 바뀌었다.

모니터 화면 속 나카라이 루나는 몹시 수수한 여자로 보였다. 당연히 화장기는 없었다. 윤기 없이 자랄 대로 자란 머리는 뿌리 쪽 15센티미터쯤만 검고, 나머지는 은백색이 도는 금발이었다. 각성제 상습자가 흔히 그렇듯 눈빛이 무기력하고 탁했다.

"후타? 이봐요, 후타가 어쨌는데요? 걔, 지금까지 어디에 있었어요?"

정보를 끌어내기 위해 시체로 발견됐다는 사실은 아직 알리지 않았다.

"후타가 없어졌을 당시 상황이 궁금한데."

오사코는 질문을 무시하고 말했다.

"후타가 없어진 건 언제야? 당신이 연립주택을 떠나기 조금 전?"

"음……, 응, 맞아요. 하지만 버린 건 아니에요. 실은 두고 가고 싶지 않았다고요. 데려가고 싶었지만, 그, 알잖아요?"

"뭐를?"

"그게, 그러니까."

루나가 자기 머리를 벅벅 긁었다.

"그때 체포당할 것 같았단 말이에요. 새롭게 지낼 집을 찾으려면 몸이 홀가분한 편이 낫잖아요? 후타는 나보다 믿음직스러운 아이고요. 어디로 가출했는지는 모르지만, 상황이 좀 나아지면 데리러 갈 생각이었어요. 버린 게 아니라고요. 정말이에요."

잔뜩 굳었던 루나의 얼굴이 "하지만 다행이네" 하고 풀어졌다.

"경찰이 찾아내서 보호하고 있는 거로군요. 다행이다. 지금은 내 신세가 이렇잖아요. 미안하지만 시설에 좀 맡겨 줘요. 사실 시설은 싫지만. 나도 있어 봐서 아는데, 살 곳이 못 돼요. 그러니 가출하는 편이 낫기는 낫지만, 어디 있는지 알면 나중에 내가 데리러 가기 편하니까."

"후타가 사라졌을 때 경찰에 갔었나?"

거무칙칙한 잇몸을 드러내며 웃는 루나를 보고 오사코가 물었다.

"어? 아, 네. 갔죠. 갔었어요."

루나의 눈빛이 다시 흔들렸다.

"뭐야? 그 경찰관이 나에 대해 뭔가 말했어요? 역시 말했구나. 에이, 그런 말은 믿지 말아요. 지금 이렇게 감방에 들어와 있으니까. 여기서 새출발하겠다고 재판에서도 말했다고요. 그 짭새가 무슨 소리를 했는지 모르지만……."

"진정해."

오사코가 날카로운 목소리로 제지했다. 루나는 입을 딱 다물었다.

"진정해. 당신한테 뭐라고 하려는 게 아니라, 그때 있었던 일을 자세하게 듣고 싶을 뿐이야. 말해봐."

"자세하게라니……. 할 말이 없는데요. 그때 아무것도 안 했으니까. 결국 실종 신고를 하지 않고 그냥 돌아갔어요. 아무것도 안 했다고요."

"아이가 사라져서 찾아달라고 할 작정이었잖아? 그런데 왜 실종 신고를 하지 않고 돌아갔지?"

"왜냐니, 그야 신고하면 일이 귀찮아질 거라고 자꾸 딱딱거렸으니까요."

"누가?"

"그게, 이름은 몰라요. ……경찰서 창구에서 어디로 가면 되느냐고 물어보고, 계단을 올라갔어요. 그러자 거기 그 경찰관이 있길래 아이를 찾아달라고 말했는데……."

"응."

오사코가 부드러운 말투로 재촉했다.

"응. 괜찮아. 듣고 있어. 그래서 어떻게 됐지?"

"그랬더니……, 경찰관이 '우리가 어떻게 하면 좋겠습니까? 그거, 정말로 수사해도 되겠어요?' 그러더라고요."

루나의 목소리가 흔들렸다.

"그 자식이 몇 번이나 그런 식으로 말했어요. '정말로 수사해도 괜찮겠어?' '찾으려고 하면 사건으로 취급해야 해. 정말 사건으로 수사해도 되는 거지?' '아이가 없어지면 부모를 제일 먼저 의심하는 거 알아?' '어디서 일하지? 직장에도 수사하러 갈 테니 사정이 다 드러날 거야. 괜찮겠어?' '당신에 대해서도 조사한다?' '직장에 피해를 주겠네. 이웃 사람에게도 이것저것 물어봐야 할 텐데. 그래도 괜찮은 거지? 정말로 문제없나?' 하고요."

루나가 몸을 부르르 떨었다.

"더, 덜컥 겁이 나더라고요. 약이나 이런저런 문제를 파헤칠까 봐요. 어, 아니요, 지금은 괜찮아요. 지금은 괜찮지만 그때는 했었으니까. 무서워서……, 그래서 일단 도망쳤어요."

"일단이라."

오사코가 한쪽 눈을 오므렸다.

"네, 일단. 체포되지 않도록 일단 몸을 사렸을 뿐이에요. 경찰이 잊어버렸을 무렵에 돌아와서 후타를 찾을 생각이었죠. 정말이에요. 후타가 엄마한테 '버림받았다'라고 했는지도 모르지만, 아니라니까요. 걔도 참, 정말 입만 살았다니까."

날 닮아서 입도 험하고 손버릇도 안 좋아요, 하고 웃는 루나에게서 오사코는 고개를 돌렸다.

노트북을 수사관에게 맡기고 옆으로 물러났다.

오사코가 이쿠야의 귀에 속삭였다.

"이봐, 이 방에 지금 생활안전과 직원이 있나?"

"없습니다."

이쿠야는 재깍 대답했다.

"확실해?"

"생활안전과는 대부분 쓰카모토초의 사건에 동원됐을 겁니다. 지금 여기 있는 직원은 이렇게 말하면 뭣 하지만, 급히 불러들인 직원 말고는 여기저기서 긁어모은 어중이떠중이에 가까울 거예요."

"미요시, 2년 전에는 형사과였지? 그전에는 어디 있었나?"

"파출소에서 근무했습니다."

"호오. 파출소에 배치되고 나서 형사과로 직행이라. 우수하군."

오사코가 눈을 가늘게 떴다. 아니요, 하고 이쿠야가 겸손을 떨기 전에 "생활안전과에 동기는?" 하고 물었다.

"한 명 있습니다."

"어떤 녀석이지? 이름은?"

이쿠야는 이름을 알려주고 나서 "마음씨 고운 녀석이었습니다. 적어도 당시에는요. 하지만 지난 5년쯤 사적으로 만난 적은 없습니다" 하고 조심스럽게 말했다.

오사코가 손짓으로 시바를 불러 뭔가 귓속말했다.

시바는 고개를 살짝 끄덕이고 전선본부에서 나갔다.

노트북 화면에서 루나의 얼굴이 사라지는 걸 확인한 후 오사코는 이쿠야에게 다시 고개를 돌렸다. 그리고 이쿠야에게만 들리도록 아주 작게 말했다.

"……현경 수사1과에서는 데라우치반이 쓰카모토초의 사건에 파견됐어. 데라 씨와 난 서로 숨김없이 불평을 털어놓는 사이지. 요전에도 전화로 이와가키서는 교통과와 지역과는 쓸 만하지만 다른 부서는 엉망이다, 다들 농땡이를 부려서 못 써먹겠다고 투덜거리더군."

이쿠야는 침을 꿀꺽 삼켰다.

지지난달에 쓰카모토초에서 발생한 여성 회사원 살인 사건은 아직 해결될 기미가 보이지 않는다고 들었다. 형사과를 제외하고 수사본부에 동원된 이와가키서 직원은 주로 지역과와 교통과, 생활안전과다.

'그리고 실종 신고를 받는 부서는 생활안전과야.'

가슴속이 술렁거렸다. 겨우 몇십 분 전에 자기가 쓰카사에게 했던 말이 떠올랐다.

'아상과 생활 안전과의 움직임이 둔해서, 관련 시민단체 및 학교와 연대해서 무슨 일이 있으면 언제든지 형사사건으로 다룰 수 있도록 준비를 진행했어.'

그렇다. 그때도 생활안전과는 속이 탈 만큼 움직임이 둔했다. 하지만 섬세한 안건이라 신중해졌을 거라는 상사의 말에 불만을 억눌렀다.

'만약 그런 게 아니었다면?'

게으르고 무능한 직원의 의도적인 농땡이. 즉, 근무 태만이었다면?

등골이 오싹했다.

위팔에 소름이 돋았고 목덜미의 솜털이 거꾸로 섰다.

설마 싶었다. 오해이길 바랐다. 하지만 의혹을 완전히 부정할 수는 없었다.

이쿠야는 경찰 조직의 일원이다. 그렇기에 안다. 경찰에는 결코 적지 않은 숫자의 불량 경찰관이 존재한다. 그리고 과거에 태만에서 비롯된 비위 사안, 즉 불상사가 여러 번 발생했다.

지금도 경찰학교 교양 시간에 반드시 배우고, '영원한 십자가'라고까지 일컬어지는 오케가와 스토커 살인 사건과 도치기 집단 폭행 살인 사건 등이 바로 그것이다.

  오케가와 스토커 살인 사건은 스토킹 피해가 분명히 드러났는데도 관할서가 가족의 호소를 무시하고 수사를 거부했다. 그것도 모자라 고소를 취하하도록 가족에게 압력을 가했고, 피해자의 진술 조서를 뜯어고치기까지 했다. 경찰 측이 가족에게 고소 취하를 요구하고 몇 주일 후, 피해자는 스토커에게 살해당했다.

  도치기 집단 폭행 살인 사건 또한 경찰서를 방문한 가족의 호소를 경찰관이 계속 무시해서 최악의 결과를 초래한 사건이다. 가족은 경찰서 네 군데에 호소했고 현경 본부까지 찾아갔지만, 문전박대나 다름없는 취급을 당했다. 그사이에도 피해자는 가해자 일당에게 끔찍한 집단 폭행을 당했다. 최종적으로 피해자가 살해당한 계기도 경찰서 직원이 전화로 부주의한 발언을 한 탓이었다. 한편 그 직원은 '감봉 1개월'이라는 아주 가벼운 징계에 그쳤다.

  '설마.'

  이쿠야는 손바닥으로 입을 눌렀다.

  확실히 '민사 불개입'을 이유로 이와가키서에서 피해 신고서를 받아들이지 않을 때도 있다.

  이와가키서의 관할 구역에 도로코베가 포함된다는 것도 큰 이유다. 거기서 발생하는 취객의 싸움, 소소한 절도, 풍기 문란 행위 등을 일일이 단속했다가는 한도 끝도 없다.

'한도 끝도 없다. 그래, 그게 모든 직원의 공통적인 인식이었어.'

한도 끝도 없다. 그러니까 어쩔 수 없다.

쭉 그렇게 생각해 왔다. 이쿠야 본인도 예외는 아니었다.

어느 정도 대충 넘어가지 않으면, 어느 정도 묵인하지 않으면 감당할 수 없다. 인력은 유한하다. 일일이 수사하면 그것이야말로 세금 낭비 아닌가.

하지만 그 태만의 끝에 아이들의 죽음이 있었다면.

이쿠야는 입을 누른 채 꼼짝도 하지 못했다.

속이 울렁거리고 시큼한 위액이 목구멍으로 솟구쳤다. 토할 것 같았다.

아까까지 벌컥벌컥 마셔댔던 진한 커피가, 입에 쑤셔 넣듯 먹었던 빵이 위장 속에서 빙글빙글 날뛰었다.

설마, 하고 한 번 더 생각했다.

'설마 그런 행태 때문에 그 아이는 죽은 건가.'

혼자 자기혐오에 빠져서 무기력해지는 정도로 끝날 일이 아니었던 건가. 부서 전체를 통틀어서 훨씬 조직적인 부패가 존재했다는 건가.

이쿠야는 오사코를 올려다보았다.

시선이 정통으로 마주쳤다. 그도 같은 생각이라는 걸 알았다.

입을 막은 손가락 틈새로 목소리를 밀어내려 했을 때였다.

"오사코 과장 대리님! 새로운 정보입니다."

수사관의 목소리가 공기를 갈랐다.

"'가나자와 내과의원'에서 진료 차트를 지휘본부에 팩스로 보냈습니다. 이쪽으로 바로 전달해 달라고 하겠습니다."

"오, 이렇게 이른 시간에 대응해 준 건가. 고맙군."

오사코가 가슴주머니에서 안경을 꺼냈다.

"미요시, 아까 너랑 친구의 대화를 듣고 좋은 생각이 떠올랐었거든. 그 백골 시체에는 학대당해서 골절된 것으로 추정되는 흔적과 뼈가 휘어진 채로 붙은 흔적이 남아 있었잖아? 그래서 '시신에 남은 흔적과 상태가 일치하는 환자를 찾고 싶으니 가나자와 내과의원에 부탁해 달라'라고 메모해서 지휘본부에 요청했지. 최대한 공손하게 부탁해서 22년 전부터 17년 전까지 약 5년간의 진료 차트를 확인하라고 말이야."

말이 끝나기도 전에 수사관이 오사코의 손에 팩스 용지를 쥐여주었다.

오사코가 안경을 끼고 잠시 용지를 훑어보았다.

마음이 급해진 이쿠야는 벌떡 일어서서 오사코 뒤로 돌아갔다. 질책을 두려워할 때가 아니었다. 무례함을 무릅쓰고 용지를 들여다보았다.

진료 차트에는 X선 사진이 첨부돼 있었다. 화상 데이터가 아니라 팩스라서 인쇄된 부분이 여기저기 뭉개졌다. 또한 용지 가장자리에는 원장의 독특한 글씨체로 자잘하게 설명을 적어 놨다.

―감사 인사는 됐음. 늙은이는 아침잠이 없음.

―당시 화상 진료. 밤중에 급환. 한쪽 팔의 가동 범위가 이상해서 X선 촬영. 학대가 의심돼서 신고.

―하지만 그 후로 움직임 없음. 도로코베에는 흔한 일. 비슷한 사례와 함께 전용 선반에 보관.

―뼈가 붙은 흔적이 동일한 것으로 보임. 확정 작업은 그쪽에 맡기겠음.

이쿠야는 진료 차트의 날짜와 이름에 시선을 모았다. 진료일은 지금으로부터 21년 전 8월 9일이었다.

이름은 미타 레온. 당시 만 12세.

"이 한자를 '레'라고 읽나?"

오사코가 고개를 갸웃했다. 옆에 있던 수사관이 설명했다.

"사자자리를 뜻하는 레오에서 따왔겠죠. 이런 식으로 한자를 짜맞춰 이름을 짓는 건 드문 일이 아닙니다."

흠, 그런가, 하고 중얼거린 후 오사코는 팩스 용지를 손등으로 탁 두드렸다.

"좋아. 피해자가 미타 레온이 틀림없는지 최대한 빨리 확인해 봐. 병행해서 미타 레온의 부모도 조사하고. ……너희들은 나이 먹은 티 낸다고 비웃지만, 봐봐. 역시 디지털 정보보다는 아날로그 종이 문화가 믿을 만하다니까."

그러면서 씩 웃었다.

4

이쿠야가 전화로 '미타 레온'이라는 이름을 들려주었다.
―어때? 아는 사람이야?
"아니, 모르는 사람……, 같은데."
쓰카사는 고개를 젓고 말했다.
"21년 전에 만 12세라면 우리보다 두 학년 위네."
당시 쓰카사는 초등학교 4학년. 만약 학교에 다녔다면 미타 레온은 6학년이다. 의무 교육을 받는 시기에 두 살 차이는 크다. 어렸을 적부터 알고 지낸 사이거나 친척이라도 아닌 한 어울릴 일은 거의 없다.

하지만 쓰카사는 가장 중요한 질문을 던지지 못했다.
'그게 백골 시체로 발견된 아이의 이름이야?'
확정된 거야? 그렇다면 사카모토 리리코 짱은 아닌 거지? 그렇게 묻고 싶었지만 묻지 못했다. 이쿠야도 그 점은 분명히 말하지 않았다.
―쓰카사.
잠시 자리를 비웠다가 돌아온 이쿠야의 목소리는 딱딱했다.
―마세 도마는 아직도 자고 있어?
"응."

쓰카사는 스윙도어 틈새로 도마를 살피며 대답했다. 고개를 완전히 푹 숙였다. 코고는 소리가 들렸다. 잠에서 깨어날 낌새는 없어 보였다.

—와타나베 게이타로는 깨어 있는 거지? 총은?

"도마가 오른손에 쥐고 있어. 왼손에는 버터플라이 나이프를 쥐고 있고."

—빼앗을 수는 없을까?

이쿠야가 짤막하게 말했다.

—와타나베 게이타로는 폭력적인 성향이 아니라고 자료에 적혀 있어. 이쪽 주임님 생각으로는 마세 도마와 달리 이야기도 통할 것 같대. 와타나베 게이타로도 농성을 길게 끌고 싶지는 않겠지. 그 녀석이 총을 빼앗게 할 수는 없을까?

쓰카사는 반사적으로 게이타로를 보았다.

쓰카사도 몇 번 총을 빼앗을 생각은 했다.

하지만 그때마다 게이타로의 협력 없이는 불가능하다 싶어 포기했다.

도마는 몇 번이고 게이타로를 '꼴통'이라고 부르며 비웃었고 가끔은 때리기까지 했다. 하지만 게이타로는 반항하려는 기색이 전혀 없었다. 늘 눈을 내리뜨고 있다가 이따금 치뜬 눈으로 도마의 표정을 살필 뿐이다. 비굴한 태도 그 자체였다.

'하지만 도마에게 심취한 건 아니야.'

게이타로는 어디까지나 도마의 폭력에 굴복한 것이라고 쓰카사는 확신했다. 가슴속에는 분명 불만이 소용돌이치고 있다. 겉으로 드러낼 배짱이 없을 뿐이다.

쓰카사는 스마트폰 음량을 줄였다.

게이타로가 귀를 기울이면 들리겠지만, 도마의 잠을 방해하지 않을 정도까지 낮췄다.

'게이타로.'

말없이 부르면서 쓰카사는 카운터 너머로 게이타로를 쳐다보았다.

눈이 딱 마주쳤다. 게이타로의 눈동자가 흔들렸다.

들었다고 쓰카사는 확신했다.

게이타로는 방금 쓰카사가 이쿠야와 나눈 대화를 들었다. 그렇다면 뭘 해야 하는지도 알 것이다.

쓰카사는 시선으로 호소했다. 도마가 오른손에 쥐고 있는 총을 가리키며 입 모양으로 "지금이야" 하고 게이타로를 재촉했다.

게이타로의 입술이 떨렸다. 침착하지 못하게 시선을 왔다 갔다 했다. 총을 봤다가 쓰카사의 얼굴을 보는 동작을 몇 번이고 되풀이했다.

'부탁한다.'

쓰카사는 양손을 모아 비는 시늉을 했다.

게이타로는 약 1분 정도 망설이다가 결국 고개를 저었다.

쓰카사는 무심코 한숨을 내쉬었다. 아이 앞에서 한숨을 쉬는 건 좋지 않다. 실망감을 드러내서는 안 된다. 알고는 있지만 참을 수 없었다.

"안 될 것 같아."

쓰카사는 나지막한 목소리로 이쿠야에게 알렸다.

"게이타로에게는……, 좀 무거운 짐인가 봐."

―그렇군.

이쿠야가 대답했다. 쓰카사와 달리 그 대답에서는 실망감이 느껴지지 않았다. 결과를 예상한 말투였다.

―그럼 주임님의 다음 방안을 전달할게. 도마가 더는 방아쇠를 당기지 못하도록 하기 위한 방안이야.

"방아쇠를 당기지 못하도록 하기 위한 방안?"

쓰카사는 이쿠야의 말을 되뇌었다.

"그런 게 있어?"

―이건 SIT가 남겨두고 간 비공식 매뉴얼에 있는 방법인데.

이쿠야가 설명했다.

―총열이나 포신 안에서 탄환이 터지는 사고를 탄폭이라고 한대. 픽션 등에서는 그냥 폭발이라고 할 때가 많고. 이 탄폭 사고가 발생하는 조건은 한정돼. 예를 들어 포신에 젖은 흙 같은 게 채워진 상태로 쏘면, 발사되지 않고 포탄에 가해진 충격으로 장약이 터지지. 또는 화약이 연소되는 압력을 버티지 못하고 포신이 파열돼.

"무슨 원리인지는 알겠어."

쓰카사는 말했다.

"영화나 드라마에서 범인이 들이댄 총구에 손가락을 쑤셔 넣어서 발포를 저지하는 장면을 몇 번 봤지."

―아니, 그건 허구야. 손가락 정도는 대번에 날아간대. 그리고 탄폭은 소총 등에서 자주 발생하는 현상이야.

"소총……. 그럼 권총은 어떤데?"

―솔직히 말해 압력이 낮은 권총에서는 잘 발생하지 않아. 잘 발생하지 않도록 개량했다고 SIT의 매뉴얼에 적혀 있더군.

이쿠야가 말을 이었다.

―쓰카사, 너희 식당에 관엽식물 화분이 있었잖아. 지금도 있어?

"응. 파키라 화분을 카운터에 놔뒀지."

―가짜 아니지? 진짜 식물이라면 화분에 흙이 있겠네?

"진짜 파키라야. 어제 오후에 물을 줬으니까 표면은 말랐지만……, 조금 파내면 젖은 흙이 나올걸."

―좋아. 와타나베 게이타로에게 총을 빼앗을 배짱이 없다는 건 알았어. 그럼 화분을 옮겨서 총구를 흙에 꽂을 수는 없을까? 아까 내가 말한 거 있잖아. '포신에 젖은 흙 같은 게 채워진 상태로 쏘면'…….

더는 언급하지 않겠다는 듯이 이쿠야가 말을 끊었다.

쓰카사는 침을 꿀꺽 삼켰다.

반쯤 무의식적으로 눈을 들었다. 시선은 게이타로를 지나쳐 똑바로 도마를 향했다. 몹시 앳된 얼굴로 여전히 푹 잠들어 있는 도마를.

"이쿠야."

쓰카사는 신음하듯 말을 꺼냈다.

입속이 단번에 바싹 말랐다. 혀가 입천장에 들러붙었고 목소리가 목구멍에 걸렸다.

"이쿠야. ……그, 그런데."

쓰카사는 건조해진 혀로 입술을 핥았다.

"그 방법을 사용해서 정말로 탄폭이 일어나면……. 도마는 어떻게 되는 거지?"

쓰카사는 총에 대해 잘 모른다. 탄폭이라는 용어도 처음 들었다. 영화나 드라마에서 연출한 장면을 몇 번 봤을 뿐이다.

하지만 무사하지 않을 거라는 감은 왔다. 총구가 막힌 총이 폭발하면 방아쇠를 당긴 사람이 다치지 않을 리 없다.

쓰카사는 다시 게이타로를 보았다.

게이타로도 망설이는 게 분명했다. 안색이 창백했다. 눈동자가 망설임과 두려움 사이에서 흔들렸다.

―경고에 사용할 뿐이야, 쓰카사.

이쿠야의 목소리가 몹시 멀게 느껴졌다.

―다음에 또 방아쇠에 손가락을 걸었을 때 총구가 막혔다

고 알리면, 녀석도 주저하겠지. 우리도 마세 도마를 흠집 하나 없는 상태로 체포하고 싶어. 하지만 그 이상으로 놈 때문에 인질이 다치는 사태를 피하고 싶은 거야.

안다고 대답하고 싶었다. 우선순위는 어디까지나 와카노와 렌토다.

그들이 다치지 않는 것이 최우선이다. 당연하다.

하지만 고막 안쪽에서 도마의 목소리가 울려 퍼졌다.

'만약……, 이건 만약인데.'

'만약 내가 왔더라도 아저씨는 다른 애새끼들하고 똑같이 밥을 줬을까?'

─쓰카사, 듣고 있어? 아까도 말했듯이 권총이 탄폭을 일으킬 가능성은 결코 크지 않아. 하지만 총기 관련 지식이 없는 소년이 상대라면 위협에 써먹을 수 있어.

"위협할 뿐이라면……, 실제로 손을 쓸 필요는 없겠지."

─네가 박진감 넘치는 연기를 할 수 있다면야.

그 지적에 쓰카사는 말문이 막혔다.

이쿠야가 말을 보탰다.

─이것도 협상 방법 중 하나야, 쓰카사. 분명 정공법은 아니고 정식 매뉴얼에도 실려 있지 않지만, 비상사태 때는 위협도 협상 수단이 될 수 있어. 더 이상 총을 못 쏘게 하기 위해서는 물불 가리지 말아야 해. 내 말이 무슨 뜻인지 알겠지?

'엄마가 없어진 후로 난 배가 너무 고팠어.'

'소풍도 갔었고. 운동회도 했었지. 난 달리기를 꽤 잘했어, 헤헤.'

"이쿠야."

쓰카사는 헐떡이듯 말했다. 목소리가 듣기 싫게 갈라졌다.

"녀석도……, 도마도 나쁜 놈은 아니야."

진부한 대사였다.

하지만 진심이었다.

"환경이 안 좋았을 뿐이지. 나도 가정환경이 그랬으면 똑바로 자라기가 어려웠을걸. 그리고 녀석은 고작 열다섯 살이야. 자업자득이라느니, 자기책임이라니……, 그런 말을 던져도 될 나이가 아니야."

―알아. 그걸 모르지는 않는다고.

이쿠야의 목소리에서 초조함이 느껴졌다.

―하지만 마세 도마는 지금 현재 인질을 잡고 농성 중이야. 그 사실은 도저히 간과할 수 없어. 그의 신병을 확보해 무사히 교정시설에 보내기 위해서라도 우리는 온갖 방법을 다 동원해야 해.

"하지만, 하지만 이쿠야."

쓰카사는 매달렸다.

"난 녀석이 살아온 이야기를 들었어. 비참한 인생이었지. 녀석은 원래 보건 간호사였던 어머니와 함께 아버지에게 얻어맞으며 자랐어. 육체적, 정신적 학대뿐 아니라 성적 학대도 당했고. 그들 모자는 가정폭력 피해자 보호시설로 도망치려 했지만, 자리가 없어서 대기하다가 도로 끌려가서 또 예전처럼……."

―잠깐. 잠깐만 있어 봐, 쓰카사.

이쿠야가 말을 막았다.

―……야, 무슨 소릴 하는 거야?

"응?"

―이쪽 자료에 따르면 마세 도마의 어머니는 유흥업소 도우미였어. 마세 도마가 여덟 살 때 젊은 남자와 함께 달아난 후로 행방불명 상태지. 보건 간호사로 일한 건 와타나베 게이타로의 어머니야.

"……뭐라고?"

온몸의 피가 무겁게 가라앉았다.

소리를 내며 핏기가 가셨다. 가라앉은 피가 차가워졌다.

체온이 단숨에 낮아진 것 같았다. 시야가 구불거리듯 흔들렸다.

―어머니가 보건 간호사였고, 아버지의 폭력에서 도망치려다 붙잡혀 왔다. 그건 와타나베 게이타로의 이야기야. 와타나베 게이타로의 어머니는 아들이 초등학교 2학년 여름에 자궁경부암으로 사망했지. 그로부터 두 달 후, 와타나베 게이타로는 아버지와 함께 본적지인 나가노를 떠났어. 그 이후로는 주민표를 옮기지 않았고, 취학 기록도 없지. ……

쓰카사. 야, 듣고 있어? 쓰카사?

쓰카사는 아연실색한 표정으로 눈을 부릅떴다.

그 시선 끝에는 도마가 있었다.

'마세, 도마.'

어느 틈에 깨어났는지 도마는 웃고 있었다.

왼쪽 눈에 비해 극단적으로 가느다란 오른쪽 눈. 기묘할 만큼 붉은 입술이 비웃음으로 일그러졌다. 앞니가 빠진 곳에 검은 구멍이 뻥 뚫렸다. 그 구멍조차 쓰카사를 비웃는 것처럼 보였다.

"크하하핫, 완전히 속아 넘어갔네."

도마가 소리 높여 웃음을 터뜨렸다.

"네놈들은 늘 그래. 애새끼를 불쌍하다는 듯 내려다보다가 이해했다는 표정을 지을 수 있을 때만 상전 같은 태도로 동정을 베풀지. 진짜 열 받는다고, 병신아."

웃는 표정이었지만 도마의 눈동자는 증오로 가득했다.

쓰카사 한 명을 향한 증오가 아니었다. 그는 모든 것에 화가 났고, 모든 것을 미워했다.

사회를, 자신을 둘러싼 인간을, 그리고 환경을.

자신을 이 세상에 내어놓은 부모를. 세상 모든 것을.

"훌쩍훌쩍 우는 계집애를 내가 순순히 놔주니까, 어떻게 해볼 수 있겠구나 싶어서 만만하게 봤지? 방심했지, 응? 헷, 그 계집애는 시끄러우니까 기회가 있으면 내보낼 작정이었어. 못생긴 데다 사타구니의 지저분한 구멍은 필요 없으니까."

쓰카사는 무심코 주먹을 움켜쥐었다.

이명이 들렸다. 관자놀이가 지끈지끈 아팠다.

"밥이랑 교환할 수 있으면 대박이다 싶었는데, 부대 마크를 단 놈들까지 쫓아냈으니 내가 생각해도 참 잘했다니까. 아저씨도 나이스 플레이였어. 하하. 이 자식, 생각보다 더 멍청하네. 크하하하."

'그래, 네 말이 맞아.'

난 멍청이다, 물러터진 얼간이다, 하고 쓰카사는 생각했다.

나같이 착한 사람인 척하는 멍청이의 심리를 이용해서 가지고 놀았으니 그야말로 즐거우리라.

완전히 걸려들었다. 아이들에게 고작 몇 년 밥을 해 먹였답시고 기고만장해졌다. 이해할 수 있다고 우쭐댔다.

'나 때문에 SIT가 허무하게 철수했어.'

관자놀이 언저리에서 뿌드득뿌드득하고 불쾌한 소리가 들렸다. 쓰카사는 십수 초 후에야 자신이 이를 가는 소리라는 걸 깨달았다.

도마는 웃음을 멈추지 않았다.

"재미있는 걸 하나 더 알려줄게. 내가 왜 보호관찰관한테 성질이 났을까?"

보호관찰관. 확성기로 호소하는 소리에 반발해, 도마가

사과를 시키라고 강하게 주장했던 인물이다.

쓰카사는 대답하지 않았다. 하지만 도마는 개의치 않고 말을 이었다.

"그 꼰대도 너랑 똑같이 사형 운운하며 나한테 설교했거든. 다만 그 꼰대는 너보다 훨씬 머리가 나쁘고 정직했어. 열여덟 살보다 어리면 사형을 당하지 않는다고 제대로 알려줬지. 그런데 지금은 괜찮더라도 이대로 가다가는 3년 후에 사형수가 될 거라고 지껄이잖아. 성질 나서 대판 싸웠지."

야, 내가 사형에 대해 아무것도 몰라서 홀랑 속아 넘어간 줄 알았지, 이 씨발놈아?

도마가 쓰카사에게 삿대질을 하며 말했다.

"난 아직 열다섯 살이야. 열다섯 살에 사형당한 놈은 없어. 다 알아. 다 알고서 지금 여기서 이러는 거라고. 안됐네, 크하하하."

쓰카사는 만신창이가 된 심정으로 그 웃음소리를 들었다.

5

이쿠야는 고개를 깊이 숙였다.

"죄송합니다. 제 불찰입니다. ……공을 세우는 데 급급했습니다."

머리 위에서 오사코가 손을 내젓는 기척이 느껴졌다.

"아니, 넌 잘못 없어. 어차피 밑져야 본전 식의 작전이었는걸. 그나저나 아주 만만치 않은 녀석이로군."

나지막한 목소리로 내뱉듯이 말했다.

"자, 이제 1초라도 빨리 고자사가와강 사건의 범인을 잡아내느냐, 아니면 SIT가 돌입을 강행해서 해결하느냐야. 원래도 둘 중 하나였지만, 마세 도마가 인질을 다치게 하고 나서는 늦어. 진범을 찾아냈으니 이제 누명을 벗었다고 호소하는 방법을 못 쓰게 돼."

"오사코 과장 대리님. SIT가 돌입하려 해도 순조롭게 진행될지는 모를 일입니다."

곁에 있던 수사관이 말했다.

"경찰청에서 다른 현의 SAT를 파견하고 싶어 하니까요."

"맞아. 만약 SAT가 나서면 진흙탕 같은 영역 다툼이 벌어질지도 몰라. 빌어먹을. 제발 더 이상 두통거리가 늘어나면 안 되는데……."

오사코가 그렇게 투덜거렸을 때, 시바가 전선본부에 들어왔다.

시바는 얼굴이 흙빛이었다. 어쩐지 마지막으로 봤을 때보다 뺨이 더 홀쭉해졌다. 그 얼굴 속에서 두 눈만이 둔중하게 번쩍거렸다.

"오사코 과장 대리님, 보고드립니다."

시바가 다다미에 꿇어앉아 오사코의 귓가에 얼굴을 들이

댔다.

오사코는 잠시 시바의 보고에 집중했다. 실내가 소란스럽기도 해서 가까이 있는 이쿠야조차 무슨 내용인지 못 알아들었다.

보고는 2분 정도 이어졌다. 몹시 길게 느껴졌다.

오사코는 시바의 이야기에 귀를 기울이면서도 틈틈이 손짓으로 뭔가 명령했다. 그러는 사이에도 수사관이 실내를 돌아다니고 지시가 오갔다. 사람이 거듭 들락거렸다.

"……그렇군."

보고에 마침표를 찍듯 말한 후 오사코가 고개를 들었다. 수고했다는 듯 시바의 어깨를 두드렸다.

그리고 무전 담당에게 시선을 주었다.

"이봐, 아까 식당에서 나왔던 이야기, 야다노도 들었지?"

"물론입니다."

"그럼 야다노에게 언제든지 전선에 복귀할 수 있도록 철저히 준비하라고 전해. 그리고 지휘본부의 가지모토 씨 연락처 아는 사람 없나? 가능하면 개인용 번호가 좋겠는데."

대답하는 목소리는 없었다. 오사코가 이쿠야를 힐끗 보았다.

이쿠야는 허둥지둥 고개를 저었다. 확실히 가지모토는 예전 상사라고 할 수 있는 사람이다. 하지만 계장이라면 모를까, 형사과장의 연락처를 알 턱이 없다.

오사코가 쓴웃음을 지었다.

"뭐, 어쩔 수 없지. 그럼 무전을 연결해 줘."

"알겠습니다."

무전 담당이 고개를 끄덕였다.

잠시 후 가지모토가 응답했다.

―지휘본부입니다, 말씀하십시오.

"전선본부의 오사코야. 가지모토 씨, 이야기 좀 하고 싶은데 지금 괜찮나? 주변은 어떤 상태야?"

―주변이요?

"응, 가지모토 씨 주변."

몇 초쯤 공백이 생겼다.

―어……, 그게요. 시간도 시간이라 조용합니다만……. 괜찮으시면 이쪽에서 다시 걸까요?

"그래 주면 고맙지. 내 번호를 불러줄까?"

―부탁드립니다.

오사코가 전화번호 열한 자리를 불렀다. 현경에서 지급한 업무용이 아니라 개인용 스마트폰 번호인 듯했다.

이쿠야는 별생각 없이 고개를 돌렸다가 깜짝 놀랐다.

'사람이 없다.'

아니, 정확하게 말하자면 이와가키서 직원이 실내에 없었다. 지금 전선본부에 있는 건 현경 수사1과 소속, 즉 오사코의 부하뿐이었다.

그렇구나, 하고 이쿠야는 드디어 깨달았다.

오사코는 시바의 보고를 들으며 연신 손짓으로 지시했다. 그건 사람을 물리치기 위한 조치였다. 잠깐 쉬어라, 밖을 보고 오라는 등 지시해서 '전화 담당'인 이쿠야 말고 다른 직원들을 일단 모조리 쫓아냈다.

몇 분 후 오사코의 스마트폰이 울렸다.

오사코는 스마트폰을 스피커폰 모드로 바꿔서 다다미에 내려놓았다.

―오사코 과장 대리님?

"응, 나야. 가지모토 씨, 지금 어디 있나?"

―5층 비상구 앞입니다. 흡연구역, 자판기, 화장실 어디와도 거리가 멀어서 서내에서는 제일 인적 없는 곳이 아닐까 싶은데요. 적어도 지금 주변에 사람은 보이지 않습니다.

"그렇군, 고마워."

오사코는 고개를 끄덕인 후 말을 꺼냈다.

"저기, 가지모토 씨. 난 자랑할 만한 경력은 딱히 없는 사람이야. 하지만 경찰관으로서 나름 오래 생활해서 사람 보는 눈은 있다고 자부하지. ……가지모토 씨는 괜찮은 사람이야. 줏대 있는 남자라고 느꼈어. 그런 의미에서 하나 물어볼게."

오사코의 말투가 진지해졌다.

"이와가키서 서장은 어떤 사람이지?"

―어떤 사람이냐니요?

가지모토가 신중하게 되물었다.

대조적으로 오사코는 주저하지 않았다.

"서내에 찬 고름을 겁내지 않고 짜낼 수 있는 남자인지 묻는 거야."

―무슨 말씀인지 모르겠습니다만…….

오사코는 속을 떠보는 듯한 가지모토의 답변을 무시하고 말을 이었다.

"쓰카모토초에서 발생한 살인 사건 있잖아. 그쪽 수사본부에 파견된 데라우치반에서 이와가키서 생활안전과는 아무짝에도 못 써먹겠다는 이야기가 계속 나와. 개중에는 '못 써먹는 정도가 아니라 방해된다. 무능한 오합지졸이다. 수사의 기본인 상의하달조차 제대로 수행하지 못한다'라는 의견까지 있어. ……이봐, 혹시 그쪽 생활안전과는 꽤 오래전부터 썩어 문드러진 거 아니야?"

가지모토는 아무 대답도 없었다.

오사코는 아랑곳없이 말했다.

"말해두겠는데 그냥 뜬소문을 듣고 하는 소리가 아니야. 우리 수사관에게 제대로 확인시켰어."

오사코의 시선이 재빨리 시바를 향했다.

"현재 하천부지에서 발견된 시신은 세 구. 그중 한 구는 범행 일시가 약 20년 전까지 거슬러 올라가지. 어이, 가지모토 씨, 나도 식구가 불미스러운 일을 저질렀을 거라고 생각하고 싶지는 않아. 생각하고 싶지는 않지만……. 지난 20년간 도로코베에서 아이가 없어져도 실종 신고를 접수하길 거부하는 쓰레기 같은 자들이 창구에 앉아 있었을 가능성이 없지는 않잖아?"

역시 가지모토는 대답하지 않았다.

하지만 이쿠야는 그가 흘리고 있을 식은땀이 전파를 통해 느껴지는 것 같았다. 꽉 움켜쥔 주먹 속에서 당장이라도 땀냄새가 풍길 듯했다.

"이봐, 가지모토 씨. 만약에 말이야. 만약 그런 자들이 서내에서 입김이 세다면, 과 전체가 썩을 가능성도 없지는 않아. 그렇지?"

─……어마어마한 말씀을 하시는군요.

가지모토가 씁쓸한 목소리로 말했다

"완곡하게 둘러서 말할 여유는 없으니까."

─그건 그렇습니다만, 그렇게 간단하게 말씀하지 마십시오. 20년이라면, 말단 직원만의 문제가 아니에요.

"알아. 하지만 윗선의 지시조차 통하지 않는 직원이 실제로 있다면, 의심하지 않을 수 없지. 가지모토 씨도 알 텐데. 경찰이라는 조직에 그런 부서가 존재한다면, 그게 어떤 의미를 띠는지."

─그렇지만…….

"그렇지만은 무슨. 비상사태라고, 가지모토 형사과장!"

오사코가 따끔하게 말했다.

"몇 명의 목숨이 걸렸다고 생각하는 거야? 아이의 시체가 더 늘어나는 걸 지휘본부 특등석에서 보고 싶은 건가!"

말 그대로 채찍 같은 일갈이었다.

잠시 정적이 흘렀다. 숨 막히는 정적이었다.

이윽고 가지모토가 입을 열었다

―……저더러 어쩌라는 말씀입니까?

신음소리와도 비슷한 대답이었다.

오사코가 말했다.

"내가 바라는 건 하나야. 이대로 계속 지휘본부를 맡아 줘. 반응을 보아하니 이와가키서 서장에게는 기대할 수 없겠군. 그렇더라도 주변의 잡음에 지지 마. 가지모토 씨는 본인의 직무를 충실히 수행해 줘. 이상."

대답을 기다리지 않고 무전을 끊었다.

이어서 오사코는 현경본부에 무전을 연결하라고 지시했다. 놀랍게도 상대는 현경본부장이었다.

―오사코? 어쩐 일이야?

바로 답변이 들려서 이쿠야는 깜짝 놀랐다.

이 시간에 본부장이 집이 아니라 현경본부에 있을 줄은 몰랐다. 그만큼 큰 사건이 진행 중이라는 걸 새삼 실감했다.

"네, 이른 아침에 죄송합니다. 형사부 수사1과 오사코 경감, 외람되지만 이번 '도로코베 농성 사건'에 대해 본부장님께 보고를 올리는 한편으로 상담을 부탁하고 싶어서 연락드렸습니다."

―상담?

한쪽 눈썹을 치켜올리는 표정이 눈앞에 떠오를 듯한 말투였다.

현경본부장은 현경본부의 수장이자 계급은 치안감이다. 도쿄대학교 출신이고 국가공무원 1종 시험에 합격한 엘리트라 이쿠야 입장에서는 하늘의 별 같은 사람이었다.

하지만 오사코에게 주눅 든 기색은 없었다.

"네, 본부장님. 상담이요. 우선 본부장님께 직접 이야기를 들려드려야 할 것 같았습니다."

―알았어. 말해봐.

"그럼 보고드리겠습니다."

오사코는 도로코베 농성 사건의 현재 상황과 고자사가와강 사건의 진척 상황, 그리고 이와가키서 생활안전과에 품은 위화감과 의혹에 대해 설명했다.

본부장은 잠자코 보고를 다 들은 후에 입을 열었다.

―……그래서, 자네 생각은 어떤데?

"일단 의혹을 확인해야겠죠. 그리고 사실로 밝혀지면 빨리 도려내는 게 최선의 방책 아닐까 싶습니다."

오사코가 대답했다.

"세간의 이목이 쏠린 대사건입니다. 만약 비위 사안이 얽혀 있다는 걸 매스컴이 알아차리면 문제는 현경본부의 손을 떠나겠죠. 주간지나 정보방송에서 시끄럽게 떠들고 나서 처분이 들어오는 것과, 그전에 대처하는 건 천지 차이입니다."

―그 부분은 동의해. 그럼 자네가 바라는 건 뭔데? 내부 조사?

본부장의 답변은 빨랐다. 과연 머리 회전이 다르다고 이쿠야는 느꼈다. 곤혹스러움과 망설임 때문에 지체되는 시간이 거의 없었다.

"네. 조사 허가를 부탁드립니다."

오사코가 대답했다.

―허가를 부탁드린다고? 웬일로 기특한 소리를 하는군. 좋아, 지금 당장 감찰관을 이와가키서에 보내도록 하지.

본부장이 말을 덧붙였다.

―그런데 만약 자네 보고가 사실이라면 경찰청도 끌어들일 필요가 있겠군. 중대 사건이 발생했을 때 매스컴에 대응하는 건 경찰청 총무과가 제격이니까.

이어서 말했다.

―그러고 보니 근처 현의 SAT를 보내야 한다고 시끄럽게 떠들어대는 것도 그쪽 총무과장이라든가?

오사코가 천연덕스러운 말투로 대답했다.

"이 보고가 들어가면 미성년자의 권총 탈취 및 식당 점거 농성으로 난리 난 경찰청이 더 혼란스러워지겠죠. SAT 파견을 운운할 정신은 없어질 겁니다. 하기야 감독을 소홀히 했다고 장관관방에서 본부장님을 물어뜯을지도 모르지만요."

─상관없어. 관내를 휘저어서 난장판이 되는 것보다는 낫지.

본부장은 딱 잘라 말했다.

오사코가 씩 웃었다.

"쓰카모토초 사건에 인원을 할당한 덕분에 현재 이와가키서 생활안전과는 이리저리 찢어져 있습니다. 입을 맞출 여유를 주지 말고 하나씩 털라고 감찰관에게 전해 주십시오."

─알았어. 그럼 뭔가 있으면 또 보고해.

"형사부 수사1과 오사코 경감, 알겠습니다."

무전을 끊은 후 오사코는 수사관들을 돌아보았다.

"이야기가 잘 통했군. 우리는 본래 맡은 일로 돌아간다. 이봐, 마세 도마의 아버지는 어떻게 됐어? 아직도 못 잡았나?"

"죄송합니다. 아직 신병을 확보하지 못했습니다."

젊은 수사관이 분하다는 듯 말했다.

"아버지의 이력은?"

여기 있습니다.

오사코가 읽어 보라고 지시하자 수사관은 자료 내용을 소리내어 읽었다.

"어, 마세 도마의 친아버지 마세 마사키. 만 42세. 약물

의존증이고 절도 등으로 전과 8범인 어머니에게서 태어남. 아버지는 불명.

어머니는 임신 기간에도 약물을 끊지 않음. 약물이 태아에게 끼친 영향은 불확실하지만 마사키는 임신 26주 차에 조산으로 태어남. 약 4개월간 인큐베이터에서 지낸 후 퇴원. 하지만 그 직후에 어머니가 체포돼서 생후 5개월 만에 시설에 맡겨짐.

생후 28개월까지 그 시설에서 지내다가 외숙부에게 거두어짐. 한편 어머니는 강도, 사기 등의 범죄를 되풀이하다가 28세 때 상해치사죄로 징역형을 선고받고 34세에 교도소에서 사망.

유소년기에 마사키는 '얌전하다. 말이 없다. 자기보다 어린아이를 몰래 괴롭힌다. 동작과 말이 느리고 둔하다. 야단맞아도 고개를 숙인 채 히죽히죽 웃을 뿐 반성하지 않는다' 등등의 평가를 받음.

마사키를 키워준 외숙부는 오아자 도로코베에서 스트립 클럽 '핑크 캔디'를 경영함. 자식이 없는 외숙부는 마사키가 업소를 물려받길 바랐지만, 결국 그에게 능력이 없다고 단념했는지 업소의 호객꾼을 맡기는 데 그침. 외숙부는 '쓸 만한 구석이 있으면 고등학교까지는 보내주려고 했는데, 그래서는 글렀지' 하고 말함.

스물다섯 살 때 유흥업소에서 일하는 여성과 동거 시작.

다다음 해에 아들 도마 태어남. 하지만 8년 후, 동거녀가 젊은 남자와 도망. 그 후로 몇 번 아동보호시설의 도움을 받으며 혼자서 도마를 키움."

"흠. 뭐, 대부분 예상대로군."

오사코는 턱을 쓰다듬었다.

"예상 그대로의 인간이야. 변변치 못하지만 그런 만큼 가끔 터무니없는 짓을 저지르지. 최대한 빨리 신병을 확보하고 싶군."

동감입니다, 하고 이쿠야가 속으로 고개를 끄덕였을 때 뒤쪽의 수사관이 손을 들었다.

"오사코 과장 대리님, 잠깐 괜찮으시겠습니까? 과수연의 심리 담당이 제안한 내용인데요."

"심리 담당이? 뭔데?"

"아까 과수연과 연락을 주고받았을 때 말이 나왔습니다. 과수연 쪽도 SIT를 일단 철수시켰다는 소식을 들었는데, 그걸 바탕으로 한 제안입니다. 대기 중인 SIT가 인터넷 방송인을 쫓아내면서 구경꾼을 확인하면 어떻겠냐는데요."

"무슨 뜻이지?"

"심리 담당 말로는 '옷을 다시 입히고 시신을 표백제로 씻는 등의 위장 공작을 한 점과 20년 이상 범행이 발각되지 않은 점으로 보건대 범인은 자신의 범행을 통제하려 하며 또한 통제해 왔다는 점에 자부심을 품고 있을 것'이라고 합니다. 이런 유형의 범인은 자신의 지배력을 확인하기 위해 살해 현장이나 시체 유기 현장에 돌아오는 경향이 있습니다.

그런데 이번에는 범인이 예상치 못한 농성 사건이 발생했습니다. 심리 담당 말로는 '농성과 고자사가와강 사건의 관련성은 보도되지 않았지만, 동네 주민이라면 다들 안다. 범인은 진척 상황을 확인하기 위해 구경꾼 사이에 섞여 있을 가능성이 있다'라고 합니다."

수사관은 말을 마치고 오사코를 올려다보았다.

"그렇군. 구경꾼을 확인하는 건 확실히 맹점이었어."

책상다리 자세로 앉은 오사코가 자기 무릎을 쳤다.

"그저 기다리기만 해서는 SIT도 힘들겠지. 좋아, 부대의 5분의 1, 아니 4분의 1 정도를 동원해서 고자사가와강 하천부지와 식당 주변에 모인 구경꾼을 확인하라고 야다노에게 전달해. 특히 몸이 근질근질하는 젊은 대원들을 활용하라고."

"알겠습니다."

이쿠야는 벽시계를 보았다. 어느덧 오전 7시가 지났다. 사람들이 깨어나 움직이기 시작할 시간대였다.

그로부터 30분 후.

스가초 2번지의 '하야카와 치과'에서 지휘본부에 연락이 왔다.

도로코베 초등학교의 정기 검진을 담당하는 치과 의사다. 이쿠야가 어렸던 시절에는 '젊은 선생님'이라고 불렸고, 현재는 대를 이어 원장이 됐다.

"엑스레이 사진과 진료 차트를 확인했습니다. 추측하신 남자애가 틀림없는 것 같네요. 도로코베에서는 매해마다 구강 관리를 전혀 하지 않아서 충치가 넘쳐나는 아이가 십수 명이나 나옵니다. 학교에 다니는 아이만 해도 그 정도예요. ……그 당시 저는 햇병아리 치과 의사라 의욕이 넘쳤죠. 그중에서도 충치가 제일 심했던 아이를 불러 저희 병원에 다니라고 했어요. 이대로 놔두면 전부 틀니로 바꿔야 한다면서요."

하지만 그 아이는 고개를 끄덕이지 않았다고 한다.

'엄마가 안 된대요.'

'치과에 쓸 돈은 없대요. 보험증? 그것도 우리 집에는 없고요.'

"그래서 치료비는 걱정하지 말라고 했죠."

하야카와 원장은 말했다.

"뭐, 그땐 저도 젊었으니까요. 도로코베의 아이들을 무상으로 진료하면 한도 끝도 없다는 걸 지금은 압니다. 하지만 그 시절은 이상에 불탔죠. 일단 엑스레이를 찍고, 다음 번부터 치료를 시작할 생각이었습니다만……."

그 '다음 번'은 없었다.

다음 주에 그 아이가 가족과 함께 실종됐기 때문이다.

연립주택에 어머니와 단둘이 산다는 그 남자애는 잡동사

니와 쓰레기, 일부 가전제품만 남겨놓고 도로코베에서 연기처럼 사라졌다.

그 남자애의 이름은 미타 레온.

아버지는 누군지 모르고, 어머니는 당시 '출장 스트리퍼'라고 불렸던 유흥업소 도우미였다. 열아홉 살에 레온을 낳은 후 아동 방임으로 신고당할 때마다 이사를 거듭해 도로코베까지 흘러들어온 여자다.

다만 레온은 매일 학교에 다녔다. 개근상이었다.

그의 어머니는 초등학교를 '무료 탁아소'라고 불렀고, 급식비가 밀려서 연락하면 "그럼 밥을 주지 말고 맹물이나 먹이든가" 하고 도리어 큰소리쳤다고 한다. 그러나 그렇게 방임한 덕분에 레온은 초등학교에서 치과 정기 검진을 받을 수 있었다.

"좋아, 확정됐군!"

오사코가 무릎을 쳤다.

"이걸로 현재까지 발견된 피해자의 신원이 전부 확정됐어! 미타 레온, 당시 만 12세. 이 정보를 관계 각처에 전달하라고 지휘본부에 요청해. 실종된 지 20년도 넘었으니 어머니를 찾아내려면 고생이겠지만……. 어이, 미요시."

"네."

갑자기 불러서 이쿠야는 어깨를 움찔했다. 오사코가 손을 흔들었다.

"빨리 친구에게 알려서 마세 도마에게 수사 진척 상황을 전달해."

"네!"

이쿠야는 고개를 끄덕였다. "알겠습니다" 하고 대답하며 스마트폰을 집었다.

"야, 쓰카사. 들려?"

—응.

쓰카사는 지체 없이 응답했다.

이쿠야는 숨을 짧게 내쉬었다. 딱딱하게 굳었던 마음이 풀어지는 것을 느꼈다. 스스로도 놀랄 만큼 안도감이 몰려왔다.

"마세 도마에게 전해 줘. ……'백골 시체의 신원이 밝혀졌다. 이걸로 현재까지 발견된 피해자의 신원을 전부 알아냈다. 수사는 착실히 진행 중이다'라고."

—알았어.

"쓰카사."

이쿠야는 친구의 이름을 불렀다.

둘 다 잠시 아무 말도 없었다. 상대의 숨소리만 들렸다. 이쿠야는 목구멍에서 말을 밀어냈다.

"쓰카사. ……리리코 짱이 아니었어."

메마른 목소리가 새어 나왔다.

"걔가 아니라서 안심했어. 아이가 살해당했다는 사실은

변함없는데 말이야. 경찰관으로서 난 최악이야."

―아니, 나도 그랬는걸.

쓰카사가 말했다.

―나도……, 그 말을 듣고 안심했어. 너뿐만이 아니야. 나도 마찬가지야. 똑같이 최악의 인간이지.

다시 침묵이 흘렀다.

하지만 거북하지는 않았다. 체온이 있는 침묵이었다. 정적 너머에서 쓰카사의 존재가 뚜렷하게 느껴졌다.

"쓰카사. ……웃지 말고 들어줘."

이쿠야는 힘 주어 말했다.

"거기서 꼭 살아서 나와."

본심이었다. 가슴속에서 쥐어짠 진심을 있는 그대로 털어놓았다.

"알겠지? 살아서 무사히 나와. ……부탁할게."

제6장 소년

1

 이쿠야와 통화를 연결한 채, 쓰카사는 스마트폰 바탕 화면으로 빠져나왔다.
 눈을 살짝 들어 도마의 동태를 살폈다. 도마는 게이타로와 이마를 맞대다시피 한 자세로 소곤소곤 이야기를 나누고 있었다.
 지금이다 싶어 쓰카사는 손가락을 움직였다. 구글 아이콘을 눌러 톱 페이지에 들어갔다. 재빨리 검색어를 입력했다.
 이쿠야의 말이 아직도 머릿속에서 울리고 있었다.
 '뉴스 헤드라인에는 '학대로 사망'이라고 적혀 있었어.'
 '세상 사람들에게는 학대로 사망, 단지 그뿐인 거야. 그 다섯 글자로 끝나는 거지.'
 몇몇 단어를 바꿔가며 검색한 끝에 쓰카사는 해당 사건을 다룬 것으로 보이는 기사를 발견했다. 기사 자체는 삭제됐지만, 다행히 인터넷 캐시가 아직 남아 있었다.

헤드라인은 '11세 소녀가 학대로 사망·야마가타'였다.

피해자의 이름은 이데부치 히마리. 기사에 초점이 엇나간 얼굴 사진이 실려 있었다.

체포된 가해자는 42세 은행원인 친아버지였다.

기사에 따르면 어머니가 119에 신고해 "도둑질한 딸을 야단치고 있는데 딸이 정신을 잃었다"라고 설명했다고 한다. 그 후 출동한 구급대원이 사망을 확인했다. 시신에서는 수상한 상처와 화상 자국이 많이 발견됐다.

경찰 조사 결과, 사망한 후에 옷을 입히고 머리를 말리는 등 위장 공작에도 나섰다고 한다.

폐에 물이 찬 것으로 보아 사인은 익사로 판명됐다. 또한 비장이 파열됐고, 복부는 내출혈 때문에 생긴 오래된 멍 자국으로 가득했다.

이데부치 일가가 야마가타로 이사한 건 히마리가 사망하기 4개월 전이었다. 이전에 살았던 곳에서는 '늦은 밤에 아이를 알몸으로 베란다에 쫓아낸다' '아이의 비명이 들린다' 등 이웃 주민들의 민원과 신고가 잇달았다.

아동상담소가 개입해 히마리는 단기간이나마 시설에서 지낸 적이 몇 번 있었다. 하지만 그럴 때마다 아버지가 시설까지 데리러 와서 집에 돌려보냈다고 한다.

그 후, 아버지가 전근해서 이데부치 일가는 야마가타로

이사했다.

다른 현으로 거주지를 옮기면 관할 아동상담소도 당연히 바뀐다. 그런데 이와가키 지역의 담당자가 야마가타현 중앙 아동상담소에 인계 업무를 게을리한 듯했다. 매스컴이 취재에 나서자 당시 담당자는 "상황 판단이 부족했다"라고만 짤막하게 답했다.

'하다못해 아동상담소 간에 연계가 이루어졌다면 최악의 결과는 피할 수 있지 않았을까. 하지만 후회해도 어린 생명은 돌아오지 않는다'. 그렇게 쓰디쓴 문구로 기사는 마무리됐다. 쓰카사가 무심코 눈살을 찌푸렸을 때였다.

"야."

카운터 너머에서 목소리가 들렸다.

쓰카사는 깜짝 놀라 손가락을 멈췄다.

"아저씨, 뭐 해?"

고개를 들자 도마가 탐색하는 듯한 눈빛을 던졌다.

"뭘 그렇게 부스럭거려? 스마트폰 카운터에 올려놓고 양손 내밀어."

시키는 대로 쓰카사는 카운터에 스마트폰을 엎어놓은 후, 양손을 들어 손바닥을 보여주었다.

한쪽 눈썹을 내린 도마가 쓰카사를 빤히 바라보았다.

"방금 뭐 했어? 말해. 구라칠 생각 말고."

"좀 알아볼 게 있어서."

쓰카사는 솔직히 대답했다.

도마가 "뭐?" 하고 목소리를 높이더니 쓰카사의 스마트폰을 집어 들었다.

액정 화면에는 아까 찾아봤던 뉴스와 피해자 이데부치 히마리의 얼굴 사진이 떠 있다. 도마는 액정 화면을 잠시 들여다본 후 아무렇게나 내뱉듯이 말했다.

"흥. 아는 계집애네."

"안다고?"

쓰카사는 놀라서 물었다.

"응. 잠깐 같은 시설에 있었어. 굼벵이에다 약해빠진 계집애였지. 그렇구나, 죽었군. 하하하."

도마가 건조한 목소리로 웃었다.

"집에서 밥을 안 준다기에 '훔쳐먹으면 되잖아, 멍청아' 하고 한마디 했지. 그랬더니 정말로 훔쳐먹다 걸렸는지 다음 번에는 팔이 부러진 상태로 시설에 들어왔더라고. 흥, 진짜 굼벵이라니까. 밥을 훔쳐먹다가 걸리는 얼간이는 물이나 처먹어야지 뭐."

"그거 정말이야?"

쓰카사는 도마를 쳐다보았다.

기사에는 어머니가 119에 신고해 "도둑질한 딸을 야단치고 있는데 딸이 정신을 잃었다"라고 설명했다고 나와 있었다. 이 '도둑질'은 밥을 훔쳐먹은 행동을 가리키는 걸까. 그렇다면 마세 도마가 부추긴 탓에 이데부치 히마리는 죽음에 이른 것 아닐까.

"엥? 당연히 거짓말이지."

하지만 마세 도마는 순식간에 말을 바꿨다.

"약 오르지? 과연 어느 쪽일까, 아저씨? 거짓말일까 진짜일까. 하하하, 뭐야 그 면상은. 건방지게 나한테 화내는 거야?"

"뭐……."

그 말을 듣고서야 쓰카사는 자신이 인상을 찡그렸다는 사실을 알아차렸다. 무의식중에 이를 악물고, 두 주먹을 움켜쥐고 있었다.

손가락 관절이 하얘질 만큼 힘이 들어간 주먹이 바르르 떨렸다.

'이제 글렀을지도 모르겠군.'

내심 그렇게 중얼거린 직후에 깜짝 놀랐다.

글렀을지도 모른다? 글렀을지도 모른다고?

이 상황에서 단념할 작정인가. 농성이 길어져서 피로가 한계에 달했다고 한들 백기를 들 건가. 어린이 식당 사장이라면서? '아이가 배곯지 않도록 하는 건 절대적인 정의'라면서?

'어떤 아이든 차별 없이 대해 왔어.'

하지만 기력이 떨어져 가는 걸 스스로도 알 수 있었다. 대학생 때 아르바이트했던 정식집 사장님 말이 되살아났다.

"가끔, 아주 가끔 상대해서는 안 되는 아이도 있어."

사장님은 말을 이었다. 명확한 악의를 품고 남을 먹잇감으로 삼는 아이가 가끔 있다고. 그런 아이를 보면 상대하지 말고 피해야 한다고.

아이는 결코 천사가 아니다. 어른처럼 체면을 차리지도 않는다. 그들은 때때로 잔혹해진다. 심술궂게 굴기도 하고 난폭해지기도 한다. 하지만 거기에 심각한 악의는 없다, 대개는.

'그래, 대개는.'

'도마는 몇 안 되는 예외에 속하지 않을까. 정식집 사장님이 말했던 '상대하지 말고 피해야 하는' 아이 아닐까.'

'그렇다면 내가 감당할 수 있는 상대가 아닌 건가?'

가슴속에 아주 약간 남아 있던 자신감이 쭈글쭈글 시들었다.

자신이 얼마나 무력한지 쓰카사는 실감했다. 오늘 몇 번이나 무력함을 맛보긴 했지만, 이만큼 큰 타격을 받은 건 처음이었다.

'도마는 정말로 아무도 안 죽였을까?'

의심이 고개를 쳐들었다. 마음에 웃풍이 들이쳤다.

현재까지 하천부지에서 발견된 시신은 세 구다. 가장 오래된 시신은 약 20년 전에 묻혔다니까 도마가 관여했을 리 없다.

하지만 다른 두 사람은? 정말로 도마가 아무도 죽이지 않았다고 할 수 있을까?

쓰카사는 혼란스러웠다. 아이를 믿고 싶고, 학대당하며 자란 아이를 위로하고 싶은 기분. 그 기분을 지워버리고도 남을 만큼 커다란, 마세 도마에 대한 불신감.

그 모든 감정이 진짜였다. 마구 뒤섞인 감정이 가슴속에서 똬리를 틀었다.

'대체 어쩌면 좋지.'

어떻게 해야 할까.

"사장님."

그런 가슴속 갈등을 꿰뚫어 본 것처럼 와카노가 불렀다.

"곧이들으면 안 돼요. ······당연히 거짓말이죠. 저런 자식은 어차피 거짓말밖에 안 해요. 기죽어서 움츠러들면 저 자식의 속셈에 걸려드는 거라고요."

와카노가 도마를 노려보았다.

"내가 계속 생각해 봤는데, 우리 엄마에 대한 정보, 게이 짱에게 들은 거지? 마술처럼 알아맞혔지만, 차분히 생각해 보니 그것밖에 없어. 사장님, 속으면 안 돼요. 저 자식의 머릿속에는 거짓말과 허세밖에 없다고요."

도마가 인상을 쓰는 모습이 눈에 들어왔다.

쓰카사는 와카노와 도마를 번갈아 보았다.

와카노는 머리가 좋은 아이다. 학교에는 안 다니지만 영리한 소녀다. 눈앞의 안개가 조금 걷혔다. 와카노의 총명함에 구원받은 심정이었다.

하지만 마음속 깊은 곳에는 도마를 믿고 싶다는 기분도 아직 남아 있었다.

'저 자식의 머릿속에는 거짓말과 허세밖에 없다고요.'

그렇다. 와카노의 말이 옳다.

아까 도마는 '일부러 고코나를 풀어줬다. 전부 계획대로였다' 하고 큰소리쳤다. 냉정하게 생각하면 그것도 나중에 허세를 부린 것으로 받아들여야 하리라.

도마는 와카노와 정반대다. 결코 머리는 좋지 않다. 하지만 사람을 혼란스럽게 만드는 재주가 아주 뛰어나다. 어디까지가 진실이고, 어디까지가 거짓인가. 본능과 직감만으로 상대의 마음을 멋지게 휘젓는다.

쓰카사는 혀를 차고 싶은 기분이었다. 자신이 참 어중간한 인간이라는 걸 여실히 실감했다.

'분명 나 같은 사람이 도마와 제일 상성이 안 좋겠지.'

대학교에서 복지학을 공부하며 지식을 최대한 쌓았다. 그 때문일까. 평소 난폭한 말투와 태도로 무장해도, 어차피 이론적인 사고에서 벗어날 수 없는 인간이다.

'결국 난 아버지를 닮은 거겠지.'

"어이, 아저씨. 이데부치 히마리라는 계집애에 대해 왜 알아본 거야?"

도마가 쓰카사에게 물었다.

어물쩍 넘어갈 거짓말이 떠오르지 않아서 쓰카사는 솔직하게 대답했다.

"지금 전화로 연결돼 있는 경찰관 친구가 걔 이야기를 했어. 생전의……, 걔가 살아 있을 때 담당했었대. 그래서 조사해 보고 싶어졌지. 친구가 걔를 구하지 못한 걸 몹시 후회했거든."

"흥."

도마가 콧방귀를 끼었다.

"구라는 아닌 것 같네. 뭐, 알았어. 봐줄게."

그러고 나서 바로 와카노에게 시선을 돌렸다.

"그것보다 너. 날 노려보지 말라고 아까도 경고했을 텐데? 몇 번 말해야 알아들을래, 이 못생긴 년아."

말이 끝나기가 무섭게 도마는 와카노의 정강이를 걷어찼다. 사정없는 발길질이었다.

와카노가 비명을 지르며 몸을 웅크렸다.

하지만 와카노는 굴복하지 않았다. 아파서 입술을 깨물고 눈물을 찔끔 흘리면서도 고개를 쳐들어 도마를 노려보았다.

정적이 흘렀다.

보고 있는 쓰카사가 숨이 막힐 것처럼 무겁고 답답한 정적이었다.

도마는 와카노에게서 눈을 돌리지 않고 으르렁거리듯이

말했다.

"이 쌍년이, 내가 만만해 보인다 그거지? 내가 여자를 싫어하니까 강간은 안 할 거다, 그런 생각이냐?"

와카노가 어깨를 움찔했다. 그 반응을 알아차리고 도마가 실실 웃었다.

"착각하지 마. 여자를 싫어한다고 해서 안 서는 건 아니니까. 여자를 괴롭히는 방법은 어릴 적부터 봐서 잘 알지."

와카노의 눈이 공포로 흔들렸다.

"그만해!"

쓰카사는 고함을 질렀다.

"그거야말로……, 그거야말로 허세야. 근처에, 아니, 가게 바로 앞에 경찰들이 있는데 과연 허튼짓을 할 수 있을까?"

하지만 말끝은 힘없이 흔들렸다.

이제 쓰카사는 자기 자신에 대한 믿음을 잃었다. 자신의 경험, 지식, 판단력 전부 신뢰할 수 없었다.

눈앞의 도마가 정체 모를 괴물로 느껴졌다. 보통 사람은 통제할 수 없는 뭔가와 대치하는 기분이었다. 팽팽하게 긴장된 분위기가 흘렀다.

그때였다. 요란한 벨소리가 정적을 찢었다.

도마가 데님바지 뒷주머니에 넣어둔 와카노의 스마트폰이었다.

"……뭐야?"

도마가 탐색하듯 쓰카사와 와카노를 번갈아 보았다.

하지만 와카노의 얼굴에 떠오른 것은 당혹스러운 표정이었다. 쓰카사도 마찬가지였다. 그 모습을 보고 도마가 스마트폰을 꺼냈다. 화면을 손가락으로 밀어서 전화를 받은 후, 스피커폰 모드로 바꾸었다.

"이 새끼, 누구야?"

도마가 나지막하게 말했다.

—나다.

스마트폰에서 들린 목소리는 더욱 낮고 걸걸했다.

도마는 눈을 동그랗게 뜨고 얼떨떨한 목소리로 말했다.

"······아버지?"

2

미타 레온의 호적에 아버지 이름은 없었다.

어머니 이름은 에미코. 22년 전에 매춘 행위로 체포된 전력이 있고, 진술 조서에 따르면 당시 30세였다. 진술 조서에 남아 있는 주소를 찾아 집주인에게 확인해 보니, 두 사람은 21년 전 10월에 실종됐다고 한다.

"어느 날 짐을 방에 남겨둔 채 홀연히 사라졌어요. 짐이라고 해 봤자 이불과 작은 텔레비전 정도였지만요. 밤중에 시끄럽게 구는 성가신 세입자라서 없어지니까 차라리 속이 시원합니다."

 집주인은 이렇게도 증언했다.

 "솔직히 아이를 데려간 건 의외였죠. 평소 품행이 별로라 분명 버리고 갈 줄 알았거든요."

 그런 평가를 받은 미타 에미코는 도로코베에서 '출장 스트리퍼'로 일했다. 단체 손님의 방에서 알몸으로 외설적인 퍼포먼스를 보여주는 일종의 유흥업소 도우미다.

 "21년 전에 야반도주했다면 찾아내기가 쉽지는 않겠는데요. 어떻게 할까요?"

 무전을 연결한 지휘본부에서 가지모토 부주임이 물었다.

 오사코가 턱을 쓰다듬으며 말했다.

 "당시 진술 조서를 작성한 덕분에 미타 에미코가 어느 업소 소속인지는 밝혀졌어. 여기서 생활안전과 생활질서계에 물어본다면 이야기가 빠를 텐데."

 "네. 만약 해당 업소가 정식으로 등록했다면, 당시 내부 사정을 어느 정도 파악했겠죠. 하지만……."

 씁쓸한 말투에서 '등록했을 리 없다'는 속내가 묻어났다.

 "증언을 수집하려고 해도 시간이 너무 많이 지났습니다. 20여 년 전에 고작 몇 년 일했던 유흥업소 도우미를 기억하는 사람이 있을지……."

 "'지센'의 안주인은 어떨까요?"

 오사코 옆에 앉은 수사관이 목소리를 높였다.

"쓰루이 와카노의 어머니와 함께 아직 천막에 남아 있다고 합니다. 소문으로는 돈 계산이 철저한 사람이라고 하고, '지센'은 유흥업계에서 유명한 여관입니다. 기억할 가능성이 크지 않을까 싶은데요."

"아니."

오사코는 고개를 저었다.

"그 안주인은 아무래도 마음에 안 들어. 구린 인간이야. 그 여자한테 증언을 얻을 바에야 주변을 돌아다니는 개한테 물어보는 편이 낫겠지."

"오사코 과장 대리님."

잠깐 침묵이 깔린 틈을 노려 이쿠야는 손을 들었다.

"은퇴한 '야기라 식당'의 사장님은 어떨까요? 쓰카사의 아버지요."

"응?"

오사코의 눈이 빛났다.

"계속해 봐, 미요시 순경."

"네. '야기라 식당'의 사장이었던 쓰카사의 아버지는 아들에게 식당을 물려주고 지금은 시골에서 지내고 계십니다. 21년 전에 이미 현재의 어린이 식당 같은 역할을 맡아 도로코베의 배고픈 아이들에게 밥을 먹이신 분이에요. 그분이라면 미타 레온의 어머니와 미타 레온을 기억할 확률이 높지 않을까 싶은데요."

"아까 네 친구는 미타 레온을 모른다고 했잖아?"

"녀석은 초등학교 시절, 아버지가 하는 일에 반감을 품었습니다. 식당에 거의 얼굴을 내밀지 않았으니 모르는 게 당연합니다."

흠, 하고 오사코는 잠시 생각한 후 이쿠야에게 물었다.

"은퇴한 사장의 연락처는 아나?"

"시골로 떠나시기 전에 휴대전화 번호를 알려주셨습니다. 5, 6년 됐지만 바꿀 이유가 없다면 그대로일 겁니다."

"좋아. 내 휴대전화를 빌려줄 테니 걸어봐."

"알겠습니다."

조급함이 앞서는 마음으로 이쿠야는 연락처 아이콘을 눌렀다.

이쿠야가 전화하자 '야기라 식당'의 사장이었던 쓰카사의 아버지는 깜짝 놀란 눈치였다. 이쿠야는 쩔쩔매는 그를 달랜 후 용건을 꺼냈다.

"오랜만입니다, 아버님. '야기라 식당'에서 농성 사건이 일어난 거 아세요?"

―물론 알지. 씻고 나와서 NHK를 틀었더니 우리 가게가 나와서 혼비백산했어. 전화해도 받질 않고, 그렇다고 달려가려 해도……. 저기, 설마 아들놈한테 무슨 일 생긴 거야?

"아니요."

이쿠야는 안절부절못하는 쓰카사 아버지를 위해 서둘러 말했다.

"걱정하지 마세요. 쓰카사는 무사해요. 그게 아니라 그, 아버님께 물어보고 싶은 게 있어서요."

이쿠야는 간략하게 설명했다. 고자사가와강 하천부지에서 시신이 두 구 발굴됐다는 것. 그중 21년 전에 살해당한 것으로 추정되는 피해자가 미타 레온으로 확정됐다는 것을.

―레오 짱?

쓰카사 아버지가 목소리를 높였다.

"기억하세요?"

―암, 기억하지. 맙소사, 그 레오 짱이……? 그것참, 벌써 20년이나 지났구나. 분명 어느 날 갑자기 사라졌지만, 그런 아이는 드물지 않아서 마음에 담아두지 않았어…….

"미타 레온의 어머니는요?"

쓰카사 아버지가 그대로 회한에 빠질 듯한 낌새라 이쿠야는 재빨리 물었다.

"저희는 지금 사건의 단서를 얻기 위해 미타 레온의 어머니를 찾고 있습니다. 그분에 대해 뭔가 아시는 게 없을까요?"

―어? 아아, 그래.

쓰카사 아버지는 마음을 다잡은 듯한 목소리로 말했다.

―레오 짱 엄마는 수입이 제법 괜찮은 출장 스트리퍼였어. '엘레강스'인가 하는 업소 소속이었을 거야. 이름

은……, 어디 보자, 에미인가 에리인가 그랬을걸? '지센'에 자주 출장을 나갔어. 그리고 이렇게 말하면 좀 그렇지만.

잠시 뜸을 들이다 단어를 골라가며 말했다.

―……아이를 그다지 좋아하지는 않았어. 술버릇도 좋지 않은 것 같았고. 적어도 엄마로서 레오 짱을 배불리 먹이는 사람은 아니었지.

"어디로 갔을지 짚이시는 점은 없으실까요?"

―미안하지만 없어. 레오 짱은 우리 가게 단골이었지만, 엄마는 아니었지. 나보다는 오히려…….

"오히려?"

―어, 아니야.

쓰카사 아버지는 난감하다는 듯 말을 얼버무렸다.

―으음……, 평소 같으면 해서는 안 될 이야기인데……. 하지만 지금은 비상사태니까. 음, 어쩔 수 없나.

"뭔데요?"

이쿠야는 안달이 나서 재촉했다.

"빨리 말씀해 주십시오."

체념한 듯 쓰카사 아버지가 한숨과 함께 말했다.

―허……, 나한테 들었다고는 하지 마. 레오 짱 엄마의 예전 동료이자 아직 도로코베에 남아 있는……, 그렇다기보다 눌러앉은 사람이 한 명 있어.

"동료요? 스트리퍼인가요?"

―예전이라고 했잖아, 예전.

강조하고 나서 쓰카사 아버지는 목소리를 낮췄다.

―고급 정찬 요리점 '나나이'의 안주인이야. '나나이'의 사장이자 주방장이 한눈에 반해서 출장 스트리퍼를 그만두고 결혼했지. 그 사람이 나보다 훨씬 '엘레강스'의 에리 씨, 아니 에미 씨. 아무튼 그 사람에 대해 잘 알 거야.

쓰카사 아버지와 통화를 마쳤다.

오사코는 휴대전화를 돌려받고 뒤쪽의 수사관에게 손짓했다. 시바처럼 현경에서 파견된 수사관이다. 즉, 오사코의 부하 중 한 명이었다.

"감찰관은 아직 안 왔지만 기다리는 시간이 아깝군. 천막에 있는 쓰루이 와카노의 어머니에게 이와가키서에 대한 불평, 특히 생활안전과에 대한 불평을 동료나 유흥업소 도우미에게 들은 적 없는지 물어봐. 서로 비슷한 처지라서 끈끈하게 뭉치는 것 같고, 쓰루이 와카노의 어머니는 남의 이야기를 잘 들어주는 성격인 듯하니까."

"알겠습니다. 다녀오겠습니다."

"'지센'의 안주인은 슬쩍 떼어내. 반드시 다른 사람은 없는 데서 물어보도록."

수사관이 나가는 모습을 지켜본 후 오사코는 시바를 돌아보았다.

"좋아, 시바. 지휘본부에서 어린애에게 군침을 흘리는 변태 전과자 목록을 보냈지? 나한테도 보여줘. 과수연에서 보낸 프로파일링도."

오사코는 시바가 가져온 목록을 받아 들고 눈을 가늘게 떴다.

"응? 왼손에 들고 있는 건 뭐야?"

"이쪽은 전과자와 더불어 체포된 전력만 있는 자도 포함한 목록입니다. 그러면 너무 많아서……."

"상관없어. 전부 확인한다."

오사코는 시바의 왼손에서 목록을 낚아챘다.

5분도 지나기 전에 노트북을 담당한 수사관이 소리쳤다.

"오사코 과장 대리님. 정찬 요리점 '나나이'의 안주인과 연락이 됐습니다. 화상회의 앱으로 연결하겠습니다. 이야기 나누시겠습니까?"

"물론이지. 화면에 띄워."

오사코는 엉덩이를 움직여 노트북 앞으로 이동했다.

모니터 화면에 비친 '나나이'의 안주인은 자다 일어났는지 잠옷 차림이었다. 화장기 없이 밋밋한 얼굴로 졸린 듯 눈을 끔뻑거렸다.

"주무시는데 죄송합니다. 긴급 사태라서요."

오사코는 사과를 하는 둥 마는 둥 바로 본론에 들어갔다.

"시간이 없어서 단도직입적으로 말씀드리겠습니다. 미타

에미코 씨에 대해 아시는 바를 말씀해 주십시오."

말을 마치자마자 안주인이 인상을 찌푸렸다.

"미타 에미코라니……, 어, 그 에미코 씨? '엘레강스'에 있었던 에밀리 씨 말이에요? 어머, 그 사람, 또 무슨 일을 저질렀어요?"

"바로 떠올리시는 걸 보니 짐작 가는 구석이 있으신 듯한데요."

"설마요. 전 아무것도 몰라요. 20년도 더 전에 잠깐 같은 업소에서 일했을 뿐인걸요. 딱히 친한 것도 아니었고."

내뱉는 듯한 말투였다. 성가시다는 표정을 숨기려고조차 하지 않았다.

"미타 에미코 씨를 좋아하지 않으시는 것 같군요."

"그야 그렇죠. 그 사람이 친 사고를 몇 번이나 업소에서 수습해 줬는지 몰라요. 이쪽에도 그 불똥이 엄청 튀었고……. 지금 같은 불경기였다면 진작에 잘렸을걸요? 에밀리 씨는 정말로 못 말리는 알코올중독자였어요."

안주인은 쌀쌀맞게 말하고 잠옷 옷깃을 여몄다.

오사코가 물었다.

"미타 에미코 씨는 언제 무슨 계기로 도로코베를 떠났습니까?"

"글쎄요, 벌써 20년이나 지난 일이라 잘 모르겠네요. 느닷없이 훌쩍 사라졌어요."

"아이가 있었을 텐데요. 아이도 함께?"

"그럴 거예요. 뭐, 데려가지 않았더라도 놀랍지는 않지만."

"오, 왜 놀랍지 않죠?"

오사코가 짐짓 눈을 크게 뜨자 안주인은 이맛살을 찌푸렸다.

"빈말로도 아이를 예뻐하는 것처럼은 보이지 않았으니까요. 아까도 말했듯이 에미코 씨는 알코올중독이라 '자식보다 술'이 우선인 사람이었어요."

"요컨대 육아를 포기하고 술에 빠져 살았다?"

"뭐가 알고 싶은 건데요?"

안주인이 치뜬 눈으로 오사코를 쏘아보았다.

"이제 와서 왜 에미코 씨에 관해 물어보는 거예요? 그 사람, 약물을 하다가 잡히기라도 했나요? 말해두겠는데 저하고는 눈곱만큼도 관계없어요. 머리부터 발끝까지 구석구석 털어봐도."

"죄송합니다. 시간이 없으니 분명하게 말씀드리겠습니다."

오사코가 목소리를 높였다.

"저희 현경은 미타 에미코 씨의 아들 레온이 무슨 사건에 말려들었다고 보고 있습니다."

한순간 안주인이 얼떨떨한 표정을 지었다.

"레온……, 레오 짱?"

중얼거리고 나서 퍼뜩 놀란 것처럼 안주인의 눈이 둥그레졌다. "잠깐만요" 하고 말하자마자 안주인은 화면에서 재빨리 사라졌다.

안주인은 스마트폰을 들고 돌아왔다.

"지금부터 대화 내용을 녹음할 거예요. 만약 안 된다고 하면 더는 아무 말도 안 할 거고요."

안주인은 보란 듯이 스마트폰을 쳐들고 선언했다.

"갑자기 왜 그러시죠?"

오사코가 묻자 안주인은 밉살스럽다는 듯이 입술을 일그러뜨렸다.

"왜냐고? 경찰이 이제 와서 레오 짱 이야기를 꺼내다니 문제가 생겨도 단단히 생긴 거야."

말투가 싹 바뀌었다.

"네놈들은 못 믿어. 분명 네놈들에게 불리한 일이 드러나서 벌벌 떨고 있는 거겠지. 뭐라고 하든 반드시 녹음할 테니까 그렇게 알아. 난 옛날과 달리 돈도 많고 연줄도 있어. 단골손님 중에는 변호사도 있다고. 유흥업소 출신이라고 얕보지 마."

으름장 놓는 솜씨가 보통이 아니다 싶어 이쿠야는 감탄했다.

"오해하지 마십시오. 저희는 현경입니다. 이와가키서 사람이 아니에요."

오사코는 개의치 않고 안주인을 달랬다.

"현경은 현에 있는 경찰서를 총괄하는 본부입니다. 그렇게 경찰을 의심하시는 걸 보니 과거에 이와가키서와 무슨 문제가 있었던 거겠죠. 하지만 현경본부는 관할서에 부정이나 미비한 점이 있으면 단속해서 경찰의 위신을 바로 세우는 상위 기관입니다. 맹세컨대 당신의 발언을 날조하거나 압력을 가하지 않겠습니다. 약속드리죠."

"흥. 겉으로야 무슨 말을 못 하겠어?"

안주인이 콧김을 씩씩대며 받아쳤다. 오사코는 고개를 갸웃했다.

"아무래도 모르겠군요. 왜 저희 경찰이 레온에 관해 물어봤다고 해서 그렇게 예민하게 구시는 겁니까?"

"모른다고? 그럼 말해주지."

안주인이 목소리 톤을 높였다.

"누구한테 무슨 소리를 들었는지 모르지만, 나보다는 당신네 식구나 털어 봐."

"식구라니요?"

"이와가키서에 과장으로 있었던 가모라는 작자. 이미 정년퇴직했지만 그 인간은 쓰레기야. 그 인간의 남동생도."

오사코의 뺨이 상기되는 걸 이쿠야는 놓치지 않았.

만족감을 느낀 듯했다. 옆얼굴에 '잡아냈다'라고 적혀 있었다.

지금 사건의 핵심을 잡아냈다고. 내리친 곡괭이 끄트머리가 마침내 금맥에 꽂혔다고.

오사코가 곁에 있던 수사관에게 눈짓했다.

수사관이 보조 노트북을 끌어당겨 '가모'라는 이름을 이와가키서의 데이터베이스에서 검색했다. 결과는 바로 나왔다. 이쿠야는 몸을 내밀어 화면 속 글자를 읽었다.

가모 다다히로 경감. 16년 전에 정년퇴직. 퇴직 당시 직함은 이와가키서 생활안전과 과장.

"이 녀석, 아는데."

이쿠야 옆에서 시바가 속삭이듯 말했다.

"이와가키 시장의 후원회 회장을 10년쯤 맡고 있는 영감님이야. 과연. 퇴직한 후로도 여기저기 영향력을 행사할 수 있는 입장이었던 거로군."

노트북 화면 속에서 '나나이'의 안주인이 계속 말을 늘어놓았다.

"가모라는 놈의 남동생은 소아성애자야. 아이라면 남자든 여자든 상관없다는 변태였지. 자세하게는 모르지만 에미코가 '맥주 한 상자를 받고 또 변태한테 애를 팔고 왔다'라고 소름 끼치는 소리를 했던 건 사실이야. 즉, 금품을 받고 레오 짱을 가모 남동생이나 주변의 변태에게 넘긴 거지."

이쿠야는 성범죄 체포자 목록을 들고 부리나케 스캐너로 향했다. 종이를 세팅하고 자동 급지 기능으로 스캔했다. OCR 처리해서 텍스트 데이터로 변환한 후 검색하면 가모

성씨의 피의자가 있는지 단번에 알 수 있을 것이다.

"이봐, 난 이미 손자가 있는 몸이야. 왜 그렇게 꺼림칙한 일을 생각나게 하는 건데? 아무튼 가모가 안 된다면 오다 씨에게 물어봐. 그 사람, 에미코와 그렇고 그런 사이였으니까."

안주인이 못마땅하다는 투로 말했다.

오사코는 되물었다.

"오다 씨라니요?"

"'지센'의 지배인."

안주인은 말투를 약간 원래대로 되돌렸다.

"거기 이토코 씨는 '철의 여인'이지만 오다 씨는 기가 약하거든. 좀 찔러보면 술술 이야기할 거야. '지센'은 사장이 살아 있던 시절에는 괜찮았는데 이토코 씨가 경영권을 잡은 뒤로 완전히 썩어버렸지."

"미타 에미코 씨를 통해 '지센'과 가모 다다히로가 연결돼 있었다는 뜻입니까?"

"그렇다기보다 '지센'과 가모가 연결돼 있고, 에미코는 단물을 받아먹은 거지."

안주인은 내친 김이라는 듯이 말했다.

"'지센'도 온천 거리 식구니까 이런 식으로 팔아넘기고 싶지는 않지만, 우리 쪽에 불똥이 튄다면 이야기는 또 달라지지. '지센'은 유흥이 활발한 곳이라 원래 경찰의 생활질 서계와는 서로 주거니 받거니 하며 지내왔어. 그래서 생활질서계를 쥐락펴락하는 가모 과장에게는 젊은 여자, 가모의 동생에게는 어린애를 알선해서 비위를 맞췄지. 동생의 변태 짓이 발각되면 큰일 난다는 게 가모가 늘 신경 썼던 부분이었거든. 에미코처럼 부모 자격 없는 쓰레기도 한둘이 아니었고."

녹음 중이라고 강조하듯 안주인은 스마트폰을 쳐들었다.

"이제 와서 옛날 일을 들춰내서 뭘 하고 싶은 건지는 모르겠지만, 이것만큼은 말해둘게. 레오 짱은 피해자였어. 20년이나 지난 지금, 매춘으로 잡아들이려고 해 봤자 헛짓이야."

레온이 죽었다는 사실을 모르는 안주인은 눈에 쌍심지를 켜고 말했다.

"그런 것보다 식당에서 일어난 일이나 빨리 해결해. 안에 아직 인질로 잡힌 아이가 남아 있지? 그쪽에 집중하는 게 어때? 만약 아이가 하나라도 죽으면 다 너희들 짭새가 무능한 탓이야!"

OCR 처리한 목록을 검색하자 '전과는 없고 체포된 전력만 있는' 목록에 성이 가모인 사람은 두 명이었다. 다만 한 명은 너무 젊어서 나이가 맞지 않았으므로 바로 제외했다.

남은 한 명의 이름은 가모 아키히로. 만 69세.

나이와 이름으로 보건대 다다히로의 남동생이리라. 8년 전, 하교 중인 여자 초등학생을 골목으로 끌고 가려다가 체포됐다.

이와가키시에서 약 30킬로미터 떨어진 오무로서 관내에서 벌어진 일이었다. 그 후, 검찰이 불기소 처분을 내렸다.

"오사코 과장 대리님. 쓰루이 와카노의 어머니, 가즈요에게서 증언을 얻었습니다."

천막에 갔었던 수사관이 숨을 헐떡이며 들어왔다.

"이와가키서 생활안전과는 '어떤 계층'의 실종 신고를 접수하지 않는 것으로 여관 접객원들 사이에서는 유명하다고 합니다. '어차피 가출이겠지' '가정에서 생긴 문제를 경찰이 해결해 달라는 건 좀' '사건이 아니면 이쪽은 못 움직여' 하고 문전박대당한 접객원이 많다는군요."

"도로코베의 여관 접객원은 뭔가 켕기는 구석이 있거나, 가정폭력에서 도망친 사람이 많습니다."

옆에서 이쿠야가 덧붙였다.

"그 사람들은 대부분 경찰관에게 강하게 나가지 못해요. 공권력의 으름장에 약합니다."

오사코에게 그렇게 호소하며 이쿠야는 등에 식은땀이 흐르는 걸 느꼈다.

'나도 자칫했으면 그렇게 됐을지도 몰라.'

오케가와 스토커 살인 사건. 도치기 집단 폭행 살인 사건. 다자이후시 주부 폭행 살인 사건. 전부 똑같았다. 피해자와 가족의 호소를 경찰이 여러 차례 무시한 결과, 최악의 결말을 맞았다.

 이쿠야도 근무하면서 '아무 일도 없이 끝났으면' '빨리 집에 가고 싶다' 하고 바란 날이 헤아릴 수 없이 많다. 실종 신고 접수를 꺼린 직원의 마음을 '이해 불가'라고 표현할 수는 없었다.

 '그런 만큼 더 무서워.'

 자신도 썩어서 나태해진 경찰관 중 한 명이다. 만약 자신이 생활안전과로 이동했다면 그들의 행태에 동조했을지도 모른다.

 말도 안 되는 이야기는 아니었다. 그런 만큼 위팔에 돋은 소름이 가라앉지 않았다.

3

 "아버지?"

 도마의 입에서 흘러나온 말에 쓰카사는 숨을 삼켰다.

 도마의 아버지라면 스트립 클럽에서 호객꾼으로 일하는 그 사람이다.

 도마가 부모에 관해 들려준 일화는 거의 거짓말인 듯했지만 전부 날조는 아니리라. 눈앞에서 육체관계를 맺는 부모와 성추행하는 아버지의 동거녀 이야기는 현실감이 넘쳤다.

 '도마 아버지가 어떻게 와카노의 스마트폰 번호를 알지?'

도마도 쓰카사와 같은 의문을 품었는지 탐색하듯 물었다.

"어떻게 이 번호로 걸었어? 설마 이 스마트폰 주인과 아는 사이는 아니지? 예전에 돈 주고 사 먹기라도 한 거야?"

양손을 비워놓고 싶은지 도마는 스마트폰을 카운터에 내려놓았다.

―스마트폰 주인은 상관없어. 너랑 대화하고 싶은 거야.

도마 아버지가 대답했다.

"헷. 뭔 소리래. 어떻게 이 번호로 걸었느냐고 묻잖아. 텔레비전에서 인질 이름은 공개하지 않았어. 그런데 이 스마트폰을 가진 계집애가 여기 있다는 걸 어떻게 알았어?"

아버지와 아들의 대화를 들으며 쓰카사는 자기 스마트폰에 시선을 떨어뜨렸다.

이쪽도 스피커폰 모드다. 마세 부자의 대화는 이쿠야 및 전선본부에 고스란히 전해질 것이다.

―지금 매스컴에서 나온 놈이랑 같이 있어.

도마 아버지가 묘하게 늘어지는 어조로 말했다.

―놈이라고 하면 안 되나. 헤헤, 방송국 스태프. 지상파가 아니라 인터넷 방송국이래. 지상파보다 이쪽은 여러 가지로 '느슨'하다나.

"누가 그런 걸 물어봤어? 내가 물어본 말에나 얼른 대답해."

도마가 짜증을 내자 아버지는 한 번 더 웃고 말했다.

―네가 풀어준 애들은 지금 시립병원에 있어. 병원으로 달려간 방송국 스태프가 아이 엄마의 친구라는 여관 접객원에게 '와카노라는 아이가 식당에 있다'라는 사실을 알아낸 거지.

의기양양한 목소리였다.

―와카노는 역 뒤편 술집에서 재고 정리 아르바이트를 하는 애잖아? 그 술집 주인이 나한테 빚을 좀 졌거든. 스마트폰 번호를 알려달라니까 대번에 말해주더라.

쓰카사는 이맛살을 잔뜩 찌푸렸다. 도로코베의 좁디좁은 인간관계가 원망스러웠다.

도마가 곁에 있는 게이타로에게 뭐라고 속삭였다. 게이타로도 속삭이는 목소리로 답했다.

그 대답이 마음에 들지 않았는지 도마는 게이타로의 정강이를 걷어찼다. 게이타로가 재빨리 도마에게서 떨어졌다.

도마가 스마트폰에 대고 말했다.

"그래서? 왜 방송국 놈이랑 같이 있는 건데? 무슨 일로 전화한 거야?"

―그야 격려하려고. 야, 격려가 무슨 뜻인지 알아? 하하.

도마 아버지는 너털웃음을 터뜨렸다. 그리고 언제 그랬느냐는 듯이 목소리를 낮췄다.

―버텨라, 도마.

"뭐?"

―매스컴은 우리의 독점 인터뷰를 따내고 싶어 해. 사건이 화제에 오르면 오를수록 돈이 된다는 뜻이지. 그러니 사건을 좀 더 크게 키워. 알았어? 아빠가 하는 말 이해했지?

쓰카사는 다시 자기 스마트폰에 시선을 주었다. 이쿠야가 듣고 있기를, 이 대화를 듣고 빨리 대처해주기를 바랐다.

도마가 잠시 생각하다 아버지에게 되물었다.

"그 돈은 나한테도 주는 거야?"

―당연하지.

"흥, 글쎄."

도마는 코웃음쳤다.

"내 몫이 없으면 나도 알 바 아니지. 협력할 의리는 없어."

쳇, 하고 도마 아버지가 혀를 찼다.

―……알았어, 반땅하자.

하지만 아주 불만스러운 목소리였다.

도마가 또 게이타로에게 속삭였다. 뭔가 상의하는 듯했지만 무슨 내용인지는 들리지 않았다. 도마가 고개를 들었다.

"전파 상태가 안 좋네. 아빠, 어디 있어?"

아버지에서 아빠로 호칭이 바뀌었다.

―근처에.

"근처라고 하면 모르지. 어디 있는데? 면상 정도는 보여줘."

―짭새가 있어서 못 다가가. 그 정도는 알잖아.

"얼굴 보고 싶어."

도마가 졸랐다.

"그쪽이야말로 좀 알아라. 나 어제부터 여기 처박혀서 개지랄을 했다고. 그러다 아빠 목소리 들었더니 맥이 탁 풀렸어. ······이럴 때 아빠 얼굴 보고 싶어 하는 게 이상해?"

─자식, 뭐야. 오늘따라 귀여운 소리를 하네?

도마 아버지가 쑥스러운 듯 말했다.

─뭐, 어쩔 수 없지. 잠깐만 기다려.

1분쯤 지났을까, 와카노의 스마트폰에서 걸걸한 목소리가 다시 들렸다.

─지금, 전당포 파란 간판 앞에 있어.

정말로 근처구나 싶어 쓰카사는 놀랐다.

'야기라 식당' 바로 뒤편은 '시모다 전당포'의 창고와 주차장이다. 주차장 벽에는 전당포 이름이 들어간 파란색 철제 간판을 붙여 놨는데, 동네 주민들은 점포를 빨간 간판, 창고를 파란 간판이라고 부른다.

"정말로?"

도마가 스윙도어를 밀고 주방으로 들어왔다. 발판을 끌어당긴 후 게이타로에게 턱짓을 했다.

"게이, 내 뒤에 서서 아저씨를 감시해."

지시를 받은 게이타로가 주방으로 달려와 도마와 등을 맞댄 자세로 섰다. 하지만 쓰카사와 시선이 마주치지 않도록 얼굴은 살짝 돌렸다.

도마가 발판에 올라갔다.

아까 SIT 대원을 노리고 총을 쏜 탓에 환풍기 날개가 부서져서 커다란 구멍이 생겼다. 도마는 그 구멍으로 밖을 내다보고 나지막하게 말했다.

"구경꾼이 줄었어."

그렇겠지, 하고 쓰카사는 생각했다.

틀어놓은 텔레비전에 아침 정보방송이 나왔다.

평일 오전 7시부터 9시 사이는 세상 사람들이 제일 바쁜 시간대다. 아침을 먹고, 면도하고, 아이를 챙기느라 정신이 없으리라. 자기와 무관한 농성 사건에 신경 쓸 여유는 없다.

도마가 발판에서 내려와서 카운터에 놓아둔 스마트폰에 얼굴을 가까이 댔다.

"안 보이는데. 아빠, 진짜로 있어?"

—있다니까.

도마가 환풍기 바로 밑에 있는 뒷문을 살짝 열었다.

아침 햇살이 비쳐 들었다. 쓰카사는 무심코 눈살을 찌푸리며 눈을 오므렸다.

도마와 게이타로의 몸 너머로 바깥이 보였다.

전당포 창고는 '야기라 식당'보다 작으므로 뒷문은 주차장에 면해 있다. 가게 정면만큼은 아니지만, 여기 주차장에도 경찰관과 기동대원이 대기 중이었다.

출입구에는 노란색 테이프를 쳐놓았다. 그 테이프 맞은편에 흰색 미니밴이 보였다.

아무 특색 없이 평범한 흰색 미니밴이다. 하지만 앞유리를 제외한 나머지 유리창에 선팅을 해서 안쪽이 보이지 않았다.

"저 미니밴? 아빠, 얼굴 보여줘."

―쳇. 어리광 부리기는…….

말과 달리 도마 아버지는 그다지 싫지 않은 눈치였다.

뒷좌석 창문이 천천히 내려가고 비쩍 마른 중년 남자의 얼굴이 나타났다. 도마와 아주 닮았다. 도마가 나이를 서른 살쯤 더 먹고, 두 눈이 좀 더 가늘어지면 딱 저런 얼굴이 되리라.

"아빠."

도마가 낮은 목소리로 말했다.

"……사건이 화제에 오를수록 돈이 되는 거지?"

―응? 뭐라고?

"그거 좋네. 아빠를 죽이면 엄청 화제가 될 거야."

―뭐?

도마는 되묻는 아버지의 말을 무시하고 권총을 뽑았다. 살짝 열어둔 뒷문 틈새로 총구를 내밀었다.

"……어릴 적부터 네놈이 정말 싫었어."

방아쇠에 걸린 손가락에 힘이 들어간 순간.

바로 옆에서 뭔가가 날아왔다.

그것은 도마의 어깨에 맞았다. 위력은 없었지만 도마는 놀라서 자세가 무너졌다. 방아쇠를 당긴 손이 위로 쑥 올라갔다.

굉음이 울려 퍼졌다.

뒷문 윗틀의 알루미늄판을 맞고 튕긴 총알이 천장널을 관통했다. 2층 가구나 가전제품에 박힌 기척이 느껴졌다. 이만큼 신경이 곤두서지 않았다면, 즉 평소라면 느끼지 못할 기척이었다.

쓰카사는 도마의 어깨를 때린 **물체**를 내려다보았다.

빈 오렌지주스 캔이었다. 이어서 카운터 밖에 시선을 주었다.

와카노였다. 떨어져 있던 주스 캔을 주워서 도마에게 던진 것이다. 묶여 있던 손이 자유로워진 걸 보고 쓰카사는 눈이 휘둥그레졌다.

거의 동시에 렌토가 울음을 터뜨렸다.

쓰카사는 총소리 때문에 발생한 이명을 참으며 생각했다.

와카노와 렌토는 내내 붙어 앉아 있었다. 무서웠기 때문이 아니다. 도마의 빈틈을 노려 서로 손목의 테이프를 떼어내려 한 것이다.

그리고 그 시도는 반쯤 성공했다. 와카노의 손은 분명 얼마 전부터 자유로운 상태였다.

'하지만 와카노는 그 사실을 숨기기 위해 가만히 있지 않았어.'

총구와 미니밴 사이에는 경찰관이 있었다. 구경꾼도 있었다. 총알이 누구에게 명중할지 모를 상황이었다. 와카노는 누군가 총에 맞을 걸 알면서 못 본 척할 아이가 아니었다.

미니밴 창문이 닫혔다. 경찰관과 기동대원이 총소리에 놀라움을 감추지 못하는 가운데, 엄청난 속도로 달려갔다. 곧 시야에서 사라졌다.

"이런 씨발!"

도마가 고함을 질렀다.

돌아본 얼굴은 그야말로 분노로 가득했다. 목부터 위쪽이 시뻘겠고 인상이 달라질 만큼 눈썹을 치켜세웠다.

도마는 스윙도어를 확 밀치며 주방을 빠져나가 와카노의 멱살을 잡고 벽에 밀어붙였다.

와카노가 비명을 질렀다. 총구가 와카노의 이마를 향했다.

"멈춰!"

쓰카사는 소리치며 프라이팬을 집어 도마에게 던졌다.

하지만 조준이 살짝 빗나갔다. 도마의 이마를 스친 프라이팬은 벽에 맞고 떨어졌다.

도마가 스읍, 하고 숨을 들이마셨다.

그리고 몸을 돌려 쓰카사를 쏘아보았다.

도마의 두 눈동자가 커진 걸 쓰카사는 똑똑히 보았다. 도마의 오른손이 올라갔다. 그 손에 쥐어진 권총이, 아니 총구가 쓰카사를 똑바로…….

"안 돼!"

가느다란 목소리가 도마를 제지했다.

게이타로였다.

"안 돼."

게이타로는 쭈뼛거리면서도 도마를 보고 다시 말했다.

"도마. 이제 두 발밖에 안 남았어. 총이 없으면 나……, 우리는 힘을 못 써."

영향력이 없어진다고 말하고 싶었던 것이리라.

도마에게도 무슨 뜻인지 통한 듯했다.

그의 얼굴에서 분노가 가라앉았다. 얼굴에 쏠렸던 피가 빠져나가고 순식간에 흥미 없다는 듯한 표정으로 변했다. 여전히 손바닥 뒤집듯 감정 변화가 빨랐다.

반면 쓰카사는 마음을 추스르기가 쉽지 않았다.

스마트폰에서 "쓰카사! 야, 쓰카사!" 하고 이쿠야가 부르는 소리가 들렸다. 쓰카사는 이마의 땀을 닦고 입속으로 중얼거렸다.

'이제 두 발.'

4

 이쿠야는 오사코의 지휘 아래 수사가 진척되는 모습을 보고 감탄했다.
 지금 바로 눈앞에서 사건이 해결되려 한다. 그러한 낌새와 열기가 느껴졌다.
 손바닥에 절로 땀이 배었고, 흥분으로 목덜미의 털이 곤두섰다.
 그래서 알아차리지 못했다. 오른손에 움켜쥔 스마트폰에서 소리가 새어 나온다는 것을. 마세 도마가 아버지와 대화를 나눈다는 걸 전혀 의식하지 못했다.
 스마트폰은 여전히 스피커폰 모드였다. 하지만 스피커폰에서 나는 소리는 주변의 말소리와 여러 가지 기기가 내는 소리, 무전기 소리에 지워지고 말았다.
 오사코가 휴대전화로 지휘본부의 가지모토와 통화했다.
 "'나나이' 안주인의 증언은 녹화해 뒀어. 데이터를 그쪽에 보낼 테니 쓰루이 가즈요의 증언과 함께 정리해서 감찰관에게 전달해 줘. 같은 내용을 본부장님에게도 메일로 보내고. 미안하지만 이쪽은 잡일에 매달릴 여유가 없어."
 오사코가 갑자기 이쿠야에게 말을 걸었다.
 "미요시, '지센'의 지배인을 아나?"
 "아, 네."

이쿠야는 냉큼 대답했다. 곶감 같은 지배인의 얼굴이 머릿속에 떠올랐다.

"어릴 적부터 보고 자랐죠. '야기라 식당'의 단골 중 하나입니다. 손님에게는 공손합니다만, 여관 지배인치고는 음침한 편이에요."

"산전수전 다 겪어서 약삭빠른 성격인가? 으름장이 통할 법한 사람이야?"

"산전수전 다 겪은 건 안주인 쪽이죠. 지배인은 그저 안주인이 시키는 대로 하는 인상이고요."

"그렇군."

오사코는 고개를 끄덕이고 출입구에 서 있던 수사관에게 말했다.

"이봐, 오다인가 하는 그 지배인을 연행해 와. 시간이 없으니 지휘본부가 아니라 여기로 직접 데려오도록. 센가와 이토코에게는 절대 들키면 안 돼. 알겠지?"

오사코는 시바를 보고 "너도 가" 하고 지시했다.

"내 직감인데, 과수연의 프로파일링은 분명 핵심을 꿰뚫었을 거야. 오다를 경찰차에 태우면 프로파일링 내용을 읽어 줘. 경찰은 이미 범인에 대해 모르는 게 없다고 낚시질을 하는 거지. 증언하면 봐주겠다고 미끼도 살살 던져. 낚시질은 네 특기잖아."

"그거야 자신 있죠. 맡겨 주십시오."

시바는 즉시 대답하고 자리에서 일어나 기세 좋게 방을 나섰다. 계단을 뛰어 내려가는 발소리가 멀어졌다.

오사코는 휴대전화를 고쳐 쥐고 지휘본부에 말했다.

"그리고 가모 아키히로. 놈의 집에 감시를 붙여. 인력이 모자라는 건 알지만 최소한 세 명은 필요해. 매스컴이 절대 모르도록."

하지만 말은 중간에서 끊겼다. 날카로운 굉음이 오사코의 말을 지워버렸다.

총소리였다. '야기라 식당'에서 울린 소리였다.

이쿠야는 깜짝 놀라서 쥐고 있던 스마트폰에 소리쳤다.

"쓰카사!"

잠시 아무 대답도 없었다.

"쓰카사! 야, 쓰카사. 대답해!"

식은땀이 등을 타고 흘러내렸다. 하지만 이윽고 헐떡이는 듯한 숨소리가 들렸다.

"괜찮아."

쓰카사였다.

"아무도 안 맞았어. 괜찮아. ……아무도 안 다쳤어."

떨리는 목소리였다. 동요한 심정이 전해졌다. 하지만 발음은 명료했고 말투도 매끄러웠다.

실내 여기저기서 안도의 한숨 소리가 들렸다.

"무슨 일이 있었던 거야?"

"도마 아버지가 접촉했어. 인터넷 방송국 사람과 함께 있대. 도마가 아버지에게 총을 쐈는데……. 맞지 않았어. 우리 가게 천장널에 구멍이 뚫렸지만 그게 전부야."

쓰카사의 목소리는 피로로 가득했다.

이쿠야는 볼 안쪽을 깨물었다. 살이 찢어져서 피 맛이 났다. 정신이 아찔했다.

맙소사, 눈앞에서 진척되는 수사 상황에 몰두한 나머지 자신의 역할을 망각했다. 통화 상태를 유지하면서 식당 내부의 움직임을 빼놓지 않고 확인하는 것이 임무였는데.

이쿠야는 쓰카사에게 현재 상황을 간단하게 전한 후 오사코에게 몸을 돌렸다.

"죄송합니다."

고개를 깊이 숙였다. 목소리가 듣기 싫게 갈라졌다.

"눈앞의 움직임에 그만 정신이 팔려서……, 스마트폰에 주의를 기울이지 못했습니다. 죄송합니다."

"마음은 이해해."

오사코가 나지막하게 말했다.

"하지만 이번 한 번뿐이야."

"네."

이쿠야는 고개를 들 수가 없었다. 쓰디쓴 회한이 가슴에 맺혔다.

오사코가 무전 담당에게 고개를 돌렸다.

"SIT의 야다노를 연결해 줘."

야다노는 즉시 응답했다.

오사코가 야다노에게 '젊은 대원을 동원해 구경꾼을 확인하라'라고 명령한 건 고작 한 시간 반쯤 전이었다. 하지만 한나절은 지난 것 같은 기분이었다.

―세 번째 총소리로군요.

야다노가 말했다. 오사코가 찡그린 얼굴로 "그래" 하고 고개를 끄덕였다.

―보고드리겠습니다. 구경꾼 가운데 유력한 용의자 후보는 없었습니다. 그렇지만.

"미안해."

오사코가 말을 막았다.

"내 멋대로 이래라저래라해서 미안하지만, SIT 대원을 조속히 전선으로 복귀시키도록 해. 아무래도 인질보다 범인이 한계인 것 같아. 경찰관들 사이에 그쪽 대원을 조금씩 섞든지, 아니면 교체하는 게 좋겠어. 대원들의 얼굴을 전부 외웠다는 마세 도마의 말은 허풍이겠지만, 만약을 위해 뒷줄에 있던 대원부터 먼저 투입해. 매스컴과 구경꾼에게 들키지 않게 할 수 있겠나?"

야다노는 가능하다고도 불가능하다고도 하지 않았다.

그저 "알겠습니다"라고만 대답했다.

―오전 8시 반이 지나서 날이 완전히 밝았습니다. 어깨의

부대 마크가 눈에 띄니까 감색 테이프를 붙여서 가리겠습니다. 10분마다 대원을 다섯 명씩 교체하겠습니다."

"좋아, 잘 부탁해."

오사코가 목소리에 힘을 주었다.

"사건도 대단원에 접어들었어. 한 시간 이내에 전 대원을 전선에 복귀시키도록."

이어서 오사코는 지휘본부와 연결된 휴대전화에 대고 말했다.

"방금 나눈 이야기 들었지? 전선의 상황은 이상이야. 그쪽은 '지센'의 지배인이 붙자마자 영장을 청구할 수 있도록 준비해 둬. 용의자가 수면 위로 떠오르면 초특급으로 가택 수색을 실시한다."

5

쓰카사는 주방 선반에 기대서 도마를 바라보았다.

도마는 멀뚱한 표정으로 카운터 의자에 앉아 있었다.

렌토의 손목을 묶은 테이프는 와카노와 마찬가지로 너덜너덜하게 찢어진 상태였다. 와카노가 도마와 게이타로의 눈치를 보며 손톱으로 끈기 있게 문질러서 이루어낸 성과였다. 하지만 그 노력도 물거품으로 돌아갔다. 와카노와 렌토는 다시 양손을 접착테이프로 묶였다.

게이타로가 두 사람을 묶는 모습을 확인한 후 도마가 카운터 의자에 털썩 앉은 지 2, 3분이 지났다.

정신 줄이 뚝 끊어진 것처럼 망연자실한 모습이라고 쓰카사는 생각했다.

도마가 자기 아버지를 싫어한다는 건 말 여기저기서 느껴졌다.

어머니에 관해 늘어놓은 이야기는 대부분 거짓말이었다. 그러나 아버지를 인간 말종이라고 경멸하는 것, 지금까지 살아온 인생과 가정환경을 못마땅해하는 건 진실이리라.

'그렇지만 설마 총을 쏠 줄이야.'

당시 상황을 처음부터 끝까지 본 쓰카사는 안다. 그건 진짜 살의였다. 도마는 자기 친아버지를 진심으로 죽이려고 방아쇠를 당겼다.

하지만 그 살의는 불발로 끝났다.

분명 계획에 없던 일이었을 것이다. 도마의 반응을 보건대 아버지를 쏘려고 할 마음까지는 없었다.

하지만 막상 아버지와 대치하자 억누를 수 없는 살의가 분출됐다. 손 안에 있는 권총의 무게감이 가슴속에 맺힌 살의를 뚜렷한 형태로 만들었다.

도마는 자기 자신에게 실망했다. 아버지를 맞히지 못한 총알에, 아버지를 처리하지 못한 자기 자신에게 낙담했다.

잠시 후 도마가 불현듯이 고개를 들었다.

의자에 앉은 채 몸을 회전시켜 벽 앞에 앉은 인질 두 명을 바라보았다.

"……왜 웃고 지랄이야?"

억양 없는 목소리였다.

두 눈은 검은 구멍 같았다.

도마는 곁에 있는 게이타로를 올려다보며 "야" 하고 불렀다. 느릿느릿 올라간 손이 와카노를 가리켰다.

"저 계집애가 날 보고 웃었지?"

게이타로가 겁먹은 표정을 지었다. 뭐라고 대답해야 할지 난감한 듯했다.

대신에 와카노 본인이 목소리를 높였다.

"무슨 헛소리야? 누가 멍청이 아니랄까 봐."

날붙이 같은 목소리였다.

어머니에 대해 함부로 말해서 상처 입은 뒤로, 와카노는 단 1초도 도마에게 반감을 숨기지 않았다. 그 반감이 아까 전 충격으로 정점에 달했다.

하지만 그건 도마도 마찬가지였다. 구멍 같은 눈에 바로 불길이 타올랐다. 분노와 증오의 불길이었다.

"다시는 그딴 소리 지껄이지 마."

도마가 으르렁거리듯이 말했다.

"알겠냐, 이 쌍년아. 다시는 날 멍청이라고 부르지 마."

도마가 의자에서 일어났다.

쓰카사는 서둘러 주변을 둘러보며 아까처럼 내던질 냄비나 솥 같은 걸 찾았다. 하지만 늦었다. 도마가 먼저 와카노에게 달려가 손을 뻗었다.

"그만해!"

쓰카사는 고함을 지르며 나무 도마를 집었다.

하지만 내던지기 전에 와카노의 비명이 들렸다.

놀랍게도 그와 동시에 도마가 흠칫하며 와카노에게서 손을 뗐다. 분명 경악한 표정이었다.

와카노가 다시 악을 썼다.

"무슨 짓이야, 이 변태 새끼야!"

도마는 반론하지 않았다. 무서운 것이라도 대하듯 와카노를 바라보다가 몇 발짝 뒷걸음쳤다. 그리고 자기 오른손과 와카노의 얼굴을 번갈아 보았다.

'어떻게 된 거지?'

쓰카사는 눈을 깜박거렸다.

이어서 눈앞에서 무슨 일이 벌어졌는지 드디어 이해했다.

도마는 와카노의 멱살을 잡으려고 손을 뻗었다. 하지만 씩씩거리다가 거리를 잘못 가늠해서 와카노의 가슴에 손이 닿았다.

와카노가 비명을 지른 건 그 탓이다. 그리고 쩽쩽거리는 목소리와 소리를 싫어하는 도마는 흠칫 놀라 무심코 손을 뗐다.

그뿐이라고 쓰카사는 속으로 중얼거렸다. 아니, 그뿐이라고 여기고 싶었다.

'하지만 그게 아니야.'

분위기가 변했다는 걸 쓰카사는 피부로 알아차렸다.

아까까지와는 다르다. 이 농성은 한순간에 다른 국면으로 돌입했다. 그 증거로 도마가 와카노에게 욕을 하지 않았다. "웬 병신 같은 걸 만졌네." "어우, 씨발, 기분 더러워" 하고 들으란 듯이 욕설을 내뱉지 않았다. 여자를 싫어한다고 그토록 공언했던 도마가 말이다.

'아니, 잠깐. 애당초 도마는 정말로 여자를 싫어하는 걸까?'

쓰카사는 재빨리 머리를 굴렸다.

지금까지의 삶 때문에 도마가 여성 혐오로 기울어진 건 의심할 여지가 없다.

도마의 성장 환경은 늘 성 풍속에 직결돼 있었다. 외종조부는 스트립 클럽을 운영하고, 아버지는 그 가게의 호객꾼으로 생계를 꾸렸다. 집에 드나드는 스트리퍼나 유흥업소 도우미들에게는 성추행을 당했다.

올바른 성교육에 최적인 환경과는 거리가 멀다. 그래서이리라, 도마는 남자애에게만 성적으로 못된 짓을 해왔다.

'그래. 난 처음부터 도마를 동성애자로 단정할 수는 없다고 생각했었어.'

정신적으로 미숙하고 제대로 된 지식도 없기에, 가까이 있는 여성을 혐오하는 마음이 성적 지향에 섞여든 것 아닐까 의심했다. 그 판단은 지금도 크게 달라지지 않았다.

'만약 그렇다면.'

도마는 카운터로 돌아와 와카노를 힐끔힐끔 곁눈질했다. 분명 지금까지와는 다른 눈빛이었다.

쓰카사는 저도 모르게 주먹을 꽉 쥐었다. 큰일 났다고 속으로 중얼거렸다.

본인 손으로 직접 만진 걸 계기로 도마가 와카노를 욕망의 대상으로 여기기 시작했다.

게다가 렌토에게 향했던 욕정보다 훨씬 심각하고 적나라하다.

도마는 아버지에게 품었던 살의를 해소하지 못했다. 그런 자신에게 실망했다.

본인에게 자신감을 잃었을 때 비행소년은 대부분 폭력에 의존한다. 난 겁쟁이가 아니다. 쓸모없는 쓰레기가 아니다. 그 증거로 상대를 박살 낼 수 있다. 마음대로 할 수 있다. 지배할 수 있다. 그렇게 자기 자신을 타이르기 위해 그들은 가장 손쉽고 단순한 수단을 택한다.

'그 수단은 싸움, 집단 폭행. 그리고 강간.'

쓰카사의 목덜미에 끈적끈적한 식은땀이 맺혔다.

정신적으로 미숙한 남자는 성욕과 공격욕을 종종 혼동한

다. 그 끝에 일어나는 행위가 강간이다. 이런 유의 남자는 애정이 아니라 증오에서 비롯된 흥분 상태에서 발기한다.

'그리고 도마와 와카노는 서로 미워하고 있어.'

쓰카사는 도마와 와카노를 번갈아 보았다.

아까 도마는 "내가 여자를 싫어하니까 강간은 안 할 거다, 그런 생각이냐?" 하고 말했다. 그저 위협하기 위해 꺼낸 말이었다.

'하지만 지금은 아니야.'

쓰카사는 주방을 둘러보았다.

칼은 하나도 없었다. 전부 게이타로에게 넘겨주었다. 있는 것이라고는 주방 가위뿐이다. 끝부분이 뾰족해서 위력이 있을 만한 물건은 이것뿐이었다.

'여차하면 이걸 들고 맞서는 수밖에 없나.'

쓰카사는 침을 꿀꺽 삼켰다.

6

시바를 보낸 후 오사코는 지휘본부의 가지모토와 이야기를 매듭지었다.

"가모 아키히로는 8년 전 오무로서 관내에서 체포된 전력이 있다는군. 사건 정황과 피해자의 신원 등 체포 당시의 정보가 궁금해."

오사코는 시원시원하게 말했다.

"지휘본부에서 오무로서에 요청해 줘. 가능하면 조서를 꾸민 취조관에게 아키히로의 인상 등을 듣고 싶어. 만약 취조관이 이미 퇴직했다면 진술 조서만이라도 상관없어. 최대한 빨라 부탁해."

―알겠습니다.

가지모토가 전화를 끊었다.

오사코는 휴대전화를 엎어놓고 노트북 담당에게 지시를 내렸다.

"이봐, 가모 다다히로 전 경감의 이력을 읊어봐."

"잠깐만 기다리십시오."

수사관이 재빨리 아이디를 입력했다. 현경 데이터베이스에 접속해 표시된 정보를 읽었다.

"어, 가모 다다히로, 1945년생, 출신지는 이와가키시 오아자 오치우도. 현립 아가타미나미 고등학교를 졸업 후 규정대로 경찰학교를 거쳐 이와가키서에 배치됨. 27세에 파출소 근무에서 경비과로 보직 변경. 36세에 경사 승진 시험에 합격. 이듬해 생활안전과로 전보. 43세에 경위가 되고 생활안전과 소년계 계장으로 승진. 55세에 경감으로 승진해 생활안전과 과장으로 취임. 근속 기간 중 눈에 띄는 말썽을 겪거나 징계를 받은 적은 없습니다."

"흠. 뭉개서 흐지부지 넘어갔다면 말썽이 없는 게 당연하지."

오사코는 턱을 쓰다듬었다.

"16년 전에 정년퇴직했지? 그럼 미타 레온이 살해당해 암매장된 21년 전에 놈은 과장으로 취임한 거야. 사건을 계기로 생활안전과를 장악해 사유화한 건가."

무전이 연결됐다. SIT의 야다노였다.

─SIT입니다. 보고드리겠습니다.

"전선본부의 오사코야. 어떻게 됐나?"

─대원을 다섯 명씩 순조롭게 복귀시키는 중입니다. 현재 눈에 띄는 혼란은 없습니다. 매스컴이 눈치챈 낌새도 없고요. 예정대로 한 시간 이내에 모든 대원을 전선으로 복귀시킬 예정입니다. 덧붙여.

야다노는 목소리를 가다듬고 말했다.

─아까 미처 말씀을 못 드렸는데요. 역시 마저 보고드리려고요.

오사코가 한쪽 눈썹을 치켜올렸다.

"미처 말씀을 못 드렸다고? 뭔데?"

─아까 '구경꾼 가운데 유력한 용의자 후보는 없었습니다' 하고 말씀드렸죠? 그다음 내용입니다.

야다노가 잠시 말을 끊은 사이, 이쿠야는 귀에 댄 스마트폰에 정신을 집중했다.

식당에서 소란스러운 소리나 비명은 들리지 않았다. 쓰카사도 아무 말 없었다. 이변은 없는 듯하다고 판단하고 오사코와 야다노의 대화에 의식을 되돌렸다.

―바깥쪽 천막에 있는 '지센'의 안주인과 동거남 말입니다.

야다노가 말을 꺼냈다.

―그 두 사람은 묘합니다. 천막 안에서도 텔레비전으로 생중계를 보고 있는데, 아이들이 걱정된다는 말을 입에 달고 있는 것치고는 인질극에 거의 흥미를 보이지 않습니다. 그렇다고 돌아가는 것도 아니고, 여관 평판을 염려해 매스컴 사람들에게 알랑거리지도 않아요.

"동감이야. 그들은 구린내가 나."

오사코가 동의했다.

"특히 센가와 이토코. 그 여자가 살인자라고 해도 난 조금도 놀라지 않을 거야. 그러나 그 여자는 돈 문제로 죽이는 유형이야. 한 푼의 이득도 되지 않는데 사람을 죽이는 인간은 아니지. 소아성애자 같지도 않고."

동감이었다. 이쿠야는 속으로 고개를 끄덕였다.

이쿠야도 원래는 형사과 수사관이었다. 이번에 드러난 일련의 살인 사건에서 조금이라도 돈 냄새가 났다면 당장 이토코를 용의자 중 한 명으로 점찍었으리라.

'하지만 이번 연쇄 살인 사건에는 능욕과 폭력의 썩은 냄새밖에 풍기지 않아.'

―제가 의심하는 건 동거남 쪽입니다.

이쿠야의 생각을 막듯 야다노가 말했다.

―동거남……, 네기 다쓰야라고 했던가요? 놈은 따분한지 몇 번 텐트에서 나가서 담배를 피우며 구경꾼을 바라보았습니다. 그 시선을 좇으니 놈이 성인 여성도, 소녀도 아니라 소년에게 흥미가 있다는 걸 확실히 알겠더군요. 덧붙여 구경꾼 중 일부가 밀치락달치락하다가 우르르 쓰러지는 소동이 벌어졌었는데요. 다쳐서 피가 흐르는 남자애의 정강이를 네기가 잡아먹을 듯이 바라봤습니다. 심상치 않은 눈빛이었어요. 범인은 분명 피해자의 신체 일부를 잘라냈죠?

"응. 다리 부분이 아니라 혀지만."

―녀석의 세세한 취향까지는 모르겠습니다. 하지만 아파하는 소년을 보고 흥분한 건 확실해요. 손가락이나 혀끝 같은 신체의 끄트머리 부분에는 신경이 밀집돼 있으니까요.

흠, 하고 오사코는 생각에 잠겼다.

"무슨 말을 하고 싶은지는 알겠어. 하지만 이토코가 굳이 살인자를 동반자로 삼아 먹여 살릴 것 같지는 않군. 그 여자는 자청해서 남을 돌볼 스타일이 아니야. 남자에게 진심으로 반할 성격도 아니고. 만약 네기 다쓰야가 범인이라면 이토코는 금방 알아차렸을 테고, 자기 영역에서 쫓아냈겠지."

오사코가 고개를 기울였을 때 휴대전화가 울렸다.

지휘본부의 가지모토였다.

―이와가키서 직원은 생활안전과를 포함해 전부 일시적

으로 내보냈습니다.

가지모토는 먼저 그렇게 알린 후 말을 이었다.

―오무로서의 취조관은 역시 퇴직했습니다만, 스캔해서 저장한 진술 조서를 입수했습니다. 8년 전 10월 18일, 당시 61세였던 가모 아키히로는 하교 중인 초등학교 여학생에게 길을 잃었으니 휴대전화를 빌려달라고 부탁했고, 여학생이 부탁을 들어주기 위해 걸음을 멈추자 팔을 붙잡고 골목으로 끌고 가려고 한 듯합니다.

"그 아이는 무사했나?"

―비명을 지르며 저항하는 소리를 듣고 여자 교통안전 지도사가 달려와서 무사했습니다. 도망치려던 가모 아키히로는 남자 교통안전 지도사가 붙잡아서 파출소 근무자에게 넘겼고요.

"분명 불기소 처분이었지?"

―피해자 가족과 재빨리 합의를 봤거든요. 서면으로 사죄하고, 합의금으로 50만 엔을 제시한 모양입니다. 뭐, 이런 경우는 부모도 일을 크게 만들고 싶어 하지 않으니까 잘 무마된 거겠죠.

"다른 범죄 이력은?"

―오무로서에는 이것 한 건뿐입니다 이와가키서에는.

"이력이 남아 있을 리 없겠지."

―안타깝지만 그렇겠죠.

가지모토는 일단 인정하고 나서 말했다.

―하지만 범행은 저질렀을 겁니다. 수법이 익숙하고 망설임이 없어요. 범행 대상이 좁은 골목에 접어들기 직전에 말을 거는 등, 계획적이기도 합니다. 또한 이 여학생은 아키히로에게 팔을 붙잡혔을 때 탈구됐어요.

"초등학생을 상대로 폭력도 마다하지 않는 인간이라는 건가."

―그렇습니다. 형이 생활안전과 과장 자리에 앉아서 든든한 뒷배가 생기자 간이 점점 커졌을 가능성도 상상하기 어렵지 않습니다.

"그렇겠지."

오사코는 생각에 잠겼다.

가지모토가 말을 이었다.

―가모 아키히로는 서른두 살에 중매 결혼해서 아이를 하나 얻었지만, 마흔한 살 가을에 이혼했습니다. 그 후로 쭉 부모가 지은 본가에 혼자 살고 있죠. 이혼한 이유는 불분명합니다만, 위자료는 아키히로 쪽이 지급한 것 같더군요. 인근의 평가는 빈말로도 좋다고 할 수 없습니다.

흐음, 하고 오사코는 콧김을 내쉬고 말했다.

"역시 가모 아키히로가 확실한가. 그렇지만 마음에 걸리는 점도 있어. 8년 전 가모 아키히로의 피해자는 여자애였지. 뭐, 남녀 구별 없이 어린애 하면 군침을 삼키는 소아성애자도 일정 비율 있으니까 의문스럽다고 할 정도는 아니지만."

거기까지 말했을 때 가지모토가 끼어들었다.

―죄송합니다. 전화가 와서요. 잠시만 기다려 주십시오.

휴대전화를 내려놓고 다른 전화로 뭔가 대화를 나누는 듯했다.

오사코가 이쿠야를 돌아보았다.

"미요시, 올해 몇 살이지?"

"아, 네. 서른한 살입니다."

"가모 아키히로의 나이로 볼 때 이십몇 년 전부터 이미 '현역'이었을 거야. 도로코베에서 생활하면서 변태에게 걸린 적 있나? 주로 초등학생 시절에."

"여러 번이죠."

"그렇군. 어쩌면 대질 조사에 참여해 줘야 할지도 몰라."

오사코가 고개를 되돌리는 것과 동시에 가지모토의 목소리가 들렸다.

―가모 아키히로의 자택을 감시하러 보낸 수사관이었습니다.

목소리에서 허탈함이 묻어났다.

―아무래도 너무 조용해서 인근 주민에게 물어보고 다녔답니다. 이웃 사람의 말에 따르면 아키히로는 사흘 전부터 집을 비웠다는군요.

"뭐라고?"

오사코가 눈을 부릅떴다.

가지모토의 목소리가 더 낮아졌다.

―이와가키 시장 후원회의 주최로 4박 5일간 이즈로 단체여행을 떠난 것 같습니다. 형 다다히로가 후원회장이니까 꼽사리 낀 거겠죠.

"사흘 전부터 집을 비웠다면……."

오사코가 말끝을 흐렸다.

이쿠야도 무심코 인상을 찌푸렸다. 즉, 가모 아키히로는 구보이 세이료를 살해하고 시체를 유기할 수 없다. 철벽같은 알리바이가 생긴 셈이다.

"아……, 아니, 잠깐. 아키히로 집을 감시하는 인원은 그대로 대기시켜!"

오사코가 한 손으로 이마를 누르며 외쳤다.

"형 다다히로가 협력해서 동생의 알리바이 공작에 나섰을 가능성도 부정할 수는 없어. 가지모토 씨, 단체여행을 캐봐. 가모 아키히로가 이즈의 여관에 실제로 있는지 확인하는 거야. 그리고 여자애를 탈구시켰을 때 아키히로가 어떤 반응을 보였는지도 궁금하군. 조서에 남아 있지 않다면 당시 사건을 맡았던 수사관을 찾아봐. 양쪽 다 서둘러."

거의 동시에 전선본부의 수사관에게서 새로운 정보가 들어왔다.

네기 다쓰야의 체포 이력이었다.

다시 검색해 보자 지휘본부가 시바에게 넘겨준 전과자 목록에 다쓰야의 이름도 실려 있었다. 게임센터에서 만난 남자 초등학생을 화장실로 끌고가 폭행했다고 한다.

"가모 아키히로와 마찬가지로 이와가키서 관할 밖에서 체포됐습니다. 역시 기소되지 않았지만 네기 다쓰야는 합의를 본 게 아니라 초등학생의 부모가 고소를 취하했어요."

"아이에게 성적으로 몹쓸 짓을 한 적은?"

"그건 없습니다."

다쓰야는 그외에도 세 번 체포된 이력이 있었다.

전부 이와가키서 관내에서 경미한 죄를 저질렀다. 음주운전으로 두 번. 취해서 기물파손으로 한 번. 기물파손은 룸살롱의 간판 조명을 걷어차서 망가뜨린 혐의였는데, 즉시 합의를 봤다.

"덧붙여 어느 룸살롱이지?"

"도로코베 온천 거리에 있는 가게입니다."

"그럼 이토코가 행차할 수 있겠군. 그 여자가 합의를 종용한 게 틀림없어."

오사코가 앓는 듯한 목소리로 말했다.

"그 여자라면 아기를 때려서 다치게 했더라도 합의를 이끌어내겠지. 그러나 이 정도의 정보로는……."

오사코가 한탄하는데도 아랑곳없이 이쿠야는 스마트폰에 귀를 기울였다.

역시 '야기라 식당' 내부에 이상은 없었다. 안도의 한숨을 내쉬었을 때 아래층이 갑자기 소란스러워졌다.

계단을 올라오는 발소리가 들렸다. 두 명이었다. 뛰어오르는 듯한 발소리와 그 발소리를 머뭇머뭇 따라가는 발소리였다.

"오사코 과장 대리님. 지금 막 도착했습니다."

고함치는 듯한 목소리와 함께 나타난 사람은 시바였다. 이어서 그의 어깨 너머로 쭈글쭈글하고 창백한 얼굴이 눈에 들어왔다.

온천여관 '지센'의 지배인 오다였다.

7

이쿠야가 보기에도 오다는 완전히 체념한 듯했다.

어릴 적부터 알고 지냈던 음침한 얼굴이다. 그리고 '야기라 식당'의 단골이기도 하다. 쓰카사의 아버지가 사장이었던 시절부터 그곳의 부추 간 볶음을 좋아해서 일주일에 한두 번은 얼굴을 디밀었다.

시바가 오사코의 귀에 입을 가까이 대고 속삭였다.

"전면적으로 경찰에 협력해 자청해서 증언하면 불기소될 가능성도 있다고 약을 잔뜩 쳐놨습니다. 반응을 보니 효과가 있어요. 한 번만 더 밀어붙이면 불겠죠."

"고생했어."

오사코는 짤막하게 칭찬했다.

"자."

오사코가 다다미에 꿇어앉은 오다 앞에 책상다리 자세로 앉았다.

"'지센'의 오다 씨랬나? 이 사건의 수사 주임을 맡은 오사코야. 잘 부탁해. 어이, 이제부터 찍어."

그러면서 비디오카메라를 들고 옆에 서 있던 수사관에게 턱짓을 했다.

"미안해, 오다 씨. 지금은 조서를 작성하겠답시고 느긋하게 메모할 여유가 없어서. 뭐, 꽉 막힌 취조실에서 이야기하기보다는 여기서 이렇게 진술 내용을 녹음하고 녹화하는 편이 여러모로 확실해서 당신도 안심이겠지."

"안심……."

오다가 자조하듯 피식 웃었다.

오사코는 무시하고 말을 이었다.

"미타 에미코와 사이가 좋았다던데."

"에미코? 갑자기 뭡니까?"

오다는 노골적으로 언짢은 표정을 지었다.

"대체 어느 시절 이야기를 하시는 겁니까. 그렇게 먼 옛날이야기를 이제 와서 들추지 마십시오."

"먼 옛날이라는 것치고는 빨리 기억해 냈는걸? 에미코는 지금 어디 있나?"

"모릅니다. 20년도 전에 홀연히 도로코베를 떠난 뒤로는 못 봤어요. 전화 한 통 없었습니다."

"그래? 그럼 레온은 어때?"

계속 벋대던 오다가 말을 꿀꺽 삼켰다.

곁에서 주시하던 이쿠야가 보기에도 안색이 변했다는 걸 알 수 있었다. 스마트폰이 조용한 걸 확인한 후 이쿠야는 오다에게 시선을 되돌렸다.

"에미코의 아들 레온 말이야. 왜 지금 그 이름을 꺼내는지 알지? 모를 리가 없겠지."

오사코의 목소리는 다정했다. 살살 어르고 달랜다고 해도 될 정도였다.

오다는 뭔가 말하려다 입을 다물고 두 손을 정신없이 주물렀다. 이마에 진땀이 축축하게 배어났다.

그리고 숨을 헐떡이며 몇 번 탄식했다.

하지만 곧 소리를 멈추고 어깨를 축 늘어뜨렸다.

"……저, 저는 아닙니다."

"그럼 누구야?"

"에미코입니다. 에미코가……."

갈라진 목소리였다.

"다 그 여자 잘못입니다. 엄마면서 개를 거추장스럽게 여길 뿐이라……. 필요 없으면 낳지를 말든가. 제가 보기에도 그 여자는 엄마 자격이 없었어요. 자식을 용돈벌이 도구로 밖에 여기지 않았죠."

"용돈이라면 가모 형제에게서 받아먹은 돈 말인가?"

오다는 어깨를 움찔하며 굳어버렸다.

오사코의 눈치를 살피는 치뜬 눈에는 절망감이 깃들어 있었다. '역시 전부 아는구나'라는 절망감이었다.

"당신이 보기에 가모 형제는 어떤 인간이야?"

오사코가 물었다.

오다는 고개를 숙였다.

"……둘 다 쓰레기입니다. 하지만 형 다다히로는 명색이 공무원이었던 만큼 그나마 낫죠. 순진하고 경험이 없어 보이는 느낌의 아가씨를 좋아하고 한 번 자고 나면 흥미를 잃으니까, 그때그때 새로운 여자를 조달해야 해요. 귀찮다면 귀찮지만, 그냥 밝히는 노인네입니다."

"동생 아키히로는?"

"어차피 아실 텐데요……. 어린애를 좋아하는 미친놈이죠. 이혼한 이유도 자기 딸을 건드려서예요. 아직 다섯 살도 되지 않은 아이에게 몹쓸 짓을 했으니 짐승이 따로 없죠."

"그 짐승에게 어린애를 알선한 게 어디의 누군데?"

오사코의 목소리가 낮아졌다.

"다 파악했어. 유흥 쪽으로 높은 매상을 자랑하는 '지센'의 안주인은 이와가키서 생활안전과 생활질서계와 친밀한 사이였지? 과장 다다히로에게는 젊은 여자, 동생 아키히로에게는 아이를 대주며 일상적으로 '접대'했어. 그럼 지배인인 당신이 그 일과 무관할 리 없지."

"제가 뭘 어쩌겠습니까?"

오다가 목소리를 높였다.

"저는 중졸입니다. 열여섯 살이 되기 전부터 '지센'에서 일했어요. 안주인의 성미를 건드렸다가 잘리면 갈 곳이 없습니다. 이 나이를 먹고서 길바닥에 나앉고 싶지는 않아요. 인간이라면 그런 감정을 품는 게 당연하잖습니까."

"감정이라. 그럼 묻겠는데, 미타 레온에게는 눈곱만한 정도 없었나?"

오사코가 오다에게 얼굴을 들이댔다.

"몇 번이나 얼굴을 봤을 거야. 아주 조금이라도 귀엽다고 느낀 적 없어?"

"……아이를 두고 일일이 귀엽다느니 귀엽지 않다느니 따지면 도로코베에서는 못 삽니다."

오다는 못마땅해하는 어조로 대꾸했다.

"살해당했다는 건 알고 있었지?"

오사코가 물었다.

오다는 말없이 눈을 돌렸다.

"레온의 시신이 고자사가와강 하천부지에서 발견됐어. 에미코와 함께 도로코베를 떠난 게 아니라 21년 전부터 거기 묻혀 있었던 거야. ……알고 있었지?"

"아까도 말씀드렸다시피 달리 제가 할 수 있는 일은 없었습니다."

오다는 고개를 설레설레 내저었다.

"제가 알았을 때 레온은 이미 죽은 뒤였어요. 에미코는 질겁해서 냉큼 튀어버렸죠……. 그렇게 됐으니 뭐 어쩌겠습니까. 게다가 제가 죽인 것도 아닌걸요. 저도 괴로웠습니다. 이렇게 혼자 책임을 추궁당할 이유는 없다고요. 네, 저는 오히려 피해자입니다. 안주인의 횡포에 오랜 세월 고통받아 온 피해자요."

눈물 섞인 목소리로 변하면서 말끝이 흔들렸다.

"당신은 이제 끝났어."

오사코가 말했다.

"네, 압니다. 끝났죠."

"안다면 전부 털어놔."

오사코의 목소리는 분위기에 어울리지 않게 온화했다.

"종졸이라고 자학해도 당신은 유서 깊은 온천여관의 지배인이야. 일이 어떻게 돌아가는지 계산기를 두드릴 만한 머리는 있겠지. 더 이상 벋대봤자 경찰에게 나쁜 인상을 줄 뿐이라는 거 알잖아?"

"거, 거래를."

오다가 코를 훌쩍이고 헐떡이는 듯한 목소리로 말했다.

"사법 거래를 부탁드립니다. ……죄를 인정하고 정보를 제공하면 기소하지 않는다는 그거……. 그걸 해주시면 안 되겠습니까?"

이쿠야는 숨을 죽인 채 두 사람의 대화를 들었다.

'오다는 그저 범인을 알고 있는 정도가 아니야.'

그렇게 확신했다.

일본에서 사법 거래 제도가 도입된 건 아주 최근이다. 오다는 분명 정확하게는 모르면서 해외 드라마나 영화에서 얻은 지식을 꺼낸 것이리라.

하지만 그렇기에 자백한 바나 마찬가지였다. 기소당할 만한 죄를 지었기에 도둑이 제 발 저린다는 속담처럼 사법 거래 운운한 것이다.

"알았어. 담당 검사한테 잘 말해줄게."

오사코가 상냥하게 말했다.

오다의 얼굴은 창백했다. 당장이라도 졸도할 것 같았.

입술을 벌벌 떨던 그가 마침내 진실을 밝혔다.

"저입니다."

그저께 밤중에 세이료라는 아이의 시체를 하천부지에 버린 건 저입니다.

무거운 고백이었다.

실내에 팽팽한 긴장감이 감돌았다. 하지만 오사코는 눈썹 하나 까딱하지 않았다. 그래서? 하고 눈빛으로 다음 말을 재촉했다.

오다는 숨이 넘어갈 듯한 목소리로 말했다.

"이, 이번 농성 사건이 발생하고 나서……, 그야말로 죽을 맛이었습니다. '범인을 찾아내고 방송으로 이름을 내보내라'라고 마세 놈이 요구했다는 걸 알고……. 나도 이제 끝인가 싶어서……."

오다의 입술이 보랏빛으로 변했다.

"하, 하지만 제가 죽인 건 아닙니다. 지금까지 여자와 아이를 가모 형제에게 알선해 왔을 뿐이에요. 시체 처리를 도와준 것도 이번이 처음이고요."

"그래, 믿을게."

오사코가 고개를 끄덕였다.

나도 믿어, 하고 이쿠야는 혼잣말했다.

이 남자는 패기 없는 쓰레기다. 하지만 살인자는 아니리라. 그럴 배짱도 없거니와 절박한 욕망도 느껴지지 않는다. 강렬한 감정에서 비롯된 살인자 특유의 탁한 냄새가 나지 않았다.

"그런데 왜 이번 시체는 당신이 처리했지?"

"부탁받았습니다. 사십견이래요. 어깨가 아파서 팔을 잘못 쓴다길래……. 코로나 사태로 인원을 정리해서 일손도 부족했고요."

"땅에 묻지 않고 그냥 내버린 이유는?"

"최근에 하천부지 근처에 가로등이 생겨서 그 부근이 환해졌잖습니까. 관음 클럽에서 나온 단체 손님에게 들킬 뻔해서 그만……."

시체를 두고 도망쳤습니다, 하고 오다는 몸을 움츠렸다.

"밝아서 위험하다면, 다른 곳에 묻을 수도 있었을 텐데?"

"거기여야만 하나 보더라고요."

오사코의 질문에 오다는 고개를 더 푹 숙였다.

"뭐랄까……, 집착이 있는 모양이라."

집착이라. 과수연의 심리 담당이라면 '질서형 연쇄 살인범의 전형적 특징'이라고 말할 것 같다고 이쿠야는 생각했다.

손 안의 스마트폰에 귀를 귀울였다.

역시 '야기라 식당'은 고요했다.

8

"오다가 불었으니 범인은 확정된 셈인가."

시바가 흙탕물 같은 커피를 들고 중얼거렸다.

이쿠야는 고개를 끄덕였다.

"네."

정보의 진위를 확인한 결과, 가모 아키히로는 이즈의 여관에 투숙 중이었다. 시장, 형 다다히로와 함께 사흘 전부터 묵었고 수상한 점은 없었다.

"가모 아키히로는 아니었군."

시바가 창밖의 천막에 시선을 주었다. 그다음 말은 이쿠야가 속으로 중얼거렸다.

'네기 다쓰야.'

온천여관 '지센'의 안주인 센가와 이토코에게 빌붙어 사는 동거남이다.

자료에 따르면 47세. 사십견으로 어깨가 올라가지 않는 것도 이해가 가는 연령이다.

다쓰야는 정강이에서 피를 흘리는 소년을 보고 눈빛이 달라졌다. 대조적으로 가모 아키히로는 소녀가 탈구된 걸 알고 동요해 현장에서 달아나려 했다고 한다. 같은 소아성애자라도 취향의 차이는 분명했다.

지휘본부에 무전을 연결한 오사코가 목소리를 높였다.

"수색영장을 받으려면 몇 분이나 걸리겠나?"

—15분! 아니, 10분만 기다려 주십시오!

대답하는 가지모토의 목소리도 잔뜩 들떴다.

—본부장님이 판사에게 미리 언질을 줬으니 금방 발급될 겁니다.

"좋아, 수사관을 센가와 이토코의 집으로 보내. 끌어갈 수 있는 만큼 싹 다. 영장이 도착하는 대로 쳐들어간다. 열쇠공도 잊지 말고 데려가."

무전이 끊겼다.

"검찰은 정말로 오다와 사법 거래를 할까요?"

시바가 오사코에게 물었다.

"글쎄. 나야 모르지."

오사코는 냉담하게 대답했다.

"기소 여부는 검찰의 영역이야. 우리 역할은 악당을 체포하는 것까지잖아. 그다음은 내 알 바 아니야."

여기서부터는 이쿠야가 나중에 수사 보고서를 읽고 파악한 내용이다.

오전 9시 42분.

제일 앞장선 수사관이 판사를 재촉해 발급받은 압수수색영장을 들고 센가와의 집 초인종을 눌렀다.

안에서 문이 열렸다.

집을 지키고 있던 가사도우미는 우르르 몰려드는 수사관들을 보고 눈을 희번덕거렸다. "현경입니다! 압수수색영장에 따라 가택수색을 실시하겠습니다!"라는 말을 끝으로, 그들은 아무 말도 없이 차례차례 집으로 들어갔다.

1층은 응접실, 불단방, 거실, 다이닝 키친, 그리고 화장실, 욕실, 광으로 이루어져 있었다. 광은 부자연스러울 만큼 엄중하게 자물쇠로 잠가뒀다.

가사도우미의 허락 없이, 수사관은 데려온 열쇠공에게 자물쇠를 풀어달라고 요청했다.

창문 없는 광은 컴컴했다. 벽을 더듬어서 불을 켰다. 30와트 전구 불빛에 비친 **그것을** 보고 수사관은 탄식했다.

"이런 미친 새끼……."

선반 상단에 잼이나 비타민 빈 병이 여섯 개 놓여 있었다. 투명한 액체로 가득한 병 속에는 희뿌연 덩어리가 담겨 있었다.

혀였다.

정확하게는 포르말린으로 보존한 혀 끄트머리였다.

크기로 보건대 어린애의 혀가 틀림없었다.

수십 분 후, 수사관은 범인의 방으로 추정되는 방의 옷장에서 플라스틱 수납 상자를 발견했다.

열어보니 아동용 속옷이 열 벌쯤 뭉쳐진 상태로 처박혀 있었다. 그 자리에서 서둘러 확인했다. 남자애 속옷이 여덟 벌, 아동용 양말이 두 켤레였다. 전부 세탁은 하지 않았고, 몇 벌에는 정액이 말라붙은 듯한 자국이 남아 있었다.

수사관은 업무용 휴대전화를 꺼내 전선본부에서 이제나저제나 기다리고 있을 오사코의 번호를 찾았다.

증거품을 압수했다고 알리기 위한 전화였다.

오사코가 그 보고를 받고 몇 분 후, 네기 다쓰야와 센가와 이토코는 체포됐다.

시바를 비롯한 수사관들이 천연덕스러운 얼굴로 천막에

머무르던 두 사람을 급습했다. 시바는 다짜고짜 그들의 손목에 수갑을 채웠다.

혼란에 휩싸인 건 다쓰야였다.

이토코가 체포돼서 공황 상태에 빠진 듯했다.

"엄마한테 손대지 마!" 하고 수사관에게 대들다가 어린애처럼 그 자리에서 울음을 터뜨렸다.

이토코는 대조적으로 안색 하나 변하지 않고 다쓰야에게 소리쳤다.

"아무 말도 하지 마! 아무 말도 하지 말고 가만히 있어. 엄마가 다 알아서 할게!"

하지만 이토코가 충고한 보람은 없었다.

이토코와 떨어져 별실에서 시바에게 취조받는 다쓰야는 갓난아기나 마찬가지였다. 훌쩍훌쩍 울기만 하다가, 가택수색 도중에 포르말린으로 보존한 혀와 속옷을 압수했다는 이야기를 들려주자 바로 백기를 들었다.

다쓰야는 흐느껴 울면서 전부 실토했다.

오사코는 전선본부에서 센가와 이토코와 마주 앉아 있다가 '다쓰야가 자백했다'는 보고를 들었다.

"……라는군."

책상다리 자세로 앉아 있던 오사코가 자기 무릎을 탁 친 후 이토코의 얼굴을 들여다보았다.

"엄마한테 손대지 말라니, 이토코 씨, 사랑받아서 좋겠어? 열다섯 살이나 어린 동거남이 그토록 홀딱 빠져서 살 줄이야, 이런 걸 보고 남자는 여자 하기 나름이라는 건가?"

이토코는 대답하지 않았다. 그저 한쪽 뺨을 끌어올려 희미하게 웃었다.

"이토코 씨, 당신 도로코베 출신이 아니지? 고향은 어디야?"

"그런 걸 물어봐서 어쩌려고요? 형사님은 들어보지도 못했을 주부 지방의 촌구석이에요."

이토코는 냉소를 띤 채 대답했다.

"뭐, 여기랑 별 차이 없는 곳이었다고만 말해두죠. 조직 폭력배와 기둥서방과 양아치가 여자의 가랑이로 돈을 버는 동네예요. 하지만 5, 60년 전에는 어디에나 있었을 법한 동네죠. 이 나라는 너무 청정해지지 않았나 싶기도 하네요."

"깨끗한 물에서는 오히려 살기 힘들다는 건가."

"그야 탁한 물에서밖에 숨을 쉴 수 없는 생물도 있으니까요."

그러면서 후후 웃었다.

"왜 도로코베로 흘러들었지?"

"왜냐니, 그야 다른 여자들과 똑같아요. 그네들과 비슷하게 여기저기서 갈 곳을 잃은 끝에 '나나이'의 안주인처럼 여기에 눌러앉은 거죠. 그뿐이에요."

"남편과 결혼해서 정착한 건가. 죽은 남편이 '지센'의 선대 경영자였다면서?"

"네. 저보다 마흔 살이나 많은 영감님이었어요. 좋은 사람이었죠. 돈 많고, 저한테 껌뻑 죽었고, 당뇨가 심해서 가실 날이 얼마 안 남았으리라는 것도 짐작이 갔고."

"그런데 몇 번째 결혼이었어? 초혼일 리는 없잖아."

"우후후. 숙녀에게 그런 질문은 실례랍니다."

이토코가 능청스럽게 말을 받아넘겼다. 오사코의 입술 가장자리에 쓴웃음이 맺혔다.

하지만 두 사람 다 눈에는 웃음기가 전혀 없었다. 보이지 않는 불꽃이 세차게 튀었다.

"그나저나 모르겠는 점이 하나 있는데."

오사코가 천천히 고개를 갸우뚱했다.

"왜 당신 같은 여자가 네기 다쓰야를 버리지 않았지? 살인자임을 깨달은 시점에 내치지 않은 이유가 뭐야?"

"이야, 형사님도 모르시는 게 있나요?"

"그럼 있지. 설마 진심으로 그런 놈에게 반했을 리는 없을 테고."

그때였다. 별실에서 돌아온 수사관이 오사코의 귀에 대고 속삭였다.

"뭐라고?"

오사코가 눈을 부릅떴다.

팽팽하게 긴장된 분위기가 무너졌다. 오사코는 이토코에게 얼굴을 되돌리고 경악한 표정으로 말했다.

"당신들……, 진짜로 엄마와 아들이었나."

곁에 있던 이쿠야도 눈이 휘둥그레졌다. 하마터면 소리를 지를 뻔했지만 간신히 참았다.

"안주인이 열다섯 살에 낳고 바로 양자로 보낸 아이랍니다."

수사관이 작은 목소리로 덧붙였다.

"아이고……."

오사코는 탄식하며 고개를 몇 번 내저었다. 하지만 몇 초만에 마음을 다잡고 다시 이토코와 대치했다.

이토코가 숨을 크게 내쉬고 귀밑머리 언저리를 긁적였다.

"그런 소리까지 했나. 걔도 참 못 말린다니까."

그러면서 목구멍에서 끓어오르는 듯한 소리로 큭큭 웃었다.

"이제 알겠지? 다쓰야는 그런 애야. 책임 능력은 없어."

갑자기 말투가 무람없어졌다.

"변호사를 시켜서 정신 감정을 의뢰할 거야. 지금까지도 의사에게 몇 번이나 '뇌파에 이상이 있다'는 소견을 얻었지."

오사코는 그 말에 대꾸하지 않고 이토코에게 다가앉았다.

"당신에게 아이가 있다는 걸 죽은 남편은 알고 있었나?"

"설마. 밝힐 수 있었다면 좀 더 일찍 다쓰야를 곁으로 데려왔겠지."

"그럼 '지센'의 경영자였던 남편이 죽은 후인가. 여관의 실권을 쥐고 나서야 드디어 다쓰야를 불러들인 거로군? 여관이 당신 천하가 된 후에."

오사코는 자기 말에 스스로 고개를 끄덕인 후 물었다.

"왜 다쓰야가 아들이라는 사실을 숨겼지?"

"그야 그렇게 장성한 아들이 있다고 어떻게 말하겠어? 여관 안주인도 손님을 상대하는 직업인걸. 손님의 흥이 깨질 짓은 할 수 없잖아?"

이토코가 교태를 부리듯 살짝 흘겨보았다.

"무엇보다 우리 아들은 참을성이라는 게 없거든. 그 짓을 할 때 목소리도 커서 상대가 나라고 해두는 편이 여러모로 유리했어."

구역질 나는 이야기였다.

이토코는 아무렇지도 않게 옷깃을 여미고 말을 이었다.

"말해두겠는데 아홉 살 때까지는 착한 아이였어. 친척에게 양자로 보냈는데, 나도 가끔 보러 갔으니까 확실해. 초등학교 4학년 여름방학 때 차에 치인 후로 사람이 변했지."

"차에 치였다고? 그럼 머리를 부딪힌 건가?"

"아주 세게."

이토코는 고개를 끄덕였다.

이토코의 설명에 따르면 다쓰야는 머리에 심한 타박상을 입었지만 지능에는 문제가 생기지 않았다고 한다.

"'시상하부'라는 곳에 상처가 생겼다고 젠체하는 의사가 그랬어. 부정기적인 성욕의 과잉 항진, 이성과 윤리성의 저하, 현저한 공감 능력 결여가 보이는 건 그 때문이라고. ……운이 안 좋았지."

"운? 무슨 뜻이지?"

"머리를 부딪혀도 멀쩡한 아이가 대부분이잖아. 그런데 하필이면 우리 아들만……, 운이 없어도 더럽게 없었던 거야."

이토코가 콧잔등에 주름을 잡았다.

"의사는 이렇게도 말했어. 인격 발달 및 성적 대상 등도 사고 당시 수준에서 멈춘 것으로 보인다고. 걔가 고등학생 때 남자 초등학생에게 장난질을 치다가 잇달아 계도 조치를 받았지. 세 번째 계도 조치 때 의사에게 진찰을 받아보라고 하길래 병원에 갔더니 그런 소리를 술술 늘어놓더라고."

"그럼 넌 다쓰야에게 문제가 있다는 걸 알고 있었던 셈이군. 전부 다 알면서 도로코베로, 자신의 곁으로 불러들인 건가."

오사코가 어이없다는 듯 말했다.

어느덧 호칭이 '당신'에서 '너'로 바뀌었다.

"그래서 뭐? 다쓰야는 사고 때문에 본능이 제어되지 않는 거야. 걔 잘못이 아니라 전부 뇌를 다친 탓이지. 걔의 의지로는 어떻게도 할 수가 없어."

이토코는 도발하듯 오사코를 노려보았다.

오사코는 그 시선을 받아내며 "열다섯 살에 임신했다고 그랬지. 다쓰야의 아버지는?" 하고 물었다.

"글쎄. 죽지 않았을까? 약물에 중독돼서 맛 간 인간이었으니까."

"기둥서방이었나?"

"내가 아니라 어머니의. 열한 살 때부터 당하다가 열네 살 때 임신했어. 죽도록 고생해서 애를 낳았는데, 둘이 작당해서 몸도 제대로 추스르지 못한 나를 유흥업소에 팔아넘기지 뭐야? 너무 열 받아서 빚이고 뭐고 전부 떼어먹고 도망쳤어. 어머니도, 약물에 중독된 그 기둥서방도 유흥업소의 뒤를 봐주는 조직폭력배에게 뜨거운 맛을 봤겠지. 후후, 꼴좋다."

아무렇게나 내뱉는 듯한 말투였다.

오사코가 이마를 문질렀다.

"그렇군. 그때 낳은 아이를 성공한 후에 데려온 거야. 하지만 고생한 것치고는 남의 아이도 소중하다는 사실을 모르는 듯하군. 네가 다쓰야에게 조달해서 죽임을 당한 아이에게도 생명과 인생이 있었어. 그에 관해서는 아무 생각도 없나?"

"핫, 어디서 건방지게 훈계야? 당신들도 남 말할 처지는 아닐 텐데."

이토코는 넌더리 난다는 표정으로 쏘아붙였다.

"짭새 놈들도 20년 넘게 전혀 신경 쓰지 않았잖아. 이 동네에서 아이가 몇 명 사라지든 관심 한번 없었으면서. 정의의 사자인 척하지만, 실은 알잖아? 도로코베에는 쓸모없는 아이가 넘친다는 걸. 우리는 그저 거리를 청소해 줬을 뿐이라는 걸."

"쓸모없는 아이라. 쳇."

오사코가 뺨을 일그러뜨렸다.

"쓸모가 있는지 없는지 정할 권리가 너한테 있나?"

혐오감이 고스란히 드러나는 말투였다.

"먼저 말해두지. 책임 능력 운운하는 변명은 너 자신에게는 통하지 않아. 백 퍼센트 기소, 아니, 유죄로 만들어주지. 경찰의 위신을 걸고 장담하겠어. 넌 인격에는 문제가 있지만, 적어도 정신은 멀쩡해."

"그건……."

이토코의 입매가 처음으로 굳어졌다.

"데려가."

오사코가 턱짓으로 지시했다.

수사관 두 명이 양옆에서 이토코를 붙잡고 일으켜 세웠다. 이토코는 끌려가다시피 전선본부를 나섰다. 때 묻은 버선 발바닥이 묘하게 시선을 잡아끌었다.

이쿠야가 그 뒷모습을 바라보고 있으니 오사코가 나지막하게 중얼거렸다.

"그나저나 네기라. ……알고 나서 보니 과수연의 프로파일링이 찰떡같이 들어맞았군."

"그러게요."

시바가 동의했다.

프로파일링 보고서에는 이렇게 적혀 있었다.

―지역에 잘 녹아들어 아이에게 말을 걸어도 경계심을 품기 힘들다. 아이들과 비슷한 수준이나 약간 높은 수준의 감성으로 이야기를 나눌 수 있다. 또래가 보기에는 유치하고 위태로운 인물로 느껴진다.

―당초에 예상했던 것보다 사회적으로 더 무능하지 않을까 싶다. 패배자 유형.

―어른스럽지 못한 말썽꾼으로 취급되며, 경범죄 전과나 경범죄로 체포된 전력이 있을 것이다. 싸움이나 난폭 운전을 되풀이한다.

"지배적인 여자와 함께 산 기간이 길다는 식으로도 적혀 있었지. 지배적인 여자라, 흥. 그야말로 센가와 이토코에게 딱 맞는 표현이야."

"자신의 지배력을 확인하기 위해 살해 현장 또는 시체 유기 현장에 돌아오는 경향이 있다고도 적혀 있었죠. 네기 다 쓰야는 와카노의 어머니를 바래다준다는 명목으로 이토코와 함께 전선본부를 엿보러 온 겁니다. 수사가 얼마나 진척됐는지 살펴볼 목적이었겠죠."

시바가 맞장구쳤다.

"누범자는 대개 익숙함에서 비롯되는 허술함과 자만감 때문에 자멸하는 법이죠. 특히 네기 다쓰야처럼 자제심이 부족한 놈이라면 더 그렇고요. ······그런데 맙소사, 공범자가 관리해 줬을 줄이야."

"그래. 네기 혼자였다면 20년 넘게 꼬리를 숨기기가 불가능했겠지. 네기가 이렇게까지 설칠 수 있었던 건 냉정한 공범자가 존재했던 덕분이야. 배짱이 두둑하고 지성도 있고, 놈을 완벽하게 다룰 수 있는 이토코라는 공범자가."

이쿠야는 스마트폰에 귀를 기울였다.

역시 조용했다.

하지만 안도감은 찾아오지 않았다. 반대로 가슴속이 어수선하게 물결쳤다.

이상하다 싶었다.

순수한 감이었다. 형사과에서 일하면서 쌓은 감이 이상하다고 경고했다. 아무리 그래도 너무 조용하다고.

"어디 보자."

오사코가 무전 담당에게 고개를 돌렸다.

"아키히로의 집을 감시하는 인원을 이만 철수시킬까. 지휘본부에는 '즉시 각 매스컴에 연락하라'라고 전달해. 연쇄살인범을 체포했다는 사실 및 범인의 성명을 텔레비전으로 내보내는 거야."

이어서 이쿠야를 바라보았다.

"미요시, 넌 친구에게……."

"자, 잠깐만요."

이쿠야는 오사코의 말을 막았다.

"말씀하시는 도중에 죄송합니다. 하지만 오사코 과장 대리님, 뭔가 이상합니다."

"이상하다니? 무슨 소리야?"

"아까부터 식당 내부가 너무 조용합니다. 스마트폰에서 아무 소리도 들리지 않아요. 움직임이 너무 없습니다."

"그게 무슨……."

오사코가 뭔가 말하려는데 무선으로 연락이 들어왔다.

―오사코 과장 대리님!

SIT의 야다노였다.

오사코는 기다리라고 이쿠야에게 손짓으로 신호한 후 무전에 응했다.

"무슨 일이야?"

―저희 부대에서 적외선 센서를 가동해서 식당 내부의 동향을 살피고 있었는데요. 인질 및 범인들이 수상한 움직임을 보입니다.

"움직임?"

―여러 명이 바닥에서 뒤엉켜 있는 것 같습니다. 현재로서는 일어날 낌새가 보이지 않고, 아무래도 격투를 벌이고 있는 것으로 추정됩니다. 위험합니다. 지금 당장 돌입 허가를.

그 순간 네 번째 총소리가 울려 퍼졌다.

9

"화, 화장실, 보내줘요."

렌토가 금방이라도 울 것 같은 얼굴로 부탁했다. 매달리는 눈빛으로 게이타로를 올려다보았다.

게이타로가 도마에게 힐끗 시선을 주었다.

하지만 도마는 전혀 흥미를 보이지 않았다.

게이타로는 렌토를 얼른 일으켜 세우고, 등을 밀며 화장실로 데려갔다.

그때 기묘한 위화감이 쓰카사의 등골을 내달렸다.

한편 도마는 와카노를 응시하고 있었다. 이제는 바라본다는 걸 감추려고 하지도 않았다.

그 두 눈에 깃든 건 연모의 감정 따위가 아니었다. 끈적끈적 달라붙을 듯한 욕망뿐이었다.

'어떻게든 해야 해.'

쓰카사는 다시 눈으로 무기를 찾았다.

농성이 시작된 후로 쓰카사는 내내 실수만 저질렀다. 아무 도움도 되지 못했다. 그렇기에 더는 일을 그르칠 수 없었다.

'무슨 수를 써서라도 와카노를 지켜야 해.'

도마는 총을 여전히 허리춤 뒤쪽에 꽂아둔 모습이었다.

하지만 가지고 놀 듯이 만지작거렸던 버터플라이 나이프는 손에 없었다. 주방에서 보이지 않는 위치, 분명 카운터에 줄지은 의자 중 하나에 놓아둔 것이 분명했다.

'빈틈을 노려서 스윙도어를 열고 그 칼을 빼앗을 수는 없을까.'

쓰카사는 고민하다가 안 되겠다 싶어 바로 마음을 바꿨다.

칼이 정확하게 어디 있는지 모르면 손 쓸 방도가 없다. 도마에게 들키지 않고 주방에서 나가더라도, 칼을 찾는 틈에 총에 맞을 것이다. 역시 미덥지 못해도 주방 가위를 들고 덮치는 수밖에 없다.

쓰카사는 도마의 옆얼굴을 노려보며 어떻게 행동할지 머릿속에 그렸다.

도마가 와카노에게 정신이 팔린 틈에 일단 스윙도어를 밀어젖히고 주방에서 나간다. 도마가 돌아볼 여유를 주지 않고 등에 가위를 꽂는다. 그리고 총을 빼앗는다. 총으로 견제하며 그의 버터플라이 나이프를 확보한다.

'할 수 있을까.'

상상하기는 간단하다.

하지만 실행할 수 있겠냐고 묻는다면 전혀 자신이 없었다.

애당초 쓰카사는 싸움에 익숙하지 않다. 거친 일을 겪었다고 해 봤자 날뛰는 취객을 여럿이서 제압하거나, 폭력적인 아버지에게서 도망쳐나온 아이를 자기 몸으로 감싸 지켜준 정도다. 자기가 먼저 싸움을 걸어본 적조차 한 번도 없었다.
'하지만 망설일 때가 아니야.'
쓰카사는 스마트폰을 음소거 했다. 주방 서랍을 열고 스마트폰을 살며시 내려놓았다. 자신이 도마를 찌르는 순간을 이쿠야에게는 들려주고 싶지 않았다. 조용히 서랍을 닫았다.
권총에 총알은 이제 두 발 남았다.
도마는 '이제 감 잡았다'라고 큰소리쳤다. 하지만 그래봤자 아마추어다. 첫발은 빗나갈 확률이 높다.
'문제는 두 발째야.'
그때 도마가 총을 제대로 겨눈다면. 그리고 총알이 빗나갈 리 없을 만큼 자신이 도마에게 가까이 접근했다면.
'그래도 하는 수밖에 없어.'
쓰카사는 주방 가위를 움켜쥐었다.
행동에 나선다면 게이타로가 자리를 비운 지금밖에 없었다.
하지만 도마도 마찬가지 생각인 듯했다. 게이타로라는 방해자가 없는 지금이야말로 기회라고.
와카노는 벽을 등지고 앉아 있었다.
자리에서 일어난 도마가 와카노 앞에 천천히 쪼그려 앉았다.
"야."
나긋나긋한 목소리였다.

"너, 자세히 보니까 생긴 게 나쁘지 않네."

도마는 손을 뻗어 와카노의 머리카락을 슥 어루만졌다.

"뭐, 뭐야."

와카노가 몸을 뒤로 뺐다.

도마의 상태가 이상하다는 걸 본능적으로 알아차린 듯했다. 안색이 바뀐 와카노는 등을 벽에 찰싹 붙이고 몸을 비틀었다. 한껏 씩씩한 목소리를 냈지만 말끝이 흔들렸다.

"싫어, 왜 만지고 그래? 이쪽으로 오지 마."

"헤헤, 나쁘지 않아. ……너, 숫처녀야?"

도마는 금방이라도 입맛을 다실 듯한 표정이었다.

"여자의 사타구니 구멍은 지저분하지만, 처녀라면 이야기가 다르지. 아직 아무도 쑤시지 않았다는 거잖아. 야, 숫처녀냐니까?"

"오지 말라고 했잖아."

피하려고 몸을 틀던 와카노가 도마의 어깨 너머로 쓰카사를 보았다. 도움을 요청하는 눈이었다. 두려움과 공포에 젖은 눈이었다.

도마가 힘이 잔뜩 들어간 손으로 와카노의 가슴을 아무렇게나 잡았다. 와카노의 입에서 "헉" 하고 비명이 튀어나왔다.

그 순간 쓰카사는 달렸다.

몸을 날려 스윙도어를 밀어젖혔다. 도마의 등을 향해 가윗날을 쑥 내밀었다.

 기척을 느꼈는지 도마가 냅다 돌아봤다. 하지만 쓰카사는 손을 치우지 않았다. 가윗날이 몸을 비튼 도마의 옆구리를 파고들었다.

 도마가 비명을 질렀다.

 여세를 몰아 쓰카사는 도마를 밀어서 넘어뜨리고 몸 위에 올라탔다.

 도마의 얼굴을 노리고 오른쪽 주먹을 내리쳤다. 손에 반응이 느껴졌다. 한 방 더 때렸다. 무아지경이었다.

 주먹으로 남의 얼굴을 때린 건 처음이었다.

 머릿속이 새하얘졌다. 어떻게 움직일지 미리 계획을 세웠지만, 때린 순간 그 계획이 전부 날아갔다. 더는 아무 생각도 나지 않았다.

 도마가 손을 버둥거리며 무엇인가 찾는 모습이 눈에 들어왔다.

 총이라는 걸 쓰카사는 눈치챘다. 총을 찾아 손을 움직이고 있다. 반사적으로 왼손을 뻗어 도마의 팔을 눌렀다.

 그때 시끄러운 소리가 공기를 찢었다.

 와카노의 스마트폰에서 울린 알람 소리였다. 쓰카사는 깜짝 놀라 한순간 움직임을 멈췄다.

 도마는 그 틈을 놓치지 않았다.

 쓰카사가 알아차렸을 때는 도마의 주먹이 얼굴을 때리기

직전이었다.

　인중을 노린 주먹이었다. 몸을 돌려서 완전히 피할 여유는 없었다. 쓰카사는 고개를 틀어서 아슬아슬하게 급소를 지켰다. 하지만 주먹에 입 옆을 맞았다.

　입속에 피 맛이 번졌다. 이에 찍혀서 볼 안쪽이 찢어진 듯했다.

　밑에서 도마가 양손으로 가슴팍을 떠밀었다. 쓰카사는 자세가 무너져서 상체가 뒤로 휙 젖혀졌다. 도마가 재빨리 쓰카사의 엉덩이 밑에서 빠져나왔다. 야수처럼 민첩한 움직임이었다.

　'가위는 어디 있지?'

　무의식중에 손에서 놓친 듯했다. 쓰카사는 숨을 내뱉으며 눈으로 바닥을 훑었다. 떨어뜨린 건지, 내던진 건지 전혀 기억이 없었다.

　'어디야?'

　조급한 마음으로 가위를 찾고 있는데 묵직한 충격이 관자놀이를 덮쳤다.

　시야가 크게 기울었다. 쓰카사는 바닥에 옆으로 쓰러졌다.

　얻어맞았다는 걸 한 박자 늦게 깨달았다. 도망쳐야 한다 싶어 몸부림쳤다. 이렇게 무방비한 자세로 있으면 안 된다.

　하지만 팔다리가 말을 듣지 않았다. 관자놀이에 날아든 일격이 뇌를 뒤흔든 모양이었다. 금방 회복될 것 같지 않았다. 마음만 초조했다.

도마가 몸에 올라탔다.

쓰카사는 당황해서 어쩔 줄 몰랐다. 머릿속이 두려움으로 가득 찼다.

몹시 위태로운 상황이었다. 싸움에 익숙한 도마가 위에 올라타면 당해낼 방법이 없다. 쓰카사와 도마는 체격이 비등하다. 튕겨 낼 수 없다. 일방적으로 두들겨 맞을 뿐이다.

'몇 방이나 견딜 수 있을까.'

쓰카사는 이를 악물었다.

견뎌내라고 스스로를 채찍질했다. 견딘 시간만큼 와카노를 지킬 수 있다는 마음으로 버티라고.

하지만 한도가 있다. 열 방이나, 최대한 스무 방이리라. 만약 자신이 실신하면 그다음은…….

하지만 도마는 주먹을 날리지 않았다.

대신에 왼손으로 쓰카사의 목을 잡고 힘을 꽉 주었다. 도마의 엄지손가락이 목을 파고들었다.

쓰카사는 몸이 뻣뻣하게 굳었다.

'목을 조르다니.'

그렇다, 싸움은 주먹질과 발길질만이 다가 아니라는 걸 드디어 깨달았다. 경험의 차이가 확실히 드러났다. 자신의 어리석음이 원망스러웠다. 이대로 가면 놈에게 목을 졸려 금방 실신한다.

도마가 목을 더 세게 조였다.

기도가 꽉 눌려서 숨이 막혔다.

"사장님!"

와카노의 비명이 들렸다. 하지만 이제 고개를 쳐들 수가 없었다.

괴로웠다. 숨이 쉬어지지 않았다. 시야가 천천히 좁아졌다. 세상이 어두워졌다.

시야가 희미해지는 가운데, 도마가 오른손을 자기 등 뒤로 돌리는 모습이 보였다. 다시 나타난 도마의 손에는 권총이 쥐어져 있었다.

총열이 다가왔다. 시꺼먼 총구가 쓰카사의 시야를 대부분 가렸다.

코끝에 화약 냄새가 풍겼다.

'죽는다.'

문득 그런 생각이 들었다.

죽는 건가. 난 여기서 이렇게 죽는 건가.

총구 저편에 도마의 얼굴이 보였다. 시뻘겠다. 잔뜩 화났는지 목부터 위쪽에 피가 쏠려서 혈관이 팽창됐다. 그리고 얼굴 아래쪽 절반은 코피로 얼룩졌다.

쓰카사는 소년의 두 눈에서 살의를 느꼈다. 불순물 하나 없이 순수한 살의 그 자체였다.

도마가 손가락을 방아쇠에 걸었다.

쓰카사는 눈을 감았다.

죽음을 각오했다. 묘하게도 편안한 기분이었다.

하지만 총소리는 들리지 않았다. 아무리 기다려도 들리지 않았다.

쓰카사는 조심스레 눈을 떴다.

어째선지 총구가 얼굴을 겨누고 있지 않았다. 자기 위에 올라탄 도마가 몸을 휘청했다.

도마가 느릿느릿 옆으로 쓰러지는 모습을 쓰카사는 멍하니 지켜보았다.

도마의 등에 나무 손잡이가 꺼림칙한 각도로 자라나 있었다.

생선칼 자루였다. 자라난 것이 아니라 꽂혀 있었다. 그렇게 인식하기까지 10초 정도 걸렸다.

"······게."

쓰카사는 목소리를 밀어냈다.

"게이타로······."

바닥에 쓰러진 도마 뒤편에 게이타로가 무릎을 꿇고 앉아 있었다.

몹시 현실감 없는 광경이었다.

렌토가 와카노에게 달려가는 모습이 보였다.

게이타로가 후, 하고 짧게 숨을 내쉬었다. 손에 묻은 피를 티셔츠 밑자락에 닦았다.

"너……."

쓰카사는 상체를 일으키고 기침을 몇 번 한 후 말했다.

"……네, ……생각이었지?"

생선칼을 뽑지 않아서인지 도마의 몸에서 피가 많이 흐르지는 않았다. 종이에 잉크를 떨어뜨린 것처럼 피가 느릿느릿 바닥에 퍼져나갔다.

그 피를 바라보는 동안 쓰카사의 머릿속에 있던 생각도 확신으로 바뀌어 느릿느릿 가슴속에 퍼져나갔다.

"게이타로. 넌 도마의……, 두뇌야."

쉰 목소리가 새어 나왔다.

"주변 사람들은 널 도마의 똘마니로 여기고, 분명 도마 본인도 그렇게 받아들였겠지……. 하지만 도마가 여기서 인질극을 벌인 건 네 생각에 따른 거야. 그렇지?"

뺨이 경직된 게이타로의 얼굴은 도자기처럼 무표정했다.

이윽고 그 뺨이 일그러졌다.

"……평소에 말했어요."

입에서 목소리가 쏟아져나왔다.

"평소……, 무슨 일이 생기면 야기라 식당에 틀어박히면 된다고 수도 없이 도마를 꼬드겼어요."

게이타로는 티셔츠 밑자락에 계속 손을 닦으며 나직하게 말했다.

"거기라면 먹을 게 많고, 언제든지 아이가 있으니까 인질을 잡기도 쉽다면서요. 만약 무슨 일이 생기면 그러자고 툭 하면 말했죠. 도마는 무슨 일이 뭐냐고, 시끄럽다면서 화냈지만……. 결국은 제가 기대한 대로 여기로 도망쳤어요. 저기, 사장님. 이런 걸 보고 '세뇌한다'라고 하죠?"

빌려준 만화에서 봤어요. 그렇게 말하며 게이타로는 희미하게 웃었다.

"전부 그 세뇌의 성과야?"

쓰카사는 물었다.

시야 구석에 피를 흘리며 쓰러진 도마가 보였다.

구해야 한다고 머리 한쪽으로는 생각했다. 하지만 다른 한쪽은 마비됐다. 지금 말하고 있는 자기 목소리조차 기묘하리만치 멀게 느껴졌다.

"투항을 원하면 연쇄 살인범을 붙잡고, 그자의 이름을 공개해라. 그렇게 주장한 것도 네 아이디어야? 경찰관에게서 총을 빼앗은 것도? 혹시 이번 일의 발단인 하천부지에서 목격당한 것부터 전부 다?"

게이타로는 그 질문에 대답하지 않았다.

"……작년 여름이에요. 기억나요, 사장님?"

오히려 되물었다.

"후타는 작년 여름에 없어졌어요. 걔는 모두에게 미움받았죠. 하지만 전 좋아했어요. 확실히 손버릇이 안 좋았고 거짓말쟁이였지만, 귀여운 점도 있었거든요. 저는……, 저는 남동생처럼 여겼어요."

게이타로가 쓰카사를 똑바로 보았다.

이 아이와 정면으로 눈을 마주친 건 처음 아닐까 싶었다.

게이타로는 늘 쭈뼛쭈뼛하며 남에게서 시선을 돌리고 살아왔다. 하지만 지금은 다른 사람 같았다.

'아니, 이쪽이 진짜 게이타로인가.'

"게이타로. 너, 범인이 누군지 알고 있었구나?"

신음과도 비슷한 목소리가 새어 나왔다.

"이 동네에 어린애를 죽이는 연쇄 살인범이 있다는 사실도, 그 정체도 훨씬 예전부터 알고 있었어. 그렇지?"

"……그 사람에게 구슬림을 당해 으슥한 곳으로 끌려간 아이는 도로코베에 아주 많아요."

게이타로는 억양 없이 말했다.

"하지만 아무도 신경 쓰지 않았죠. 그 사람에 대해서도, 갑자기 사라진 아이가 도로코베에 몇 명이나 된다는 것에 대해서도. 아이가 없어지고 얼마 지나면 반드시 하천부지 한 구획의 흙이 파헤친 것 같은 색깔로 변하는 것에 대해서도……."

"왜……."

쓰카사는 물어보려다가 그만뒀다.

왜 주변 어른에게 의지하지 않았느냐는 어리석은 질문이었다. 대답은 뻔히 알고 있었다.

"하지만 저도 남 말할 처지는 아니에요."

게이타로는 눈을 내리깔았다.

"다 알면서 저만 무사하면 그만이라고 생각했죠. 오히려 제가 살아남을 때마다 안심했어요. 하지만 그래서는 안 됐는데. 후타가 사라지고 나서야 그걸 깨달았어요."

"연쇄 살인범은 누구지?"

쓰카사의 물음에 게이타로는 대답했다.

"다쓰야 씨. '지센' 안주인에게 빌붙어 사는 남자요."

담백한 목소리였다.

"저도 열두 살 정도까지는 다쓰야 씨에게 귀여움을 받았어요. 밥값이나 오락실 게임비를 대신 내주고, 약을 사주기도 하고……. 하지만 절대로 그 사람과 단둘이 있지는 않기로 마음먹었죠. 그 사람과 너무 친해진 아이는 다들 어느 날 갑자기 사라진다는 걸 알고 있었으니까.

……와카노 짱에게도 슬쩍 주의를 준 적 있어요. 와카노 짱은 이 부근 아이들의 리더니까, 걔가 잘 타이르면 다들 조심하겠죠. 하지만 다쓰야 씨의 취향상 와카노 짱에게는 접근한 적이 없었어요. 그래서 제 말이 그리 와닿지 않았나 봐요."

게이타로가 희미하게 쓴웃음을 지었다.

기묘할 만큼 어른티가 나는 웃음이었다.

"하지만 그 무렵에는 아직 확씬? 확신까지는 없었어요. 의심이 확신으로 변한 건 후타가 없어진 후였죠. 개도 없어지기 전에 다쓰야 씨랑 찰싹 붙어 다녔거든요. 그만두라고 제가 몇 번이나 말렸지만, 녀석은 말을 듣지 않았죠. 후타의 그런 떨떨하고 제멋대로인 점이 귀여웠는데……. 역시 머저리는 머저리였네요."

듣기에 따라서는 심한 말이었다. 그러나 악의는 느껴지지 않았다.

오히려 자조하는 것처럼 들리기도 했다.

"그 후에 세이료가 없어졌다는 걸 알고……. 세이료에게는 미안하지만 기회다 싶었어요. 그래서 도마를 꼬드겨서 그날 아침 고자사가와강 하천부지에 갔죠. 그래도 세이료가 묻혀 있지 않은 걸 보고는 깜짝 놀랐어요."

시체가 어떤 상태였는지 생각난 듯 게이타로는 얼굴을 찡그렸다.

쓰카사는 입을 열었다.

"시체를 발견하고 의심받으면 경찰관의 총을 빼앗아 이 식당에 틀어박힌다. 거기까지가 계획이었어? 게이타로, 넌."

목울대가 꿈틀 움직였다.

"……와카노 짱과 메아를 다치게 할 생각은 없었어요."

게이타로가 목소리를 낮췄다.

"이제 와서 말한다고 믿어주지는 않겠지만……, 경찰을 그렇게 심하게 찌르거나 와카노 짱을 덮치려 하거나, 그런 상황까지는 상상하지 못했어요. 평소의 도마라면 이렇게까지는 안 했을걸요. ……제 실수예요. 도마가 울컥해서 더 거칠어질 수 있다는 것까지는 예상하지 못했네요."

"게이타로."

"사장님이야말로 어떻게 알았어요?"

게이타로가 부드러운 목소리로 물었다.

"어떻게 제 계획인지 알았어요?"

"어떻게냐니."

쓰카사는 잠시 머뭇거리다 대답했다.

"도마는 분명 바보가 아니야. 사고방식에 순발력이 있고, 상황에 맞춰 기지를 발휘하지. 솔직히 말해 나도 속을 뻔했어. ……하지만 여기서 경찰과 대치하는 시간이 길어질수록 도마가 널 불러서 상의하는 모습이 많아졌지."

녀석 혼자서는 계획 외의 사태에 대처할 수 없었기 때문이리라.

"도마가 무의식중에 네게 의지하고, 너는 너대로 도마를 그리 중요하게 여기지 않는 게 점점 보이더구나. 그리고 도마가 엉터리로 늘어놓은 과거는 네 과거였어. 와카노의 어머니 이야기를 알아맞힌 것도 네가 정보를 제공한 덕분이었고. 그렇다면 넌 도마의 손발이 아니라 '머리'라고 보는 게 자연스러워."

짧은 침묵이 흘렀다.

"……알아차리지 못해도 상관없었어요."

게이타로가 입을 열었다.

"설령 제 속마음을 알아차리지 못하더라도 사장님이라면 인질로 잡힌 아이를 지키기 위해 애쓸 테니까요. 거기에 기대를 걸었죠. 사장님은 제가 아는 어른 중에 제일 머리가 좋고 제대로 된 사람이니까."

게이타로가 눈을 가늘게 떴다.

"듣기 좋으라고 하는 소리 아니에요. ……저는 사장님한테 걸었어요."

그러면서 쑥스러운 듯 웃었다.

"이 인질극을 오래 끌고 싶었지?"

"네. 최대한 일을 크게 만들고 싶었어요. 저희는 이 세상에 없는 거나 마찬가지잖아요. 평소는 아무도 저희 목소리를 들어주지 않죠. 하지만 텔레비전에서 난리를 치면 분명 다들 들어줄 거예요."

게이타로의 목소리는 차분했다.

"큰 소동이 벌어지면 높은 사람들이 움직일지도 모르죠. 후타가 어떻게 됐는지 조사해 줄지도 모르고요. 아빠를 제게서 떼어내 줄지도 몰라요. ……몇 번 시설에 가도 아빠가 다시 끌고 온다고요. 지긋지긋해요. 전 학교에 가고 싶어요. 이대로 멍청하게 살기는 싫다고요. ……공부하고 싶어요."

묵직한 말이었다.

"세상 사람들은 죽은 아이에게만 관심을 주죠. 살아 있는 동안은 '자기책임'이라고 차갑게 대하면서요. 죽고 나서야 '불쌍하다'라는 말을 들을 수 있는 거예요. 그런 건 싫어요. 동정받아 봤자 죽으면 아무 의미도 없잖아요. 저는 살아 있는 동안에 여기서 도망치고 싶었어요."

"그렇구나. 알았어."

쓰카사는 고개를 끄덕였다.

이렇게까지 하지 않으면 어른과 세상은 결코 자기 말에 귀를 기울이지 않는다.

그런 생각에 사로잡힐 만큼 궁지에 몰렸던 것이다. 이 소년은.

"……게이타로, 투항하자."

오른손을 게이타로에게 내밀었다.

"약속할게. 난 너한테 불리한 증언은 절대로 하지 않을 거야. 곧 살인 사건도 해결되겠지. 투항해서 도마를 병원에 보내자. 넌 나를 구하기 위해 녀석을 찔렀을 뿐이야. 덧붙여 미성년자지. 결코 무거운 벌은."

목소리는 거기서 끊겼다.

고막을 짓이길 듯한 소리가 공기를 찢어발겼다. 동시에 눈앞의 게이타로가 뒤로 확 밀려났다.

총소리다. 총에 맞았다.

쓰카사는 주저앉은 자세로 눈을 움직였다.

도마가 권총을 쥐고 있었다.

그는 헐떡이며 끙끙댔다. 등에는 여전히 생선칼이 박혀 있었다.

방금 총을 쏜 반동이 찔린 상처에 전해진 모양이었다. 하지만 숨을 헐떡이면서도 도마는 총을 다시 쳐들려고 했다.

쓰카사는 그저 멀뚱하게 앉아만 있었다.

움직일 수 없었다. 모든 것이 느린 화면처럼 보였다.

천천히 올라간 총구가 쓰카사를 향했다.

총알이 아직 한 발 남았을 것이다. 빗나갈 거리가 아니었다. 도마의 손가락이 방아쇠에 걸렸다.

바로 그 순간.

"돌입!"

미닫이문이 넘어지고 감색 덩어리가 가게로 물밀듯이 들어왔다.

감색 제복 차림의 경찰관 수십 명이었다.

기동대원인지, SIT인지, 그냥 경찰관인지는 구분이 가지 않았다. 다만 도마가 떠밀려 쓰러지고, 손에서 권총이 날아가는 모습은 간신히 보였다.

유리가 깨지는 소리. 깨진 유리를 신발로 짓밟는 소리. 뿌직뿌직, 하고 목재가 갈라지는 소리. 비명. 성난 고함. 그 모든 것이 해일처럼 밀려와서 가게를 집어삼켰다.

몸이 기울어졌고, 누군가에게 밀려서 넘어졌다. 뺨에 바닥이 느껴졌다. 싸늘한 바닥에 뺨이 눌려서 찌부러졌다.

"게이타로는 어떻게 됐어! 도마도! 둘 다 다쳤어!"

쓰카사는 불편한 자세로 소리쳤다.

마비됐던 사고가 얄궂게도 지금은 완전히 멀쩡해졌다. 와카노. 렌토. 도마. 게이타로. 눈으로 찾았지만 한 명도 보이지 않았다.

"난 괜찮아. 괜찮으니까 아이들을 부탁해! 아이들을 먼저!"

에필로그

1

쓰카사는 양옆에 선 대원의 부축을 받으며 걸었다.

유리와 목재 조각이 어지러이 널린 바닥에 부서진 미닫이문이 쓰러져 있었다. 덜 깨진 유리가 살짝 붙어 있었고, 문살이 휘어졌다.

그 잔해를 넘어서 가게 밖으로 한 발짝 나갔다.

바깥은 이미 아침이었다.

밝은 햇살이 비쳐서 실눈을 떴다. 콧속을 빠져나가는 공기가 너무 상쾌해서 놀랐다. 문을 꽉 닫아놓은 가게에는 탁한 공기가 고여 있었다는 걸 비로소 깨달았다.

비스듬히 앞쪽에서 플래시가 터졌다.

쓰카사는 눈살을 찌푸리며 고개를 돌렸다.

하지만 플래시는 멈추지 않았다. 멈추기는커녕 오히려 늘어났다.

왜 이렇게 밝은데 플래시를 터뜨리는 거냐고 항의하고 싶었지만, 목소리가 잘 나오지 않았다.

플래시 저편에 죽 늘어선 경찰 차량이 보였다.

익숙한 '야기라 식당'의 주차장이 순찰차와 투박한 경찰 차량, 경찰관들로 북적거렸다.

온천여관에 식자재를 배달하는 운전기사가 트럭을 댈 수 있도록 식당 주차장은 널찍하게 만들었다. 그곳이 지금은 사람과 차로 가득했다. 그리고 노란색 테이프 너머에는 매스컴과 구경꾼이 뭉쳐 있었다.

이런 상황이었나. 쓰카사는 남의 일처럼 생각했다.

텔레비전으로 봤던 것과는 딴판이었다. 밖에는 사람이 이렇게나 많았나. 안에 있었을 때는 구경꾼이 웅성거리는 소리도 거의 들리지 않았다. 아니, 도마의 목소리에만 집중했기 때문일까.

플래시 세례에 눈이 따가웠다.

빛의 잔상으로 시야가 얼룩덜룩 물들었다.

입가로 마이크가 다가왔다. 쓰카사를 부축한 대원이 마이크를 아무렇게나 밀어냈다.

"지금 기분이 어떠십니까?"

"이번 사건에 대해 느끼시는 바는?"

"범인인 소년과 이야기하셨습니까?"

범인? 무슨 소리야? 쓰카사는 의아해서 인상을 썼다.

연쇄 살인범은 성인 남자야. 그렇게 생각하고 나서야 '아아, 농성 사건의 범인 말이구나' 하고 깨달았다. 그렇군, 게이타로는 범인이고 나는 피해자인 건가.

문득 자기 손이 눈에 들어왔다. 주먹 관절을 다쳐서 마른 피가 들러붙어 있었다. 분명 도마를 때렸을 때 생긴 상처이리라.

플래시 세례를 받아 얼룩덜룩해진 시야 저편에 구급차가 보였다.

게이타로와 도마를 이송할 구급차다.

무사한지는 알 수 없었다. 게이타로가 어디에 총을 맞았는지도 모른다.

'둘 다, 죽지 마.'

그저 그렇게 바랐다. 도마에게 품었던 두려움과 미움은 씻어낸 것처럼 사라졌다.

다시 입가에 마이크가 다가왔다. 쓰카사는 거의 아무 생각도 없이 반사적으로 마이크를 잡았다.

"지금 기분이 어떠십니까?"

매스컴의 기자 같은 남자가 물었다.

"기분은……."

쓰카사는 입술을 핥았다. 하지만 혀가 뻣뻣하게 굳어서 입술은 조금도 적셔지지 않았다.

오른쪽에 있는 대원이 팔을 잡아당기며 "가시죠" 하고 재촉했다.

"잠시면 됩니다."

쓰카사는 다리에 힘을 줘서 버티며 작은 목소리로 부탁했다. 대원들의 손에서 힘이 살짝 빠졌다.

"내, 아니, 제 기분은 제쳐놓고."

쓰카사는 입을 열었다.

"전할 말이 있습니다. 농성 사건의 종범인 아이가 한 말입니다."

워낙 잠겨서 자기 목소리가 아닌 것 같았다.

"그는……, 그 아이는 제게 이렇게 말했습니다. '세상 사람들은 죽은 아이에게만 관심을 준다. 살아 있는 동안은 '자기책임'이라고 차갑게 대하면서. 죽고 나서야 '불쌍하다'라는 말을 들을 수 있다. 그런 건 싫다. 자신의 목소리를 모두가 들어줬으면 했다'라고요."

숨을 들이마실 때마다 아주 맑은 공기가 목구멍에 스며들었다.

"그리고 그 아이는 이렇게도 말했습니다. 학교에 가고 싶다고, 이대로 멍청하게 살기는 싫다고. 공부하고 싶다고. 다행히 저는 부모님 덕분에 대학에 갈 수 있었습니다. 그래서 압니다. 배움이란 다른 세상을 아는 것입니다. 좀 더 넓은 세계로 나아가는 것입니다. 종범인 그 아이도 그걸 알고 있었어요. 하지만 학교에 가지 못하는 아이가 많다는 것이 우리 동네의 현실입니다. 그 아이들은 초등학교조차 다니지 못해 상용한자도 읽을 줄 모르고, 자신이 사는 좁은 세상밖에 알 길이 없습니다. 그 아이도 그중 한 명이었어요. 그 아이는……."

쓰카사는 입을 다물었다.

더는 말이 나오지 않았다.

자신에게는 그 무엇도 덧붙일 권리가 없다. 게이타로의 말을 전하는 것만으로 충분했다.

"그 아이의 말에 담긴 의미를 잘 생각해 보십시오"라는 둥 "그 아이의 뜻을 받아들여 주십시오"라는 둥 호소하는 건 너무 부질없는 짓이었다.

쓰카사는 오른쪽 대원에게 고개를 돌리고 말했다.

"죄송합니다. ……이제 됐습니다."

대원들이 다시 쓰카사를 부축해 걸음을 옮겼다.

주차장 끄트머리에 설치된 천막이 눈에 들어왔다. 그 앞에서 와카노와 렌토가 각자 어머니를 끌어안고 있었다.

렌토는 아기처럼 발갛게 달아오른 얼굴로 울었다.

와카노도 어머니를 부둥켜안았다. 펑펑 우느라 어깨와 등이 크게 물결치는 것처럼 떨렸다. 이제는 그래도 된다는 듯 무방비하게 눈물을 쏟아냈다. 어머니가 와카노의 등을 다정하게 쓸어주었다.

누군가 어깨에 이불을 덮어주는 느낌이 들었다.

분명 경찰관이리라. 쓰카사는 고개를 돌려 감사를 표하려 했다. 하지만 목소리가 목구멍에 걸렸고, 시선은 와카노와 렌토에게 고정된 채 움직이지 않았다.

명치 언저리에서 물음이 솟구쳤다.

자기 자신에게 던지는 물음이었다.

'난 아직도 저 녀석들에게 밥을 해 먹이고 싶은 걸까?

와카노와 렌토뿐만이 아니라 도마와 게이타로에게도. 도로코베의 아이들 모두에게.

예전과 완전히 똑같은 마음가짐으로 가게를 다시 열 수 있을까?'

답은 금방 나왔다.

'지금 당장이라도 밥을 해주고 싶어.'

보드라운 바람이 불어와 쓰카사의 뺨을 어루만졌다.

여름 냄새가 남은 햇빛이 머리 위에서 똑바로 쏟아졌다.

경찰관이 쓰카사의 등을 살짝 밀었다. 쓰카사도 병원으로 이송돼 며칠 입원할 예정인 듯했다. "몇 가지 간단한 검사를 할 겁니다" 하고 설명하는 구급대원에게 쓰카사는 말없이 고개를 끄덕였다.

무리 지어 핀 회향이 어째선지 한순간 강한 향기를 풍겼다.

2

농성 사건이 발생한 지 약 보름이 지났다.

쓰카사는 구급차에 실려 시립병원으로 이송됐다. 검사 결과 딱히 이상은 없었으므로 이틀 후 퇴원해 집으로 돌아왔다.

식당은 SIT가 돌입한 탓에 엉망진창이었다.

카운터와 테이블이 부서졌고 밟혀서 못 쓰게 된 의자도 있었다. 바닥은 사방팔방 진흙 발자국으로 지저분했다. 하지만 생활 공간인 2층은 멀쩡해서 자는 데는 문제가 없었다.

쓰카사는 건물 뒤편 외부 계단으로 2층에 올라가 죽은 듯이 잤다. 병원에서는 맛보지 못했던 단잠이었다.

깨어나자 밤이었다.

문고리에 비닐봉지가 여러 개 걸려 있었다. 퇴원한 걸 알았는지 '노미야 시계점'의 사장 부부를 비롯해 '가나자와 내과의원' 원장과 단골들이 요깃거리를 챙겨주었다.

보냉제와 알루미늄호일로 감싼 주먹밥, 과일 통조림, 젤리 음료, 캔 맥주 등이다. 전부 고맙게 먹었다.

그리고 지금 쓰카사는 이쿠야와 함께 현청 앞 카페에 있다.

이데부치 히마리의 무덤에 성묘를 다녀오는 길이었다.

히마리의 유골은 외가가 거두었고, 외조부모와 함께 영면에 들었다.

카페는 아주 소규모였다. L자형 카운터와 4인용 테이블 세 개뿐이다. 재즈일까, 피아노 소리가 살며시 흘렀다.

9월도 거의 끝났다. 하지만 찌는 듯한 더위는 여전했다. 쓰카사는 목덜미의 땀을 물수건으로 닦았다.

"……마세 도마도 와타나베 게이타로도 다음 주에는 퇴원할 수 있대."

이쿠야가 유리컵의 아이스커피에 커피 크리머를 부었다.

"그렇군."

쓰카사는 짤막하게 대답했다.

그때 발사된 네 번째 총알은 게이타로의 왼쪽 어깨를 관통했다. 그리고 게이타로가 찌른 식칼은 도마의 간에 상처를 입혔다.

양쪽 다 생명이 위험한 중상은 아니었다. 둘 다 '살인범'이라는 십자가를 지지 않고 넘어간 셈이다.

취조가 끝나면 두 사람은 가정법원에서 소년 심판을 받을 예정이라고 한다.

도마는 소년원에 장기 수용될 것이 분명했다. 거기서 폭력 및 성비행 행위를 방지하기 위한 교정 프로그램을 이수하리라.

하지만 게이타로의 처우는 아직 불투명했다. 역시 소년원에 송치될까, 아니면 보호관찰 조치로 끝날까. 이것만큼은 판사의 재량에 달렸다.

"각 매스컴이 게이타로에게 접촉하고 싶어서 안달이야."

이쿠야가 나지막하게 말했다.

"어떻게든 인터뷰를 따내려고 끈질기게 병원 주변에 도사리고 있지."

"그렇군."

쓰카사는 같은 대답을 반복했다.

이쿠야가 아이스커피를 빨대 없이 한 모금 마시고 말했다.

"네 탓이야."

웃음 섞인 목소리였다.

"그래. 내 탓이야."

쓰카사는 진지하게 고개를 끄덕였다.

식당에서 구출된 후 쓰카사가 꺼낸 '종범 소년이 전하는 말'을 텔레비전과 주간지에서 예상보다 크게 다루었다.

'학교에 가고 싶다. 살 권리와 배울 권리를 달라.'

그렇듯 단순한 게이타로의 호소는 일본을 교육 선진국이라 믿고, 높은 문해력을 자랑스러워해 온 '교양 있는 사람들'에게 충격을 준 듯했다.

특히 아침과 정오 정보방송에서는 열흘 넘게 농성 사건을 집중 조명했다.

도로코베를 두고 '차우셰스쿠 정권이 무너진 직후의 루마니아 같다'고 표현해 크게 빈축을 산 평론가까지 있었다.

국내 최대의 익명 게시판도 이번 농성 사건으로 들끓었다.

"무슨 쇼와시대 중기도 아니고, 그딴 동네가 있다는 게 말이 돼?"

"날조 냄새가 풀풀 풍기네. 또 매스컴이 수작을 부리는 거 아니야?"

"아니, 그런 동네도 아직 여기저기 남아 있어."

"남아 있달까, 빈곤과 격차가 확대돼서 옛날로 역행하는 느낌이야."

이렇듯 냉소적인 의견과 그에 반박하는 의견이 소용돌이쳤다.

'하지만 아무리 대중이 아우성치고 매스컴이 비판해도 즉시 효과가 나타나지는 않아.'

이 나라의 방향타는 그렇게 쉽게 각도를 바꾸지 않는다. 여론이 다소 들끓었다고 해서 도로코베의 심각한 상태가 바로 바뀔 리도 없다.

하지만 거북이걸음일지라도 문제 제기에는 성공했다. 조금씩 새로운 바람이 불어 들지 않을까 쓰카사는 기대했다.

"그런데 센가와 이토코는 잘 지내?"

쓰카사는 맞은편에 앉은 친구에게 물었다.

"아주 잘 지내지."

이쿠야가 고개를 끄덕였다.

"아들 다쓰야는 훌쩍훌쩍 울 뿐이지만, 여관 안주인은 태연자약해. 난다긴다하는 취조관이 매일 진저리를 칠 정도지. 우리가 아는 그대로 위험한 여자야."

담당 취조관은 피의자를 쥐락펴락하는 솜씨가 뛰어나 현경에서도 정예로 불리는 사람이다. 이번 사건을 위해 일부러 다른 일을 맡은 팀에서 불러들였다고 한다.

"이봐, 처음부터 전부 다 알고 있었지?"

취조관은 그렇게 이토코를 다그쳤다.

"아니, 아는 정도가 아니라 적극적으로 먹잇감을 찾아서 다쓰야에게 제공했어. 오다를 손발처럼 부리고, 실종 사건을 묵과하도록 가모 형제에게 여자와 아이를 알선하면서, 20년 넘게 도로코베의 아이들에게 마수를 뻗었어. 그렇지?"

"우리 아들에게는 누군가를 제공할 필요가 있었어요."

이토코는 진지한 얼굴로 대답했다.

"아니면 근방의 양갓집 도련님을 덮쳤을지도 모르죠. 스위치가 켜지면 걔는 말려도 듣질 않거든요. 어떤 의미에서는 제가 당신들의 아들이나 손자를 지켜온 셈 아니겠어요? 감사 인사를 받아도 모자랄 판이에요."

큰소리치는 이토코의 눈은 비웃음으로 빛났다.

수집해 놓은 혀와 속옷은 물론 다쓰야의 것이었다. 하지만 시신을 표백제로 씻는 등 위장 공작을 한 건 이토코의 아이디어였다.

다쓰야의 진술에 따르면 '피해자들은 바로 죽이기도 했고 감금해 두기도 했으며, 제일 오래 감금한 기간은 2주 정도'라고 한다.

또한 고자사가와강 하천부지에서는 현재까지 시신 두 구가 추가로 더 발견됐다.

피해자는 대부분 다쓰야가 가지고 놀다가 죽였다. 하지만 아직 숨이 붙어 있는데도 '얼굴을 봤으니 어쩔 수 없다'는 이유로 이토코가 손을 쓴 적도 있었다고 한다.

그러나 이토코는 시치미를 딱 뗐다.

"다쓰야가 하는 말을 곧이들으면 안 돼요. 걔는 아직 어린애거든요. 공상과 현실을 구분하지 못한답니다."

그러면서 지금도 미꾸라지처럼 심문을 요리조리 피하고 있다.

하지만 그런 '철의 여인'도 딱 한 번 언성을 높인 적이 있었다고 한다.

"머저리 같은 아들놈이 그렇게 예쁜가? 흥, 모성애가 얼마나 극진한지 눈물이 다 나겠네."

취조관이 일부러 도발하자 이토코는 안색을 바꾸고 대들었다고 한다.

"뭐가 어쩌고 어째? 뭐가 그렇게 이상한데? 자기 아이를 예뻐하는 게 잘못이야? 배 아파 가며 낳은 단 하나뿐인 자식을 지키는 게 뭐가 이상한데? 난 에미코 등등의 버러지 같은 년들하고는 달라. 맥주 한 박스에 자식을 파는 쓰레기가 될 바에야, 내 자식을 감싸고 교수대에 목이 매달리는 편이 훨씬 나아."

테이블에 쓰카사가 주문한 진저에일이 나왔다.

"……그런데 이쿠야. 이와가키서 분위기는 어때? 좀 가라앉았어?"

"아직 어수선해."

이쿠야는 고개를 저었다.

"특히 생활안전과는 난리가 났지. 현경 감찰관이 매일 드나들면서 수십 년 치 서류를 뒤엎고 있어."

쓰카사는 입원해서 못 봤지만 농성 사건이 해결된 다음 날, 현경은 매스컴을 모아놓고 사죄 회견을 열었다고 한다. 이와가키서 생활안전과의 부패한 행태에 대한 사죄였다.

현경 관리직은 물론, 이와가키서 서장과 생활안전과 과장이 참석해 기자들 앞에서 고개를 깊이 숙였다. 하지만 서장과 담당 직원은 각각 감봉 2개월이라는 아주 가벼운 처분으로 끝났다고 한다.

"어쨌거나 원흉인 가모 다다히로가 16년이나 전에 퇴직했으니까. 책임을 대부분 놈에게 뒤집어씌운 형태야."

가모 다다히로는 이와가키 시장의 후원회 회장직에서 조용히 물러났다.

그리고 동생 아키히로의 경우 예전에 저지른 아동 매춘죄는 시효가 성립됐지만, 현재도 그의 집 반경 5킬로미터 이내에서 '어린이에게 집적거리는 사례'가 다수 발생했다는 사실이 밝혀졌다. 앞으로 여죄를 추궁할 방침이라고 한다.

"생활안전과는 내년 봄에 이례적으로 대이동을 단행할 예정이야. 오염물을 여기저기로 분산시켜 탁해진 강을 정화하겠다는 계획이지. 그때까지는 감찰관이 매서운 눈으로 계속 감시할 거고."

이쿠야는 드디어 빨대 봉지를 찢고 나서 물어보았다.

"그쪽은 어때? 아이들은 어떻게 지내지?"

"대체로 괜찮아."

쓰카사는 걱정하지 말라는 듯 대답했다.

"고코나와 렌토는 아직 밤중에 악몽을 꾸는 등 후유증이 남아 있지만……. 시립병원에서 시민단체가 운영하는 무료 심리상담 센터를 소개해 줬어. 메아도 포함해 셋이 일주일에 한 번 다니기로 했지."

"와카노는? 걔는 오랫동안 거기 있었고, 제일 괴로운 입장이었잖아."

"관련 행정기관도 그렇게 생각했나 봐. 와카노에게 심각한 PTSD 증상은 아직 나타나지 않았지만, 앞으로 어떻게 될지는 모를 일이니까. 걔만 별도의 치료법을 적용하기로 했어. 이쪽은 정신건강의학과인데, 역시 무료래. 이렇게 말하면 뭣하지만 행정기관이 도움이 되는 걸 처음 보는 것 같아."

쓰카사는 쓴웃음을 지었다.

"결국 게이타로 말대로였네. 일을 크게 만들지 않으면 세상은 전혀 움직이지 않아……."

진저에일을 홀짝였다. 생강의 풍미가 진했다. 분명 수제이리라.

'조만간 나도 심리상담을 받아보는 편이 좋겠군.'

쓰카사는 그렇게 생각했다.

확실히 그때 자신이 이상했다는 자각은 있다. 긴장 상태가 계속된 탓인지 정신이 황폐해졌고, 눈앞의 마세 도마가 정체 모를 괴물로 느껴졌다.

확실히 도마는 교활하고 터프하고 흉포한 불량아다. 버거운 상대라고 할 수 있었다.

'하지만 결국은 소년이었어.'

괴물이 아니었다는 걸 지금은 안다. 도마 또한 게이타로라는 두뇌 없이는 살아가지 못하는 연약한 존재였다. 어른에게 비호받아야 할 대상이었다.

부디 소년원의 교정 프로그램이 효과가 있기를 쓰카사는 기원했다.

아버지에게 톡톡히 영향을 받으며 자란 탓인지 도마는 열다섯 살의 나이에 이미 윤리관과 젠더관이 완전히 비틀어졌다. 하지만 희망을 잃어서는 안 된다. 도마를 아버지에게서 떼어놓고, 도로코베로 돌아오지만 않으면 분명……. 그런 생각이 들었다.

"어제도 와카노가 가게에 왔었는데."

쓰카사는 웃음띤 얼굴로 말했다.

"자기도 책을 읽고 싶으니까 다음에 한자를 가르쳐달라고 하더라."

"걔가?"

이쿠야의 눈이 동그래졌다.

"응. 한자를 읽을 줄 모르면 제대로 된 아르바이트도 못 하니까 책 한 권쯤은 끝까지 읽을 정도가 돼야 하지 않겠냐고 하더라고. 난 그 말을 듣고 기뻤지만……, 인터넷 익명 게시판 이용자들이 들으면 웃으려나."

"응?"

무슨 뜻이냐고 이쿠야가 눈으로 물었다.

쓰카사는 대답했다.

"그게, 너무 예민한 건지도 모르지만 이런 생각이 들었어. 도마와 게이타로가 파출소 경찰관의 목을 찌른 후 권총을 빼앗고 식당에서 인질을 붙잡는 큰 사건을 저질러, 수백 명이나 되는 경찰관과 수사관이 동원됐는데 너희가 얻은 건 그것뿐이냐. 아이 하나가 '책을 읽고 싶으니 한자를 배워야겠다'라고 결심했다는 고작 그게 전부냐. 그러면서 비웃지는 않을까 싶어서."

"뭐, 어때?"

이쿠야가 미소 지었다.

"만약 그렇더라도 넌 만족이지?"

"응."

쓰카사는 고개를 끄덕였다.

"그럼 됐지, 뭐."

"그러게."

이쿠야 말대로 쓰카사는 만족스러웠다.

게이타로는 이대로 멍청하게 살기 싫다고 했다. 와카노는 한자를 읽을 줄 알아야 한다고 했다. 양쪽 다 도로코베 같은 환경에 있는 아이들에게는 무엇보다 중요한 첫걸음이라고 할 수 있었다.

무슨 일이든 '첫걸음'이 없으면 시작되지 않는다. 모든 것은 여기서부터라고 믿고 싶었다.

"책 하니까 생각났는데 너희 아버님은 어떠셔?"

이쿠야가 물었다.

"그저께까지 여기 돌아와 계셨잖아."

"아아. 가게가 박살 났으니까. 물론 대부분은 나라에서 보상해 주겠지만, 그 외 보험금 수령 절차며 뭐며 이것저것 도와주러 오셨어. 갓 수확한 가지와 피망을 자루에 가득 담아 버스를 갈아타고 말이야. 새카맣게 타셨더라."

그래서 재미있는 일이. 말하다 말고 쓰카사는 웃음을 터뜨렸다.

도마가 가게를 습격했을 때 재빨리 도망친 유흥업소 도우미 유키와 관련된 일이다. 유키는 퇴원한 쓰카사를 보자마자 "다행이다" 하고 울먹이는 표정으로 안겨들었다.

"사장님이 죽으면 누가 우리 애들에게 야키소바를 만들어주겠어? 난 요리할 줄 모른단 말이야."

그 후로도 유키는 종종 쓰카사의 얼굴을 보러 왔다. 그러다 시골에서 올라온 쓰카사의 아버지와 마주쳤다.

"우와! 완전히 내 취향이네!"

유키는 펄쩍 뛰어오르며 외쳤다.

"사장님도 괜찮은 남자지만 아버지는 훨씬 괜찮아. 진짜 취향 저격이야. 저기, 사장님. 새엄마 갖고 싶지 않아?"

아버지는 그런 유키의 맹공을 피해 볼일을 마치자마자 부랴부랴 시골로 돌아갔다.

"지금은 『삼체』와 『신슈 홀치기성』을 교대로 읽고 있단다. 역시 독서는 좋아. 게이타로에게도 언젠가 읽을 만한 책을 선물해 줘야겠군. ……아, 너한테 새엄마는 선물해 줄 수 없겠구나. 그건 미안하다."

그런 말을 남기고서.

쓰카사와 이쿠야의 숨죽인 웃음소리가 잠시 카페에 퍼졌다. 웃음이 잦아들었을 무렵 이쿠야가 불쑥 말했다.

"형사과에 돌아가려고 총무과에 전보 신청서를 냈어."

차분한 목소리였다.

"통과될지 말지는 물론 알 수 없지만."

"그렇구나."

쓰카사는 고개를 끄덕이고 스탠드에서 메뉴를 꺼냈다.

"역시 배고프네. 뭐 좀 먹을까."

메뉴를 펼치고 시선을 떨어뜨렸다.

"어디 보자, 가벼운 식사 메뉴는……, 핫 샌드위치와 그라탱뿐인가. 괜찮네. 이런 가게에서 파는 가벼운 음식은 대개 맛있어."

둘 중 뭘 시킬지 고민하는데 이쿠야가 말을 걸었다.

"저기. 생각해 봤는데……, 리리코 짱을 본격적으로 찾아볼 작정이야."

쓰카사는 메뉴를 덮고 고개를 들었다.

"물론 근무하는 짬짬이. 성과가 날지는 몰라. 발견될 가능성도 얼마 안 되겠지. 하지만 하고 싶어. 이대로 평생 아무것도 하지 않고 지내다 죽을 때가 돼서 후회하기는 싫어."

"……알았어."

쓰카사는 이쿠야를 똑바로 보면서 고개를 끄덕였다.

"협력할게. 내가 할 수 있는 일이 있으면 뭐든지 말해."

"뭐든지?"

"응."

"그럼 지금 말해둘게."

이쿠야가 씩 웃었다.

"만약 리리코 짱이 살아 있다면, 무사히 잘 지낸다면 그

자리에서 청혼할지도 몰라. 그럼 넌 잠자코 보기만 해. 이번에야말로 방해하지 말고."

"야, 내가 언제 방해했어? 남이 들으면 오해하겠네."

쓰카사는 웃었다.

"그리고 너무 네 위주로 생각하는 거 아니야? 왜 리리코 짱이 독신이라고 단정하지? 걔는 멋진 애였으니까 분명 인기가 많을 거야. 지금쯤 국어 교사, 아니면 작가가 됐을 수도 있겠지. 벌써 결혼해서 아이도 낳고 행복의 절정을 누리고 있을지도 몰라."

"아아."

이쿠야가 눈을 가늘게 떴다.

"……그럼 좋겠다. 그렇다면 최고야."

"그러게."

쓰카사도 고개를 끄덕였다.

"최고지."

창문으로 초가을 햇살이 비쳐 들었다.

"만약 리리코 짱에게 아이가 있다면, 내가 만든 요리를 대접해 주고 싶네. 물론 리리코 짱에게도."

그렇게 중얼거리며 쓰카사는 유리컵을 내려다보았다.

컵 바닥에서 진저에일의 자잘한 기포가 금방이라도 터질 것처럼 솟아올랐다.

『말하는 나무 의자와 두 사람의 이이다』 속 한 구절이 머릿속에 떠올랐다. '난 생명의 물결이라는 게 있다고 생각해' 로 시작되는 그 구절이다.

생명이란 기포 같은 것이다.

쓰카사도, 이쿠야도, 리리코도, 그리고 도마도, 게이타로도 기포 중 하나에 지나지 않는다.

언젠가 생명이 다해 거대한 시간의 물결 속으로 함께 되돌아간다. 그렇기에 생명은 동등하게 귀하다.

'집에 가면 내일 영업 준비를 해야겠군.'

이제 토란과 밤이 맛있는 계절이다. 토란 튀김과 밤밥은 아이들도 기꺼이 먹는다. 으깨서 크로켓을 만들거나 밤을 넣어 지부니[17]를 만드는 것도 나쁘지 않다.

사실 쓰카사 같은 사람은 없는 편이 낫다.

쓰카사 없이도, 어린이 식당 없이도 모든 아이가 배불리 먹을 수 있는 사회. 그런 사회가 이루어지는 게 제일 좋다.

그건 안다. 하지만 실제로는 내일도 아이들이 가게를 찾아온다.

설거지를 하거나 가게 앞을 청소하고, '계란 덮밥 하나' 하고 주문하는 아이들이 찾아온다. 언젠가 그 아이들이 사라질 날을 꿈꾸며 쓰카사는 매일 주방에서 프라이팬을 흔든다.

---

17 오리고기나 닭고기에 전분을 묻혀 제철 채소와 함께 끓여낸 요리.

'꿈은 아무리 많아도 좋은 법이지.'

쓰카사는 무슨 음식을 만들지 머릿속으로 생각하며 메뉴에 시선을 주었다.

옮긴이의 말

옮긴이의 말

아동 문제에 경종을 울리는 『소년 농성』

요즘 '개천에서 용 난다'라는 속담에 동의하는 사람은 얼마나 될까? 이른바 '수저론'이 대두된 후로 이 속담의 의미는 확실히 퇴색된 듯하다.

다른 나라는 모르겠으나 이제 대한민국에서 용은 주로 큰 호수나 강에서 나는 것 같다. 그래서 어렸을 적부터 큰 호수나 강에 포함되려고 아등바등 기를 쓰는 것 같기도 하다. 문제는 뒷전으로 밀려나 아무도 신경 쓰지 않는 개천, 아니 진창이다. 용이 나지 않는다고 해서 그런 곳에 관심을 가지지 않고 방치해도 되는 걸까.

『소년 농성』의 공간적 배경인 도로코베는 온천을 중심으로 한 폐쇄적인 사회지만 그렇기에 많은 사람이 몰려드는 곳이기도 하다. 갖가지 사연이 있는 사람이 많으므로 다들 과거를 불문에 부치고 서로에게 별 신경을 쓰지 않는다.

아이가 평일 한낮에 거리를 어슬렁거려도 도로코베에서는 아무도 주의를 주지 않고, 일가족이 갑자기 야반도주해도 누구도 찾지 않는다. 생각해 보면 아주 큰일이지만 익숙해지면 신경 쓰이지 않는 법이다. 이렇듯 작은 뒤틀림이 거듭되고 쌓여서 큰 사건을 초래하는 토양이 만들어진다. 『소년 농성』의 저자 구시키 리우는 이를 두고 "범죄는 분명 무섭지만, 더 무서운 건 범죄가 발생해도 신경 쓰지 않는 사회입니다"라고 말한다.

물론 세상을 떠들썩하게 하는 큰 범죄에는 다들 촉각을 곤두세운다. 그러나 그렇듯 큰 범죄를 만들어내는 토양이 무엇인지에는 별 관심이 없다. 구시키 리우는 『소년 농성』에서 '거소불명 아동(빈곤 아동)'을 범죄가 양성되는 토양 중 하나로 지적한다.

'거소불명 아동'은 공적 서류상 존재하지 않거나, 존재하더라도 거주지가 불분명하여 사회 안전망에서 벗어나 있는 아이들을 총칭하는 말이다. '없는' 존재이기에 누구도 관심을 가지지 않고, 눈여겨보려 해도 찾기가 힘들다. 이들은 약한 입장 때문에 피해자가 되기 십상이고, 반대로 가해자가 되기도 한다. 하지만 그들이 바라서 그렇게 된 것은 아니다. 그들은 개천이라는 이름의 진창 속에서 그렇게 될 수밖에 없었다.

『소년 농성』의 등장인물인 '마세 도마'는 그렇듯 열악한 환경이 만들어낸 아이들을 대변하는 인물이 아닐까 싶다. 도마는 악독하고 거친 성격이고, 서슴없이 남을 해코지한다. 자기보다 어린아이를 괴롭히고도 전혀 죄책감을 느끼지 않는다. 그런데 도마가 이렇게 자란 것이 오로지 그의 탓일까?

저자는 도마의 인질극을 통해 그가 자라난 도로코베의 현실을 여실히 보여준다. 물론 그런 환경 속에서도 똑바로 자라난 아이들이 있으니 도마를 옹호하자는 것은 아니지만, 그의 일탈이 사회적 문제라는 것도 받아들일 필요가 있다. 가상의 온천 거리 도로코베는 일본, 더 나아가 우리가 살아가는 한국의 현실이 될 수도 있으니까.

그런 의미에서 "세상 사람들은 죽은 아이에게만 관심을 주죠. 살아 있는 동안은 '자기책임'이라고 차갑게 대하면서요. 죽고 나서야 '불쌍하다'라는 말을 들을 수 있는 거예요"라는 등장인물의 말은 아주 무겁게 다가온다.

개인이 베푸는 선의는 아주 훌륭하다. 그러나 사회적인 지원이 뒷받침되지 않으면 그 선의에도 한계가 온다. 어린이 식당을 운영해 굶주린 아이에게 밥을 먹이는 야기라 쓰카사는 아주 좋은 사람이지만, 어린이 식당이 사적으로 운영되는 사회는 결코 바람직하지 못하다. 몇몇 개인의 선의를 미담으로 소비하고 넘어가서는 사회에 드리운 문제를 해결할 수 없다.

  거소불명 아동 및 빈곤 아동 문제는 잘 보이지 않지만 분명 우리 주변에 존재하고 있다. 그런 아이들이 피해자 또는 가해자가 되지 않기 위해서는 우리 모두의 관심이 필요하다. 『소년 농성』은 이러한 우리의 현실에 경종을 울리는 책이 아닐까 싶다. 여러 가지 문제를 제기하는 작품이지만 엔터테인먼트 소설로도 훌륭하므로 꼭 한번 읽어보시기 바란다.

2025년 여름
김은모

소년 농성

1판 1쇄 인쇄 2025년 7월 18일
1판 1쇄 발행 2025년 7월 29일

지은이 구시키 리우 **옮긴이** 김은모
발행인 송호준 **편집장** 민현주 **총괄이사** 황인용
표지 디자인 박진범 **본문 디자인** 송재원
마케팅 소금 **제작** 송승욱 **제작처** 블루엔
발행처 블루홀식스 **출판등록** 2016년 4월 5일 제 2016-000100호
주소 경기도 파주시 회동길 483-1 **전화** 031-955-9777 **팩스** 031-955-9779
이메일 blueholesix@naver.com

ISBN 979-11-93149-52-2 03830

- 저자와 출판사의 서면 허락 없이 내용의 일부를 무단 인용하거나 발췌하는 것을 금합니다.
- 책값은 뒤표지에 있습니다. 잘못된 책은 구입하신 곳에서 교환해 드립니다.